LAGLÖS EVOLUTION

Mörk urban fantasy om jakten på monster – och rädslan att bli ett

CARYSSA COLE

SHENANIGANS PRESS

Innehållsförteckning

KAPITEL ETT

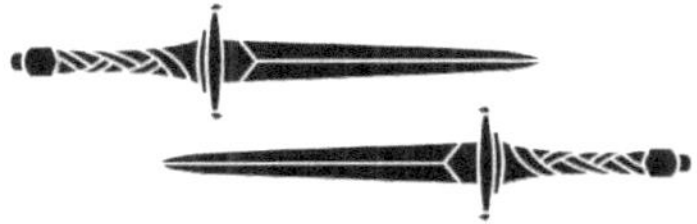

JAG SLÅR MOTVILLIGT UPP ögonen och kisar mot det skarpa skenet från lysrören i taket. Jag försöker sätta mig upp, men en skarp smärta i tinningarna tvingar ner mig igen med ett stön. Det bultar i mitt huvud som om någon har använt det som slagträ. Jag blinkar långsamt och tar in det främmande, sterila rummet och den påträngande lukten av starkt antiseptiskt medel som sticker i näsan.

Var är jag? Frågan ekar genom min värkande hjärna när jag försiktigt prövar mina lemmar. Varenda muskel protesterar mot minsta rörelse, stel och öm. Det känns skrovligt i halsen när jag försöker svälja och min tunga är torr som sandpapper.

När dimman i min hjärna börjar lätta flammar paniken upp. De kala, vita väggarna och den förseglade dörren skriker ut en sak – fångenskap. Jag är instängd. Fångad av någon okänd fiende.

Andningsövningar, påminner jag mig själv och försöker lugna mitt skenande hjärta. *Tappa inte fattningen nu, Artemis. Bedöm situationen och leta efter en utväg. Du har tagit dig ur värre knipor än den här.*

Men har jag det? Tvivlet snärjer sina iskalla tentakler runt mitt bröst och hotar att pressa luften ur mina lungor. Jag tvingar mig själv att stänga av den stigande ångesten. *Du är inte till någon nytta om du får panik. Fokusera bara.*

Jag anstränger min värkande hjärna för att försöka pussla ihop hur jag hamnade här, men mina senaste minnen är en otydlig röra. Det sista jag minns är att jag infiltrerade ett laboratorium med Declan, våra kängor ekade mot de kalla metallgolven medan vi letade efter serumet som kunde vara mitt enda hopp om att överleva den ofullständiga evolution som min kropp tvingades genomgå. Men efter det är allt disigt, som att försöka minnas en dröm som glider en ur händerna i samma ögonblick som man vaknar.

Declan. Mitt hjärta knyter sig av oro för min partner. Blev han också tillfångatagen? Eller kom han undan? Snälla låt honom vara okej, vädjar jag tyst och klamrar mig fast vid hoppet att Declan flydde och att han redan är på väg för att hämta mig. Det är det enda som håller den rena skräcken stången.

Oförmögen att få några ledtrådar från mitt röriga minne inventerar jag min karga omgivning. Det är en liten fönsterlös cell, tom förutom den smala britsen jag ligger på. Väggarna är av skarvlös vit plast. Till och med den tunga dörren saknar handtag eller markeringar på den här sidan. Den som har satt mig här har sett till att en flykt skulle vara omöjlig.

Jag biter ihop tänderna av frustration och för händerna över varje centimeter på jakt efter minsta ojämnhet. Men cellen är retfullt perfekt, utformad för att hålla något farligt instängt. Mig.

Jag stelnar till när väggen mittemot mig plötsligt tänds och visar en skärm med det leende ansiktet av Diana Foxberry, min långvariga motståndare. Vid åsynen av hennes skadeglada min tänds ett glödhett raseri i mitt bröst.

"Har du det bekvämt?", frågar hon med förställd oro. "Jag vill vara säker på att ditt boende är till din belåtenhet."

"Dra åt helvete", morrar jag och knyter händerna i ansträngningen att motstå lusten att släppa lös ett eldklot mot hennes bild.

Diana bara ler bredare, uppenbart road. "Seså. Är det något sätt att behandla din älskvärda värdinna?"

"Om du förväntar dig tacksamhet har du en lång väntan framför dig", replikerar jag bittert.

Hon ignorerar min giftiga ton och undersöker sina naglar. "Du borde faktiskt tacka mig. Det besvär jag lagt ner på att ordna den här lilla mysiga buren åt dig..."

"Vad vill du mig?", avbryter jag henne tvärt, och mitt bultande hjärta förråder det lugn jag kämpar för att utstråla.

"Dig? Ingenting." Diana rycker på axlarna. "Se dig själv som en ... gåva till någon som är mycket ivrig att träffa dig."

Jag undertrycker en rysning inför illviljan som lurar under hennes nonchalanta ord. Någon vill ha just mig? Det här är alltså inte bara en slumpmässig fångenskap. Det är något värre.

"Vem?", frågar jag och kan inte hindra en lätt darrning i rösten.

Dianas leende blir bredare. "Varför, ditt största fan, förstås. Min far har varit ganska ivrig att få tag på dig, Artemis. Dina unika talanger fascinerar honom."

Mitt blod förvandlas till is i ådrorna. "Dr Foxberry", viskar jag och knyter nävarna. Självklart är det han som ligger bakom den här mardrömmen.

"Han har så spännande planer för dig", fortsätter Diana och njuter uppenbart av min tydliga rädsla. "Men oroa dig inte. Jag låter honom förklara detaljerna själv. Var nu en snäll flicka för pappas skull."

Skärmen blir plötsligt mörk och lämnar mig ensam med den isande vetskapen om vad som väntar mig i händerna på dr Foxberry. Skräck krigar med raseri inom mig innan jag med våld trycker ner mina känslor igen. Jag får inte tappa fattningen nu. Declan kommer att hitta mig. Det måste han.

"Fan också", muttrar jag och slår näven mot väggen. Det genljuder genom mina ben, men minskar inte min frustration. "Du kommer inte att vinna, Diana. Jag tänker inte låta dig."

Hur gärna jag än skulle vilja sparka in den här dörren och leta reda på henne, så vet jag att jag behöver en plan. Jag har inte råd att rusa in i det här blint. Men för varje sekund som går känner jag hur väggarna sluter sig allt tätare omkring mig och stryper mina alternativ.

"Djupa andetag", säger jag till mig själv och försöker hålla mig lugn. "Det måste finnas en väg ut härifrån. Fortsätt bara leta."

Och så gräver jag djupt och letar efter varje svaghet i detta till synes ogenomträngliga fängelse. Det måste finnas en väg ut härifrån. Och när jag hittar den kommer de inte att veta vad som träffade dem.

"Declan", viskar jag och hoppas mot alla odds att han är i säkerhet och planerar min räddning. "Snälla skynda dig."

När Diana är borta överväger jag mina alternativ. Min blåa eldförmåga har varit mitt trumfkort ända sedan jag fick kontroll över den, och kanske är det nu den perfekta tiden att använda den. Rummet är sterilt och tomt, så det finns inget att bränna förutom väggarna själva. Jag spänner fingrarna och känner den välbekanta hettan byggas upp i fingertopparna. Nu kör vi.

"Kom igen, Artemis", säger jag och biter ihop tänderna när jag trycker handen mot väggen. En explosion av blå flammor bryter ut från min handflata och sveper över ytan. Men något är fel. Istället för det tillfredsställande sprakandet av brinnande material hör jag ett väsande ljud när lågorna kämpar för syre.

"Helvete!", flämtar jag och inser att rummet måste vara lufttätt. Elden suger upp syret snabbare än jag kan andas, och mina lungor skriker efter luft. Jag kväver en hostning och tvingar mig själv att släcka lågorna innan jag kvävs. "Självklart tänkte de på det", stönar jag och masserar tinningarna. "Vad skulle det här vara för fängelsecell om jag bara kunde bränna mig ut?"

"Tänk, Artemis", muttrar jag och anstränger hjärnan för att komma på en annan flyktplan. Ingen dyker upp, men jag kan inte tillåta mig att ge efter för förtvivlan. Så länge jag lever finns det fortfarande en chans. Declan kom undan – vilket betyder att det måste finnas en svaghet i deras säkerhet. Jag behöver bara hitta den.

"Okej, så eld är uteslutet", muttrar jag och biter ihop tänderna. Om jag inte kan bränna mig ut måste jag helt enkelt bli kreativ.

Jag korsar rummet och drar med fingertopparna längs väggens kalla, släta yta. Den känns skarvlös och ogenomtränglig, men det måste finnas något – ett litet förbiseende jag kan utnyttja. Mitt hjärta bultar i bröstet när jag tänker på vad Diana och hennes sjuka far kan ha planerat för mig.

"Okej, era jävlar", viskar jag, med beslutsamhet etsad i varje drag i mitt ansikte. "Låt oss se hur väl ni verkligen har låst in mig."

Försiktigt för att inte göra för mycket oväsen knackar jag på väggen med knogarna och lyssnar efter minsta antydan till ett ihåligt ljud. Inget annat än en dov duns möter mina öron.

"Fan också!", utbrister jag och slår näven mot väggen. Den skarpa smärtan registreras knappt när jag fortsätter mitt obevekliga sökande efter en utväg. Desperationen river i mina inälvor och gnager på min beslutsamhet. Men jag vägrar att ge efter för förtvivlan.

”Okej, jag väntar”, muttrar jag och sjunker ner mot den kalla, sterila väggen. ”Men du kommer inte att knäcka mig, Foxberry. Aldrig i helvete.”

Jag ser mig omkring i rummet, och min blick dras till den lilla luftventilen i taket. Den är för högt upp och för liten för mig att fly igenom, men den ger en viskning av hopp. Om det finns den allra minsta öppning kanske Declan och de andra kan hitta ett sätt att nå mig.

”Declan”, mumlar jag, och mitt hjärta värker vid tanken på honom. Jag föreställer mig hans rufsiga bruna hår, hans nötbruna ögon fulla av eld och beslutsamhet. ”Du har fasen tagit dig ut, din envisa jävel.”

”Gud, om du finns där uppe eller vad det nu är”, viskar jag, min röst knappt hörbar ens för mig själv, ”snälla låt honom vara i säkerhet. Och låt honom spöa skiten ur någon för min skull.”

En skugga av ett leende drar i mina läppar när jag föreställer mig Declan som sliter sig igenom laboratoriet som en hämndens ängel och lämnar inget annat än förstörd utrustning och medvetslösa forskare i sitt kölvatten. Det är en tröstande tanke, även om jag vet att verkligheten kan vara mycket annorlunda.

”Kom igen, Artemis”, säger jag till mig själv och tvingar tillbaka mina tankar till nuet. ”Du har varit i värre situationer än den här. Kommer du ihåg den där gången du var instängd i en brinnande byggnad? Du klarade dig ju utmärkt ur den, eller hur?”

”Typ”, medger jag motvilligt. Minnet av lågor som slickar min hud, rök som kväver mina lungor, har fortfarande kraften att få mig att rysa. ”Men det här är annorlunda. Det här handlar inte bara om mig; det handlar om alla de har skadat, alla de planerar att skada.”

”Fanimej”, svär jag och slår näven mot väggen igen. Smärtan är skarpare den här gången, men den känns bra

– en påminnelse om att jag fortfarande lever, fortfarande kämpar. "Jag tänker inte låta dem vinna. Det kan jag inte."

"Declan", viskar jag, mitt hjärta tungt av oro. "Snälla, hitta ett sätt att hjälpa mig. Jag vet inte hur länge till jag kan hålla ut på egen hand."

Skärmväggen tänds igen med ett mjukt pling, och där står han – dr Terrence Foxberry själv, den galna vetenskapsmannen bakom allt detta vansinne. Han har ett varmt leende klistrat över ansiktet som om vi vore gamla vänner som träffas för en fika, inte fångvaktare och fånge i något sjukt laboratorium.

"Ah, Ms Blackwell", säger han och ger en liten vinkning som jag medvetet ignorerar. "Det är ett nöje att äntligen få träffa dig."

"Kan inte påstå detsamma", svarar jag, lägger armarna i kors och höjer ett ögonbryn. Hans farfarsaktiga uppträdande får det att krypa i mig; det är som att se en varg i fårakläder. Det lurar ett monster under den där rynkiga, vänliga ytan.

"Snälla, kalla mig Terrence." Han ger mig en besviken blick när jag inte svarar. "Jag förstår att den här situationen inte är idealisk, men jag hoppas att vi kan lägga våra meningsskiljaktigheter åt sidan och arbeta tillsammans för det allmänna bästa."

"Allmänna bästa?", frustar jag och försöker hålla min ilska i schack. Det sista jag vill är att ge honom någon tillfredsställelse. "Vad är bra med att kidnappa folk och förvandla dem till dina personliga vetenskapliga experiment?"

Hans min vacklar inte. Istället suckar han mjukt och skakar på huvudet. "Du ser bara en liten del av bilden, Artemis. Vi står på tröskeln till extraordinära upptäckter, att låsa upp den fulla potentialen hos paranormala förmågor. Föreställ dig vad vi skulle kunna åstadkomma."

"Genom att tortera oskyldiga människor? Nej tack." Min röst är kall, orubblig. "Och tro inte för en sekund att jag tänker spela med i dina sjuka lekar."

Dr Foxberrys ögon smalnar en aning, men det där irriterande leendet sitter kvar. "Nå, jag antar att vi helt enkelt får komma överens om att vi inte är överens för tillfället. Hur som helst, välkommen till vår anläggning. Jag är säker på att du kommer att finna den ... upplysande."

"Spara på artigheterna", fräser jag, och mitt tålamod tryter. "Jag är inte här av fri vilja, och du kommer inte att vinna över mig med falska leenden och tomma ord."

"Mycket väl", suckar han, som om det är jag som är orimlig. "Jag ska inte uppta mer av din tid. Men tänk på vad jag har sagt, Artemis. Du kanske upptäcker att våra mål trots allt inte är så olika."

Jag knyter nävarna så att naglarna gräver sig in i handflatorna medan jag blänger på dr Foxberry. "Du lurar ingen med ditt skådespel", väser jag fram. "Så sluta med skitsnacket och berätta vad du vill med mig."

"Ah, rakt på sak alltså", säger han och gnuggar händerna i förväntan. "Nå, jag måste säga att jag finner dina förmågor fascinerande, Artemis. Så väldigt unika bland våra paranormala vänner."

"Ska det föreställa en komplimang?" Min röst dryper av sarkasm, men jag kan inte kväva en rysning av oro. Om han är exalterad över mina krafter kan det inte betyda något gott.

"Självklart!", strålar han mot mig, som om vi diskuterade någon trivial fråga, snarare än min fångenskap. "Det är ju inte varje dag man stöter på någon som du. Vi har så mycket att lära oss av dig.”

”Lära dig? Du menar experimentera på, eller hur?”, skjuter jag tillbaka, med hjärtat bultande i bröstet. ”Jag är inte din försökskanin, Foxberry.”

”Sådan fientlighet”, klickar han med tungan och skakar på huvudet. ”Men det spelar ingen roll. Jag försäkrar dig, jag vill bara allas vårt bästa.”

”Glöm det”, replikerar jag, och min ilska blossar upp. ”Tror du att du bara kan kidnappa folk, slita isär dem och kalla det ’vad som är bäst’? Du är delusional.”

”Ah, nåväl.” Han rycker på axlarna, oberörd av mitt utbrott. ”Vi har alla våra egna sätt att uppnå framsteg, eller hur?”

”Framsteg?”, hånar jag. ”Det här är tortyr, rakt av.”

”Kanske”, medger han, och hans ögon glittrar av något jag inte riktigt kan identifiera – spänning, kanske, eller nyfikenhet. ”Men ibland kräver stora upptäckter stora offer.”

”Spara det till någon som bryr sig”, spottar jag fram, och min syn blir suddig när mitt raseri kokar över. ”Jag tänker inte vara en del av dina sjuka små experiment, Foxberry.”

”Din åsikt i frågan är noterad”, svarar han kallt och studerar mig som om jag vore ett fascinerande exemplar under ett mikroskop. ”Irrelevant. Men noterad.”

Irrelevant. Min rysning är ofrivillig. Som tur är tror jag inte att han märker det. Jag vill inte att den här mannen ska känna till några av mina svagheter.

”Din blå eld är verkligen exceptionell”, begrundar dr Foxberry, hans ögon glimmar av en sjuklig fascination, som om han just har snubblat över en oupptäckt skatt. ”Jag har aldrig sett något liknande hos andra paranormala. Var lärde du dig att kontrollera den?”

”Det skulle du allt bra vilja veta, va?”, fräser jag, lägger armarna i kors över bröstet och vägrar att ge honom en millimeter.

Han skrattar lågt, ett ljud som skär i nerverna. "Åh, det skulle jag verkligen. Och jag tänker ta reda på det."

"Lycka till med det", replikerar jag och smalnar med ögonen. "För jag tänker inte berätta något för dig. Och du kan ge dig fan på att mina vänner kommer för att hämta mig."

"Ah, ja, dina vänner", säger han och knackar eftertänksamt på hakan. "Det är ett ämne jag också är mycket intresserad av. Är de lika ... unika som du? Declan Reed var sannerligen ett intressant exemplar."

Jag ser rött vid tanken på den här mannen och vad han gjorde mot Declan. Jag ställer mig upp och måste hejda mig från att skjuta blå eld mot skärmen. Det är uppenbart att de inte kommer att öppna dörren om de inte måste, så det är mitt enda sätt att kommunicera med dem. Jag är inte riktigt redo att stänga ner den ännu.

"Sådan fientlighet", klickar han med tungan och skakar på huvudet. "Du borde verkligen vara mer samarbetsvillig, Ms Blackwell. Du kommer att finna upplevelsen mycket trevligare om du är det."

"Som jag sa tidigare, du kan ruttna i helvetet", väser jag och knyter nävarna längs sidorna. Tanken på att underkasta mig den här mannen – att låta honom peta och sticka och dissekera mig som något slags labbråtta – får det att vända sig i magen på mig.

Ett slugt leende sprider sig över hans ansikte, och jag vet att jag har avslöjat mer än jag tänkt. "Mycket väl, Artemis. Vi kan göra det här på det svåra sättet, om det är vad du föredrar. Men jag försäkrar dig, jag kommer att få de svar jag söker, på ett eller annat sätt."

"Fortsätt drömma, doktorn", morrar jag och lägger varje uns av trots jag har kvar i mina ord. Mitt hjärta bultar mot revbenen, men jag vägrar låta honom se min rädsla. "För jag kommer inte att knäckas, och inte mina vänner heller."

"Verkligen?", svarar han, och hans ögon smalnar när han tar in min beslutsamhet. "Nå, det får vi se, eller hur?"

Jag tvingar mig själv att hålla andan stadig. "Tror du att du kan få mig att göra vad du vill?"

"Åh, kära Artemis", säger han med ett olycksbådande skratt, "du underskattar kraften i vetenskap och övertalning."

Jag frustar och himlar med ögonen åt hans arrogans. "Lycka till med det. Om du inte har märkt det, är övertalning inte direkt din starka sida."

Ett mörkt leende drar i hans mungipor när han långsamt skakar på huvudet åt mig. Det är bortom kusligt, och jag svär på att jag kan känna temperaturen i rummet sjunka några grader.

"Kanske inte i traditionell mening", medger han, "men jag har andra metoder." Hans röst är späckad med en oroande blandning av hotfullhet och nyfikenhet. "Det kommer inte att dröja länge innan du är ivrig att lyda."

"Fortsätt drömma, gamle man", spottar jag fram, blänger dolkar på honom och låter min ilska kväva varje spår av farhågor.

"Mycket väl då" – han rycker nonchalant på axlarna, som om vi diskuterade vädret – "jag låter dig fundera på dina alternativ. Men kom ihåg: tiden går, och ju förr du samarbetar, desto bättre för alla inblandade."

"Ruttna i helvetet", morrar jag, men han bara ler, som om jag önskat honom en trevlig dag istället.

Skärmen släcks igen, och jag lämnas ensam än en gång, med hjärtat bultande i bröstet. Dr Foxberrys lugna, vänliga agerande gör mig bara ännu mer säker på att han är ett sant monster. Och nu är det upp till mig att lista ut hur jag ska stoppa honom – innan det är för sent för oss alla.

Medan jag går fram och tillbaka i det sterila rummet rusar tankarna. Dr Foxberry kanske inte vet allt om mina krafter, men det är tydligt att han är ivrig att ta reda på det. Och det kan bara innebära problem för mig och alla jag bryr mig om. Jag måste fly – och snabbt – innan han får chansen att förvandla mig till bara ännu en av sina labbråttor.

Men en sak är säker: oavsett vad som händer kommer jag inte att ge dr Foxberry tillfredsställelsen av att knäcka mig.

KAPITEL TVÅ

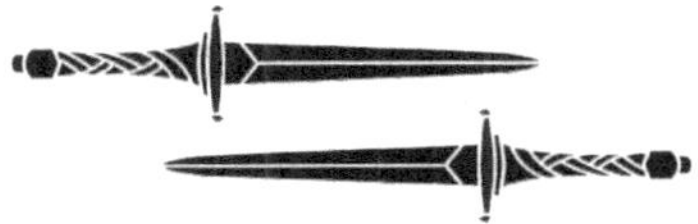

"ARTEMIS, MIN KÄRA", MUMLAR doktor Foxberry med en röst som dryper av giftig honung. Jag ryggar tillbaka vid ljudet av honom, fullt medveten om att hans milda yttre är en fasad som döljer ett monster. "Jag hoppas att du mår bättre."

"Lägg ner, doktorn." Min röst är vass och bitter när jag tvingar mig själv att sitta upprätt och tittar på väggskärmen som lyses upp av hans bild i naturlig storlek.

"Mycket väl." Han suckar och låtsas vara besviken. "Nu när vi har lite tid tillsammans, låt mig förklara ett par saker för dig. Ser du, det var jag som var pionjären bakom utvecklingen av hybridiseringsserumen och förbättringen av psykiska förmågor."

"Gratulerar", morrar jag sarkastiskt medan hjärtat bultar av hat. "Du måste vara så stolt."

Han ignorerar min sarkasm och lutar sig närmare. Lukten av antiseptiska medel fyller mina näsborrar och får mig att vilja kräkas. "Det är en ganska stor bedrift, faktiskt. Och du, Artemis ... du är ett riktigt underverk själv."

"Tack, men jag behöver inte din bekräftelse." Tankarna rusar i huvudet på mig i jakt på en väg ut ur denna mardröm, men jag vet att det inte finns någon utväg. Inte än.

”Dina unika krafter fascinerar mig, särskilt den där blåa elden du har.” Doktor Foxberrys ögon glimmar illvilligt när han talar, och jag kan nästan känna hans förvridna förtjusning över utsikten att få dissekera mig som en av sina labbråttor.

”Dra åt helvete”, fräser jag och knyter händerna. Jag vill inget hellre än att frammana den blåa elden och bränna hans självbelåtna ansikte. Jag ska vänta på rätt tillfälle. De kan inte hålla mig inlåst och isolerad för evigt. Inte om han vill leka sina små experimentella lekar med mig.

”Ah, vilken kampvilja!” Doktor Foxberry småskrattar; hans skratt skär i mina nerver. ”Du är verkligen enastående, Artemis Blackwell.”

”Det kan du ge dig fan på att jag är”, muttrar jag genom sammanbitna tänder, kokande av ilska och frustration. Men jag måste spela mina kort rätt. Om jag ska överleva det här helveteshålet måste jag hålla huvudet kallt och inte låta känslorna ta överhanden.

”Verkligen”, instämmer doktor Foxberry med en isande lugn röst. ”Och det är just därför jag är så ivrig att studera dig.”

”Studera” är bara ett finare ord för tortyr, och det vet vi båda. Men jag tänker inte låta honom knäcka mig. Jag kan inte. Det är för många som räknar med mig – Declan, Malcolm, Nadia … de är alla beroende av att jag slår tillbaka mot den här galningens förvridna experiment.

”Lycka till med det”, hånler jag, och varje fiber i min kropp skriker av trots. ”Du kommer aldrig att få vad du vill ha av mig.”

”Ah, men Artemis”, kontrar doktor Foxberry lent, ”jag tror att du kommer att upptäcka att jag har mina metoder för att få dig att lyda.”

Hotet hänger tungt i luften, kallt och obarmhärtigt som en bödelns yxa. Men jag vägrar att låta mig skrämmas av den här sadistiska jäveln. Vad han än har planerat för mig kommer jag att möta det med högt huvud och komma ut starkare på andra sidan.

"Kom an bara, doktorn", utmanar jag, och mina ögon flammar av beslutsamhet. "Jag har hanterat värre saker än dig."

"Tiden får utvisa, min kära." Doktor Foxberrys leende är varglikt, rovdjursaktigt. "Tiden får utvisa."

Mitt hjärta bultar i bröstet, tungt och dånande som en tryckluftsborr, när jag tvingar mig själv att möta doktor Foxberrys rovdjursblick.

"Okej, sluta snacka skit nu", fräser jag, med en röst som är hes men stadig. "Vad i helvete vill du egentligen ha av mig? Varför allt detta besvär för bara en enda hybrid?"

Doktor Foxberry lägger huvudet på sned och hans ögon smalnar som om han studerade ett fascinerande exemplar. "Tja", säger han långsamt och drar ut på ordet på ett sätt som får det att krypa i skinnet på mig, "dina unika krafter är av stort intresse för mig. Din blåa eld liknar inget jag någonsin har stött på. Det är en sällsynt och fascinerande gåva, en som aldrig har skådats hos någon annan hybrid."

"Jaha, men det får mig inte direkt att vilja ställa till med fest", genmäler jag utan att ens försöka dölja min avsky. "Och det betyder definitivt inte att jag tänker bli din labbråtta."

"Så trotsig." Han lutar sig närmare, hans ögon smalnar av intresse. "Men jag kan inte påstå att jag är förvånad. Det är en del av det som gör dig så ... unik."

"Unik" är inte ordet jag skulle använda för hur jag känner mig just nu. Snarare "fångad" och "skräckslagen" och "förbannad bortom all tro" – men det finns inte en chans att jag ger honom tillfredsställelsen att se mig våndas.

”Hörru, doktor Frankenstein”, morrar jag med sammanbitna tänder, ”jag bryr mig inte om hur speciella du tycker att mina krafter är. Jag tänker inte spela med i dina förvridna små lekar.”

”Ah, så synd”, suckar han och låtsas vara besviken. ”Du hade verkligen kunnat bli något extraordinärt.”

”Nyheter, doktorn: det är jag redan”, svarar jag vasst, med hjärtat bultande i bröstet. ”Och jag kan dö om jag låter någon som du ta det ifrån mig.”

”Mycket väl, Artemis”, säger han med ett isande leende. ”Din envishet är beundransvärd, men i slutändan meningslös. Du kommer att delta i mina experiment, vare sig du gör det frivilligt eller inte.”

”Över min döda kropp”, väser jag och blänger på honom. Han bara småskrattar, uppenbarligen road av mina försök att stå upp mot honom.

”Vilken kampvilja”, anmärker han nästan ömt. ”Det är verkligen ett nöje att bevittna. Men jag är rädd att du inte har lämnat mig något val.”

”Kom an bara, din jävel”, tänker jag för mig själv när han vänder sig bort, och min kropp spänns i väntan på vilka fasor han än har planerat för mig härnäst. ”Jag har mött värre än dig förut, och jag gör det igen om det är vad som krävs för att skydda de människor jag bryr mig om.”

”Okej, var inte frivillig då”, säger doktor Foxberry kyligt, och hans ögon smalnar en aning. ”Ditt samarbete spelar ingen roll. Jag har mina metoder för att få dig att lyda.”

”Försök då”, fräser jag trotsigt och korsar armarna över bröstet.

”Mycket väl”, svarar han, med en röst som är en viskning av hot. Han lyfter sin hand och trycker på en knapp på väggen. Nästan omedelbart strömmar den välbekanta lukten av sövande gas in i cellen. Skit, inte det här igen.

”Dra åt helvete, din förvridna jävel!” skriker jag åt honom, och synen blir suddig. Jag vet att jag bara har några sekunder innan gasen slår ut mig, men jag kan inte låta bli att slunga varje förolämpning och svordom jag kan komma på mot honom. Det är allt jag har kvar i detta ögonblick.

Doktor Foxberry står bara där, lugn som alltid, och betraktar mig med kalla ögon medan gasen fyller rummet. Han rycker inte ens till när min tirad blir alltmer desperat och orden sluddrar ihop sig tills de knappt är sammanhängande. Mina ben vacklar under mig; det känns som om jag står på två tändstickor.

"De... Declan ... kommer inte låta dig ...", lyckas jag pressa fram, med tankarna på mannen jag älskar och hur våldsamt beskyddande han är över mig. Men min röst tystnar när mörkret tränger sig på, och snart nog slukas jag helt av medvetslösheten.

Groggy och desorienterad tvingar jag upp ögonen, och de sterila lamporna ovanför mig är nästan bländande. Den kalla ytan under mig avslöjar att jag inte längre är i min cell, utan fastspänd på ett undersökningsbord. Hjärtat bultar i bröstet när jag försöker röra mig, bara för att upptäcka att jag inte kan röra så mycket som ett finger.

"Ah, du är vaken", slingrar sig doktor Foxberrys röst in i mina öron som olja. "Jag hoppas att du har det bekvämt."

"Som en dag på spa", svarar jag vasst och biter ihop tänderna. Som på en given signal lägger jag märke till pansarhandskarna som omsluter mina händer och förhindrar all användning av min blåa eld. Att försöka tända den skulle bara bränna mitt eget kött – smarta jävel.

"De är låsta", säger han självbelåtet och viftar med en liten nyckel framför mig. "Vi kan ju inte ha dig som tänder eld på saker, eller hur?"

”Dra åt helvete”, morrar jag. Paniken sjuder under min ilska, men jag vägrar låta honom se det.

”Lika charmig som alltid, Artemis”, svarar han, till synes oberörd av min fientlighet.

Med en kraftansträngning spänner jag mig mot remmarna, i hopp om att slita mig loss eller åtminstone lossa på dem. Jag är starkare än någon vanlig människa nu. Men remmarna är uppenbarligen gjorda med förstärkta hybrider i åtanke, och de håller emot, hånar min hjälplöshet. Svetten pärlar sig i pannan och min frustration kokar över.

”Känner du dig fångad?” frågar doktor Foxberry med en antydan till munterhet i rösten, det självbelåtna kräk.

”Dra åt helvete”, fräser jag och blänger på honom. Han småskrattar lågt, vilket retar mig ännu mer.

”Ditt trots är verkligen imponerande”, säger han och cirklar runt bordet som en gam. ”Men i slutändan meningslöst. Du kommer att lyda, på ett eller annat sätt.”

”Över min döda kropp”, morrar jag och kämpar fortfarande mot banden som håller mig fången.

”Låt oss hoppas att det inte behöver bli så”, säger han med ett tunt leende, och jag kan inte avgöra om det är äkta oro eller bara en annan förvriden lek. Som om något med den här mannen skulle kunna vara äkta.

”Declan kommer att hitta mig, det vet du”, säger jag, mer för att lugna mig själv än något annat. ”Du kommer inte att komma undan med det här.”

”Ah, ja, din riddare i skinande rustning”, funderar doktor Foxberry med smalnande ögon. ”Vi får se hur mycket av en hjälte han är när det väl gäller.”

”Tro mig, han kommer att vara en jävla massa mer heroisk än du någonsin kommer att bli”, morrar jag, och min röst dryper av gift.

”Tiden får utvisa, Artemis”, svarar han med iskall ton. ”Tiden får utvisa.”

Den sterila doften av desinfektionsmedel hänger i luften medan doktor Foxberry börjar förbereda en serie experimentella serum, och glasflaskorna fångar det kalla ljuset från taket. Jag kan inte låta bli att känna mig som en labbråtta, inträngd i ett hörn och utlämnad åt någon förvriden vetenskapsman. Vilket, med tanke på omständigheterna, inte är långt ifrån sanningen.

"Doktor Foxberry", börjar jag, i ett sista försök att vädja, "snälla, tänk över vad du gör. Det här ... det här är inte rätt."

"Tänka över?" fnyser han och radar upp flaskorna med minutiös precision. "Det här är kulmen på mitt livsverk, Artemis. Det finns ingen återvändo nu."

"Ditt livsverk har varit att tortera oskyldiga människor", fräser jag och kämpar för att hålla rösten stadig. "Du behöver inte göra det här. Du kan välja en annan väg."

Han bemödar sig inte ens att snegla i min riktning. Mina ord är inget annat än vitt brus för honom. Det är som att prata med en tegelvägg – en ond, sadistisk tegelvägg.

"Nu räcker det", säger han, nästan uttråkat. "Dina försök att påverka mig är meningslösa. Snart kommer du att se hur extraordinära dina krafter kan bli under min vägledning."

"Dra åt helvete", väser jag, oförmögen att längre hålla tillbaka min ilska. Tanken på att han mixtrar med mina förmågor får det att krypa i skinnet på mig.

"Sådan fientlighet", säger han förebrående och vänder sig slutligen mot mig. Hans ögon är kalla, utan någon som helst känsla eller empati. "Men jag antar att det är att vänta, med tanke på omständigheterna."

"Det kan du ge dig fan på", muttrar jag tyst för mig själv och kämpar fortfarande mot remmarna som binder mig.

"Ska vi börja?" säger doktor Foxberry med en kusligt lugn ton när han plockar upp den första serumfyllda sprutan.

”Vänta!” ropar jag, desperat efter att vinna tid. ”Bara ... tänk på vad du gör. Det måste finnas ett annat sätt.”

”Artemis”, säger han, med en röst som dryper av nedlåtenhet, ”det här är det enda sättet. Ju förr du accepterar det, desto lättare blir det här för oss båda.”

Jag biter ihop tänderna och förbannar mig själv för att jag är så maktlös i detta ögonblick. Allt jag vill är att slå mig fri och få honom att betala för allt han har gjort. Men för nu kan jag bara hoppas och be att Declan hittar mig innan det är för sent.

”Gör dig beredd, min kära”, säger doktor Foxberry med ett äckligt sött leende när han trycker in nålen i min arm. ”Det här kan svida lite.”

Jag hinner inte ens himla med ögonen åt hans patetiska försök till humor innan serumet översvämmar min kropp och sätter varje cell i brand. Det känns som om smält lava forsar genom mina ådror och bränner mig inifrån och ut. Jag kan inte hålla tillbaka skriken som sliter sig från min strupe, råa och desperata.

”Sluta! Snälla sluta!” bönfaller jag och kastar mig mot de kalla metallremmarna som skär in i mina handleder och vrister.

”Intressant”, observerar doktor Foxberry, fullständigt oberörd av min plåga. ”Din reaktion på serumet är ... intensiv.”

”Intensiv?” pressar jag fram genom sammanbitna tänder, medan svetten pärlar sig i pannan. ”Din sadistiska satmara!”

”Tänk på språket, Artemis”, förmanar han utan att bry sig om att dölja sin munterhet. ”Du vill väl inte stöta dig med några ömtåliga själar, eller hur?”

”Ömtåliga själar?” morrar jag och rycker med huvudet mot honom i ett försök att fånga hans självbelåtna blick. ”Du är verkligen ett kapitel för dig, eller hur? Tror du att det är någon stor bedrift att tortera folk? Du är inget annat än ett monster!"

"Monster?" Han småskrattar och höjer ett ögonbryn. "Kanske det. Men jag föredrar att se mig själv som en konstnär som formar mästerverk av rå, outnyttjad potential."

"Outnyttjad potential?" fräser jag, smärtan gör det svårt att forma sammanhängande tankar. "Om jag någonsin kommer loss ska jag visa dig precis vilken sorts potential jag har—"

"Testpersonen uppvisar extrem ångest och förhöjd smärtkänslighet", mumlar doktor Foxberry och klottrar anteckningar i en journal som om jag inte vore mer än ett intressant laboratorieexemplar.

"Självklart har jag ångest!" fräser jag och försöker ignorera den brännande smärtan som rusar genom mig. "Jag är inte ditt jävla försöksdjur!"

"Ah, men det är du visst, Artemis", säger han med en isande lugn röst. "Och ju förr du accepterar det, desto lättare blir det här för oss båda."

"Dra åt helvete", morrar jag och biter ihop käkarna.

"Sådan fientlighet", säger han förebrående och skakar på huvudet. "Nå, ska vi fortsätta?"

Han tar av locket på en annan spruta, fylld med en sjukligt grön vätska som får min mage att vända sig bara jag ser på den. Mitt hjärta bultar vilt i bröstet när han närmar sig, och jag kämpar emot lusten att kräkas.

"Gör dig beredd, min kära", varnar han och trycker in nålen i min arm.

Smärtan är obeskrivlig, som att bli överkörd av ett godståg gjort av syra och krossat glas. Min syn blir suddig och ett kvävt skrik undslipper mina läppar. Det krävs varenda uns av min återstående styrka för att inte svimma på fläcken.

"Anmärkningsvärt", funderar doktor Foxberry och antecknar fler observationer. "Detta serum borde ha gjort dig medvetslös nu. Ändå är du här, fortfarande trotsig."

"Dra åt helvete", lyckas jag väsa fram mellan sammanbitna tänder, medan min kropp skakar under anstormningen av smärta.

"Din motståndskraft är verkligen imponerande", medger han, nästan motvilligt. "Men låt oss se hur länge den varar, ska vi?"

Under de närmaste minuterna utsätts jag för en obeveklig störtflod av injektioner, var och en mer plågsam än den förra. Varje muskel i min kropp skriker efter uppskov, mina ben känns som om de splittras under tyngden av min plåga. Mitt förstånd fransar sig som ett slitet rep och hotar att brista när som helst.

"Sådana fascinerande resultat", kommenterar doktor Foxberry, och hans röst registreras knappt i mitt smärtfyllda medvetande. "Jag hade förväntat mig att din tolerans skulle minska, men du fortsätter att överraska mig, Artemis."

"Sluta!" pressar jag fram, tårar strömmar nerför mitt ansikte. "Snälla ... bara sluta!"

"Fint", säger doktor Foxberry slutligen med en besviken ton i rösten, som om jag hade nekat honom något stort pris. "Vi fortsätter med detta senare." Han drar av sig sina latexhandskar med en elegant gest och kastar dem i en närbelägen soptunna.

"Kan knappt bärga mig, din jävel", fräser jag, och min röst är knappt mer än en hes viskning.

Han ger mig en sista värderande blick innan han kliver bort från undersökningsbordet. "Jag lämnar dig att vila för nu, Artemis. Men tro mig när jag säger att jag är långt ifrån klar med dig."

”Känslan är ömsesidig”, morrar jag, även när min kropp darrar av de kvardröjande effekterna av hans experimentella serum.

Med en nonchalant vinkning vänder doktor Foxberry på klacken och lämnar rummet, och lämnar mig återigen ensam i mitt kalla, sterila fängelse. Metalldörren slår igen med en rungande smäll som ekar olycksbådande genom kammaren.

Mina andetag kommer i ytliga flämtningar när jag driver in och ut ur medvetande, medvetslöshetens mörka avgrund retsamt nära, men ändå precis utom räckhåll. Varje gång jag tror att jag är på väg att tippa över kanten, rycker smärtan som väller fram i mina ådror mig tillbaka till medvetandets grymma ljus.

Snälla, låt dem hitta mig snart, ber jag tyst, och tanken på mina vänner erbjuder ett litet skimmer av hopp mitt i den obevekliga plågan. Jag behöver deras hjälp, nu mer än någonsin.

En ny våg av smärta sköljer över mig och drar ner mig under sin förkrossande tidvattenvåg. Min syn blir suddig, och för ett ögonblick är jag inte säker på om jag är vaken eller drömmer.

”Artemis ...”, viskar en avlägsen röst, och jag anstränger mig för att höra den, desperat efter något tecken på mina vänner. Men rösten försvinner, uppslukad av mörkret som hotar att förtära mig.

”Declan”, viskar jag, min röst hes och knappt hörbar. Jag behöver honom nu mer än någonsin, för att känna hans värme och styrka när han håller mig i sina armar. Bilden av hans ansikte dyker upp bakom mina slutna ögonlock, en fyrbåk av hopp mitt i mörkret som hotar att uppsluka mig.

”Var stark, Artemis”, föreställer jag mig att han säger, hans nötbruna ögon fyllda av oro. ”Du kan uthärda vad som helst doktor Foxberry utsätter dig för.”

”Lätt för dig att säga”, muttrar jag inombords, trots att jag vet att Declan har utstått sin egen del av fasansfulla experiment i händerna på dessa monster. Men tanken på honom, tillsammans med mina vänner, ger mig styrkan att fortsätta kämpa.

”Doktor Foxberry!” ropar jag, min röst ansträngd men trotsig. ”Tror du att dina små experiment ska knäcka mig? Du vet inte vad jag är kapabel till.”

Tystnad möter mig, men jag vägrar att låta det avskräcka mig. Istället fokuserar jag på tanken på mina vänner, människorna jag älskar. Jag tänker inte låta doktor Foxberry eller någon annan skada dem. Jag kommer att uthärda vilken tortyr de än har planerat om det innebär att hålla dem säkra.

”Artemis”, hör jag det låga mullret av Declans röst igen, denna gång tillsammans med minnet av hur hans fingrar känns när de snuddar vid min hud. ”Glöm inte vem du är. Låt dem inte ta det ifrån dig.”

”Aldrig”, lovar jag, och mitt hjärta sväller av beslutsamhet. Trots den plåga och hjälplöshet som hotar att begrava mig, håller jag fast vid tanken på Declan och våra vänner. De är min livlina, anledningen till att jag inte kan – och inte kommer – att ge upp.

”Kom an bara, doktor Foxberry”, utmanar jag, min röst knappt högre än en viskning men fylld av min övertygelses eld. ”Jag tänker inte försvinna.”

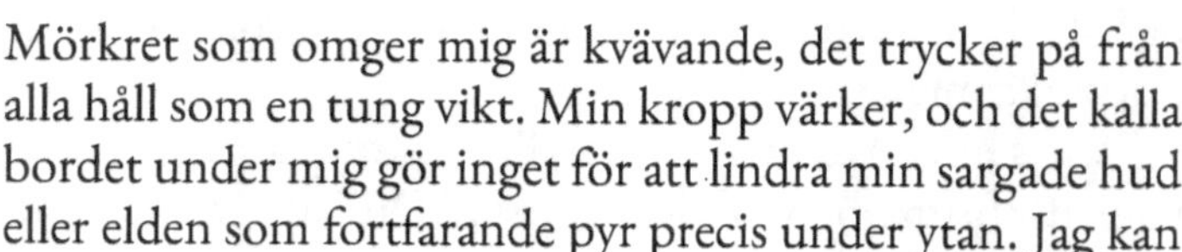

Mörkret som omger mig är kvävande, det trycker på från alla håll som en tung vikt. Min kropp värker, och det kalla bordet under mig gör inget för att lindra min sargade hud eller elden som fortfarande pyr precis under ytan. Jag kan knappt dra ett andetag, varje inandning är ansträngd och smärtsam. Jag har tappat räkningen på hur många injektioner han har gett mig. Hur många dagar jag har varit här.

”Är det här verkligen det bästa du har, doktor Foxberry?” väser jag, min röst svag men drypande av sarkasm. ”Jag har haft värre solbrännor.”

”Ditt trots är beundransvärt, Artemis”, svarar han lent, hans röst en irriterande lugn kontrast till min egen. ”Men i slutändan meningslöst.”

”Fint försök, men du kommer inte inpå skinnet på mig.” Jag småskrattar bittert och ignorerar den bultande smärtan i mitt huvud. ”Åh vänta, det gjorde du ju redan – bokstavligen.”

”Verkligen. Din motståndskraft är ganska fascinerande.” Han låter nästan uttråkad, som om att tortera mig bara är en annan trivial uppgift på hans att-göra-lista.

Jag biter ihop tänderna mot smärtan och vägrar ge honom tillfredsställelsen att se mig bryta ihop. Mina tankar vandrar till Declan, värmen från hans armar och sättet hans beröring alltid lyckas jaga bort mina rädslor. Det är en liten tröst, men det räcker.

”Vad du än planerar kommer det inte att fungera”, varnar jag, och orden sipprar ut mellan sammanbitna tänder. ”Du bråkar med fel häxa.”

”Mycket möjligt, men det är det som gör det så spännande.” Leendet i hans röst skickar en rysning längs min ryggrad. ”Jag ser fram emot vår nästa session, Artemis.”

”Ställ dig i kö”, muttrar jag, men mitt trots börjar sina. Varje sekund som tickar förbi gör att jag känner mig svagare, mer sårbar.

”Sov gott, mitt envisa försöksobjekt.” Doktor Foxberrys avskedsord hänger i luften som ett elakartat moln när rummet återigen faller i tystnad.

Utmattningen smyger sig på mig, sveper sina kalla fingrar runt mitt medvetande och drar mig ner i avgrunden. Jag försöker kämpa emot, men min sargade kropp vägrar att samarbeta. Mörkret slukar mig hel, och för ett ögonblick finns det inget annat än välsignad lättnad från smärtan.

”Var stark, Artemis”, ekar Declans röst i mitt sinne, en livlina att klamra sig fast vid när allt annat försvinner. ”Jag kommer att hitta dig. Vi klarar oss igenom det här.”

”Det kan du ge dig fan på att vi gör”, viskar jag för mig själv när sömnen drar ner mig, det kalla bordet erbjuder föga tröst för min blåslagna och trasiga kropp.

KAPITEL TRE

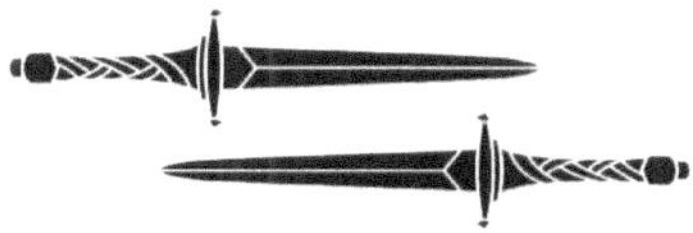

ENSAM. IGEN. CELLENS VÄGGAR sluter sig om mig som ett skruvstäd, och jag skulle kunna svära på att de kryper närmare för varje sekund. Doktor Foxberrys experiment har lämnat en sur eftersmak i munnen, och jag kan inte skaka av mig känslan av att något inom mig har förändrats.

En rysning löper längs ryggraden när jag spänner fingrarna och känner den nyfunna styrkan som strömmar genom mina ådror. Mina muskler spänns och min kropp surrar av kraft, som ett rovdjur som smyger på sitt byte. Och det skrämmer skiten ur mig.

"Artemis, hur mår vi idag?", slingrar sig doktor Foxberrys röst in i rummet, oljig och oärlig.

"Som om jag har förvandlats till en försöksråtta", fräser jag tillbaka och rullar över för att stirra på skärmen.

"Intressant ordval", funderar han med en ton som får det att krypa i skinnet på mig. "Du borde vara tacksam för dessa förbättringar."

"Tacksam? Du håller på att förvandla mig till ett monster", morrar jag och min ilska sjuder strax under ytan. Det krävs all min självkontroll för att inte låta den koka över.

De djuriska instinkterna som nu bubblar inom mig är oroande, främmande, men onekligen kraftfulla. En del av mig vill omfamna dem, använda deras kraft mot dem som har fängslat mig. Men jag tänker inte ge doktor Foxberry tillfredsställelsen att knäcka mig.

"Monster är ett sådant hårt ord, Artemis", tillrättavisar han mig. "Jag föredrar att se dig som ... utvecklad."

"Utvecklad eller inte, du är fortfarande ett sadistiskt jävla svin", replikerar jag och knyter nävarna.

"Ah, alltid så stridslysten", säger han och rösten dryper av falsk beundran. "Det kommer att tjäna dig väl."

"Dra åt helvete", muttrar jag och avslutar samtalet när jag vänder mig bort från skärmen och glider ner längs väggen för att sitta på det kalla golvet.

Mina tankar rusar medan jag försöker förstå mina nya förmågor. Kan jag använda dem för att fly? Eller kommer de bara att trassla in mig ytterligare i doktor Foxberrys förvridna nät?

"Fokusera, Artemis", viskar jag för mig själv och försöker dämpa den kaotiska virvelvinden i mitt sinne.

Jag vet inte hur mycket mer av det här jag klarar. Men en sak är säker – jag kommer inte att ge mig utan en kamp.

En rysning löper längs ryggraden när jag överväger möjligheten att utveckla en hamnskiftarform som Declans. Skulle jag bli ett smidigt rovdjur som han, eller något helt annat? Tanken skickar ännu en kåre genom mig, men den är inte helt obehaglig. Faktum är att det finns en del av mig som är nyfiken på att veta vad som döljer sig under detta nya lager av mig själv.

"Okej, Artemis", förebrår jag mig själv mjukt. "Ingen idé att förlora sig i 'tänk om'. Dags att fokusera."

Jag sätter mig med korslagda ben och använder meditationsteknikerna Athina lärde mig, i ett försök att tysta mina rusande tankar och adrenalinet som fortfarande strömmar genom mig. Det är svårare än någonsin, med de djuriska instinkterna som lurar precis under ytan, men jag tvingar mig själv att ta långsamma, djupa andetag.

"Hitta ditt centrum, Artemis", upprepar jag tyst och låter Athinas lugna, moderliga röst vägleda mig i mitt sinne. "Andas in, andas ut."

Medan jag fortsätter att meditera börjar spänningen i min kropp att lätta, men inte helt. Det finns en kvardröjande oro som slingrar sig inom mig, i väntan på ett tillfälle att slå till. Men för nu finner jag tröst i stillheten och låter tankarna vandra.

"Declan", tänker jag, och en värk lägger sig i bröstet vid blotta tanken på honom. "Vad gjorde doktor Foxberry med dig?"

Mina minnen av hans jaguarform blixtrar förbi – hans kraftfulla muskler som krusade sig under gulbrun päls, hans rovdjurslika grace när han rörde sig genom skuggorna. Om jag skulle utveckla en hamnskiftarform, skulle jag då kunna stå vid hans sida som hans jämlike?

"Nu räcker det", förebrår jag mig själv och skakar av mig fantasin. "Spekulationer kommer inte att leda mig någonvart. Fokusera på det som är verkligt, det som händer just nu."

Men även när jag återgår till min meditation kan jag inte låta bli att undra om det finns mer i dessa nyfunna krafter än jag inser. Och om de skulle kunna vara nyckeln till min frihet.

"Fan ta dig, Artemis", muttrar jag tyst för mig själv, och mitt fokus är brutet. "Du måste hålla dig centrerad. Fokusera på ditt andetag", påminner jag mig själv, andas in djupt och andas ut långsamt. "In ... och ut ..."

Just nu är det allt jag kan göra – andas och hoppas att vilken förvandling doktor Foxberry än har släppt lös inom mig kommer att göra mig starkare. Stark nog att bryta mig fri och hitta tillbaka till Declan.

”Var stark, Declan”, viskar jag ut i den kalla luften i min cell. ”Jag ska hitta dig.”

Mina andetag synkroniseras med mitt hjärtas tysta rytm och jag förlorar mig i meditationen Athina lärde mig. Kylan i cellen försvinner, ersatt av en känsla av inre värme och lugn. Tills jag hör dem.

”Helvete, hon mediterar fortfarande”, fyller en barsk röst mitt huvud, och rycker mig ur mitt fokus. Jag öppnar ögonen och söker i mörkret efter dess källa, men det finns ingen där.

”Vem sa det?”, muttrar jag för mig själv och inser att jag måste hålla på att bli galen. Men så smyger sig en annan tanke in i mitt medvetande – den här gången ackompanjerad av rasslet av nycklar någonstans utanför min cell.

”Skulle ha slagit vad om hur länge hon skulle klara sig här inne”, funderar en andra röst, skadeglatt road. ”Jag kunde ha tjänat en förmögenhet.”

”Vänta lite”, tänker jag och hjärtat slår snabbare när jag lägger ihop pusslet. ”Läser jag ... deras tankar?” Cellen är absolut ljudisolerad. De enda ljud jag har hört sedan jag kom hit har varit när kommunikationsskärmen är på.

”Test. Ett, två, tre.” Jag projicerar mentalt mina egna tankar utåt, riktade mot vakterna strax bortom min cells väggar. ”Kan ni höra mig?”

”Håll tyst, är du snäll? Jag försöker koncentrera mig på mitt korsord”, fräser den första rösten, tydligt irriterad. Men det finns inget som tyder på att de hörde mitt försök till kommunikation.

”Okej då”, pustar jag, frustrerad men fascinerad. Om jag ännu inte kan kontrollera eller påverka deras tankar, kan jag åtminstone tjuvlyssna och samla information. Och vem vet, med lite övning kanske jag kommer på hur jag ska bryta igenom deras mentala barriärer.

”Koncentrera dig, Artemis. Låt dem inte veta vad du kan göra”, påminner jag mig själv och sätter mig tillbaka i min meditationsställning. Den här gången lämnar jag dock mina sinnen inställda på tankarna som svävar runt mig som dimslöjor.

"Två timmar till skiftbyte", tänker en vakt, och hans förväntan på att skiftet ska ta slut är nästan påtaglig. "Längtar efter att komma ut från detta gudsförgätna ställe."

"Bara två veckor kvar tills jag får träffa min dotter igen", funderar en annan vakt, en glimt av värme och kärlek som skär genom deras tankars kalla mörker.

"Intressant", tänker jag och lagrar dessa fragment i minnet för framtida bruk. "Dessa vakter har liv utanför detta helveteshål. Kanske är de inte alla så känslokalla som de verkar."

"Håll fokus, Artemis", manar jag mig själv och försöker ignorera det ökande trycket vid skallbasen. "Låt dem inte se din svaghet."

"Lodrätt tre: sex bokstäver för 'liten, rund sten'", grubblar en vakt, och hans irritation växer.

"Små...sten?", viskar jag mentalt svaret och hoppas att det på något sätt ska bryta igenom hans mentala försvar. Men det kommer ingen reaktion, inget som tyder på att han hörde mig.

"Fan också", svär jag inombords, frustrerad över min brist på framsteg. "Jag behöver mer tid, mer övning."

Men djupt inom mig vet jag att tiden håller på att rinna ut – och för varje ögonblick som går blir mina chanser att fly från denna mardröm allt mindre.

❖

"Artemis, fokusera", tillrättavisar jag mig själv när mina tankar återigen vandrar iväg. Det kalla betonggolvet under mig är en hård påminnelse om min fångenskap, men de nyfunna telepatiska krafterna håller mig sällskap i tystnaden.

"Kanske finns det mer att upptäcka", funderar jag och pressar mitt medvetande utåt. Min hand svävar över golvet, och jag koncentrerar mig på det lilla gruskorn som ligger precis innanför dörren till min cell, förmodligen avfallet från en vakts eller doktor Foxberrys känga förra gången någon var här inne med mig. Med ett djupt andetag frammanar jag den blå elden inom mig och känner dess välbekanta värme strömma genom min kropp. Men istället för att uppsluka min hand som den alltid har gjort, blossar elden bara upp runt gruskornet. Den kommer inte alls från mig.

"Helvete", viskar jag tyst för mig själv, chockad över denna nya utveckling. Gruskornet glöder med ett kusligt blått ljus innan det sönderfaller till aska. "När blev min blåa eld så ... fjärrstyrd?"

"Hallå, vad var det? Hörde du något?", frågar en av vakterna sin kollega, och deras fotsteg ekar nere i korridoren när de närmar sig min cell.

"Måste ha varit en strömtopp eller något", svarar den andra vakten, uppenbart uttråkad av situationen. De fortsätter sin rond, helt ovetande.

"Det var nära ögat", tänker jag, och rädslan pulserar fortfarande genom mina ådror. Det tar ett ögonblick för mig att återfå fattningen. "Men det här förändrar allt."

"Det kan du lita på", säger jag till mig själv och försöker undertrycka ett flin. Faktum är att jag inte kan låta bli att känna mig lite mallig över denna nya uppgradering. "Jag är praktiskt taget en vandrande eldkastare nu. Hur låter det som eldkraft?"

"Fokusera, Artemis", skäller jag på mig själv igen. Min situation är fortfarande desperat, och jag har inte råd att bli övermodig. "Men hur kan jag använda det här? Kan det hjälpa mig att fly?"

"Visst, du kan bara spränga dig ut härifrån", inflikar mina sarkastiska tankar. "Vad är det värsta som kan hända?"

"Bra idé", replikerar jag internt och himlar med ögonen. "Förutom den delen där jag blir skjuten till småbitar av vakter."

"Okej, okej", muttrar jag för mig själv och går mentalt igenom olika scenarier. Det måste finnas ett sätt att använda dessa nya krafter till min fördel utan att larma hela anläggningen.

"Kanske om jag bara kan skapa en liten, kontrollerad explosion ...", tänker jag och överväger möjligheten. Men sedan hejdar jag mig själv. "Nej, för riskabelt. Vad jag vet övervakar de varje rörelse jag gör." Jag sneglar på väggskärmen. Den är blank för det mesta, men jag har ingen aning om kcamerauppsättningen inuti den alltid är på och iakttar varenda rörelse jag gör.

"Håll det hemligt. Håll det säkert", bestämmer jag mig och kanaliserar min inre Gandalf. Åtminstone tills jag kommer på hur jag kan kontrollera det bättre – eller hittar ett tillfälle att utnyttja.

"Vem vet vilka andra trick doktor Foxberry har i rockärmen?", påminner jag mig själv och ryser vid tanken på vad mer han kan ha gjort med mig. "Jag behöver alla fördelar jag kan få."

"Okej, nog med självpeppning nu", förmanar jag mig själv i ett försök att återfå fokus. Jag intar åter min meditationsställning och sluter ögonen, och låter mina sinnen återigen ställa in sig på tankarna hos dem runt omkring mig.

"Låt dem underskatta mig", lovar jag tyst. "När tiden är inne ska jag visa dem precis vilket sorts monster de har skapat."

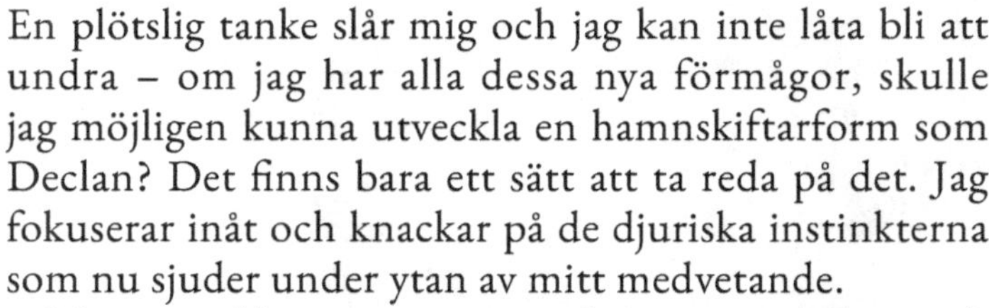

En plötslig tanke slår mig och jag kan inte låta bli att undra – om jag har alla dessa nya förmågor, skulle jag möjligen kunna utveckla en hamnskiftarform som Declan? Det finns bara ett sätt att ta reda på det. Jag fokuserar inåt och knackar på de djuriska instinkterna som nu sjuder under ytan av mitt medvetande.

Mina muskler spänns när jag koncentrerar mig, och sedan händer det plötsligt. Min kropp förvandlas, ben knakar, fjädrar växer fram från min hud, och innan jag vet ordet av är jag en stor korp som sitter på min cells kalla golv. "Helvete", kraxar jag förvånat, och min röst låter samtidigt mänsklig och fågellik.

"Antar att det besvarar den frågan", tänker jag för mig själv och tar en titt på min blanka, mörka fjäderdräkt. Med ett djupt andetag skiftar jag tillbaka till min mänskliga form och rynkar pannan åt den kusliga känslan av fjädrar som drar sig tillbaka in i huden.

"Ah, Ms Blackwell", avbryter doktor Foxberrys röst mina tankar när skärmen flimrar till liv och hans kalla ögon granskar mig. "Jag ser att du har upptäckt fler av dina nyfunna förmågor."

"Toppen", muttrar jag inombords, "precis vad jag behövde – en publik." Ändå kan jag inte låta bli att känna en pervers känsla av stolthet över hans belåtna uttryck. Hur ofta får en tjej imponera på en psykotisk läkare med sina fågelimitationsfärdigheter?

"Ja, men det är du som har gjort det här mot mig", fräser jag och korsar armarna defensivt. "Vad vill du?"

”Bara observera”, svarar han och drar fram ett anteckningsblock och en penna från sin labbrock. ”Dina framsteg är ... högst intressanta.”

”Trodde aldrig jag skulle få en roll i ditt skruvade vetenskapsexperiment”, replikerar jag och blänger på honom. ”Men här är vi nu.”

”Verkligen”, instämmer doktor Foxberry och gör några anteckningar. ”Du visar dig vara en mycket värdefull tillgång, Ms Blackwell.”

”Tillgång? Är det allt jag är för dig?”, frågar jag med ett morrande. ”Bara ännu en försöksråtta för dina sjuka experiment?”

”Din potential sträcker sig långt bortom den hos en enkel försöksråtta”, säger han avfärdande. ”Du skulle kunna bli något verkligt extraordinärt – om du bara ville samarbeta.”

”Samarbeta?” Jag kan inte låta bli att skratta bittert. ”Varför skulle jag någonsin vilja spela med i ditt förvridna spel?”

”Eftersom, min kära”, svarar doktor Foxberry och hans ögon smalnar, ”jag tror att vi båda vet att det står mer på spel här än bara din egen frihet.”

”Är det ett hot?”, morrar jag och knyter nävarna längs sidorna.

”Bara en observation”, svarar han kyligt. ”Nu föreslår jag att du fokuserar på att finslipa dina nya förmågor. De kan visa sig vara ... användbara, under de kommande dagarna.”

”Är det allt?”, frågar jag och håller med nöd och näppe tillbaka min ilska.

”Tills vidare”, svarar han innan han vänder på klacken och lämnar mig ensam igen i min cell.

”Jävla skitstövel”, muttrar jag tyst för mig själv och känner ilskan bubbla inom mig som en vulkan på väg att få ett utbrott. Men jag trycker ner den och väljer istället att kanalisera den till beslutsamhet.

"Okej, Foxberry", tänker jag och biter ihop tänderna. "Du vill se vilket slags monster du har skapat? Vänta du bara."

———◇———

Undersökningsbritsens kalla metall biter sig in i min rygg när jag ligger där och stirrar upp i det sterila vita taket. Jag kan praktiskt taget känna doktor Foxberrys ögon på mig, granskande varje centimeter av min kropp medan han klottrar i sin förbannade anteckningsbok.

"Intressant", muttrar han och cirkulerar runt mig som en gam. "Den snabba takten på din transformation är ganska anmärkningsvärd."

"Tack, jag hatar det", svarar jag och min röst dryper av sarkasm. Han verkar inte ens märka det, alltför uppslukad av sin perversa fascination för mina nyfunna förmågor.

"Din cellstruktur verkar ha anpassat sig väl till dessa förbättringar", fortsätter han och petar på mig med något slags instrument som jag inte riktigt kan se. Dess iskalla beröring skickar en rysning längs ryggraden. "Nu ska vi se hur mycket längre vi kan pressa dina gränser."

"Ursäkta mig?", fräser jag och lyfter på huvudet för att blänga på honom. "Vad fan betyder det?"

"Bara att vi ska fortsätta din behandling, Ms Blackwell", svarar han och viftar med en spruta fylld med en olycksbådande vätska. "Vi måste ju se till att du når din fulla potential."

"Genom att göra mig till ett missfoster?", morrar jag, men han bara rycker på axlarna.

"Framsteg kräver uppoffringar", säger han kyligt och sticker nålen i min arm utan att tveka. Smärtan är skarp och omedelbar, och jag kan inte låta bli att väsa genom sammanbitna tänder när serumet forsar in i mina ådror.

"Jävla ...", avbryter jag mig själv, oförmögen att slutföra svordomen när rummet börjar snurra. Mitt hjärta bultar i bröstet, en känsla som är nästan öronbedövande i sin intensitet.

"Lugn nu", mumlar doktor Foxberry, med en irriterande lugn röst. "Dessa biverkningar borde vara tillfälliga."

"Skönt att veta", tänker jag sarkastiskt och önskar att jag kunde utplåna det där malliga leendet från hans ansikte. Men för tillfället kan jag bara uthärda smärtan och invänta min chans. En dag ska jag visa honom – och alla andra som är inblandade i detta förvridna experiment – precis hur farligt ett vapen de har skapat.

"Anmärkningsvärt", säger doktor Foxberry ännu en gång och klottrar ner något i sin anteckningsbok medan han ser mig kämpa för att hålla mig vid medvetande. "Fullständigt anmärkningsvärt."

"Bespara mig", morrar jag och min röst är knappt mer än en viskning. "Du har inte sett någonting än."

Smärtan dröjer kvar, som tusen nålar som sticker min hud inifrån och ut. Jag biter ihop tänderna och knyter nävarna när en våg av förtvivlan sköljer över mig. Kommer livet någonsin att vara något mer än denna cell och doktor Foxberrys förvridna experiment?

"Skärp dig, Artemis", muttrar jag tyst för mig själv och försöker fokusera på allt annat än den plåga som forsar genom mina ådror.

"Är det något fel, Blackwell?", frågar en av vakterna hånfullt när han passerar min cell. Jag motstår lusten att spotta giftiga ord på honom – något säger mig att det inte skulle hjälpa min situation.

"Inget jag inte klarar av", svarar jag istället och tvingar fram ett leende som känns mer som ett morrande. När han går därifrån sträcker jag ut mina nyfunna telepatiska krafter, nyfiken på vilka hemligheter hans sinne kan dölja.

"Värdelösa regeringslakej", tänker jag bittert när jag sållar igenom hans tankar. Men sedan, begravd under lager av förakt och arrogans, känner jag en glimt av något annat – oro. För mig.

"Vänta, vad?", blinkar jag förvånat och pausar ett ögonblick. Kan det vara så att inte alla som arbetar här är hjärtlösa monster? Kanske finns det fortfarande en strimma mänsklighet kvar i vissa av dessa människor.

"Fokusera, Artemis." Jag påminner mig själv och skakar av mig chocken. Det sista jag behöver är falskt hopp. Men kanske ... bara kanske ... kan en allierad hittas inom dessa väggar.

"Hallå, vakten!", ropar jag och försöker låta nonchalant. "Har du en minut?"

"Fatta dig kort", svarar han barskt och håller blicken fäst på korridoren.

"Har du någonsin undrat varför vi är här?", frågar jag och försöker få min röst att låta oskyldig. "Jag menar, inte bara jag, utan alla de andra paranormala som de har låst in."

"Hör här, Blackwell, jag får inte betalt för att fundera över saker", fräser han tillbaka. "Jag får betalt för att hålla folk som dig i schack."

"Just det", säger jag och tvingar fram ett skratt. "Dumt av mig. Försökte bara kallprata, det är allt." Vakten grymtar undvikande och går vidare.

"Helvete", tänker jag och min frustration växer. Men jag tänker inte ge upp – inte än. Om det finns ens en chans att någon här kan hjälpa mig att fly, måste jag försöka. För Declans skull ... och för alla andra som har fastnat i Byråns nät av lögner.

”Var stark, Artemis”, viskar jag för mig själv och lutar mig tillbaka mot den kalla stenväggen. ”Du kommer att hitta en väg ut ur detta helveteshål. Du måste.”

”Okej, Artemis, på med pokerfejset”, muttrar jag för mig själv. Dags att dyka djupare in i vaktens huvud – den som verkade orolig för mig. Jag fokuserar mina nyfunna telepatiska krafter och sonderar försiktigt ytan av hans sinne, sökande efter varje antydan till skuld eller tvivel.

”Hallå, du där!”, ropar jag när han går förbi min cell och försöker hålla rösten stadig. ”Vad heter du?”

”Spelar ingen roll”, muttrar han och hans blick flackar mot mig innan den återvänder till korridoren. Perfekt, jag har hans uppmärksamhet. Nu ska jag gräva djupare.

”Klart det spelar roll”, säger jag och tvingar fram ett flin. ”Jag menar, vi är praktiskt taget rumskamrater vid det här laget. Det minsta jag kan göra är att lära mig ditt namn.”

”Okej då. Det är Alex.” Hans ton är kort, men hans sinne förråder en kort glimt av en känsla – skuld, kanske till och med ånger? Bingo.

”Trevligt att träffas, Alex”, svarar jag och tränger mig längre in i hans tankar. ”Du vet, när jag anmälde mig till det här jobbet trodde jag att jag skulle hjälpa folk, inte ruttna bort i en cell.”

”Livet blir inte alltid som man har planerat, eller hur?”, Alex ögon smalnar, och jag känner hur en mur bildas i hans sinne. Men jag tänker inte låta mig avskräckas så lätt.

”Sant”, medger jag och byter taktik. ”Men tänk om vi kunde ändra på det? Tänk om vi kunde ställa allt till rätta igen?”

"Inget vi kan göra åt det nu", säger han avfärdande, men jag kan känna tvivlets frö slå rot i hans sinne.

"Kanske inte", instämmer jag och ger honom ett sorgset leende. "Men det är värt ett försök, eller hur? För alla de paranormalas skull där ute som behöver vår hjälp?"

"Blackwell, jag vet inte vad du är ute efter, men jag föreslår att du slutar prata", varnar Alex, med låg och farlig röst. Men bakom den där muren i hans sinne börjar tvivlets frö att växa.

"Okej, okej", ger jag mig och höjer händerna i låtsad kapitulation. "Men tänk bara på det, okej? Det är allt jag ber om."

"Vad du vill." Alex stolpar iväg nerför korridoren och lämnar mig ensam med mina tankar – och mina planer.

"Helvete", väser jag tyst för mig själv och knyter nävarna i frustration. Alex sinne hade varit så nära att knäckas, men nu känns det som om jag försöker bryta igenom en stålvägg. Han har lyckats behålla sin missriktade lojalitet mot doktor Foxberry, trots skulden som gnager i honom.

"Artemis, vad gör du?", avbryter doktor Foxberrys välbekanta röst mina tankar, och jag skyndar mig att dölja ilskan i mitt ansikte.

"Ingenting", säger jag och försöker låta nonchalant. "Jag bara ... tänker."

"Att tänka är farligt här inne", svarar han med ett flin. "Särskilt för någon som dig."

"Tack för varningen", muttrar jag och himlar med ögonen. Jag måste hålla mina nya förmågor dolda för honom. Om han får reda på min telepati eller mitt hamnskifteri, vem vet vad mer han kommer att försöka göra med mig?

"Hur som helst", fortsätter doktor Foxberry, omedveten om min inre oro, "du borde fokusera på din träning. Vi har stora planer för dig, Ms Blackwell."

"Längtar redan", säger jag torrt och försöker undertrycka rysningen som löper längs ryggraden. Jag har fått nog av att vara deras försöksråtta, men tills jag kan säkra en allierad är jag fast med att spela deras förvridna spel.

"Bra. Då ses vi imorgon." Med det vänder doktor Foxberry på klacken och lämnar min cell, och låser dörren bakom sig.

Så fort han är borta släpper jag ut ett långt, långsamt andetag. Jag vägrar att låta dem vinna – även om det innebär att nöta ner den mänsklighet som ligger begravd under deras härdade yttre. Det måste finnas någon rest av den kvar inuti var och en av dessa vakter; jag behöver bara hitta den och utnyttja den.

"Okej, Artemis, plan B", viskar jag för mig själv och tar till mina nyupptäckta telepatiska förmågor. Jag sträcker mig försiktigt ut och söker efter tankarna hos dem som befinner sig närmast min cell.

"Ska vi se om vi kan hitta en allierad?"

Mitt huvud bultar av den mentala ansträngningen att försöka bända upp dessa vakters sinnen. Det är som att försöka knäcka ett kassaskåp med bara händerna, och jag kommer ingenstans. Frustrationen gnager i mig, men jag vägrar att ge upp. Om det bara fanns någon antydan till mänsklighet kvar i deras själar som jag kunde utnyttja. Bara en enda person, och kanske, bara kanske, skulle jag kunna ta mig ut ur detta helveteshål.

I min desperation efter minsta lilla tröst vandrar mina tankar till Declan – hans varma omfamning, den busiga glimten i hans nötbruna ögon och sättet hans skäggstubb kittlade min kind när han pressade sina läppar mot mina. Jag sluter ögonen, och det är som om jag kan känna honom bredvid mig igen, känslan av hans fingertoppar som följer ärret på min kind.

"Artemis", viskar hans röst i mitt sinne, "vi hittar ett sätt."

Jag klamrar mig fast vid det hoppet, även när utmattningen smyger sig på mig. Min kropp värker av injektionerna och den obevekliga störtfloden av tester doktor Foxberry har utsatt mig för. Till slut ger jag efter för tröttheten, kryper ihop på den tunna madrassen och känner kylan sippra igenom tyget i mina kläder. Min andning saktar ner, och sömnen sveper in mig som en slöja och drar mig ner.

"Declan", mumlar jag när jag somnar in, i hopp om att var han än är, så är han i säkerhet.

I drömlandskapet står jag under en fullmåne, och dess silverljus kastar långa skuggor över den öde stadsgatan. Det välbekanta dånet från min motorcykel vibrerar under mig, tröstande och uppiggande. Declan sitter bakom mig på cykeln, med armarna beskyddande runt min midja.

"Redo?", frågar han, och hans andedräkt är het mot mitt öra.

"Alltid", svarar jag, varvar motorn och känner spänningen från jakten rusa genom mig.

Vi väver oss fram genom de tomma gatorna, och vårt skratt ekar i nattluften. Jag känner mig levande och fri, fylld av kraften från cykeln och värmen från Declans kropp pressad mot min. Vi är ostoppbara, en kraft att räkna med – tillsammans.

"Artemis", mumlar Declan, och hans läppar snuddar vid min hals, "jag älskar dig."

"Älskar dig med", säger jag med en röst som är tjock av känslor.

Drömmen skiftar, och vi ligger intrasslade i sängen, våra kroppar sammanflätade som murgrönerankor. Hans beröring är öm och våldsam, en eld som tänder min själ.

Våra blickar möts, och för ett ögonblick är allt rätt med världen.

"Lova mig", viskar han, och hans nötbruna ögon glänser, "lova mig att vi aldrig låter dem slita oss isär igen."

"Jag lovar", svär jag och beseglar vår pakt med en brännande kyss.

Men när våra läppar skiljs åt börjar fantasin blekna och rinner som sand genom mina fingrar. Desperat att klamra mig fast vid de sista resterna av drömmen sträcker jag mig efter Declan, men han är redan borta.

"Declan!", ropar jag, men min röst ekar tillbaka mot mig, ihålig och förlorad.

Och precis så vaknar jag – fången än en gång i min kala cell, där minnet av Declans omfamning inte är något mer än en grym påminnelse om vad jag har förlorat.

Kapitel fyra

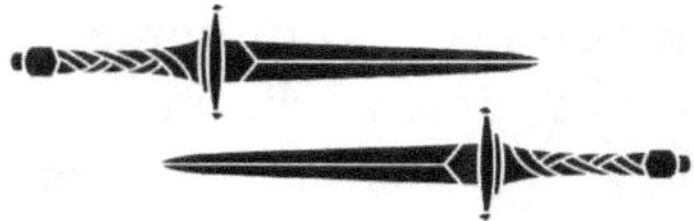

Stanken av antiseptiska medel och det kalla metallbordet under mig är en bister påminnelse om detta helveteshål. Jag biter ihop tänderna och kämpar mot remmarna som håller mig fången. Jag hör fotsteg närma sig och mitt hjärta börjar skena. Sedan uppenbarar hon sig i dörröppningen, hennes gröna ögon gnistrande som förgiftade smaragder.

"Artemis, det var för länge sedan", säger Diana med ett grymt leende och korsar armarna medan hon lutar sig mot dörrkarmen. "Du ser ... obekväm ut."

Jag morrar åt henne, min ilska brinner som en löpeld. "Sluta med skitsnacket, Diana. Vilka sjuka krafter har du nu? Jag vet att du inte bara nöjde dig med att förbli människa efter allt din far gjorde."

Hon skrockar mörkt och släntrar in i rummet tills hon står över mig. Hennes röda hår ramar in hennes ansikte och förstärker det olycksbådande skenet runt henne. "Åh, Artemis, tror du verkligen att jag skulle avslöja allt så lätt?" Hon ger ifrån sig ett lågt, hånfullt skratt. "Jag måste dock säga att det är ganska underhållande att se dig så hjälplös."

"Berätta för mig", morrar jag mellan sammanbitna tänder, med blicken låst vid hennes. "Jag förtjänar att få veta vilket slags förvridet monster du har blivit."

"Förtjänar?" fnyser Diana och hennes ögon smalnar av roat. "Du förtjänar ingenting, förutom kanske en långsam, plågsam död för vad du har gjort med min fars arbete."

"Din far är ett monster, och det är du också", spottar jag ur mig och kämpar mot mina bojor. Mina muskler värker av ansträngningen, men jag vägrar att ge upp. "Vad har du förvandlat dig själv till, Diana? Vilken sjuk, onaturlig kraft använder du?"

"Okej då, Artemis", säger Diana och ett ondskefullt flin sprider sig över hennes läppar. "Tillåt mig att demonstrera."

Innan jag hinner reagera känner jag ett plötsligt tryck i huvudet, som ett skruvstäd som dras åt runt min skalle. Känslan är olidlig, och trots mina bästa ansträngningar kan jag inte undertrycka skriet som undslipper mina läppar.

"Känner du något?" hånar Diana, hennes ögon glänser av skadeglad förtjusning.

Smärtan intensifieras och jag biter ihop tänderna, desperat att inte ge henne mer tillfredsställelse. Lika snabbt som det kom försvinner trycket och lämnar mig flämtande efter andan. Men något annat känns fel – som om en bit av min själ har slitits bort från mig.

"Varsågod, försök", uppmanar Diana, hennes röst drypande av självbelåtenhet. "Försök att skifta till din dyrbara lilla korpform."

Jag fokuserar min återstående energi på att få tillgång till mina hamnskiftarförmågor, men ingenting händer. Paniken sväller inom mig; jag kan inte tro att hon verkligen tog dem ifrån mig. Med varje uns av viljestyrka jag besitter tvingar jag mig själv att förbli lugn och lägger mitt ansiktsuttryck i ett av knappt dolt förakt.

”Nöjd nu, Diana?” spottar jag ur mig och försöker desperat dölja min fasa. ”Du har bevisat din poäng.”

”Extatisk”, svarar hon och hennes leende blir bredare. ”Nu ser du precis hur mäktig jag verkligen är.”

”Njut av det så länge det varar”, mumlar jag för mig själv och samlar styrka för det jag vet att jag måste göra härnäst.

”Ursäkta mig?” Diana höjer ett ögonbryn och hennes leende vacklar för ett ögonblick.

”Inget”, ljuger jag obesvärat och klistrar på ett falskt leende. ”Bara beundrar dina ... talanger.”

”Bra”, nickar hon, till synes nöjd. ”Du kommer att ha gott om tid att uppskatta dem när du är helt under min kontroll.”

”Jag kan knappt bärga mig”, svarar jag, min sarkasm drypande som gift. Inombords rusar mina tankar, sökande efter ett sätt att köpa tid, att hitta en svaghet i hennes förvridna krafter. Jag kan inte låta henne se hur nära hon är att knäcka mig.

”Vila upp dig”, säger Diana och rör sig mot dörren till min cell. ”Vi har mycket arbete att göra imorgon.”

”Jag ser fram emot det”, ljuger jag mellan sammanbitna tänder och ser på när hon försvinner ner i korridoren.

Ensam i den dunkelt upplysta cellen tillåter jag mig ett ögonblick av sårbarhet, min kropp skakar efter den brutala kränkningen av Dianas kraft. Men jag vägrar att ge upp – inte nu, inte någonsin. Jag måste hålla mig stark tills jag kan hitta ett sätt att slå henne i hennes eget förvridna spel.

Den bitande stanken av starka antiseptiska medel angriper mina sinnen, medan det obarmhärtiga kalla metallbordet under mig förblir en ständigt närvarande påminnelse om mina bistra omständigheter. Jag kämpar förgäves mot de obevekliga remmarna som håller fast mina lemmar, medan raseri och frustration får mitt blod att koka. Det skarpa ekot av närmande fotsteg får mitt hjärta att stanna till. Sedan uppenbarar hon sig, en silhuett i den öppna dörröppningen, hennes smaragdgröna ögon glittrande av grym förtjusning.

"Artemis, det var alldeles för länge sedan", spinner Diana, de fylliga läpparna kröks till ett olycksbådande leende när hon nonchalant lutar sig mot dörrkarmen och studerar mig som en vetenskapsman skulle studera ett intressant försöksobjekt.

Jag rycker i de skoningslösa bojorna, desperat att få slå mina fingrar om hennes smala hals, att för alltid utplåna det där självgoda uttrycket från hennes vackra ansikte. Istället kanaliserar jag den vreden in i min röst. "Bespara mig de falska artigheterna, Diana", spottar jag ur mig mellan sammanbitna tänder. "Vi vet båda varför du är här. Sätt igång bara och berätta vilka nya onaturliga krafter du besitter nu. Jag vet att du inte bara nöjde dig med att förbli en simpel människa efter allt din sinnessjuka far gjorde för att skapa dig."

Diana kastar huvudet bakåt och skrattar, ljudet melodiskt men ändå isande, vilket skickar en ofrivillig rysning längs min ryggrad. Långsamt, medvetet, skjuter hon ifrån dörren och börjar cirkla runt bordet, och drar en lång nagel mot metallytan.

"Åh Artemis, trodde du verkligen att jag skulle avslöja alla mina hemligheter så lätt?" frågar hon i en hånfull ton och stannar bredvid mig. Hon sträcker snabbt ut handen, griper tag i min haka i ett järngrepp och tvingar mig att möta hennes hypnotiska blick. "Jag måste säga att den här hjälplösa positionen klär dig."

Jag sliter mitt huvud fritt från hennes grepp och vägrar låta henne se hur djupt hennes beröring skakar om mig. "Jag förtjänar att få veta vilken sorts styggelse du har förvandlats till", kräver jag mellan sammanbitna tänder och lägger allt mitt hat i min blick.

Diana skrattar igen, ljudet skär i mina nerver. "Förtjänar? Det enda du förtjänar är en lång, plågsam död för den förödelse du har åstadkommit mot min fars visionära arbete." Hennes naglar gräver sig smärtsamt in i min arm, hennes vackra ansikte förvrids till en mask av raseri innan det slätas ut till kall munterhet igen.

Jag vägrar att ge henne tillfredsställelsen av en reaktion. "Din far är en depraverad galning. Och du är inte ett dugg bättre, Diana, hans förvridna skyddsling", replikerar jag skarpt. "Säg mig nu, vilken vidrig onaturlig kraft döljer du bakom det där vackra ansiktet?"

Diana studerar mig ett långt ögonblick, tyst och orörlig som en hopringlad orm. Sedan sprider sig hennes fylliga läppar i ett långsamt, ondskefullt flin. "Vet du vad, jag tror att en demonstration skulle vara betydligt mer upplysande än bara ord."

Innan jag hinner förbereda mig slår ett plågsamt tryck in i mitt sinne, som om ett glödande skruvstäd i metall dras åt runt min skalle. Jag biter tillbaka ett torterat skrik och spänner käkarna så hårt att jag känner smaken av blod. Smärtan intensifieras tills svarta fläckar dansar framför mina ögon. Precis när jag känner att jag glider in i välsignad medvetslöshet försvinner trycket.

Jag flämtar oregelbundet och kippar efter luft medan smärtan avtar. Men även genom dimman av kvardröjande plåga känner jag att något är fruktansvärt fel. En bit av min innersta väsen känns bortsliten och lämnar ett värkande tomrum efter sig.

Diana lutar sig över mig, med ansiktet upplyst av ondskefull glädje. "Sätt igång då. Försök", uppmanar hon mjukt. "Skifta till den där lilla korpformen du är så stolt över."

Jag sluter ögonen och försöker desperat nå den inre kraftkälla som möjliggör min hamnskiftning. Men där det en gång flödade en virvlande flod återstår nu bara damm. Paniken drar åt runt bröstet, även när jag tvingar mitt ansiktsuttryck att förbli neutralt. Jag kan inte låta henne se hur djupt hennes kränkning har skakat mig.

Hon skrattar, ljudet är isande trots hennes genuina munterhet. Och sedan försvinner hon, en svart korp svävar i luften där hon stod. Ett hånfullt kraxande lämnar hennes näbb.

Jag kommer att bli sjuk. Hon stal min hamnskiftarförmåga, som någon sorts fasansfull psykisk vampyr, stal den lika lätt som jag skulle kunna sno en chokladkaka i en närbutik.

I ett ögonblick skiftar hon tillbaka och står över mig, och skrattar föraktfullt åt den skräckslagna min jag inte kan dölja.

"Nöjd?" frågar jag kallt och möter hennes förväntansfulla blick.

"Åh ja, mycket." Diana ler långsamt, farlig och förtrollande som en kobra som dansar till en ormtjusares flöjt. "Nu har du bevittnat bara ett smakprov på mina sanna förmågor. Den knappaste bråkdelen av den makt jag besitter."

Jag tvingar mina drag till en mask av uttråkat förakt. "Ja, gratulerar. Njut av det så länge det varar." Även när de fräcka orden lämnar min mun, snurrar mina tankar frenetiskt, bedömer alternativ, letar efter någon tänkbar svaghet att utnyttja. Jag kan inte låta henne se hur oerhört nära jag är att bryta samman. Hur djupt hennes attack har skakat mig i grunden.

Dianas skulpterade ögonbryn höjs i förvåning. "Ursäkta mig? Anar jag en ton av oförskämt trots som fortfarande sjuder i de där orden?"

Jag tvingar mig själv att orubbligt hålla hennes genomträngande blick. "Inte alls", svarar jag så obesvärat jag kan. "Bara uppskattar dina ... enastående talanger." De falskt ljuva orden bränner som syra på min tunga.

”Hm, ja, förstås.” Diana verkar blidkad, för tillfället. Hon drar nästan ömt fingrarna genom mitt hår. Jag måste bekämpa lusten att rygga undan. ”Snart kommer du att ha gott om tid att fullt ut uppskatta mina gåvor, när du är helt och hållet under min utsökta kontroll.”

”Jag ser oerhört mycket fram emot det”, replikerar jag och fyller orden med så mycket sarkasm jag vågar. Inombords far mina tankar vilt omkring. Jag behöver tid, tid att hitta ett sätt att göra motstånd, att på något sätt vända hennes krafter mot henne. Men hennes förmågor är långt bortom allt jag kunde ha föreställt mig. Kanske bortom allt jag kan hoppas på att besegra.

Diana slätar till sin fläckfria vita labbrock, återigen sinnebilden av samlad professionalism. ”Vila lite nu, Artemis”, instruerar hon snabbt. ”Vi har mycket arbete framför oss imorgon.”

Hon sveper ut utan en blick tillbaka och lämnar mig ensam igen i den kala, sterila cellen. Först när hennes fotsteg har försvunnit helt tillåter jag mig ett ögonblick av sårbarhet. Min kropp darrar okontrollerat i efterdyningarna av hennes ondskefulla attack. Men jag vägrar att ge upp, att ge henne tillfredsställelsen av att tro att hon äntligen har krossat mitt trots.

Med spänd käke inventerar jag mentalt mina inre styrkereserver och bedömer vilka vapen som återstår till mitt förfogande. Jag kan inte slå henne i hennes eget spel av rå styrka. Men jag har fortfarande min list, min vilja. Och viktigast av allt, tid. Tid att studera den här nya fienden, att avslöja de brister och svagheter som lurar osedda under ytan av hennes formidabla förmågor. Jag måste bida min tid och slå till när ögonblicket är rätt. För jag vägrar att tro att hon är helt oövervinnelig. Ingenting och ingen är det, när de pressas tillräckligt långt.

På något sätt, på något vis, svär jag för mig själv i den oändliga tystnaden ... jag kommer att hitta ett sätt att göra slut på henne.

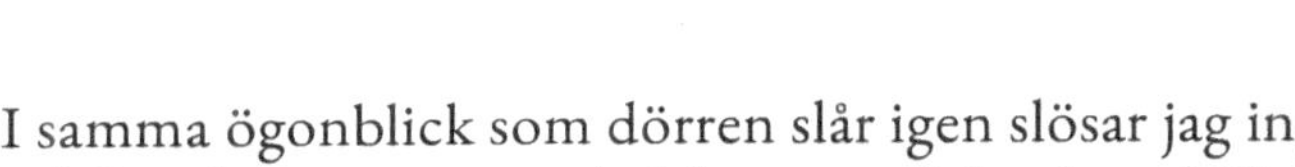

I samma ögonblick som dörren slår igen slösar jag ingen tid. Jag sluter ögonen och fokuserar på den kvardröjande närvaron av Dianas tankar, hennes skadeglada förtjusning som ekar i mitt sinne som en förvriden symfoni. Jag sållar igenom kaoset, fast besluten att hitta vilken fördel jag än kan.

”Kom igen”, mumlar jag för mig själv, spänningen byggs upp inom mig som en spänd fjäder. Mina psykiska krafter är hittills opålitliga, men nu, mer än någonsin, behöver jag att de fungerar.

Ett flimmer av information fångar min uppmärksamhet, och när jag fokuserar på det belönas jag med kunskapen om att Dianas stulna förmågor bara varar i några timmar. Uppenbarelsen tänder en gnista av hopp i mörkret – om jag bara kan hålla ut tillräckligt länge, kanske jag kan återfå min förmåga att skifta hamn till en korp.

”Artemis”, skär Dianas röst genom min koncentration, och jag öppnar ögonen för att se henne flina mot mig från skärmen på andra sidan cellen. ”Jag har stora planer för dig.”

”Spännande”, svarar jag och försöker hålla rösten stadig trots mitt bultande hjärta. ”Snälla, upplys mig.”

”Din styrka, din list – allt är så bortkastat på dina missriktade försök att göra gott”, säger hon, föraktet dryper från varje ord. ”Jag kommer att forma dig till det ultimata vapnet – en mäktig supersoldat under min kontroll.”

"Låter som en fest", replikerar jag och försöker dölja min rädsla med sarkasm. "Vad är haken?"

"Enkelt", säger hon och hennes gröna ögon smalnar av. "Du kommer att lyda mitt minsta kommando, hjälpa mig att rasera de återstående resterna av Byrån och deras patetiska allierade. Och när vi är klara kommer vi att omforma världen i vår avbild."

"Wow, någon har ett visst gudskomplex", snäser jag och gör mitt bästa för att köpa tid. Inombords snurrar mina tankar vid tanken på att användas som en marionett i hennes förvridna planer. Men jag kan inte låta henne veta det – inte än.

"Skratta bäst du vill, men snart kommer du att se sanningen", säger Diana, och hennes röst får en isande klang. "Du kommer att bli min, Artemis. Helt och hållet."

"Jag kan knappt bärga mig", säger jag med ett påtvingat leende, medan magen vänder sig ut och in vid tanken. När skärmen flimrar till och släcks igen kan jag inte låta bli att rysa och undra hur länge jag kan hålla uppe denna charad innan den förtär mig.

I samma sekund som hon är borta släpper jag ut andan jag har hållit inne och sluter ögonen, medan förtvivlan hotar att svälja mig hel.

Mitt hjärta rusar i bröstet, mina tankar rusar ännu snabbare. Jag behöver en plan, en väg ut ur den här mardrömmen. Och jag behöver den snart, innan Diana får sina klor i mig för djupt. Men för tillfället är allt jag kan göra att hoppas att Declan och de andra arbetar på något – vad som helst – för att rädda mig från detta öde värre än döden.

Jag försöker fokusera på allt annat än det kalla metallbordet under mig, remmarna som skär in i mitt kött, den förtryckande känslan av att vara fången. Istället föreställer jag mig Declans varma omfamning, hans armar virade runt mig när vi ser solnedgången tillsammans, fria från allt detta vansinne. Bara tanken på honom skickar en gnista av beslutsamhet genom mig – jag tänker inte låta Diana vinna, inte så länge det fortfarande finns en chans till ett liv med honom.

Men för tillfället är jag fast här, ensam med mina tankar och den ständigt närvarande fasan över att Diana när som helst kan återvända för att fortsätta sin sjuka manipulation. Jag ber att mina vänner ska lyckas snart, att de inte har gett upp hoppet om mig.

"Snälla", viskar jag ut i mörkret, min röst knappt hörbar ens för mig själv. "Skynda er."

Flera timmar senare börjar min förmåga att skifta hamn till en korp sakta krypa tillbaka in i mig. Det är som en klåda i benen som jag inte kan klia, men det bekräftar vad jag redan visste – Dianas kraftstöld är bara tillfällig. Små segrar, antar jag.

"På jävla tiden", muttrar jag för mig själv och försöker sträcka på mina lemmar så gott jag kan medan jag fortfarande är fastspänd. Jag kan inte skifta än, men jag känner att det inte kommer att dröja länge. Tålamod har aldrig varit min starka sida, men den här gången ska jag vänta ut det.

Nu beväpnad med kunskapen om att Dianas stulna förmågor har en tidsgräns, bestämmer jag mig för att det är dags att samla lite användbar information. Kanske kan jag hitta en väg ut ur den här röran, eller åtminstone något att använda mot henne. Mina psykiska krafter är inte lika starka som hennes, men de är allt jag har just nu.

Jag sträcker ut mig med mitt sinne och skannar de närliggande vakternas tankar, vadar genom deras triviala bekymmer och småsinta klagomål. De flesta av dem är inte bättre än Diana, och njuter glatt av andras lidande. Men en vakt fångar min uppmärksamhet. Hans tankar är annorlunda, mer motstridiga.

"Intressant", funderar jag och fokuserar på honom. Han är inte som de andra; det finns ett flimmer av tvivel, en antydan till skuld. Kan han vara en allierad? Eller bara en annan bricka i spelet som väntar på att förråda mig?

"Hallå", ropar jag och uppbådar all charm och karisma jag kan åstadkomma medan jag hålls fången. "Vakten, har du en minut?"

Han ser bort, tvekar ett ögonblick innan han går mot min cell och kikar in genom den lilla luckan i dörren. Hans ögon är vaksamma, försiktiga.

"Vad vill du?" frågar han, hans röst låg och spänd.

"Hör här, jag vet inte vad ditt problem är", säger jag och möter hans blick rakt på. "Men jag kan känna att du inte är som resten av de här sadistiska jävlarna. Tänker du verkligen bara stå och se på medan Diana förvandlar mig till sin personliga leksak?"

Hans ögon flimrar till av något – tvivel, kanske till och med rädsla. Men han svarar inte, utan kastar istället en nervös blick bakom sig.

"Okej då", fräser jag, och frustrationen kokar över. "Varsågod och låtsas som att det här inte stör dig. Men kom ihåg, du kommer att behöva leva med dig själv när allt är sagt och gjort."

Han tvekar ett ögonblick till innan han går därifrån och lämnar mig ensam igen. Men jag kan fortfarande känna det där tvivlet gnaga i honom, och jag klamrar mig fast vid det som en livlina.

"Ditt drag, vakt-snubben", viskar jag och hoppas mot allt hopp att han kommer att visa sig vara en allierad. Men för tillfället är allt jag kan göra att vänta, bida min tid och försöka ligga ett steg före Diana och hennes förvridna lekar.

Dörren knarrar när Diana kliver in i den dunkelt upplysta cellen, hennes gröna ögon skimrar som ett rovdjurs i mörkret. Jag håller andan långsam och jämn och låtsas vara djupt försjunken i sömn. Mitt hjärta bultar mot bröstkorgen och hotar att förråda mig.

"Sover vi fortfarande, minsann?" hånar Diana, hennes röst drypande av arrogans. Hon lutar sig över mig, så nära att jag kan känna hennes varma andedräkt i ansiktet, känna den kväljande sötman från hennes parfym. En rysning löper längs min ryggrad, men jag kämpar emot lusten att rygga tillbaka.

"Bra", viskar hon, hennes heta andedräkt smeker mitt öra. "Vila upp dig, Artemis. Du kommer att behöva din styrka för det som kommer härnäst."

Jag håller tillbaka en sarkastisk replik och fokuserar istället på att upprätthålla detta skådespel av underkastelse. Om jag kan köpa mig lite tid, kanske jag kan komma på ett sätt att ta mig ur den här mardrömmen. Varje sekund räknas.

Diana rätar på sig, hennes klackar klickar mot det kalla betonggolvet när hon går mot utgången. Dörren slår igen bakom henne, ljudet ekar genom cellen som ett pistolskott.

"Äntligen", tänker jag, öppnar ögonen och ryser vid tanken på hennes återkomst. Vilken sorts förvriden plåga har hon planerat för mig? Med tanke på hur Diana är kommer det inte att vara något trevligt.

"Håll fokus, Artemis", påminner jag mig själv och knyter nävarna hårt. "Du har mött värre än henne förr. Du måste bara spela det här smart."

Mina tankar rusar och försöker komma på en plan, men möjligheterna verkar oändliga och skrämmande. För tillfället är allt jag kan göra att vänta, och be att jag hittar ett sätt att slå tillbaka mot vilka fasor Diana än har i beredskap.

Kapitel fem

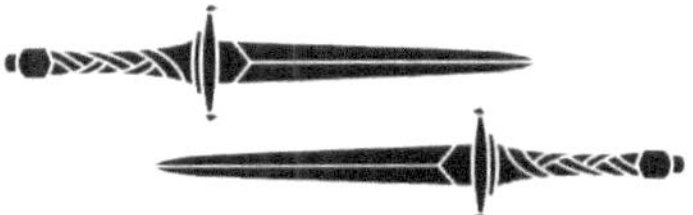

Dörren till det sterila rummet slås upp, och in kommer doktor Foxberry, med sitt vita hår i skarp kontrast mot hans mörka, smala ögon. Han har den där förbannade skrivplattan igen.

"Artemis", säger han, inte ens en hälsning utan mer som en anklagelse. "Det verkar som att du inte gör de framsteg vi förväntat oss av dig."

"Ledsen att göra dig besviken", sticker jag och korsar mina pansarhandskbeklädda händer över bröstet. "Men man kan inte tvinga en blomma att slå ut, doktorn."

Han ignorerar min sarkasm och studerar istället anteckningarna på skrivplattan. "Jag misstänker att du avsiktligt undertrycker dina förmågor, för att försöka smutsa ner min forskning."

"Extranyhet: allt handlar inte om dig, doktorn." Min röst är iskall när jag blänger på honom. "Jag samarbetar inte frivilligt i experiment som utförs mot min vilja. Och vad gäller att undertrycka förmågor?" Jag håller upp händerna och visar metallhandskarna jag inte kan ta av. "Vem var det nu igen som satte på mig dem?"

”Din vilja betyder ingenting här, Artemis”, hånler doktor Foxberry. ”Du är i vårt förvar och vi kommer att använda dig som vi finner lämpligt.”

”Vi får väl se hur bra det går för er”, fräser jag tillbaka och kisar med ögonen. ”För jag tänker inte bli er försökskanin.”

”Du har inget val”, insisterar doktor Foxberry, och ilskan börjar uppenbarligen bubbla under hans till synes lugna yttre när hans ögon blixtrar till och läpparna smalnar. ”Du kommer att göra som vi säger, annars får du ta konsekvenserna.”

”Kom an bara”, utmanar jag och vägrar att backa trots faran som omger mig. Jag kan känna energin inom mig röra på sig, den kliar efter att få bryta sig loss och visa dem precis vilket misstag de har begått genom att underskatta mig. ”Vill du veta vad jag tror?” Min röst är låg, ett farligt morrande. ”Jag tror att du är rädd. Du är livrädd för vad jag skulle kunna vara kapabel till om jag nådde min fulla potential.”

Doktor Foxberrys ansikte förvrids i ett fult hånleende. ”Du har ingen aning om vad du pratar om”, fräser han, men jag kan se rädslan som flimrar till i hans ögon.

”Jaså? För jag är rätt säker på att jag just hörde dig tänka det.” Orden slinker ur mig innan jag kan hejda dem. En ilning av chock och bävan går genom mig när jag inser vad jag just har avslöjat.

Hans misstro övergår snabbt i raseri och hans ögon flammar av ohejdat raseri. ”Hur vågar du!” morrar han, med knogarna vita när han griper tag i bordskanten. ”Din smutsiga lilla synska jävel, som invaderar mina tankar!”

”Hallå, jag bad inte om den här kraften, okej?” svarar jag vasst, på defensiven. ”Och om du slutade behandla mig som ett vetenskapligt experiment skulle jag kanske inte känna behovet av att använda den mot dig.”

”Mot mig?” väser doktor Foxberry och tar ett steg närmare tills vi är praktiskt taget näsa mot näsa. ”Tror du att du kan använda dina patetiska förmågor mot *mig*?" Han skrattar, ett bittert, ihåligt ljud som får det att isa sig längs ryggraden. "Du har ingen aning om vem du har att göra med, flicka lilla."

"Så varför upplyser du mig inte då?" utmanar jag och vägrar att kura ihop mig inför honom. "Vad är så speciellt med dig?"

"Nu räcker det!" ryter han, med ansiktet förvridet av ilska. "Du talar inte till mig på det där sättet! Du ska visa mig respekt, annars får du ta konsekvenserna."

"Respekt?" fnyser jag, medan hjärtat bultar i bröstet. "Du kidnappade mig, drogade mig och nu vill du använda mig som ditt personliga försöksdjur. Och du förväntar dig att jag ska respektera dig?"

"Din oförskämdhet kommer inte att tolereras", väser han och lutar sig så nära att jag kan känna hettan från hans andedräkt i ansiktet. "Om du fortsätter med detta trots kommer jag att se till att du disciplineras därefter."

"Disciplineras?" Jag kan inte låta bli att skratta, trots rädslan som kramar åt om magen. "Tror du verkligen att det kommer att knäcka mig? Du vet inte heller vem du bråkar med, doktorn."

"Kanske är det dags att du får lära dig precis hur allvarlig jag är, Artemis", hotar doktor Foxberry med en röst spetsad med gift.

"Visst", morrar jag och mitt blod kokar av indignation. "Du vill se vad jag är kapabel till? Här får du ett smakprov."

Utan förvarning fokuserar jag all min ilska och kraft på att frammana blå eld och riktar den mot doktor Foxberrys fläckfria vita rock. Lågorna antänds omedelbart och kastar kusliga azurblå skuggor över det sterila laboratoriet.

"Vad i helvete...", doktor Foxberry raglar chockat bakåt medan han frenetiskt försöker släcka den flammande eldsvådan som snabbt förtär hans kläder.

"Hoppsan", muttrar jag tyst för mig själv, och inser att jag kanske tog i lite väl mycket. Men det finns ingen tid för ånger när kaoset bryter ut runt oss. Brandsläckningssystemen sätts igång och dränker allt inom synhåll, inklusive mig, med kallt, kemikaliespetsat vatten.

"Artemis, din idiot", tillrättavisar jag mig själv och ryser av den plötsliga kylan. Elden borde ha försvunnit nu, men istället brinner den hetare än någonsin och muterar till en okontrollerbar napalmliknande substans som klamrar sig fast vid doktor Foxberrys labbrock som en hämndlysten vålnad.

"Va-vad är det här?" stakar sig doktor Foxberry och kämpar fortfarande med att få av sig de nu trasiga resterna av sin en gång fläckfria rock. Rädslan i hans ögon underblåser bara min önskan att fly från detta helveteshål.

"Jag är väl full av överraskningar", säger jag med sammanbitna tänder, medan händerna skakar när jag ser den blå elden brinna med obeveklig intensitet. Den har aldrig gjort så här förut och jag kan inte låta bli att känna en blandning av fasa och fascination inför den monstruösa kraft jag har släppt lös.

"FÅ BORT DEN!" skriker doktor Foxberry, hans röst ett gällt eko av smärta. Den ondskefulla elden bränner hans hud trots att släckmedlet dränker honom. Han snubblar omkring och försöker desperat släcka lågorna som klamrar sig fast vid honom som en andra hud.

"Fan", muttrar jag tyst för mig själv. Det här var verkligen inte meningen. Mitt hjärta bultar i bröstet – delvis av skuld, delvis av rädsla – när jag ser honom lida, men jag vet att jag inte kan stå här och göra ingenting. Dags att ta chansen och sticka.

"Hallå där, doktorn", ropar jag, med en röst spetsad med sarkasm. "Trevligt att ha känt dig."

Jag rusar mot dörren, desperat att utnyttja kaoset. Larmen tjuter i mina öron, en kakofoni av ljud som skär i nerverna. Mina ögon svider av den stickande röken som fyller rummet, men det finns ingen tid att förlora; jag måste ut härifrån.

"Stoppa henne!" skriker någon bakom mig – förmodligen en av de där korkade vakterna. Ljudet av fotsteg kommer närmare, vilket får mitt adrenalin att skjuta i höjden. Jag pressar mig hårdare, snabbare, och lungorna bränner vid varje andetag.

"Fånga henne, era idioter!" ylar doktor Foxberry medan han fortsätter att kämpa med den obevekliga elden.

"Lycka till med det", muttrar jag för mig själv, når dörren och sliter upp den. Min frihet ligger någonstans bortom denna korridor, men jag är inte naiv nog att tro att jag kommer dit utan en strid.

"Låt bli!" skriker jag när jag känner starka armar runt min midja. Jag slår vilt omkring mig och använder varje uns av styrka i min utmattade kropp för att värja mig mot mina fångvaktare. Men de är för många, och jag blir snabbt trött.

"Släpp mig, era jävlar!" Jag kämpar mot deras grepp, men vakterna övermannar mig och släpar mig tillbaka mot labbet. Smaken av frihet dröjer sig kvar på tungan, bitter och flyktig.

"Fint försök, Ms Blackwell", hånler en vakt när han drar åt sitt grepp om mina armar. "Men du kommer ingenstans."

"Ta bort era smutsiga händer från mig!" spottar jag tillbaka och sparkar mot hans smalben. Det är ett lönlöst försök, men jag vägrar att ge mig utan en kamp.

"Nu räcker det!" Doktor Foxberrys röst skär genom kaoset som ett rakblad. Hans förkolnade hud ser ut som något från en skräckfilm, och raseriet som brinner i hans ögon får det att isa sig längs ryggraden. "Kasta henne i isoleringscell tills hon lär sig lite jävla lydnad!"

"Skämtar du med mig?" fräser jag, med sarkasmen som det enda vapnet jag har kvar att använda mot honom. "Jag tar hellre mina chanser i mörkret än att spendera en sekund till i närheten av ditt sorgliga arsle!"

"Ditt val", hånler han och skickar kalla kårar längs ryggraden när vakterna släpar bort mig från hans brännande blick.

Jag kastas in i en liten, kolsvart cell, och dörren slår igen bakom mig som den sista spiken i min kista. Mörkret är kvävande, det pressar sig på mig från alla håll och sväljer mig hel.

"Ha en trevlig vistelse, älskling", hånar en av vakterna innan deras fotsteg tonar bort och lämnar mig ensam med bara mina tankar som sällskap.

"Rövhål", muttrar jag tyst för mig själv och försöker lugna mitt rusande hjärta. Mina armar är hudflängda efter att ha blivit omilt behandlade av vakterna, och jag kan känna de första antydningarna till panik som klöser i utkanten av mitt medvetande.

"Fokusera", befaller jag mig själv och återgår till meditationsteknikerna jag har övat på i åratal. Jag föreställer mig en fridfull skog, solljus som strilar genom löven, Declans starka armar runt mig.

Men den lugnande bilden försvinner snabbt, uppslukad av det obevekliga svarta tomrummet som omger mig. Varje andetag känns mer ansträngt än det förra, luften är tung och tryckande. Tiden blir ett abstrakt begrepp som rinner genom mina fingrar som vatten, och jag har ingen känsla för hur länge jag har varit fången i denna helvetiska kammare.

"Declan", viskar jag ut i mörkret, min röst låter liten och bruten. "Snälla, ge inte upp hoppet om mig."

"Pratar du med dig själv nu, Blackwell?" hånar en vakt från utsidan av min cell, vilket får mig att hoppa till. "Det tog inte lång tid."

"Dra åt helvete!" skriker jag tillbaka, min ilska antänds som en gnista i mörkret. "Där skulle jag åtminstone ha bättre sällskap än dig!"

"Fortsätt drömma", replikerar han innan han går iväg och lämnar mig att än en gång kämpa mot mina demoner.

Jag kurar ihop mig på det kalla golvet, huttrande och desperat efter minsta lilla strimma av ljus. Mina tankar är en trasslig härva, fragmenterade och fransiga i kanterna när verklighet och fantasi smälter samman i denna surrealistiska mardröm.

"Var stark", säger jag till mig själv och klamrar mig fast vid minnen av Declan och mina vänner. "De kommer efter dig. De måste."

Men när mörkret pressar sig på mig och kväver allt hopp jag har kvar, kan jag inte låta bli att undra om jag bara lurar mig själv. Och det skrämmer livet ur mig.

En kall vindpust sipprar in i cellen, som om tomrummet i sig andas mig i nacken. Mörkret verkar vara levande, det kryper över min hud som tusen insekter. Jag kan inte avgöra om det är min fantasi eller någon ny form av tortyr.

"Letar ni ens efter mig?" viskar jag, orden undslipper knappt mina läppar. "Tror ni att jag är död?"

"Vem pratar du med, Blackwell?" hånar en vakt genom springan i dörren. "Väggarna bryr sig inte."

"Dra åt helvete", fräser jag, och rösten spricker. Jag har inte pratat mycket sedan de kastade in mig här.

"Lika charmig som alltid", svarar han innan hans fotsteg tonar bort.

"Idiot", muttrar jag tyst för mig själv, men jag undrar om han har rätt. Kanske håller jag på att bli galen. Den sensoriska depriveringen och de experimentella drogerna de har pumpat i mig har tagit ut sin rätt. Mina tankar splittras och skingras, verklighet och fantasi vävs samman till surrealistiska vakna mardrömmar.

Syner av doktor Foxberrys förvridna, brända ansikte plågar mig, ackompanjerade av de plågade skriken från andra som är fångna i detta helveteshål. Är det vad som väntar mig när de slutligen släpar tillbaka mig till labbet? Kommer jag att bli en av de monstruösa hybrider de har skapat, varken människa eller monster, utan fången i något tillstånd däremellan?

"Var stark", säger jag till mig själv och försöker minnas känslan av Declans armar runt mig, ljudet av hans skratt. Men det känns som en evighet sedan, och varje passerande ögonblick urholkar min beslutsamhet.

"Artemis!" ropar en bekant röst och ekar genom mörkret. "Håll ut! Vi är på väg!"

"Declan?" flämtar jag, och mitt hjärta bultar. Men så fort hoppet flammar upp inom mig smyger sig tvivlet på. Är detta bara ännu en hallucination, ett grymt spratt från mitt splittrade sinne?

"Artemis, vi kommer inte sluta förrän vi hittar dig", lovar rösten och låter så verklig att jag vill sträcka ut handen och röra vid den.

"Bevisa det", utmanar jag, med darrande röst. "Ge mig ett tecken på att du faktiskt är där."

"Minns du det där hemska motellet vi flydde till mitt ute i ingenstans?" frågar rösten med en konspiratorisk ton. "Vi svor att tillsammans sätta stopp för Byråns grymheter."

Jag tappar andan. Det är sant, vi gav det löftet. Men är detta bara en fantasifoster eller ett genuint meddelande från Declan? Gränsen mellan verklighet och fantasi har blivit så suddig att jag inte längre kan lita på mina egna sinnen.

”Fan”, muttrar jag, med darrande händer när mörkret pressar sig på runt mig som en kvävande omfamning. Minnena av Declan och de andra känns mer avlägsna för varje sekund som går, de rinner genom mina fingrar som sand trots mina desperata försök att hålla fast vid dem.

”Kom igen, Artemis, minns”, viskar jag och tvingar mig själv att fokusera på känslan av Declans läppar mot mina, sättet mungiporna veckar sig när han skrattar. Men det blir svårare att skilja det verkliga från det påhittade, och paniken klöser i mitt bröst.

”Vem är jag?” kvävs jag, och frågan ekar hånfullt tillbaka till mig. Hur länge dröjer det innan doktor Foxberry krossar mitt sinne fullständigt och bara lämnar ett ihåligt skal i sitt kölvatten?

”Hallå där, Artemis, våga inte ge upp nu”, ringer plötsligt Malcolms röst ut, skarp och klar. ”Vi behöver dig, vi slutar inte förrän vi hittar dig.”

”Malcolm?” Min röst är knappt hörbar, en bruten vädjan. Det känns så levande, så nära, men kan jag lita på någonting längre? ”Gode gud, låt det här vara på riktigt.”

”Minns du kvällen vi träffades?” fortsätter hans röst, enträget. ”Du förförde mig, kallade dig Annabelle. Kan fortfarande inte fatta att jag var lättlurad nog att gå på det.”

”Snälla, låt detta vara ett tecken”, bönfaller jag, och hjärtat bultar i öronen. Utmattningen hotar att dra ner mig, men jag kämpar för att hålla mig medveten, för att hålla fast vid minnet av mina vänner – min familj.

”Artemis, fortsätt kämpa!” Min mentor Athinas röst skär genom dimman, en hård befallning. ”Du är starkare än så här, låt honom inte vinna.”

”Det kan du ge dig fan på”, grymtar jag och biter ihop tänderna. ”Jag ska slita doktor Foxberry i stycken, lem för lem, innan jag låter honom knäcka mig.”

"Bra tjej", lugnar hon, hennes ton fylld av gillande. "Håll dig stark, håll dig fokuserad, så hittar vi dig. Jag lovar."

"Snälla", viskar jag, och min kropp darrar när jag kollapsar på det kalla, oförlåtande golvet. När mörkret tar mig dröjer sig en enda tanke kvar: *Låt inte det här helvetet knäcka mig innan de kommer.*

<hr>

Det kalla, oförlåtande golvet förvandlas till ett isande grepp runt min kropp när jag bryskt väcks av vakternas hårda händer. Det simmar för ögonen, men det går inte att ta miste på den kväljande doften av kemikalier som fyller mina näsborrar – doktor Foxberrys labb.

"God morgon, prinsessan", grymtar en av vakterna när han drar upp mig på fötter, och mina ben vacklar under mig. "Pappa lilla vill träffa dig."

"Fantastiskt", kvävs jag och blinkar bort mörkret som hotar att uppsluka mig. "Ser fram emot ännu en härlig far-dotter-stund."

"Håll tyst", fräser den andra vakten och knuffar mig bryskt framåt. Stöten skickar en ilning av smärta genom min redan sargade kropp, men jag vägrar att visa svaghet. Jag biter ihop tänderna och fortsätter gå, varje steg för mig närmare min plågoandes olycksbådande ansikte.

När vi kommer in i labbet angrips mina sinnen av stanken av bränt kött, och jag vet utan att se att doktor Foxberrys en gång fläckfria labb nu är förkolnat på ställen som kommer att göra honom rasande. När jag lyfter blicken möter jag hans brända ansikte, förvridet av raseri och ambition. Hur mycket jag än avskyr honom kan jag inte låta bli att rygga tillbaka vid åsynen. Den blå elden som jag frammanade i ett ögonblick av desperation har lämnat sitt märke på honom, precis som han har lämnat sitt märke på mig.

"Ah, Artemis", hånler han, hans röst dryper av illvilja. "Jag antar att du har haft lite tid att begrunda dina handlingar?"

"Javisst", svarar jag och kämpar för att hålla tonen lättsam trots min rädsla. "Jag har kommit fram till att jag nog är mer en tjej för orange lågor. Blått är helt enkelt inte min färg."

"Nu räcker det!" Doktor Foxberry slår näven i bordet bredvid sig, vilket får det att isa sig längs ryggraden på mig. "Du kommer att underkasta dig mina experiment, annars kommer du att lida ännu mer än du redan har gjort."

"Är det ett löfte?" utmanar jag och samlar varje uns av trots jag har kvar inom mig. Om han tror att han kan knäcka mig med hot har han helt fel.

"Artemis", morrar han och kisar med ögonen. "Jag kommer att tvinga dig att låsa upp din fulla potential, oavsett kostnaden. Och tro mig, kostnaden kommer att bli mycket hög om du fortsätter att göra motstånd."

"Försök du bara", väser jag och möter hans hatfyllda blick rakt på. "Men säg inte att jag inte varnade dig när ditt dyrbara labb går upp i rök."

Han tar ett steg mot mig, hans ansikte bara centimeter från mitt, och för ett kort ögonblick är jag rädd att han ska slå mig. Men istället ler han bara – ett kallt, grymt leende som får kalla kårar att löpa längs ryggraden.

"Mycket väl, då", mumlar han, hans andedräkt het mot min kind. "Låt spelen börja."

"Okej, låt oss få det här överstökat." Jag himlar med ögonen och försöker dölja fasan som kryper uppför ryggraden. Doktor Foxberry flinar ondskefullt när han spänner fast mig på sitt kalla undersökningsbord av metall.

”Försök att inte sprattla för mycket”, skrattar han och drar åt remmarna tills de skär in i huden. ”Jag skulle inte vilja att du skadar dig.”

”Som om du bryr dig”, muttrar jag tyst för mig själv och kämpar mot lusten att spotta honom i hans sargade ansikte. Istället fokuserar jag på en fläck i taket och använder varje uns av självkontroll för att inte låta honom se hur mycket han går mig på nerverna.

”Ska vi börja?” säger doktor Foxberry glatt och viftar med en spruta fylld med en sjukligt grön vätska. ”Det här borde hjälpa till att stimulera dina dolda förmågor.”

”Toppen, ännu en mutantcocktail”, säger jag spydigt, även om min sarkasm vacklar när nålen tränger in i min arm. Lösningen bränner när den kommer in i mitt blodomlopp, och jag biter ihop tänderna mot smärtan och vägrar att ge ifrån mig minsta kvidande.

”Känner du något än?” frågar doktor Foxberry, hans röst dryper av förställd oro.

”Bara en överväldigande önskan att köra upp den där sprutan i ditt...” Min replik dör i halsen när en isande känsla uppslukar min kropp. Det känns som om mina ådror fylls med flytande kväve och fryser mig inifrån och ut. Jag kan inte låta bli att flämta till, och min kropp rycker ofrivilligt.

”Ah, där är det”, mumlar han och klottrar frenetiskt ner anteckningar på en skrivplatta i närheten. ”Fascinerande.”

”Glad att du roar dig”, väser jag och kämpar för att hålla rösten stadig. Genom smärtdimman klamrar jag mig fast vid hoppet att Declan och de andra är där ute och letar efter mig. Det är en tunn livlina, men det är allt jag har.

”Låt oss pressa det lite längre, ska vi?” funderar doktor Foxberry och justerar rattarna på en olycksbådande maskin bredvid mig. En plötslig stöt av elektricitet skjuter genom min kropp, och den här gången kan jag inte undertrycka ett skrik.

"Sluta!" kvävs jag, och tårarna strömmar nerför mitt ansikte när spänningen ökar. "Snälla, bara sluta!"

"Underkasta dig", väser han och lutar sig så nära att hans svedda anletsdrag fyller mitt synfält. "Annars blir det här bara värre."

"Dra åt helvete", morrar jag och samlar varje sista uns av trots. Jag tänker inte ge vika – jag vägrar att låta honom vinna. Oavsett vilka förvridna plågor han har på lager.

"Mycket väl." Han vrider upp ratten ännu högre, och jag förbereder mig för den vitglödgade smärta som följer. När strömmen rusar genom mig och hotar att slita mig i stycken, klamrar jag mig desperat fast vid tanken på mina vänner, vid minnena av skratt och kärlek mitt i mörkret.

KAPITEL SEX

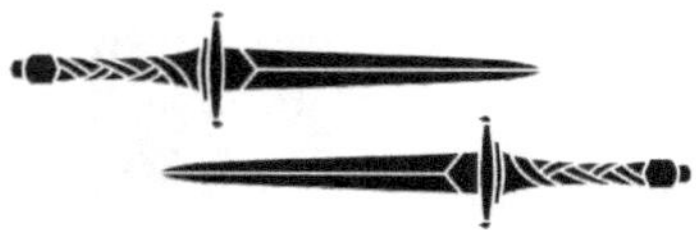

Det kalla stålet från handbojorna skär in i mina handleder när jag rycks från min isoleringscell. Gud vet hur länge det var sedan jag såg någon annan än doktor Foxberry och hans förvridna experiment, och vakterna som släpar mig fram och tillbaka mellan min cell och hans skräcklabb. Vakterna släpar mig längs den sterila korridoren, deras grepp om mina armar är som av järn. Toppen, inte nog med att jag måste hantera det här helveteshålet, nu har jag blåmärken också.

"Tillbaka till labbet, Blackwell", grymtar en av dem och knuffar mig framåt. Jag bemödar mig inte med att göra motstånd – jag kan rutinen vid det här laget. Jag fokuserar på det svaga ljudet av mina kängor som skrapar mot betonggolvet och försöker ignorera fasan som samlas i magen.

"Längtar redan", muttrar jag för mig själv, varje ord drypande av sarkasm. Vakten ger mig en varnande blick, men jag vägrar att backa. Jag tänker inte låta de här jävlarna knäcka mig.

När vi når labbdörren svänger den upp och avslöjar doktor Terrence Foxberry, Dianas galna vetenskapsman till far. Han ser ut som en gående motsägelse – en vänlig, vithårig herre som skulle ha passat perfekt in med att smutta på te och diskutera litteratur, om han inte också var en själlös psykopat med fullständig avsaknad av medicinsk etik. Och så de fula brännärren på kinden. En hälsning från mig.

"Ah, Ms Blackwell", säger han med det där irriterande falska leendet klistrat över hans ärrade ansikte. "Jag hoppas du är redo för en ny omgång experiment. Vi kommer att pressa dig hårdare i dag, se om vi inte kan utlösa den där psykiska potentialen din."

"Vilken glädje", väser jag och kisar mot honom. "Du vet verkligen hur man roar en tjej, doktorn."

"Ta in henne", beordrar han och ignorerar min pik. Vakterna släpar in mig i labbet, och jag stålsätter mig för vilket nytt helvete som än väntar mig.

"Varsågod och sitt", säger doktor Foxberry och pekar på metallstolen mitt i rummet, omgiven av olycksbådande maskiner. Jag ger honom en blick av ren avsky innan jag motvilligt gör som han säger.

"Låt oss börja", mumlar han och slår på strömbrytare och justerar rattar på maskinerna. Jag biter ihop tänderna när de surrar igång och elektricitet sprakar i luften.

"Kom ihåg, Ms Blackwell, vi försöker bara hjälpa dig att nå din fulla potential", kuttrar doktor Foxberry, men hans ord är ihåliga, utan någon verklig omtanke. Att hjälpa mig är inte hans mål – att förvandla Diana till den mäktigaste paranormala varelsen som finns är det.

"Hjälpa mig?" fnyser jag. "Du har en förvriden definition av ordet, doktorn."

"Nu räcker det", fräser han, hans iskalla blick fäst på min. "Låt oss nu se vad du verkligen är kapabel till."

När maskinerna viner och surrar runt mig skär smärta genom varje nerv och hotar att slita sönder mig inifrån och ut. Men jag vägrar att låta dem se hur ont det gör. Oavsett hur mycket plåga de utsätter mig för kommer jag inte att knäckas.

Jag biter ihop tänderna och stålsätter mig när nästa våg av tortyr sköljer över mig. Doktor Foxberry står vid kontrollpanelen, hans fingrar dansar över knapparna med sadistisk förtjusning.

"Ah, ja, öka spänningen", mumlar han, och jag kväver ett skrik när maskinerna intensifierar sitt angrepp på min kropp. Tankarna rusar till mina vänner – till Declan, Athina och resten av teamet. *Snälla, hitta mig snart. Jag vet inte hur mycket längre jag klarar av det här.*

"Känner du något än?" hånler doktor Foxberry, hans blick borrar sig in i min. "Någon liten glimt av psykiska förmågor?"

"Bara en överväldigande lust att köra upp dina maskiner där solen inte skiner", väser jag och kämpar för att hämta andan.

Han himlar med ögonen. "Du bara förlänger ditt eget lidande, Ms Blackwell."

Det är den värsta dagen i en rad av jävliga dagar, och när vakterna slutligen kastar mig, bruten och blödande, tillbaka in i min cell, smyger sig tvivlet på som ett gift. Tänk om Diana fejkade min död? Tänk om mina vänner har slutat leta efter mig? Vågorna av förtvivlan hotar att kväva mig, min syn blir suddig när tårarna sticker i ögonvrårna. Jag skakar på huvudet och försöker skingra mörkret som slukar mig, men det klamrar sig fast som en ondskefull skugga.

"Hallå där", viskar jag för mig själv, "du är Artemis jävla Blackwell. Du ger inte upp."

Jag vet inte *hur* man ger upp. Jag klamrar mig fast vid tanken som en livlina. Jag väntar bara på rätt ögonblick, försöker jag intala mig själv, även när min försvagade kropp ger vika och jag sjunker ner på golvet.

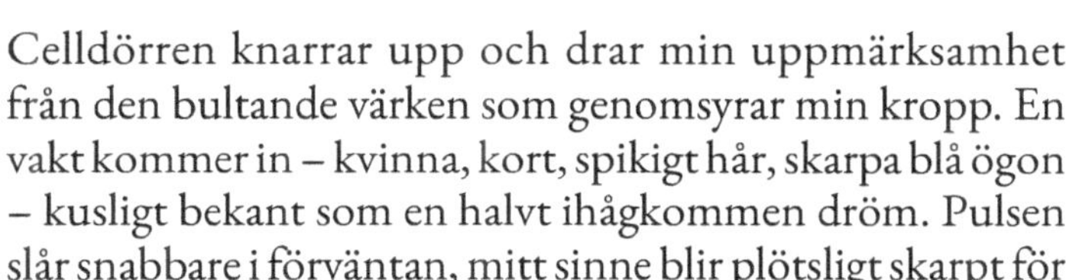

Celldörren knarrar upp och drar min uppmärksamhet från den bultande värken som genomsyrar min kropp. En vakt kommer in – kvinna, kort, spikigt hår, skarpa blå ögon – kusligt bekant som en halvt ihågkommen dröm. Pulsen slår snabbare i förväntan, mitt sinne blir plötsligt skarpt för första gången på flera dagar.

Jag känner igen henne.

Jag trodde hon var död – hela hennes identitet stulen av en kameleontisk paranormal som infiltrerade vår organisation med hennes ansikte. Kameleonten sa till mig att hon hade dödat min vän, men hon står rakt framför mig.

Klädd i Foxberry Corp Laboratories uniform.

”Upp med dig”, beordrar hon tonlöst. Men under hennes kalla ton glimmar en gnutta nyfikenhet i hennes blick.

Jag reser mig långsamt, musklerna protesterar. Jag haltar närmare och riskerar att tilltala henne. ”Varför är du lojal mot dem?” Min röst är raspig av oanvändning. ”Hur står du ut med att vara en del av det här?”

Hennes ögon smalnar, men hon tvekar och funderar. ”Jag ställer inga frågor”, muttrar hon till slut. ”Bara lyder order.”

Uppmuntrad pressar jag på. ”Är det här verkligen vad du vill? Att hjälpa till att tortera folk?”

”Nu räcker det”, fräser hon, men osäkerhet flimrar över hennes ansikte. ”Bara ... nog nu.”

”Om det finns ett uns av mänsklighet kvar i dig, hjälp mig”, vädjar jag mjukt. ”Mina vänner letar säkert efter mig. Du vill inte möta deras vrede när de får reda på vad som händer här.”

"Tyst!" Rädsla och skuld kämpar i hennes ansiktsuttryck innan det slätas ut till en mask. Hon griper min arm, ett grepp som av stål, och drar mig mot dörren. "Kom igen. Nu."

"Har vi träffats förut?" frågar jag nonchalant och ryser till när hennes grepp hårdnar. "Du verkar väldigt bekant."

Den minsta tvekan, en blick från sidan, men inget svar. Jag byter taktik.

"Jag har gått igenom ett helvete här", säger jag sorgset. "Jag tror att vi kanske var vänner en gång. Före ... allt det här."

Den här gången är jag säker – en skymt av igenkänning i hennes ögon, som snabbt släcks. Mitt hjärta gör ett språng av bräckligt hopp. Jag fortsätter och sänker rösten.

"Du räddade skinnet på mig fler gånger än jag kan räkna. Ingen kunde köra som du – minns du cementlastbilen? Den bepansrade konvojen? Det var briljant."

Jag iakttar henne noga och väntar på någon gnista av ett minne. Men hon skakar på huvudet utan att möta min blick. "Jag är ledsen, jag minns inget av det där." Hennes röst vacklar osäkert.

"Är du säker?" frågar jag försiktigt. "Försök att tänka tillbaka ... betyder namnet Malcolm någonting?"

Jag håller andan och vågar knappt hoppas. Men hon undviker min sökande blick. "Jag vet verkligen inte vad du pratar om."

Frustrationen bubblar upp, men jag tvingar ner den. Om det finns ens en chans att den här kvinnan är min förlorade vän kan jag inte ge upp hoppet om henne. Jag måste fortsätta försöka locka fram de där begravda minnena, på något sätt.

"En dag kommer vi att fly från det här stället", svär jag med våldsamhet. "Vi kommer att hitta de andra, sätta dit de ansvariga. Jag behöver bara att du lovar mig att du inte kommer att knäckas. Att du fortsätter kämpa, som jag gör."

Då möter hon min blick, något sårbart i hennes ögon. "Jag lovar", viskar hon.

De där två orden tänder en gnista av hopp i mitt bröst. Om hennes inre eld kan åter tändas, kanske vi har en chans.

Vi fortsätter i eftertänksam tystnad. När vi når min cell dröjer hennes grepp om min arm kvar ett hjärtslag för länge. Och i hennes ögon, under den uttryckslösa masken, får jag en glimt av den svagaste glöden av en möjlighet.

Det är inte mycket att gå på, men det är en början. Om jag kan hjälpa henne att återupptäcka den starka, lojala vän hon en gång var, skulle vi kunna hitta ett sätt att fly från det här helvetet. Och sätta dit de som gjorde detta mot henne på kuppen.

När hon låser min celldörr möts våra blickar genom gallret. Jag ger henne ett litet leende. "Vi ses nästa skift ... Garnet."

Chocken sprider sig över hennes ansikte vid ljudet av det namnet. Hon öppnar munnen, stänger den igen utan att säga något. Men fröet har såtts. Nu måste jag bara fortsätta att vårda det, att locka hennes minnen tillbaka till livet.

Jag sätter mig på den tunna britsen när hennes fotsteg avlägsnar sig och släpper ut ett skakigt andetag. Vägen framåt är fortfarande oklar, men min beslutsamhet är förnyad. Jag kommer att hjälpa min vän att återfå sig själv från deras klor. Kosta vad det kosta vill.

Håll ut, Garnet. Jag ger inte upp hoppet om dig.

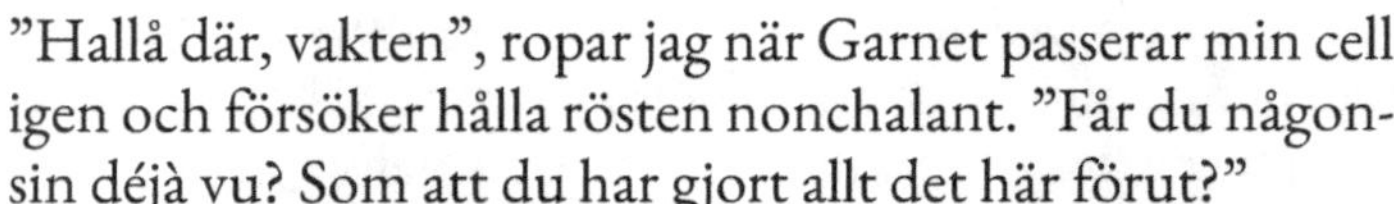

”Hallå där, vakten”, ropar jag när Garnet passerar min cell igen och försöker hålla rösten nonchalant. ”Får du någonsin déjà vu? Som att du har gjort allt det här förut?”

”Kan inte påstå det”, svarar hon, hennes blick vaksam och försiktig.

”Verkligen?” Jag pressar på. ”För varje gång jag ser på dig känns det som att jag känner dig. Och inte bara på grund av uniformen.”

”Ledsen att göra dig besviken”, säger hon med en antydan till irritation i rösten. ”Men jag är bara ännu en ansiktslös nolla för dig.”

”Kanske”, medger jag, men något inom mig vägrar att släppa taget. Desperationen river i utkanten av mitt medvetande och manar mig att ta en risk. Med ett djupt andetag fokuserar jag på det välbekanta surret av adrenalin som strömmar genom mig, den råa kraften från min psykiska förmåga som kliar efter att få släppas lös. Det var så länge sedan jag använde den senast, skräckslagen för vad den kan ha blivit efter doktor Foxberrys fasansfulla experiment, men nu är det inte läge för tvekan.

”Låt mig se”, viskar jag och sträcker ut med mitt inre öga, sänder tentakler av tankar mot vaktens medvetande. Kopplingen är svag, bräcklig, men den håller – och det jag finner där krossar mitt hjärta i tusen bitar.

Det *är* Garnet. Min förlorade vän. Hennes minnen är utraderade och lämnar bara ett skal av den person hon en gång var. Insikten träffar mig som ett slag i magen och lämnar mig andfådd och vacklande av smärta.

”Helvete”, kväver jag fram, tårarna sticker i ögonvrårna. ”Det är verkligen du, eller hur?”

”Ursäkta mig?” frågar Garnet, hennes förvirring uppenbar.

”Inget”, muttrar jag och sväljer klumpen i halsen. ”Det är inget.”

”Ms Blackwell”, säger hon, hennes tonfall fortfarande vaksamt men mjuknar en aning. ”Är allt okej?”

”Fint”, ljuger jag mellan sammanbitna tänder. ”Bara finfint.”

Garnet iakttar mig en stund till innan hon skakar på huvudet och fortsätter sin rond. När hon rundar hörnet lutar jag mig mot den kalla cellväggen, mitt hjärta värker med varje slag.

”Fan, Garnet”, viskar jag och sluter ögonen hårt. ”Jag önskar att jag hade känt dig bättre innan allt det här hände. Då kanske jag hade kunnat hjälpa dig att minnas vem du verkligen är.”

Men önsketänkande kommer inte att förändra något, och det kommer sannerligen inte att föra min vän tillbaka från djupet av hennes stulna minnen. Jag måste hitta ett sätt att kämpa för oss båda nu, att återta det som har tagits från oss och se till att de ansvariga får betala för sina brott.

När jag ligger på det kalla, hårda golvet i min cell går mina tankar till Diana och hennes psykiska krafter. Den där förvridna subban måste ha något att göra med Garnets minnesförlust. Fan, hon njöt säkert av att utplåna allt som gjorde Garnet till den hon var.

”Dra åt helvete, Diana”, viskar jag och knyter nävarna. ”Jag ska få dig att betala för det här.”

Det är ett nytt uppdrag nu, en personlig vendetta. Om jag bara kan nå fram till Garnet, kanske det finns hopp för oss båda. Så jag ägnar varje stund jag kan åt att försöka nå henne – även om det innebär att riskera straff från våra fångvaktare.

”Hallå, Garnet!” ropar jag när hon passerar min cell under en av sina ronder. Hon vänder sig mot mig, hennes min är vaksam men nyfiken.

”Vad?” frågar hon med kall och frånvarande röst.

”Minns du den där gången vi gick till den där sunkiga baren och hamnade i bråk med de där asen?” säger jag i hopp om att väcka någon igenkänning. ”Kom igen, du måste minnas den kvällen. Du sänkte tre killar på mindre än en minut!”

Garnet skakar långsamt på huvudet, hennes ögon smalnar i förvirring. ”Jag har ingen aning om vad du pratar om”, svarar hon tonlöst. ”Jag vet ingenting om ditt förflutna eller de här ... upplevelserna du fortsätter att nämna.”

”Självklart gör du inte det”, suckar jag och gnuggar tinningarna. ”För att någon slet dem ur ditt minne.”

”Föreslår du att jag hade ett annat liv före ... det här?” frågar hon och pekar på sin uniform. ”Det är löjligt.”

”Är det?” utmanar jag, min röst spetsad med ilska. ”Jag känner dig, Garnet. Du var modig och medkännande – inte någon marionett som gör en galen vetenskapsmans smutsjobb.”

”Artemis ...”, börjar hon, men hejdar sig, hennes blick flackar mot säkerhetskameran som övervakar varje rörelse vi gör. ”Jag kan inte prata om det här nu.”

”Okej”, ger jag med mig, medveten om att det bara kan göra saken värre att pressa henne för hårt. ”Men tro inte för en sekund att jag ger upp hoppet om dig.”

”Vad du vill”, säger Garnet avfärdande, även om jag kan se nyfikenheten i hennes ögon när hon går därifrån.

”Fan, Garnet, håll ut”, viskar jag för mig själv, min beslutsamhet stärks. ”Jag ska hitta ett sätt att få dig tillbaka, kosta vad det kosta vill.”

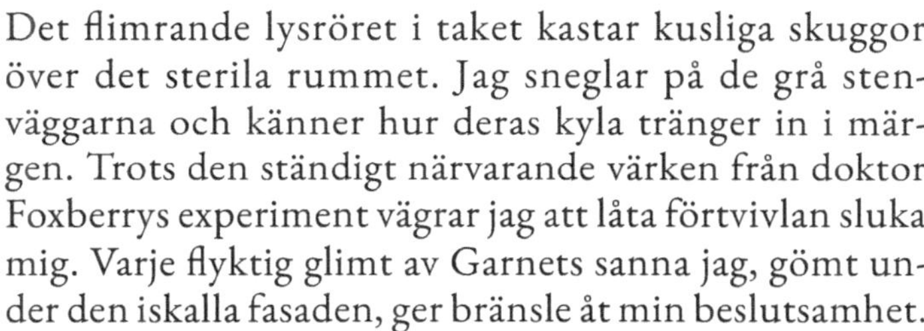

Det flimrande lysröret i taket kastar kusliga skuggor över det sterila rummet. Jag sneglar på de grå stenväggarna och känner hur deras kyla tränger in i märgen. Trots den ständigt närvarande värken från doktor Foxberrys experiment vägrar jag att låta förtvivlan sluka mig. Varje flyktig glimt av Garnets sanna jag, gömt under den iskalla fasaden, ger bränsle åt min beslutsamhet.

"Minns du den där gången vi hamnade i ett åskväder och var tvungna att söka skydd under den där gamla bron?" viskar jag genom väggen sent en natt och föreställer mig Garnet på andra sidan, med rynkad panna när hon anstränger sig för att höra mig. "Vi var dyblöta, huttrade som dränkta katter, men vi skrattade så mycket att vi fick ont i magen."

"Blackwell? Vad gör du?" Den skarpa rösten skär genom mina drömmerier, och jag pressar mig mot den kalla väggen, hjärtat bultar.

"Inget", ljuger jag med ansträngd röst. "Pratar bara för mig själv."

"Håll ner ljudet", fräser vakten, fotstegen ekar bort längs korridoren.

"Förlåt", mumlar jag, men fortsätter med lägre röst. "Eller vad sägs om gången vi spårade den där lömska varulven och råkade krascha borgmästarens maskeradbal? Du hade den där löjliga fjäderprydda masken och övertygade alla om att du var någon sorts exotisk fågelkvinna."

Ett skratt undslipper mig innan jag kan kväva det, när jag minns hur absurd situationen var. Det är de här små ögonblicken, de här fragmenten av minnen, som håller mig uppe. Om jag bara kan nå Garnet, om jag kan få henne att minnas, så finns det kanske hopp för oss båda.

"Sen var det det där spökhuset", fortsätter jag, min röst knappt hörbar. "Du försökte spela tuff, men jag såg hur du klamrade dig fast vid Malcolms arm när spöket dök upp. Och ska vi ens börja prata om din besatthet av att samla på de där bisarra antika knivarna. Du höll på att skära av dig ditt eget finger en gång, minns du?"

Tystnaden som följer är öronbedövande, men jag vägrar att låta den avskräcka mig. Varje ord, varje minne, är en livlina jag kastar till Garnet i hopp om att hon på något sätt ska gripa tag i den och dra sig tillbaka från avgrunden.

"Artemis?" Den svagaste viskningen sipprar genom väggen, och för ett ögonblick tror jag att mitt sinne spelar mig ett spratt. "Var vi verkligen ... vänner?"

Mitt hjärta skjuter i höjden vid den trevande frågan, och jag kan inte låta bli leendet som sprider sig över mitt ansikte. "Ja, Garnet. Vi var vänner. Goda vänner."

"Berätta mer", viskar hon, hennes röst färgad av nyfikenhet och något annat jag inte riktigt kan placera – kanske, bara kanske, hopp.

Och det gör jag, målar vårt förflutna med ord, väver historier om skratt och äventyr, om tillit och kamratskap. Med varje viskat ord känner jag hur förtvivlans tyngd börjar lätta och ersätts av en våldsam beslutsamhet att återta det som stulits från oss. Doktor Foxberry må ha tagit så mycket från mig, men han kommer inte att ta det här. Han kommer inte att ta Garnet.

"Håll dig stark, Garnet", säger jag mjukt, mina ögon bränner av instängda tårar. "Jag lovar dig, vi kommer att hitta tillbaka till varandra. Och när vi gör det ska vi se till att doktor Foxberry och Diana får betala för allt de har gjort."

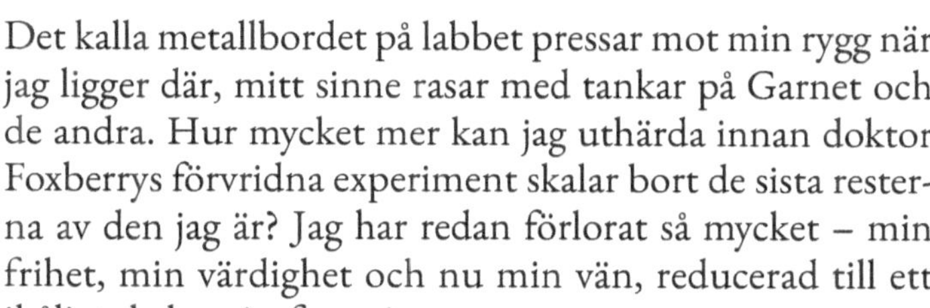

Det kalla metallbordet på labbet pressar mot min rygg när jag ligger där, mitt sinne rasar med tankar på Garnet och de andra. Hur mycket mer kan jag uthärda innan doktor Foxberrys förvridna experiment skalar bort de sista resterna av den jag är? Jag har redan förlorat så mycket – min frihet, min värdighet och nu min vän, reducerad till ett ihåligt skal av sitt forna jag.

"Artemis", doktor Foxberrys röst skär som en skalpell genom mina tankar, "du borde verkligen vara tacksam för allt jag gör för dig." Hans förvridna leende får min hud att krypa. "Vi är trots allt på vippen att låsa upp din sanna potential."

"Tacksam?" Jag spottar tillbaka ordet på honom, gift i rösten. "Du är ett monster, och jag kommer aldrig att förlåta dig eller Diana för vad ni har gjort."

"Ah, men där har du fel, min kära." Han lutar sig närmare, hans andedräkt stinker av gammalt kaffe och arrogans. "När jag väl har låst upp hemligheterna som finns dolda i ditt DNA kommer du att tacka mig. Du ska få se."

"Fortsätt drömma", muttrar jag för mig själv och knyter nävarna för att hindra mig från att slå till.

"Sov gott, Artemis", säger han, släcker taklamporna och störtar rummet i mörker. "Morgondagen för med sig nya upptäckter."

Jag lyssnar när dörren klickar igen bakom honom och lämnar mig ensam i den svagt upplysta cellen. Utmattningen vilar tungt på mina lemmar, men tanken på sömn verkar nästan skrattretande. För varje dag som går känner jag hur jag glider längre ner i avgrunden, förlorar bitar av mig själv till de fasor som doktor Foxberry och hans team utsätter mig för. Och ändå klamrar jag mig fast vid hoppet som en livlina.

Jag sluter ögonen och fokuserar på minnena av mina vänner – deras skratt, deras styrka, deras lojalitet. Det är de minnena som håller mig igång, som får mig att fortsätta kämpa. Jag kan inte ge upp nu, inte när det fortfarande finns en chans att de hittar mig och sätter stopp för den här mardrömmen.

"Snälla", viskar jag ut i mörkret, min röst knappt hörbar ens för mig själv. "Skynda er."

Jag biter ihop tänderna och tvingar min kropp att slappna av när jag driver in i en orolig sömn, plågad av förvridna syner av doktor Foxberrys omänskliga experiment. Men under skräcken brinner en gnista av trots starkt och vägrar att släckas. Så länge den lågan finns kommer jag att kämpa. För Garnet, för mina vänner och för mig själv.

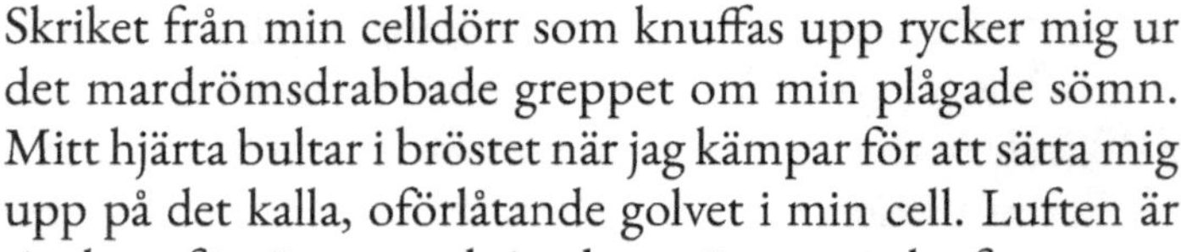

Skriket från min celldörr som knuffas upp rycker mig ur det mardrömsdrabbade greppet om min plågade sömn. Mitt hjärta bultar i bröstet när jag kämpar för att sätta mig upp på det kalla, oförlåtande golvet i min cell. Luften är tjock av förväntan, och jag kan nästan smaka fasan som klamrar sig fast vid varje hörn som en kvävande dimma.

"God morgon, Blackwell", hånler en vakt, hans röst skär mot mina trumhinnor som naglar mot en griffeltavla. "Doktor Foxberry har några nya överraskningar för dig idag."

"Fantastiskt", muttrar jag och reser mig med ett stön. "Kan knappt bärga mig inför min dagliga dos av tortyr."

Jag tvingar benen framåt och stålsätter mig för vilka färska plågor doktor Foxberry än har kokat ihop i sitt förvridna lilla sinne. Vakterna flankerar mig, deras kalla blickar borrar sig in i min hud som parasiter, men jag vägrar att låta dem se hur mycket de påverkar mig. Istället fokuserar jag inåt, håller fast vid minnena av mina vänner, kärleken vi delar och den person jag var innan det här helveteshålet svalde mig hel.

"Kom ihåg din plats, flicka", fräser en annan vakt och knuffar mig bryskt längs den sterila vita korridoren.

"Ah, just det. Min plats", säger jag sarkastiskt och kväver en grimas åt smärtan som strålar genom min kropp från föregående dags experiment. "Som den ofrivilliga labbråttan på doktor Frankensteins förvridna lekplats."

"Vakta din tunga, annars kanske den blir utskuren", varnar den första vakten, hans röst dryper av illvilja.

"Lova inget du inte kan hålla", genmäler jag och gräver djupt efter den där gnistan av trots som vägrar att släckas. Oavsett vilka fasor de har planerat kommer jag inte att knäckas. Jag kommer att klamra mig fast vid essensen av den jag är, även om det är det sista jag gör.

När vi närmar oss de olycksbådande dörrarna till doktor Foxberrys labb stålsätter jag mig och samlar varje uns av styrka och motståndskraft jag besitter. Mina händer darrar av knappt återhållen ilska och rädsla, men jag knyter dem till nävar, fast besluten att inte låta dessa monster förstöra mig inifrån och ut.

"Här är vi", säger vakten och knuffar in mig genom dörröppningen. "Ha så kul."

"Tack", mumlar jag, min röst dryper av sarkasm när jag snubblar in i det starkt upplysta rummet. "Det blir säkert jättekul."

Jag tar ett djupt andetag, höjer hakan och rätar på axlarna, redo att möta vilken ny mardröm som än väntar mig. Oavsett vad de kastar på mig kommer jag inte låta dem knäcka mig. Jag är Artemis Blackwell, och jag kommer att överleva det här helvetet – för mig själv, för Garnet och för alla som någonsin har skadats av sådana som doktor Foxberry och Diana.

När jag spänner mig mot det kalla metallbordet, min hud kryper vid beröringen, cirklar doktor Foxberry runt mig som en gam, hans ögon glimmar av förväntan. "Jag hoppas verkligen att du är redo för dagens session", säger han, hans röst dryper av falsk oro.

"Faktiskt helt exalterad", spottar jag tillbaka och stirrar ilsket på honom. "Kan inte tänka mig ett bättre sätt att tillbringa min dag."

"Bra", säger han med ett flin. "För vi ska prova något nytt idag."

"Fantastiskt", muttrar jag för mig själv, mitt hjärta bultar i bröstet när jag ser honom dra fram en spruta fylld med en olycksbådande vätska. När han närmar sig mig kan jag inte låta bli att rycka till, men jag vägrar att låta det hindra mig från att slå tillbaka. Jag tänker inte ge honom tillfredsställelsen att se mig krypa ihop.

"Slappna av", kuttrar doktor Foxberry och griper hårt om min arm när han sticker in nålen. "Det här gör bara ont ett ögonblick."

"Lova inget du inte kan hålla", säger jag genom sammanbitna tänder, smärta skjuter genom mina ådror när vätskan kommer in i mitt blodomlopp.

Omedelbart blir min syn suddig och mina muskler skriker i protest, men jag tvingar mig själv att fokusera, knyter nävarna och håller fast vid ilskan som ger mig bränsle. Oavsett vad de gör med mig, oavsett hur mycket de tar från mig, kommer jag inte att sluta kämpa för att återta det som har gått förlorat.

"Säg mig, Artemis", viskar doktor Foxberry och stirrar in i mina ögon med ett förvridet flin. "Hur känns det?"

"Som regnbågar och solsken", väser jag och kämpar mot lusten att kräkas när vågor av illamående sköljer över mig. "Vad i helvete injicerade du mig med?"

"Ah, bara en liten något för att hjälpa till att låsa upp din sanna potential", svarar han, hans ögon lyser av upphetsning. "Du kommer att tacka mig senare."

"Räkna med det", säger jag, min röst dryper av sarkasm när jag kämpar för att hålla mig vid medvetande. Och när världen omkring mig börjar snurra, håller en tanke mig förankrad: när jag flyr från det här helvetet kommer doktor Foxberry och Diana att få betala för allt de har gjort.

"Stanna kvar hos mig, Artemis", manar doktor Foxberry, hans röst en retsam viskning i mitt öra. "Du är starkare än så här."

"Förbannat rätt", säger jag till honom, även när min syn bleknar till svart. "Och du kommer att ångra att du någonsin korsade min väg."

KAPITEL SJU

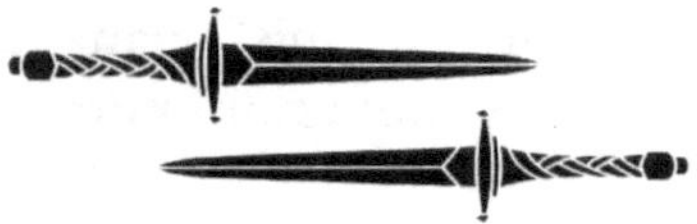

JAG SER MIG FÖRSIKTIGT omkring och försäkrar mig om att ingen ser mig innan jag smyger fram till dörren till min cell för att prata med Garnet – eller snarare, kvinnan som brukade vara Garnet. Hon märker inte ens min närvaro där hon lutar sig mot väggen och stirrar tomt ut i intet.

”Hallå”, viskar jag. ”Kommer du ihåg något om våra vänner? Något överhuvudtaget?”

”Vem?” svarar hon och ger mig en fundersam blick. ”Jag vet inte vad du pratar om.”

”Kom igen, Garnet”, insisterar jag med bultande hjärta när jag pressar henne på svar. ”Obsidiancirkeln? Vårt team? Vi har gått igenom helvetet tillsammans.”

”Jag heter Juliet”, fräser hon, vänder sig bort från mig och korsar armarna. Den här lilla dansen vi ägnar oss åt leder ingenstans, men jag kan inte låta bli. Jag måste få veta om det finns något kvar av min vän i det där tomma skalet.

”Okej, Juliet”, säger jag och biter ihop tänderna. ”Men du måste komma ihåg något. Vad som helst.”

”Ingenting”, säger hon tonlöst, med kall och frånvarande blick. ”Jag har ingen aning om vem du pratar om.”

"Fan också", muttrar jag tyst för mig själv. Desperat sträcker jag mig ut med mitt sinne och försöker läsa hennes tankar. Det jag finner överraskar till och med mig: en total tomhet där minnen borde finnas. Det är som om någon tagit ett suddgummi till hennes hjärna och raderat den ren. Inte undra på att hon är så vilsen – kvinnan som står framför mig är ett oskrivet blad.

"Okej då", säger jag och tvingar mig själv att förbli lugn trots sorgen som hotar att överväldiga mig. "Jag tror dig, Juliet. Om det är den du är nu."

En våg av hjärtesorg sköljer över mig när jag ser Garnet – nej, Juliet – gå sin väg. Hur kunde jag låta det här hända? Om jag bara hade tillbringat mer tid med henne innan allt det här, hade jag kanske haft en bättre aning om vem hon är nu. Kanske hade jag kunnat rädda henne från detta öde.

"Hallå där, Juliet", ropar jag, rösten spänd men beslutsam. Hon stannar och vänder sig om för att möta min blick, hennes kalla ögon söker i mina. "Har du något emot om jag berättar en historia?"

"Okej", säger hon, uppenbart ointresserad. "Men gör det kort."

"Det var en gång", börjar jag med tung sarkasm, "två stenhårda brudar som kämpade sida vid sida mot det värsta avskummet i den paranormala undre världen. De höll varandra om ryggen, och inget kunde slita isär dem."

"Låter spännande", säger hon uttryckslöst, men jag kan se en strimma av nyfikenhet i hennes blick.

"Det kan du ge dig fan på att det var", fortsätter jag och väver samman vårt gemensamma förflutna till en livlig gobeläng av minnen. "Vi sparkade röv och tog inga fångar. Vi sänkte självaste Byrån för paranormala affärer när vi fick reda på att de experimenterade på paranormala varelser istället för att skydda dem. Vi var ostoppbara."

"En riktig superduo", anmärker hon, men det finns något i hennes ton som antyder att hon börjar tro mig. Att hon kanske, bara kanske, kan lita på vad jag säger henne.

"Hör här", säger jag och försöker hålla rösten stadig trots den känslomässiga stormen inom mig. "Jag vet att du inte minns något av det här. Men jag svär på allt jag håller kärt att det är sant. Du var – *är* – en otrolig kämpe och en lojal vän. Och även om du aldrig får tillbaka dina minnen, kommer jag inte att ge upp om dig."

"Vad du vill", muttrar hon och vänder sig snabbt bort från mig. Men jag ser att jag har berört något djupt inom henne. En gnista har tänts, och jag kommer att göra vad som helst för att fläkta den till en flamma.

Från den dagen pratar jag, närhelst jag får chansen, om vårt gemensamma förflutna i hopp om att återväcka Garnets begravda minnen. Varje samtal känns som att dyrka ett envist lås, i ett försök att hitta rätt kombination för att befria kvinnan som är fången där inne.

Barriärerna runt hennes sinne förblir starka, men varje litet genombrott ger näring åt min beslutsamhet att fortsätta kämpa denna strid. Om det ens finns ett uns av den gamla Garnet kvar inom henne, tänker jag inte vila förrän jag har befriat henne.

◆━━━━◆○◆━━━━◆

Ett flimrande ljus från korridoren kastar kusliga skuggor på de fuktiga betongväggarna. Jag lutar mig mot min cells rostiga galler, handflatorna värker av att ha gripit om dem så hårt. Lukten av mögel och fukt fyller mina näsborrar när ljudet av fotsteg närmar sig.

"Artemis", mumlar Garnet – eller snarare, Juliet – när hon stannar utanför min cell. Hon håller rösten låg, alltid på sin vakt mot tjuvlyssnare. Hennes ögon, en gång fyllda av eld och beslutsamhet, förråder nu osäkerhet och förvirring.

"Hallå", svarar jag och försöker hålla bitterheten borta från rösten. "Du är tidig till ditt skift."

Hon flyttar vikten från den ena foten till den andra och tittar ner i golvet. "Jag ville fråga dig något. Om ... oss."

Oss. Ordet verkar främmande på hennes läppar, som om hon talade ett sedan länge glömt språk. Men det räcker för att få mitt hjärta att slå snabbare.

"Säg det bara", säger jag och förbereder mig på vad som än komma skall.

"Hade vi någonsin ... ett favoritställe? Någonstans vi gick när vi behövde en paus från all den här ... skiten?" Hennes ögon söker i mina och bönfaller mig om ett svar som kan låsa upp dörren till hennes förflutna.

"Absolut." Jag ler och låter mig föras tillbaka till de där bättre dagarna. "The Circle hade en bas i den här övergivna lagerlokalen vid floden. Närhelst vi hade haft en särskilt pissig dag brukade du och jag gå upp och sitta på taket, dricka billig öl och skratta åt allt och inget."

Hennes uttryck mjuknar, hennes ögon reflekterar den svagaste glimten av igenkänning. Pulsen ökar – det här kan vara det genombrott jag har hoppats på.

"Kanske om jag såg det igen ... Kanske skulle det hjälpa mig att minnas", säger hon med en röst som knappt är en viskning.

"Kanske", instämmer jag, även om tanken på att ta henne i närheten av våra gamla tillhåll får en rysning att löpa längs ryggraden. Det finns ingen garanti för vilka fällor som kan vänta på oss, eller vem som kan iaktta oss.

"Juliet", säger jag och testar det obekanta namnet när det rullar av tungan. "Om du menar allvar med att vilja minnas, måste du veta att jag kommer att göra allt i min makt för att hjälpa dig. Men det kommer inte att bli lätt, och vi kommer att riskera våra liv."

Hennes blick hårdnar, en gnista av hennes gamla jag flimrar till liv. "Jag vill veta sanningen. Oavsett priset."

"Bra." Min röst är stadig, men mitt hjärta känns som att det ska sprängas ur bröstet. "Då sätter vi igång."

Garnet – Juliet – nickar, hennes beslutsamhet återvänder för varje ögonblick som går. När hon går därifrån för att återuppta sina vaktplikter kan jag inte låta bli att känna hur hoppet blommar inom mig. Vi är på en farlig väg, men om det finns ens en chans att få min vän tillbaka, kommer jag gladeligen att vandra genom helvetet självt.

Tanken att Dianas psykiska krafter kan ha något att göra med Garnets – nej, Juliets – totala minnesförlust får en kår att ila längs ryggraden. Om Diana kunde göra detta mot sitt eget folk, vilka andra grymheter har hon begått i vetenskapens namn?

"Artemis", säger Juliet tyst genom den lilla luckan i celldörren och avbryter mina tankar. "Du har varit tyst hela kvällen. Vad är det?"

Jag suckar och bestämmer mig för att lägga korten på bordet. "Jag har funderat på hur ditt sinne raderades. Du är som en slags ... tom duk, och jag försöker måla tillbaka vår historia på dig. Det är frustrerande, men det har fått mig att inse något."

Hon lutar på huvudet, nyfikenhet blandas med oro i hennes ögon. "Vadå för något?"

"Jag tror att det är möjligt att Dianas psykiska krafter användes för att framkalla din minnesförlust." Min röst darrar lätt när jag erkänner den skrämmande tanken högt.

"Är det ens möjligt?" Hon rynkar pannan, och jag ser hur hon försöker bearbeta innebörden av vad jag just har berättat för henne.

"Med tanke på att vi lever i en värld där övernaturliga varelser och personer med psykiska krafter existerar, skulle jag säga att allt är möjligt." Min sarkasm är ett svagt försök att dölja min rädsla. "Och om hon verkligen gjorde det här mot dig, då är hon farligare än vi någonsin kunnat föreställa oss."

Juliet tar tyst in informationen, hennes uttryck oläsligt. Till slut frågar hon: "Men varför skulle hon göra så här mot mig?"

"Din gissning är lika god som min." Jag rycker på axlarna, frustrationen bubblar under ytan. "Men jag svär, Juliet, jag ska omintetgöra vilken vidrig process som än stal dina minnen från dig. Jag bryr mig inte om hur lång tid det tar eller vad jag måste göra. Du förtjänar att få veta sanningen om vem du är."

"Tack", mumlar hon med knappt hörbar röst. "Jag vet inte varför, men jag litar på dig."

"Bra", svarar jag med ett ansträngt leende och trycker ner den våg av känslor som hennes ord framkallar. "Den tilliten kommer du att behöva. Vi är i det här tillsammans, och jag tänker inte vila förrän vi har tagit reda på vad som hände dig."

"Artemis", tvekar hon innan hon ser mig rakt i ögonen, "om Diana gjorde det här mot mig, vad hindrar henne från att göra det mot andra? Mot dig?"

"Ingenting, antar jag." Tanken är nykter, och för ett ögonblick blir jag mållös. Om det inte är en kraft som hon bara stal tillfälligt? Om det var en hon kunde använda på vem som helst hade hon väl redan använt den på mig.

Om hon inte vill att jag ska vara fullt medveten om allt som händer mig.

Låter som Diana Foxberry.

Min beslutsamhet hårdnar. "Om hon försöker något ska jag se till att hon ångrar det."

Juliet nickar, en flamma av beslutsamhet flimrar i blicken. När natten sänker sig runt oss kan jag inte skaka av mig känslan av att vi är fångade i ett mycket större nät av lögner och svek än vi någonsin kunnat föreställa oss – och jag tänker fan inte låta Diana Foxberry fortsätta dra i trådarna i våra liv.

Min kropp värker, och mitt huvud bultar med den typ av smärta som bara Dr Foxberrys förvridna experiment kan framkalla. Jag släpar mig till den obekväma britsen i hörnet av min cell och kollapsar på den tunna madrassen. Febrig vrider och vänder jag mig, desperat efter någon lindring från plågan.

Mitt i min rastlösa sömn tar en dröm fäste – en som känns mer som ett minne. Kvinnan jag känner som Garnet står framför mig, hennes ögon lyser av igenkänning. Vi är i vårt gamla träningsrum, doften av svett och beslutsamhet hänger i luften. ”Artemis”, viskar hon, med tårar som strömmar nerför hennes ansikte, ”det är jag. Jag minns.”

”Tacka gudarna”, kväver jag fram och slår armarna om henne. Vi klamrar oss fast vid varandra, skratt bubblar upp mellan oss även när vi snyftar. Det känns som om en tyngd har lyfts, som om vi äntligen kan andas igen.

Drömmen krossas när jag vaknar, genomblöt av svett och fortfarande värkande från experimenten. En bitter smak fyller min mun när jag inser att det bara var en grym fantasi frammanad av mitt febriga sinne.

”God morgon, Juliet”, kraxar jag när jag får syn på henne på andra sidan korridoren, och önskar i hemlighet att jag kunde kalla henne Garnet istället. Hon undviker min blick, hennes uttryck oroligt. Jag har berättat för henne om vårt gemensamma förflutna varje chans jag fått, i hopp om att tända något inom henne. Nu undrar jag dock om jag har pressat för hårt, för snabbt.

”Hej, Artemis”, svarar hon med ansträngd röst. Det råder en pinsam tystnad mellan oss – en skarp kontrast till det otvungna kamratskap vi brukade dela.

”Sa jag något som gjorde dig upprörd?” frågar jag, oroad.

Hon tvekar, hennes fingrar pillar med ärmen på hennes vaktuniform. "Det är inte det", erkänner hon till slut. "Det är bara ... alla de här historierna du har berättat för mig, de får mig att känna som om jag saknar en enorm del av mitt liv. Det är förvirrande, och ärligt talat skrämmer det mig. Jag har inga minnen som andra människor har. Min barndom. Föräldrar. Jag minns inget av det där."

"Förlåt", muttrar jag, skuldkänslor gnager inom mig. "Det var inte meningen att överväldiga dig, men jag tänkte att om du kände till vårt förflutna skulle det kanske hjälpa till att väcka ditt minne."

"Kanske", medger hon, hennes ögon grumliga av osäkerhet. "Men just nu känns det bara som om jag kvävs av någon annans liv. Och jag vet inte hur jag ska förlika det med den person jag är nu."

"Hör här", säger jag i mjukare ton. "Om det är för mycket för dig så slutar jag. Jag vill inte göra saken värre för dig."

"Snälla", viskar hon, en strimma av lättnad flimrar i hennes blick. "Ge mig bara lite tid."

"Okej", går jag med på och hatar resignationen i min egen röst. Men vilket val har jag? Jag kan inte tvinga hennes minnen att återvända, oavsett hur mycket jag önskar att jag kunde.

När vi faller in i en obekväm tystnad kan jag inte låta bli att tänka på drömmen – på hur Garnets skratt hade känts som solsken mot min hud, även när vi grät. Det är den Garnet jag minns, kvinnan som är dold under lager av psykisk manipulation och raderade minnen. Jag kommer inte att glömma henne, och jag kommer inte att låta Diana Foxberry vinna. Om det finns den minsta chans att få henne tillbaka, kommer jag att ta den – strunt i konsekvenserna.

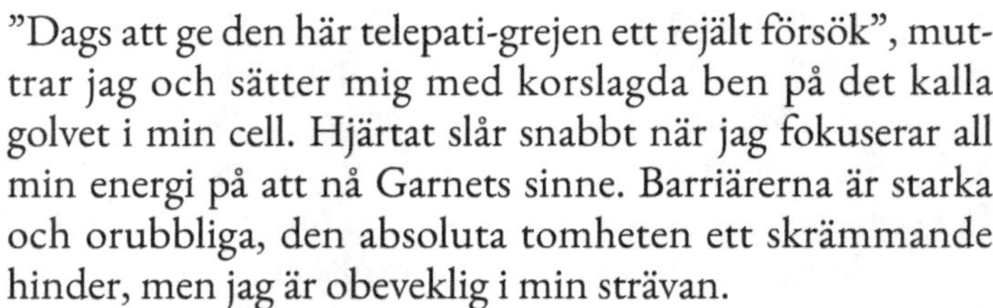

"Dags att ge den här telepati-grejen ett rejält försök", muttrar jag och sätter mig med korslagda ben på det kalla golvet i min cell. Hjärtat slår snabbt när jag fokuserar all min energi på att nå Garnets sinne. Barriärerna är starka och orubbliga, den absoluta tomheten ett skrämmande hinder, men jag är obeveklig i min strävan.

"Hallå, Garnet, det är jag, Artemis", viskar jag ut i tomrummet och försöker hålla rösten stadig. "Jag vet inte om du kan höra mig, men jag ska försöka hjälpa dig att minnas."

Inget svar, men jag förväntade mig inget, inte än. Istället fortsätter jag framåt och dyker djupare in i hennes sinne. Då och då får jag glimtar av hennes förflutna; korta blixtar av minnen som glider mellan mina fingrar som vatten. I ena stunden skrattar vi över drinkar på vår favoritbar, i nästa är hon borta igen, hennes sinne en fästning jag inte riktigt kan tränga igenom.

"Fan också", svär jag tyst, frustrerad. Men jag vägrar att ge upp. Så jag samlar mig och fokuserar på det band vi hade knutit under vår tid tillsammans. Jag börjar prata om de små ögonblicken, de interna skämten vi delade och de galna äventyr vi hade upplevt.

"Minns du den gången vi bröt oss in i byråns arkiv?" frågar jag, rösten spricker en aning. "Vi blev nästan påkomna, men lyckades på något sätt klara det. Eller den kvällen jag lärde dig hur man dyrkar lås? Du prövade mitt tålamod, men du klarade det till slut."

Medan jag pratar kan jag känna något förändras i hennes sinne – en fläkt av nyfikenhet, kanske. Det är inte mycket, men det är tillräckligt för att få mig att fortsätta. Varje dag, varje timme, varje minut jag inte uthärdar Dr Foxberrys fruktansvärda experiment, sträcker jag mig ut till henne i ett desperat hopp om att något ska bryta igenom.

"Kom igen, Garnet", vädjar jag en kväll, min röst hes av ansträngning. "Du måste komma ihåg. Vi behöver dig. Jag behöver dig."

Men ändå håller barriärerna runt hennes sinne stånd, som stenmurar som vägrar att falla. Och för varje dag som går kan jag inte låta bli att känna den förkrossande tyngden av tiden som pressar på. Det går inte att säga hur lång tid jag har kvar på denna helvetesplats innan de knäcker mig, och tanken på att förlora Garnet för alltid skrämmer mig mer än något annat.

"Minns du den gången vi smög in på den där vampyrklubben?" viskar jag genom väggen, mina fingertoppar stryker lätt över den kalla betongen. "Du hatade varje sekund av det och klagade hela tiden på lukten. Men du följde ändå med, för att jag bönföll dig."

Tystnaden sträcker ut sig mellan oss, endast bruten av det avlägsna droppandet av vatten som ekar i den fuktiga korridoren. Jag kan inte avgöra om Garnet lyssnar eller inte, men jag fortsätter ändå och värdesätter varje litet genombrott som ger näring åt min beslutsamhet att fortsätta kämpa denna strid för henne.

"Eller den gången vi var tvungna att jaga ifatt den där kringstrykande varulven?" säger jag med låg och enträgen röst när jag minns händelsen. "Den jäveln slet nästan av dig armen, men du höll fast i den tills jag kunde få ett fritt skott. Vi var ett jävla bra team på den tiden."

Jag sluter ögonen och anstränger mig för att känna någon förändring i Garnets mentala barriärer. De är envist starka, men jag klamrar mig fast vid hoppet att återberättandet av vårt gemensamma förflutna kan få dem att spricka, om så bara lite.

”Gud, minns du hur Declan brukade reta dig för din fruktansvärda musiksmak? Han svor att han aldrig skulle åka med dig igen efter den där åtta timmar långa bilresan fylld med inget annat än powerballader.” Jag småskrattar tyst, trots tyngden av min utmattning och det ständigt närvarande hotet om fara som lurar runt oss.

’Juliet’ förblir tyst på andra sidan, men jag föreställer mig att hon lutar sig närmare, nyfikenheten väckt av dessa glimtar in i ett liv hon inte kan minnas.

”Kom igen, Garnet, du måste kämpa emot det här”, uppmanar jag henne, min röst spricker av känslor. ”Vi behöver dig... Jag behöver dig.”

”Artemis”, kommer hennes trevande svar, hennes ton vaksam men omisskännligt orolig. ”Varför gör du det här?”

”För att jag vägrar låta dem vinna”, fräser jag, min frustration kokar över. ”För att jag inte står ut med tanken på att du är fången i ditt eget sinne, inte när vi redan har förlorat så mycket.”

”Kanske är det bättre så här”, mumlar hon, hennes röst knappt hörbar genom väggen. ”Kanske är det säkrare för alla om jag inte minns.”

”Säkrare?” väser jag, ilskan blossar upp vid förslaget. ”Tror du att det är säkert att leva som deras marionett? Nej, Garnet. Vi ska ta oss ut härifrån, och vi ska riva det här stället ner till grunden, tegelsten för jävla tegelsten. Men jag kan inte göra det utan dig.”

”Artemis, jag...” hon tvekar, och för ett ögonblick svär jag på att jag hör en glimt av min gamla vän bakom främlingens röst. ”Jag vill tro dig. Jag vill... minnas.”

”Fortsätt då att lyssna”, vädjar jag, hjärtat bultar i bröstet. ”Jag ska berätta allt för dig, varenda detalj av våra liv tillsammans. Och en dag kommer de där minnena att strömma tillbaka, och vi kommer att bli hela igen.”

”Okej”, viskar hon, och även om barriärerna runt hennes sinne förblir frustrerande starka, är det tillräckligt.

Tillräckligt för att hålla mig kämpande, tillräckligt för att ge mig hopp.

"Okej, då kör vi." Jag tar ett djupt andetag och förbereder mig mentalt på den anstormning av känslor som alltid följer med telepati. "Jag ska försöka igen. Kanske kan vi hitta något nytt ikväll."

"Är du säker på det här?" Hon tvekar och biter sig nervöst i läppen. "Tänk om Dr Foxberry får reda på det?"

"Låt honom komma", morrar jag, ilskan tänds inom mig. "Om han tror att han kan radera min vän och komma undan med det, har han misstagit sig rejält."

"Artemis..." Garnet tystnar osäkert, men hon säger inte åt mig att sluta. Istället kan jag känna att hon lutar sig närmare, försöker öppna sitt sinne. Försöker släppa in mig.

"Fokusera på min röst", instruerar jag, sluter ögonen och dyker med huvudet före in i den virvlande malströmmen av hennes tankar. "Försök att minnas... vad som helst."

Jag petar försiktigt på barriärerna som omger hennes sinne och testar deras styrka. De är envisa, orubbliga, men jag vägrar att ge upp. Jag pressar på hårdare, svetten pärlar sig i min panna när jag känner hennes puls öka under mina fingertoppar.

"Artemis", flämtar hon. "Det... det gör ont."

"Stanna kvar hos mig", vädjar jag, min röst spricker av desperation. "Jag vet att det är smärtsamt, men vi måste fortsätta försöka."

"Okej..." Hon andas ut skakigt, hennes beslutsamhet vacklar men bryts inte.

Jag gräver djupare ner i de mörka vrårna av hennes sinne och letar efter varje uns av hennes förlorade minnen. Barriärerna darrar under min attack, men de faller inte. Inte än.

Minuterna tickar förbi medan vi kämpar i tystnad, våra andetag ansträngda och ojämna. Till slut orkar jag inte mer.

"Nog", kväver jag fram och drar mig bort från henne med en flämtning. "Vi försöker igen imorgon."

"Artemis, förlåt mig", viskar hon, med tårar som glänser i ögonen. "Jag vill minnas, det vill jag verkligen..."

"Det är inte ditt fel", säger jag med kraft och torkar svetten från pannan. "Och jag ger inte upp om dig, Garnet... eller Juliet, eller vem fan du nu är. Vi ska få tillbaka de där minnena, även om det tar livet av oss."

"Tack", mumlar hon mjukt innan hon glider bort i skuggorna.

När jag står ensam i mörkret brinner mitt nya syfte inom mig som en skogsbrand, osläcklig och allt förtärande. Jag *ska* återställa Garnets minnen och identitet, oavsett vad som krävs. Dr Foxberry har ingen aning om vem han har att göra med.

KAPITEL ÅTTA

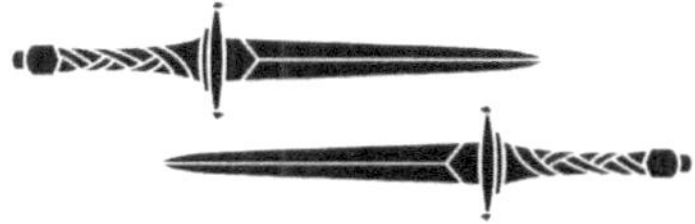

STANKEN AV ANTISEPTISKA MEDEL fyller luften när doktor Foxberry stormar in i det sterila laboratoriet, med sitt brännskadade ansikte förvridet i en mask av raseri. Jag kan se spänningen i vecken i hans panna. Garnet, som står tyst i närheten, spänner sig vid hans ankomst.

"Fullständigt oduglig", spottar han ur sig och pekar anklagande med ett finger mot Garnet. "Jag slösade bort dyrbar tid och resurser på att försöka förbättra er, bara för att allt skulle vara förgäves!"

Garnet rycker till vid hans hårda ord, men förblir tyst. Jag biter ihop tänderna och hårdnar mitt grepp om det kalla metallbordet jag är fastspänd vid. Den här jäveln har ingen rätt att tala till någon på det sättet.

"Ah, Artemis", säger doktor Foxberry och vänder sig mot mig med ett ondskefullt leende. "Du är ett av de sällsynta fallen, eller hur?"

Jag bemödar mig inte med att svara honom utan fokuserar istället på att sondera hans förvridna sinne. Det jag hittar där får blodet att isa sig i mina ådror. Endast 10 % av försökspersonerna får förmågor av hans serum, och jag är en av de få lyckliga. Lycklig? Jo, tjena.

”Visste du det?” fortsätter han, omedveten om mitt intrång i hans sinne. ”Bara en av tio försökspersoner utvecklar några förmågor överhuvudtaget ... och ännu färre manifesterar flera krafter som du har gjort.”

Det är mer än så. Jag chockas av det jag ser i hans sinne. Jag är den enda försökspersonen som någonsin utvecklat mer än två krafter – tre hittills, med min blå eld, korpförvandling och telepati.

”Wow, då måste jag vara väldigt speciell”, säger jag spydigt för att dölja min chock. ”Kan jag få en guldstjärna för besväret?”

Han blänger på mig, uppenbart inte road av min sarkasm. Bra. Han förtjänar inte mitt samarbete.

”Ditt trots är tröttsamt, Artemis”, fräser han och vänder sig tillbaka till Garnet. ”Kanske om ni hade varit en framgång, skulle vi inte befinna oss i den här knipan.”

”Låt henne vara”, morrar jag och kämpar mot mina bojor. ”Det är inte hon som leker galen vetenskapsman med människors liv.”

”Tystnad!” ryter doktor Foxberry och slår näven i bordet bredvid mitt huvud. Jag rycker till men låter honom inte se min rädsla. Jag vägrar ge honom den tillfredsställelsen.

Garnets blick flackar mellan oss, hennes uttryck oläsligt. Jag kan bara hoppas att något inom henne fortfarande känner igen mig som en vän, och inte bara ännu en försökskanin.

”Nog med detta”, säger doktor Foxberry och rätar på sin vita rock. ”Vi har arbete att utföra.” Han vänder sig till Garnet och hans röst mjuknar en aning. ”Ni må ha svikit mig tidigare, men ni har fortfarande ett syfte. Assistera mig med Artemis.”

”Självklart, doktorn”, svarar hon, med en knappt hörbar röst.

Lysrören flimrar ovanför medan jag ser doktor Foxberry klottra ner anteckningar i sin ständigt närvarande journal.

Jag kan praktiskt taget känna förbittringen som strålar från honom, som ett åskmoln som är på väg att brista.

"Så synd att mina serum aldrig fungerar på mig", muttrar han för sig själv, tydligt irriterad. "Men det spelar ingen roll, Diana kommer att bli den ostoppbara kraft jag alltid avsåg att hon skulle bli."

"Toppen", säger jag med sammanbitna tänder, "precis vad världen behöver, fler psykotiska övernaturliga monster."

"Ah, men du, Artemis, är sannerligen fascinerande", säger han och ignorerar min sarkasm. "Du har manifesterat förmågor som ingen tidigare har sett, och inte bara en utan flera. Det är oerhört att förbättrade individer har fler än två förmågor."

"Det måste vara min turdag", fräser jag och kämpar mot bojorna som binder mig vid det kalla metallbordet.

"Föreställ dig möjligheterna, Artemis", funderar doktor Foxberry och går runt min cell som ett rovdjur som cirklar runt sitt byte. "Dina unika förmågor, kombinerade med Dianas inneboende krafter ... Hon kommer att bli ostoppbar."

"Över min döda kropp", väser jag, men det kommer ut svagare än jag skulle vilja. Den senaste omgången experiment har lämnat mig utmattad och skakig, och jag lyckas knappt hålla mig upprätt.

"Ah, tja, det kan ordnas", svarar han nonchalant, som om han diskuterade vädret. "Men inte än. Jag behöver dig fortfarande, för tillfället." Hans ögon glimmar av sjuklig upphetsning. "När jag väl har låst upp hemligheterna bakom dina krafter kommer jag att överföra dem till Diana, och tillsammans kommer vi att omforma världen i vår avbild."

"Fantastiskt", muttrar jag och himlar med ögonen. "Ännu en galning med gudskomplex. Precis vad den här världen behöver."

”Skratta bäst du vill, min kära”, säger doktor Foxberry med is i rösten. ”Snart kommer du inte att vara mer än ett avlägset minne, medan Diana stiger upp till sin rättmätiga plats.”

Han lämnar mig ensam då, och dörren slår igen bakom honom. Jag försöker ta mig samman och uppbåda varje uns av styrka jag har kvar. Men något är fel. Min kropp känns som om den brinner och synen simmar framför ögonen på mig. Mitt hjärta bultar som en trumma i bröstet.

”Fan”, viskar jag när insikten sjunker in. Feberyrsel sköljer över mig som en tidvåg, och jag vet att jag inte har långt kvar innan jag är helt förlorad i den.

Medan jag glider in och ut ur medvetandet får jag glimtar av Garnet som svävar i närheten, hennes ansikte tecknat av oro.

”Artemis ... stanna hos mig”, vädjar hon, hennes röst avlägsen och ekande. Jag vill säga till henne att jag försöker, att jag kämpar med allt jag har, men mina ord sväljs av mörkret som hotar att uppsluka mig.

”Declan ... hitta mig”, mumlar jag, tanken på mina vänner är mitt enda ankare i det stormiga havet av mina feberdrömmar. ”Snälla ... ge inte upp hoppet om mig.”

Min kropp darrar, genomblöt av svett och brännhet, medan jag klamrar mig fast vid hoppet om att någon, vem som helst, ska komma och hämta mig innan det är för sent. Och att jag, när de väl gör det, fortfarande kommer att vara stark nog att slå tillbaka.

Mina feberdrömmar är en förvriden labyrint, där varje sväng leder mig djupare in i mörkret. Men i dess hjärta finns Declan, min ledstjärna av hopp mitt i kaoset.

”Artemis!” Hans röst skär genom dimman som en kniv, klar och stark, när hans välbekanta nötbruna ögon möter mina. ”Jag sa ju att jag skulle hitta dig.”

"Declan?" viskar jag, med hjärtat bultande i bröstet. "Är det verkligen du?"

"Självklart är det jag", flinar han och kliver fram mot mig med den självsäkra gångstil jag har kommit att älska. Resten av vårt team följer tätt bakom – kavalleriet har äntligen anlänt för att rädda dagen.

"Vi ska få ut dig härifrån", säger Declan och sträcker fram en hand för att hjälpa mig upp. Jag sträcker mig efter honom, desperat efter att röra vid något verkligt, men precis när våra fingrar ska mötas splittras allt som glas.

"NEJ!" skriker jag och sätter mig käpprakt upp i min cell. Den kalla verkligheten sköljer över mig: det var bara ännu en feberdröm. Declan är inte här, och jag är fortfarande fången i det här helveteshålet med doktor Foxberry och hans förvridna experiment.

"Lugn, Artemis", mumlar Garnet, hennes stålblå blick mjuknar för ett ögonblick. "Det är bara febern som spökar i huvudet på dig."

"Känns jävligt verkligt för mig", muttrar jag bittert, min kropp värker av ansträngningen att hålla mig vaken. "Som något sjukt skämt – att ständigt dingla med räddningen framför mig, bara för att rycka bort den."

"Här, låt mig hjälpa dig." Garnet doppar en trasa i en skål med isvatten och pressar den mot min panna, den kalla chocken lugnar tillfälligt min brännande hud. Hon vakar över mig som en hök, hennes träning från Obsidiancirkeln slår utan tvekan till.

"Tack", lyckas jag få fram, min röst hes och svag. "För att du ser efter mig."

"Någon måste ju", svarar hon, ett sarkastiskt leende leker i hennes mungipor. "Och jag ser inga kappklädda hjältar som kommer till din undsättning."

"Än", tillägger jag och tvingar mig själv att hålla fast vid hoppet. Om det finns en sak jag har lärt mig i den här

mardrömmen så är det att hopp är ett kraftfullt vapen
– och jag behöver varje fördel jag kan få.

Men när feberdrömmarna fortsätter att gäcka mig
med syner av Declan och teamet som stormar anläg-
gningen, blir det allt svårare att skilja på fakta och fik-
tion. Varje gång jag rycks tillbaka till verkligheten hotar
förtvivlans förkrossande tyngd att sluka mig hel.

”Håll fokus, Artemis”, säger jag till mig själv, även när
mina lemmar darrar och synen simmar. ”Du måste vara
redo när de kommer efter dig. Låt inte febern vinna.”

”Lika envis som alltid”, flinar Garnet och pressar en
ny kall kompress mot min panna. ”Det ska du ha.”

”Det kan du ge dig på”, väser jag fram och tvingar
fram ett svagt leende. ”Tror du att jag skulle låta något
sånt här knäcka mig? Inte en chans.”

I detta förvridna överlevnadsspel gäller det att anpas-
sa sig eller dö – och jag vägrar att bli någons spelpjäs.

”Kommer du ihåg den gången vi tog den där vilda
varulven?” mumlar jag, min röst sluddrig av yrsel. ”Du
tacklade honom som en jäkla linebacker.”

Garnet ser misstänksamt på mig, hennes uttryck out-
grundligt. ”Jag ... jag minns inte”, säger hon tveksamt.

”Självklart gör du inte det”, muttrar jag, frustratio-
nen gnager i mig. Jag behöver att hon minns vem hon är,
vilka vi var. Vi kämpade tillsammans, blödde tillsam-
mans, levde och skrattade tillsammans. Men nu? Nu är
hon bara ett skal utan minne av vårt förflutna. Det är
som att försöka få blod ur en sten. Jag är desperat här,
och klamrar mig fast vid minnena av bättre dagar i ett
fåfängt försök att dra oss båda tillbaka från avgrundens
rand.

”Du kanske borde vila”, föreslår Garnet, hennes
grepp hårdnar om den kalla kompressen.

”Vila?” skrattar jag bittert. ”Tror du att sömn kommer
att hjälpa? Varje gång jag blundar ser jag dem – Declan,

teamet, alla på väg för att rädda mig. Men det är bara en jävla illusion, eller hur? De kommer inte, eller hur?"

"Artemis, du får inte tänka så", tillrättavisar Garnet, hennes röst förvånansvärt mild.

"Får jag inte?" utmanar jag, mina ögon sluter sig ofrivilligt när utmattningen drar ner mig. "Kanske jag bara borde släppa taget. Ge efter för mörkret och få ett slut på det."

"Artemis, våga dig inte på det", väser Garnet, hennes fingrar gräver sig in i min arm. Men hennes beröring är en avlägsen förnimmelse, som vågor som slår mot stranden i något fjärran land.

"För sent", viskar jag när sömnen slutligen tar mig och drar ner mig i sina grumliga djup.

Och där, mitt bland skuggorna och drömmarnas ekon, hittar jag Declan – vildsint och beslutsam, med ögon som brinner av en outsläcklig eld.

"Artemis", morrar han och griper tag i mina axlar med en styrka född ur desperation. "Lyssna på mig. Jag kommer att slita den här världen i stycken för att hitta dig. Jag svär på allt jag är."

"Declan ..." Namnet glider från mina läppar som en bön, värmen från hans närvaro sipprar in i märgen.

"Håll dig stark", uppmanar han, hans röst beslutsam. "Jag är på väg för att hämta dig. Håll bara ut."

"Okej", andas jag och hämtar den lilla styrka jag kan från hans löfte. Och medan drömmen bleknar och ger vika för den kalla verkligheten i min cell, klamrar jag mig fast vid det löftet som en livlina – mitt sista hopp i det annalkande mörkret.

De första solstrålarna sipprar in genom det lilla fönstret och kastar ett sjukligt gult sken över det kalla betonggolvet. Jag känner mig som ett vrak – nej, stryk det, jag önskar att jag mådde så bra. Min feber har gått ner, men min kropp darrar fortfarande av svaghet och värker från topp till tå.

"På tiden att du vaknade", muttrar Garnet, hennes ögon smalnar av oro när hon ser mig kämpa för att sätta mig upp. "Du gjorde mig orolig."

"Ledsen att jag var till besvär", svarar jag, min röst raspig och rå. Men ärligt talat är jag tacksam för hennes vaksamma närvaro, även om den är färgad av bitterhet.

Dörren till min cell svänger upp och doktor Foxberry kommer in, ett förvridet leende på läpparna. "Ah, Ms Blackwell, så glad att se att ni äntligen är vaken. Jag började oroa mig för att vi hade förlorat er."

"Hade inte det varit tragiskt?" säger jag spydigt och skickar mordiska blickar mot honom.

"Verkligen. Jag har sådana planer för dig, min kära." Han skrattar mörkt och gnuggar händerna som en galen vetenskapsman i någon B-film. "Nu när din feber har lagt sig tycker jag att det är hög tid att vi återupptar våra små... experiment."

"Jag kan knappt bärga mig", muttrar jag och pressar mig upp trots att mina sargade lemmar protesterar. Rummet svajar oroväckande, men jag vägrar låta honom se hur svag jag egentligen är.

"Tålamod, Artemis", tillrättavisar doktor Foxberry, hans ton dryper av falsk sympati. "Vi vill väl inte pressa dig för hårt, eller hur?"

”Var försiktig”, varnar jag, även om hotet saknar verklig kraft. ”Fortsätter du att prata så där kan folk börja tro att du faktiskt bryr dig.”

”En sådan viljestark en, är du inte?” Han flinar, tydligt road av mitt trots. ”Mycket väl, du får vila nu. Men jag förväntar mig att du är redo att fortsätta imorgon.”

”Kan knappt bärga mig”, upprepar jag, sarkasmen så tjock att man kan kvävas av den.

”Tills dess, Ms Blackwell”, säger han med en teatralisk bugning, och sedan är han borta, och lämnar mig ensam med Garnet och tyngden av mitt eget elände.

”Artemis”, viskar Garnet, hennes röst darrar en aning. ”Jag ... jag är ledsen.”

”Spara det”, fräser jag, inte på humör för ursäkter – äkta eller inte. Just nu kan jag bara fokusera på den gnagande rädslan att jag kanske aldrig kommer att fly från det här stället, att jag kommer att bli ännu en av doktor Foxberrys förvridna skapelser.

”Artemis ...” försöker hon igen, men jag avbryter henne med en skarp handviftning.

”Nog nu, Garnet.” Jag vill inte ha hennes medlidande – jag behöver det inte. Det jag behöver är en väg ut ur det här helveteshålet, och just nu verkar det lika avlägset och ouppnåeligt som stjärnorna.

När utmattningen återigen sliter i mig, sluter jag ögonen och söker efter någon strimma av tröst i sömnens mörka avgrund. Om det finns något hopp kvar för mig, ligger det i minnena av dem jag älskar och de löften de har gett.

”Declan”, andas jag, hans namn en tyst bön, och jag klamrar mig fast vid bilden av honom som en livlina, desperat efter styrkan att uthärda vilka nya plågor som än väntar mig i morgon bitti.

Garnet står bredvid mig, hennes blick tom och frånvarande. Minnet av vår vänskap ligger begravt djupt inom henne, inlåst av doktor Foxberrys förvridna experiment. Jag tar ett djupt andetag, samlar mod och förbereder mig på att ännu en gång dyka ner i hennes sinnes grumliga djup.

”Kommer du ihåg den gången vi smög in i det där övergivna lagret och letade efter spöken?” frågar jag nonchalant och håller rösten låg så att doktor Foxberry inte ska höra. ”Du skrek som en liten flicka när den där katten hoppade fram mot dig.”

Garnets ögon flackar av förvirring, men hon förblir tyst. Jag fortsätter, i hopp om att hitta rätt nyckel för att låsa upp hennes minnen och föra henne tillbaka till mig.

”Eller vad sägs om när vi bröt oss in på den där underjordiska fight cluben? Du höll nästan på att få oss dödade, men det var värt det bara för att se minerna på de där killarna när vi spöade skiten ur dem.”

”Artemis”, mumlar Garnet, något i hennes blick skiftar, om än så lite. ”Varför gör du det här?”

”För att jag behöver min vän tillbaka”, säger jag till henne, min röst spricker. ”Och för att jag vet att den riktiga du fortfarande finns där inne. Du är inte en av Foxberrys marionetter, Garnet.”

”Sluta prata!” fräser doktor Foxberry från andra sidan rummet, hans uppmärksamhet dragen till vårt viskande samtal. ”Du stör testerna.”

”Förlåt, doktorn”, säger jag och lägger in precis tillräckligt med sarkasm i min ton för att göra det tydligt att jag struntar fullständigt i hans dyrbara experiment. "Vi diskuterade bara gamla goda tider."

"Nog nu", morrar han, kliver fram och griper tag i min arm. "Ett ord till och jag ska få dig att ångra det."

"Okej då", muttrar jag och låtsas underkasta mig medan jag samarbetar med hans krav. Han släpper min arm, nöjd med att han har tystat mig för stunden. Föga anar han att varje handling av trots, varje liten seger, bara stärker min beslutsamhet.

"Fokusera", befaller han, och jag gör det – åtminstone utåt sett.

"Artemis", viskar Garnet, så mjukt att bara jag kan höra henne. "Jag ... jag tror jag minns."

"Verkligen?" Mitt hjärta gör ett skutt vid möjligheten, men jag tvingar mig själv att förbli lugn. "Vad minns du?"

"Blixtar", säger hon tveksamt. "Fragment. Jag kan inte pussla ihop dem än, men ... det är något."

"Fortsätt försöka", uppmanar jag henne, mitt bröst sväller av hopp. "Vi kommer att ta oss igenom det här, tillsammans. Precis som vi alltid har gjort."

"Okej", andas hon, hennes ögon möter mina i ett ögonblick av delad beslutsamhet innan vi åter riktar vår uppmärksamhet mot doktor Foxberry och hans förvridna experiment.

För tillfället spelar vi med, inväntar vår tid och samlar styrka. Men en dag snart kommer vinden att vända, och när den gör det, kommer jag att vara redo att slå till. Och Gud nåde den som står i min väg.

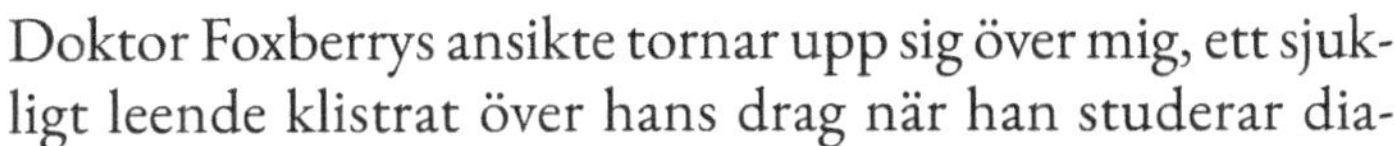

Doktor Foxberrys ansikte tornar upp sig över mig, ett sjukligt leende klistrat över hans drag när han studerar diagrammen som dokumenterar min senaste omgång experiment. Jag tvingar mig själv att ligga stilla, försöker att inte darra under hans blick, och fokuserar på prasslet av papper och den kalla metallen i sängen under mig.

"Artemis", spinner han, "det gläder mig att se att du återhämtar dig så snabbt. Vi kommer att kunna återuppta vårt arbete inom kort."

"Härligt att höra", muttrar jag, min röst tjock av sarkasm. Min hjärna arbetar febrilt för att hitta en väg att fly från denna mardröm, att slå tillbaka mot denna galning som är fast besluten att förvandla mig till något monstruöst.

"Din motståndskraft är sannerligen anmärkningsvärd", fortsätter doktor Foxberry, omedveten om min inre oro. "Men å andra sidan är det ju det som gör dig så ... speciell."

"Speciell" är inte precis det ord jag skulle använda, men det är en öppning – en chans att gräva djupare i doktor Foxberrys förvridna sinne och hitta något, vad som helst, som kan ge mig en fördel. Så jag sträcker ut mig, låter mina mentala tentakler spåra hans tankar medan jag kämpar för att bibehålla ett neutralt uttryck.

"Smicker kommer du ingen vart med, doktorn", säger jag, i hopp om att mina ord ska distrahera honom från den osynliga invasion som pågår i hans huvud. "Jag är fortfarande inte din försökskanin."

"Självklart inte", svarar han smidigt. "Du är så mycket mer än det."

Det vänder sig i magen av hans ord, men jag fortsätter och tränger djupare in i labyrinten av hans minnen. Och där, begravt under lager av ambition och grymhet, hittar jag den: en spricka i hans rustning, en sårbarhet dold för världen.

Frekventa behandlingar för att stabilisera hans DNA. Han har experimenterat på sig själv också, girig efter den makt han försöker ge sin dyrbara Diana. Jag kan inte låta bli att le åt ironin i det hela – den store doktor Foxberry, fälld av sin egen hybris.

"Något roligt, Artemis?" frågar han, och hans ögon smalnar misstänksamt.

"Ingenting", ljuger jag och försöker hindra min nyvunna kunskap från att synas i mitt ansikte. "Jag undrade bara när du äntligen kommer att tröttna på att tortera mig."

"Aldrig", säger han med ett kallt leende. "Dina unika förmågor är för värdefulla för att slösas bort."

"Det måste vara tufft att veta att dina serum inte kan ge dig vad du vill ha", hånar jag och testar vattnet. Hans uttryck flackar till för ett ögonblick, och jag vet att jag har trampat på en öm tå.

"Var försiktig, Ms Blackwell", varnar han och hårdnar sitt grepp om diagrammet. "Du är inte i en position att reta upp mig."

"Annars då? Tänker du döda mig?" skjuter jag tillbaka, min trots underblåst av vetskapen att jag nu har något att använda mot honom när tiden är rätt. "Varsågod. Se hur mycket nytta du har av mig då."

"Artemis", säger han, hans röst dryper av hot, "missta inte mitt tålamod för svaghet."

"Skulle inte falla mig in", svarar jag, mitt hjärta bultar i bröstet när jag stirrar ner honom.

För ett ögonblick står vi låsta i en tyst viljornas kamp, var och en utmanar den andra att blinka först. Sedan, utan ett ord till, vänder doktor Foxberry på klacken och stalkar ut ur rummet, och lämnar mig att sola mig i glansen av min lilla seger.

"Tills nästa gång, doktorn", viskar jag när dörren slår igen bakom honom. Och medan jag ligger där, med värkande kropp och snurrande tankar, avger jag ett tyst löfte: Jag kommer att hitta ett sätt att använda denna kunskap mot honom, att fälla honom och befria mig själv.

Jag måste bara överleva tillräckligt länge för att kunna göra det.

KAPITEL NIO

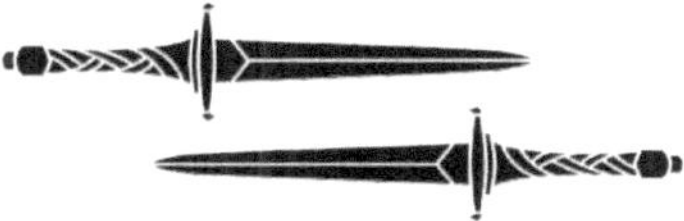

MINA DRÖMMAR ÄR EN virvel av mörker och förvirring när grova händer sliter mig tillbaka till verkligheten. "Vakna, vakna, prinsessan", hånar en av vakterna när de släpar ut mig ur cellen.

"Var är min tiara?", snäser jag tillbaka och försöker dölja varje spår av rädsla i rösten. Jag får inte låta dem veta hur mycket deras beröring oroar mig. Jag är Artemis jävla Blackwell; jag hukar mig inte.

"Håll käften!", skäller en annan vakt och knuffar mig framåt. De starka lysrören attackerar mina ögon, vilket gör det svårt att uppfatta min omgivning. De sterila korridorerna stinker av kemikalier och förtvivlan. Varje steg bort från den där gudsförgätna cellen känns som en evighet.

"Men allvarligt, vart är vi på väg?", kräver jag med bultande hjärta. Mina handflator är svettiga, men jag vägrar visa någon svaghet. Jag måste vara stark för vilket förvridet öde doktor Foxberry än har i beredskap för mig.

"Tyst!", morrar den första vakten och knyter näven i mitt hår. Det krävs all min viljestyrka för att inte rygga tillbaka av smärtan.

"Rövhål", muttrar jag tyst för mig själv. Jag kämpar för att komma på en plan, försöker fokusera tillräckligt för att få min telepati att fungera, eller för att förvandlas till en korp, eller till och med för att frammana min äldsta och starkaste kraft, min blå eld. Men innan jag hinner få ihop två sammanhängande tankar skakar en massiv explosion anläggningen. Kraften slår omkull mig och vakterna som håller i mig snubblar till.

"Declan", viskar jag och hoppet forsar genom mig som adrenalin. Han är här. De är här för att rädda mig. Teamet har anlänt.

Kaos utbryter runt omkring oss när larmen tjuter och panikslagna rop fyller luften. Doktor Foxberrys styrkor kämpar för att försvara sin förvridna lekplats från mina vänners anstormning. Rök fyller korridorerna, men även genom dimman kan jag se rädslan i mina fångvaktares ögon.

"Vi måste härifrån!", ropar en av vakterna, griper tag i min arm och drar upp mig på fötter igen. Jag rycker min arm ur hans grepp.

"Glöm att du lägger vantarna på mig igen", morrar jag och adrenalinet pulserar i mina ådror. Om Declan är här, då kanske, bara kanske, har jag en chans att slåss.

"Stanna där!", varnar den andra vakten och riktar sitt vapen mot mig. Men jag har tillbringat för mycket tid i rädsla och maktlöshet på den här platsen. Det är dags att vända på steken.

"Fint försök, kompis", flinar jag och kanaliserar varje uns av styrka jag har kvar. I kaoset från striden mellan mina vänner och doktor Foxberrys styrkor är det nu eller aldrig. Och jag tänker inte ge mig utan strid.

Den blå elden flammar upp och båda vakterna faller skrikande till golvet. Jag stannar inte för att titta, utan vänder mig om och springer så fort min uttömda styrka bär mig i motsatt riktning.

"Artemis!", ropar en röst, och Garnet materialiseras ur röken. Hon är en ovälkommen överraskning, men det är något annorlunda med henne nu. Istället för den där kalla, beräknande blicken är hennes ögon fyllda av förvirring och ... skuld?

"Artemis", säger hon med tveksam röst. "Jag är ledsen. Jag minns inte mycket, men jag vet att jag har gjort dig illa. Mitt samvete ... det är som en röst i mitt huvud som säger att jag måste hjälpa dig att fly."

"Verkligen? Samvetet, minsann?", replikerar jag och höjer ett ögonbryn skeptiskt. "Och hur ska jag kunna lita på dig?"

"Hörru, jag klandrar dig inte för att du inte litar på mig." Hon ser sig omkring på kaoset som utspelar sig. "Men just nu har du inte mycket till val. Låt mig hjälpa dig, Artemis. Snälla."

"Okej då." Jag biter ihop tänderna och hatar att jag måste acceptera hennes hjälp, men hon har rätt – jag har inga andra alternativ.

"Håll dig nära", varnar Garnet och leder mig genom den tjocka röken. Vi duckar bakom väggar och väver oss fram genom nedfallet bråte, undviker sammandrabbningarna mellan Declans team och doktor Foxberrys styrkor.

"Vänta!", flämtar jag och griper tag i Garnets arm när vi passerar en grupp vakter som verkar omedvetna om vår närvaro. "Hur i helvete kunde de inte se oss?"

"Det måste vara din psykiska grej som är i farten", flinar hon och ger mig en konspiratorisk blinkning. "Kom igen, vi fortsätter."

"Vad du än säger, 'samvetet'", snäser jag tillbaka, men mitt hjärta bultar av en blandning av rädsla och upprymdhet. Hur mycket jag än inte vill erkänna det känns det som en mäktig fördel att ha Garnet på min sida. Kanske, bara kanske, kan vi faktiskt ta oss ut ur den här mardrömmen levande.

Medan vi fortsätter att navigera genom tumultet kan jag inte låta bli att tänka på Declan och teamet, och hoppas att de är okej. Min beslutsamhet hårdnar, medveten om att jag måste hitta dem och ansluta mig till striden. Doktor Foxberry och hans förvridna experiment har orsakat tillräckligt med smärta och lidande.

”Du, Garnet”, viskar jag och möter hennes blick när vi stannar till för ett ögonblick. ”Lova mig en sak – efter att vi har kommit ut ur det här helveteshålet ska du göra ditt bästa för att ställa allt till rätta.”

”Artemis”, säger hon med mjuk och uppriktig röst. ”Jag vet inte vad jag gjorde i det förflutna, men jag lovar dig detta: jag kommer att göra allt i min makt för att sona det.”

”Bra.” Jag nickar och känner en gnutta hopp, till och med mitt i kaoset. ”Nu ser vi till att komma härifrån.”

Skriket från metall och dånet från ännu en explosion genljuder genom anläggningen och skakar mig i grunden. Jag griper Garnets hand och kan inte låta bli att känna mig som ett rådjur i strålkastarljuset – desorienterad, panikslagen och helt utanför min trygghetszon.

”Artemis, fokusera!”, ropar Garnet över kakofonin och hennes grepp om min hand hårdnar. ”Vi måste fortsätta röra på oss!”

”Just det”, muttrar jag och tvingar mig själv att skärpa till mig. När vi pilar runt ett hörn får jag syn på en grupp vakter som är på väg rakt mot oss. Instinktivt sträcker jag ut mina psykiska krafter och väver in en subtil suggestion i deras sinnen. Se oss inte, hör oss inte, fortsätt bara framåt ...

”Wow”, mumlar en vakt och gnuggar sig över tinningarna. Han vänder sig till sina kamrater med rynkade ögonbryn. ”Hörde ni det där?”

”Säkert bara vinden”, säger en annan avfärdande, och de fortsätter sin väg, omedvetna om vår närvaro.

"Snyggt jobbat", viskar Garnet och ler mot mig. "Nu letar vi reda på källan till explosionerna."

"Några idéer om var vi ska börja?", frågar jag och försöker lugna mina oregelbundna hjärtslag.

"Följa ljudet, antar jag", säger hon med en axelryckning, och vi ökar takten och slingrar oss genom de till synes oändliga korridorerna. Varje explosion skickar darrningar genom golvet under oss, vilket gör det svårt att hålla sig på fötter. Trots kaoset kan jag inte skaka av mig känslan av att vara iakttagen, och det är inte bara vakterna jag är orolig för. Det är något rovdjurslikt som lurar i skuggorna, och det har siktet inställt på mig.

"Artemis, känner du det där?", frågar Garnet, som uppenbarligen känner av samma olycksbådande närvaro.

"Kan inte påstå att jag gillar det", svarar jag och sväljer tungt. "Men vi har inte råd att stanna nu."

"Håller med. Vi får helt enkelt vara extra försiktiga."

"Toppen, för 'försiktig' är mitt mellannamn", säger jag spydigt, och hon himlar med ögonen åt min sarkasm. Men djupt inom mig är jag livrädd. Vad det än är som förföljer oss känns det bekant – som ett eko av en mardröm jag inte riktigt kan minnas.

För tillfället kan vi dock bara fortsätta framåt, ett skakigt steg i taget. För varje dån ber jag att Declan och de andra är i säkerhet, att de gör framsteg på denna gudsförgätna plats. Vad gäller mig är mina krafter kanske instabila, men jag ska ut härifrån, oavsett vad som krävs.

Jag rundar ett hörn och hjärtat slår mot bröstkorgen som om det försökte fly. Dunkandet i mina öron är så högt att jag knappt kan höra explosionerna som utbryter runt omkring oss. Mina ben känns som gelé, men jag tvingar mig själv att fortsätta röra mig.

"Nästan där, Artemis", säger Garnet, hennes röst spänd av beslutsamhet. Och då ser jag honom – Declan, omgiven av vakter, med ögon som flammar av raseri. Han kastar en ur balans och oskadliggör honom snabbt med ett välriktat slag. Att se honom slåss för mig, för oss, skickar en adrenalinvåg genom mina ådror.

”Declan!”, ropar jag, och han tittar upp. Hans nötbruna ögon möter mina – lättnad och kärlek svämmar över i hans blick.

”Artemis!” Han flinar, men det är vildsint och okuvligt, som jaguaren han kan förvandla sig till. Jag bryr mig inte om faran; jag behöver bara vara nära honom. Jag springer mot honom, min rädsla för ett ögonblick bortglömd när jag kastar mig i hans armar.

”Trodde aldrig du skulle bli glad över att se det här fula nyllet”, retas han och håller mig varsamt trots kaoset runt omkring oss.

”Håll tyst, din idiot. Håll bara om mig”, snäser jag och begraver ansiktet i hans bröst. Hans doft, en blandning av svett och läder, överväldigar mina sinnen och förankrar mig i den mardröm vi är fångade i.

”Jag släpper dig aldrig igen, Artemis. Jag lovar”, viskar han och pressar en öm kyss mot min panna. Ögonblicket är bitterljuvt, vår återförening befläckad av det faktum att vi är långt ifrån säkra. Men för nu är denna korta respit från skräcken tillräcklig.

”Hörni, vi har sällskap!”, ropar Garnet och rycker oss tillbaka till verkligheten. Fler vakter närmar sig med dragna vapen, och vi vet att vi inte har mycket tid på oss. Jag drar mig motvilligt bort från Declan, mina händer darrar när jag sträcker mig efter pistolen som är instucken i midjebandet på mina läderbyxor.

”Okej”, säger jag och försöker låta modigare än jag känner mig. ”Nu ska vi visa de här rövhålen vad som händer när de bråkar med oss.”

”Absolut”, morrar Declan, hans ögon brinner av beslutsamhet. Och med det kastar vi oss tillbaka in i striden och slåss sida vid sida som om det alltid var meningen.

Med ett djupt andetag sluter jag ögonen och fokuserar på den psykiska energin som virvlar inom mig. Det är som att försöka tämja en strömförande ledning, men jag behöver den nu mer än någonsin. När jag andas ut låter jag mina krafter flöda genom mig och sträcker mig ut mot sinnena hos vakterna som blockerar vår väg.

"Hörni, följ mig", säger jag när jag självsäkert kliver framåt, med de andra i hälarna. Vakterna verkar tveka, deras vapen sänks en aning när min telepatiska suggestion får fäste. "Fortsätt bara gå och se er inte om."

"Artemis, hur långt är det kvar till doktor Foxberrys innersta helgedom?", frågar Declan med spänd röst.

"Den borde vara precis runt det här hörnet", svarar jag och ber att mina krafter inte ska svika mig nu. Vi svänger runt hörnet, och där är den – en imponerande uppsättning dubbeldörrar som praktiskt taget skriker 'ondskefullt näste'.

"Okej, är alla redo?", frågar Garnet, hennes händer skakar trots den stålsatta beslutsamheten i hennes ögon.

"Så redo vi kan bli", säger jag, mitt hjärta bultar som en tryckluftsborr i bröstet. Jag griper dörrhandtagen och, med en nick från Declan, rycker upp dem. Synen som möter oss är tillräcklig för att få mitt blod att koka.

"Ah, Artemis Blackwell", säger doktor Terrence Foxberry och tittar upp från sina förvridna experiment som om vi inte var mer än ett mindre besvär. "Jag har väntat på dig."

"Självklart har du det, din sjuka jävel", spottar jag fram, mina fingrar rycker mot pistolen vid min sida. Men nej, jag vill att han ska känna den fulla kraften av mitt raseri – inte någon opersonlig kula.

"Så fientlig", säger han med ett tonfall av förebråelse och skakar på huvudet med spelad besvikelse. "Och efter allt jag har gjort för dig."

"Gjort för mig? Du kidnappade mig, experimenterade på mig och försökte stjäla mina jävla minnen!", skriker jag och känner den välbekanta vågen av psykisk energi byggas upp inom mig. "Du kommer att få betala för vad du har gjort, Foxberry."

"Artemis, var försiktig", varnar Declan, hans röst spänd av oro. Men jag kan inte hålla tillbaka längre – inte när detta monster står precis framför mig.

"Ska vi se hur du gillar att vara i mottagande änden av dina egna förvridna lekar", morrar jag och släpper lös en störtflod av psykisk energi mot doktor Foxberry. Han hinner knappt reagera innan han kastas tvärs över rummet och slår i den bortre väggen med ett sjukligt kras.

"Artemis, tappa inte kontrollen", vädjar Declan och griper tag i min arm när jag kämpar för att hålla tillbaka stormen som rasar inom mig.

"Kontroll? Den jäveln förtjänar inte min kontroll!", skriker jag, tårar strömmar nerför mitt ansikte när jag kämpar mot lusten att helt släppa lös mina krafter på honom.

"Artemis, se upp!", kommer Declans varning för sent. Medan jag samlar min psykiska energi materialiseras Diana framför doktor Foxberry, hennes gröna ögon glimmar av illvilja.

"Trodde du verkligen att det skulle vara så enkelt?", hånar hon och höjer händerna mot mig. I ett ögonblick känner jag ett iskallt grepp runt mitt sinne som stryper mina krafter. Trycket är outhärdligt när Diana dränerar mig och lämnar mig svag och desorienterad.

"Det verkar som att jag är en gudinna nu", kraxar hon, hennes röst dryper av arrogans. "Jag har tagit dina dyrbara förmågor, Artemis."

"Låt henne vara!", ryter Declan och stormar mot Diana med ett raseri som flammar i hans nötbruna ögon. Men han kommer inte långt innan han stannar tvärt, hans kropp stel när Diana mentalt paralyserar honom.

"Patetiskt", hånar hon och låser blicken på Declan. "Du är ingenting utan din dyrbara Artemis vid din sida."

"Sluta ... med ... det ...", lyckas jag pressa fram, min syn simmar när den sista av min psykiska styrka ebbar ut. Desperationen river i mitt inre medan jag ser Diana frossa i sin nyfunna makt, med vetskapen om att jag är hjälplös att stoppa henne.

"Ge tillbaka hennes krafter!", ryter Declan och kämpar mot Dianas psykiska grepp. Svetten pärlar sig på hans panna, ett bevis på den enorma ansträngning han är under. Även med sin övermänskliga styrka verkar det omöjligt att bryta sig fri.

"Snälla, Diana", ber jag och hatar svagheten i min röst. "Gör inte så här."

"Åh, stackars Artemis", hånar Diana, hennes röst dryper av falsk sympati. "Du borde tacka mig. Jag har ju befriat dig från den där jobbiga bördan."

"Dra åt helvete", spottar jag fram och tvingar mig själv att stå upp trots yrseln som hotar att dra ner mig. Mina lemmar känns tunga och mitt hjärta slår ett frenetiskt trumslag i bröstet, men jag vägrar låta Diana se mig krypa ihop.

"Artemis, pressa dig inte", vädjar Declan, hans blick fortfarande låst på Diana. "Vi hittar ett annat sätt."

"Ett annat sätt?", fnyser jag bittert. "Se dig omkring, Declan. Vi har slut på alternativ."

"Nu räcker det med det här", morrar Diana och hennes gröna ögon smalnar när hon vänder sin uppmärksamhet mot Garnet. "Jag har fått nog av din inblandning."

Garnets ögon vidgas av skräck när Dianas psykiska energi börjar virvla runt henne och hotar att återigen radera hennes sinne. Tanken på att min vän ska lida det ödet igen, att förlora sig själv helt och hållet, tänder något urtida djupt inom mig.

"Låt. Henne. Vara!", skriker jag, orden sliter genom mig som en orkan. Min röst ekar mot väggarna och för ett ögonblick verkar allt hänga i luften.

I den bråkdelen av en sekund smälter varje uns av mitt raseri och min rädsla samman till en flodvåg av psykisk kraft som väller över Diana. Den rena kraften i den kastar henne tvärs över rummet, och hon kraschar in i sin far på golvet. De två ligger i en hög av intrasslade lemmar.

”Artemis!”, ropar Declan, som äntligen kan röra sig igen. Han rusar mot Dianas hopkrupna gestalt, men precis framför våra ögon försvinner hon och hennes far bokstavligen. Bara borta, som om de aldrig hade varit där alls.

”Vad i helvete!”, Declan börjar söka runt, men jag stoppar honom med en hand på hans arm.

”Lämna dem”, flämtar jag och försöker ignorera den bultande smärtan i mitt huvud. ”Vi måste förstöra det här stället. Nu.”

”Just det”, instämmer Declan, hans blick sveper över den förvridna maskinparken som omger oss. ”Nu river vi den här mardrömmen.”

”På tiden”, muttrar Garnet, fortfarande skakig efter sin nära-minnesradering-upplevelse.

”Alla, sprid ut er”, beordrar Athina, hennes skarpa ögon söker av rummet efter kvarvarande hot. ”Förstör allt som är kopplat till det här sjuka projektet.”

När teamet sprider ut sig för att skapa förödelse bland doktor Foxberrys oheliga skapelser kan jag inte låta bli att känna en liten gnista av tillfredsställelse. Detta helveteshål kommer snart att vara inget annat än aska, och med lite tur sätter vi stopp för Foxberrys vansinniga ambitioner.

Golvet skälver under mina fötter när vi arbetar med att demolera det sista av doktor Foxberrys utrustning. Jag kan höra de avlägsna skriken från hans hantlangare eka nerför korridorerna, blandade med det tillfredsställande ljudet av krossat glas och förvriden metall. Nadia måste vara här, den kraftfulla telekinetikern som ser ut som en vanlig fotbollsmorsa från förorten. Ingen annan skulle kunna åstadkomma så mycket förödelse.

”Artemis”, ropar Declan tvärs över rummet med ansträngd röst. ”Vi måste härifrån, nu.”

”Precis bakom dig”, skjuter jag tillbaka och låter min psykiska energi slita sönder en sista styggelse innan jag vänder mig mot honom. Bråte regnar ner runt omkring oss, och jag kan känna hur byggnaden börjar ge vika under trycket från vår anstormning. Vid det här laget är det en kamp mot klockan.

”Alla, rör på er!”, skriker jag och tar ledningen när vi sprintar mot utgången. Mitt hjärta bultar i bröstet, både av adrenalin och rädslan för att vi kanske inte klarar oss ut levande. Jag lutar mig mot Declan för stöd och känner den betryggande värmen från hans kropp pressad mot min. Hans jaguarstyrka ger mig den energi jag desperat behöver för att fortsätta framåt.

”Håll dig nära”, morrar han och griper min hand hårt. Det är svårt att avgöra om hans röst är fylld av oro eller om det bara är den vildsinta tonen han har utvecklat sedan sin förvandling.

”Som om jag någonsin skulle släppa dig ur sikte”, säger jag spydigt och sväljer paniken som hotar att överväldiga mig. Den här platsen har varit en levande mardröm, och allt jag vill är att lägga den bakom oss för gott.

”Nästan där”, ropar Garnet över dånet från de rasande väggarna, hennes blick fäst på den snabbt krympande utgången. Även om hon fortfarande är vimmelkantig efter Dianas attack kan jag se beslutsamheten brinna i hennes ögon.

”Kom igen!”, manar jag dem och knuffar mina vänner framåt med den lilla psykiska energi jag har kvar. Det känns som om världens tyngd pressar ner mig, men jag vägrar låta det stoppa oss.

Till slut rusar vi genom den sista sönderfallande väggen och ut i det fria. Natthimlen sträcker sig ut ovanför oss som en mörk, sammetslen filt beströdd med stjärnor. Jag trodde aldrig att jag skulle vara så tacksam över att se de månbelysta gatorna i denna gudsförgätna stad.

”Artemis!”, utbrister Declan och hans armar sluter sig om mig när jag kollapsar mot honom. Lättnaden som sköljer över mig är nästan för mycket att bära – äntligen, efter allt vi har gått igenom, är min mardröm över.

”Tack”, viskar jag mot hans bröst och låter mig omslutas av tryggheten i hans famn. För första gången på vad som känns som en evighet kan jag andas lugnt, medveten om att doktor Foxberrys förvridna planer har fått ett slut.

”Alltid, Artemis”, mumlar han och pressar en öm kyss mot min panna. ”Jag kommer aldrig låta något hända dig igen.”

”Lovar du?”, frågar jag och ser upp på honom med en glimt av hopp i mina ögon.

”Jag svär”, lovar han, hans nötbruna ögon lyser av våldsam beslutsamhet.

Medan resterna av Foxberry Corp Labs anläggning smulas sönder bakom oss klamrar jag mig fast vid Declan och vågar tro att vi kanske, bara kanske, har nått en vändpunkt och kan börja bygga upp våra liv igen. Tillsammans.

KAPITEL TIO

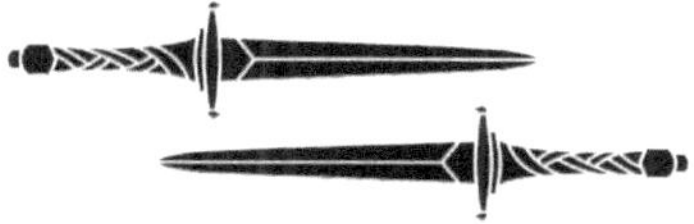

BLÅ BLIXTAR SPRAKAR KRING mina fingrar, energin pulserande och vild som ett instängt djur. Mitt hjärta rusar när jag desperat försöker kontrollera mina nyfunna psykiska krafter, men de är lika envisa som jag är.

"Artemis, fokusera!", skär Declans röst genom stormen av elektricitet som virvlar runt mig. "Du klarar det här."

Jag biter ihop tänderna och tvingar mina tankar till underkastelse och vill att energin ska skingras. Men den flammar upp igen och surrar farligt nära Declan och teamet. Fan ta alltihop. Det sista jag vill är att skada dem.

"Se upp!", skriker jag och kastar mig fram för att knuffa undan Declan från en vild blixt. Han stapplar bakåt, med ögonen uppspärrade av oro.

"Är du okej?", frågar han och hans starka händer griper tag om mina axlar. Jag nickar medan skuldkänslorna gnager i mig. Jag har försatt alla i fara med den här oförutsägbara kraften.

"Vi kanske borde ta en paus", föreslår Athina med försiktig röst. Hon har rätt. Jag måste dra mig undan innan jag råkar steka en av mina vänner.

"Okej", svarar jag snäsigt och frustrationen kokar över. "Jag går ut en stund." Jag stampar genom rummet, varje steg drivet av ilska och rädsla. Tänk om jag aldrig lär mig kontrollera de här förmågorna? Tänk om jag slutar som inget annat än en fara för dem jag bryr mig om?

"Artemis, vänta", ropar Declan efter mig, hans fotsteg snabba i hälarna på mig. Jag vill inte höra fler försäkringar eller plattityder. Jag vet att han menar väl, men just nu är jag min egen värsta fiende.

"Declan, bara ... ge mig lite utrymme, okej?" Jag lyckas knappt få fram orden och håller tillbaka tårarna. Jag måste hålla ihop, för deras och min egen skull.

"Okej", säger han tyst, och hans hand dröjer sig kvar på min arm ett ögonblick innan han släpper taget. "Ta den tid du behöver. Vi går ingenstans."

Jag nickar och sväljer klumpen i halsen. Jag går ut, och den svala nattluften ger föga tröst medan jag brottas med mina inre demoner. Mina instabila krafter må vara ett hot mot alla omkring mig, men jag tänker fan inte låta dem vinna. Jag måste hitta ett sätt att kontrollera dem – för Declans, för teamets och för min egen skull.

"Artemis." Declans röst är mjuk när han till slut närmar sig mig igen, hans ögon fyllda av empati som hotar att knäcka mig fullständigt. "Vi kommer att lösa det här, okej? Du är inte ensam."

"Lovar du?", viskar jag, med en röst som knappt är hörbar ens för mig själv.

"Alltid", svarar han, och det enkla ordet bär mer vikt än någon storslagen förklaring. Och på något sätt, i det ögonblicket, är det tillräckligt för att hålla mig kämpande.

Nattluften svider i lungorna när jag står utanför och försöker rensa tankarna. Mitt hjärta rusar när jag sträcker ut med mina psykiska förmågor. Tankeslingor slingrar sig genom mina vänners sinnen, och jag är inte stolt över det. Men jag måste veta om de ser mig som en tickande bomb.

"Artemis", säger Declan bakom mig, med försiktig röst. "Vad gör du?"

"Ingenting", ljuger jag och drar mig tillbaka från deras tankar. Oro, misstro – allt finns där, precis under ytan. Det känns som ett slag i magen, men jag kan inte klandra dem.

"Kom igen. Du behöver inte göra så där", säger han, och känner tydligt av min nöd. "Vi är alla oroliga för dig, det är sant. Men vi finns också här för dig."

"Verkligen?" snäser jag och låter frustrationen bubbla över. "För det känns som om ingen av er litar på mig längre. Som om jag är någon jävla belastning."

Declan drar en hand genom sitt rufsiga bruna hår, och hans nötbruna ögon ser plågade ut. "Titta, jag tänker inte låtsas som om dina nya krafter inte är oroande. De är farliga, oförutsägbara. Men vi är i det här tillsammans. Vi hjälper dig att återfå kontrollen."

"Lätt för dig att säga", muttrar jag och korsar armarna över bröstet. "Du har dina egna tjusiga krafter under kontroll."

"Artemis, det var inte alltid lätt för mig heller", påminner han mig, nu med en mjukare röst. "Men vi kommer att lösa det här, okej? Jag lovar."

Jag stirrar på honom och letar efter minsta antydan till svek eller tvivel i hans ögon. Till min lättnad hittar jag inget. Men vår återförening är inte det lyckliga slut jag hade hoppats på. Det finns en klyfta mellan oss, skapad av min prövning och bara fördjupad av osäkerheten kring mina instabila förmågor.

"Tack", säger jag tyst och tvingar fram ett leende. "Jag uppskattar det."

"Bra", säger han och lyckas med ett litet leende själv. "Kom in igen nu. Vi har jobb att göra."

"Sakta i backarna, besservisser", retas jag och döljer udden av deras rädsla bakom min sarkasm. Men när jag följer honom in igen kan jag inte låta bli att undra om jag någonsin verkligen kommer att överbrygga avståndet mellan oss. Eller om det helt enkelt är för sent.

Nattluften är sval mot min hud, men värmen från Declans kropp drar mig närmare när vi ligger intrasslade i lakanen. Månljuset sipprar in genom sprickorna i gardinerna och kastar mjuka skuggor över våra lemmar. Jag kan inte låta bli att följa linjerna av hans ärr med mina fingertoppar, vart och ett ett bevis på utkämpade och vunna strider.

"Artemis", andas han, hans röst sträv av åtrå. Våra läppar möts, munnarna rör sig tillsammans som om de aldrig varit isär. Det är elektriskt, berusande, och för bara ett ögonblick försvinner tyngden av allt och lämnar bara oss kvar.

"Declan", viskar jag tillbaka, mina händer klamrar sig fast vid hans axlar. Hans styrka har alltid varit en tröst, ett ankare i stormen som är mitt liv. Men ikväll är det mer än så – det är en livlina, något jag desperat klamrar mig fast vid.

När vi rör oss tillsammans, drivna av passion och behov, kan jag inte skaka av mig känslan av att något är fel. Det är subtilt, men det finns där – en tvekan, ett avstånd som inte fanns där förut. I vår förbindelses kval försöker jag borsta bort det, men det gnager i mig, ihärdigt och obestridligt.

"Declan", flämtar jag, plötsligt överväldigad av känslan. "Du håller tillbaka."

Han stannar upp ovanför mig, hans nötbruna ögon söker mina. "Det gör jag inte", insisterar han, hans röst föga övertygande ens för honom själv.

"Snälla", tigger jag, mitt hjärta värker av kraften i mitt behov av honom. "Ljug inte för mig. Inte om det här."

För ett ögonblick tvekar han, fångad mellan sanningen och lögnen. Sedan, med en djup suck, ger han efter. "Jag är ledsen, Artemis. Det är inte meningen. Jag är bara … orolig. För dig."

"För vad jag skulle kunna göra?", frågar jag bittert, och orden smakar surt i min mun. "För att jag kan förlora kontrollen och skada dig?"

"Nej", säger han bestämt och kupar mitt ansikte i sina händer. "Inte så. Jag är orolig för vad det här gör med dig, hur det förändrar dig. Jag vill inte att du ska förlora dig själv till de här krafterna."

Jag håller kvar hans blick och letar efter spår av tvivel eller rädsla. Men allt jag ser är kärlek, rå, vild och beskyddande. Och ändå finns det fortfarande det där avståndet mellan oss, den där klyftan som jag inte verkar kunna överbrygga.

"Declan", säger jag mjukt och min röst brister. "Jag behöver dig. Hela dig. Snälla."

Han lutar sig ner och pressar en öm kyss mot mina läppar. "Jag är här, Artemis", mumlar han. "Jag går ingenstans."

När vi återförenas dröjer sig tyngden av våra rädslor och tvivel kvar, men för tillfället skjuter vi dem åt sidan. Vi finner tröst i varandra och söker förbindelse i mörkret, även om vi båda vet att något har förändrats mellan oss – något som kanske aldrig blir detsamma igen.

Tystnaden som följer är tjock, kvävande. Jag står inte ut längre. "Jag älskar dig, Declan", säger jag, och orden slinker ur mig som en desperat utandning.

Han stelnar till bredvid mig, blicken fäst på någon punkt i fjärran. För ett ögonblick svarar han inte, och mitt hjärta känns som om det pressas samman i ett skruvstäd.

"Artemis …" Han tystnar och ser ut som om han kämpar för att hitta de rätta orden. Men de kommer aldrig.

”Säg det tillbaka”, vädjar jag, min röst knappt en viskning. ”Snälla.”

”Artemis, jag—” Han avbryter sig och sväljer hårt. ”Jag bryr mig om dig så mycket, mer än jag någonsin trodde var möjligt. Men ... saker har förändrats. Vi har båda förändrats.”

”Är det ditt sätt att säga att du inte älskar mig längre?”, frågar jag, oförmögen att dölja hur sårad jag låter. Min kropp spänns, redo för det sista slaget.

Declan drar en hand genom sitt rufsiga hår, med frustrationen etsad i ansiktet. ”Nej, det är det inte. Det är bara det att ... vi måste vara försiktiga. Med allt som har hänt, med dina krafter—”

”Sluta.” Jag håller upp en hand och tystar honom. ”Göm dig inte bakom mina krafter. Om du inte älskar mig, så säg det bara.”

Hans nötbruna ögon möter mina, fyllda av ångest. ”Det är inte det jag säger, Artemis. Jag vill finnas där för dig, hjälpa dig igenom det här. Men vi måste vara försiktiga.”

”Toppen”, snäser jag och drar mig bort från honom. ”Så, min seger över Diana kan kosta mig dig. Är det så? Är det priset jag måste betala för att ha räddat oss alla?”

”Artemis, förvrid inte mina ord”, säger Declan och sträcker sig efter mig. Men jag är redan utom räckhåll för honom och slår armarna om mig själv som för att hålla smärtan inne.

”Skulle jag bara ha låtit henne vinna?”, frågar jag, med darrande röst. ”Skulle det ha gjort saker och ting lättare för dig?”

”Självklart inte”, säger han, med ansträngd röst. ”Men vi kan inte ignorera vad som har hänt. Det har förändrat allt, Artemis. Vi måste möta det, tillsammans.”

”Säg det då, Declan”, viskar jag, och tårarna bränner i ögonvrårna. ”Säg att du älskar mig. Bevisa för mig att det här inte är bortom all räddning.”

Han tvekar, och i det ögonblicket vet jag: vårt band kanske aldrig blir detsamma. Tyngden av allt hotar att krossa mig, men ändå vägrar jag att låta det knäcka mig. Jag tänker inte förlora Declan utan en kamp – även om det är en strid som förs mot mörkret inom mig.

”Artemis ...” Han sträcker sig efter mig igen, men jag backar undan.

”Glöm det”, muttrar jag och torkar bort mina tårar. ”Glöm att jag sa något.”

”Artemis, snälla”, vädjar han, med ansiktet plågat av smärta.

Jag skakar på huvudet och avbryter honom. ”Vi löser det här, på något sätt. Men just nu behöver jag lite utrymme.”

”Okej”, medger han tyst. ”Bara ... stäng mig inte ute helt, okej?”

”Okej”, svarar jag, och min röst brister. När jag går iväg kan jag inte låta bli att undra om min seger över Diana kommer att kosta mig det enda jag inte står ut med att förlora: Declan.

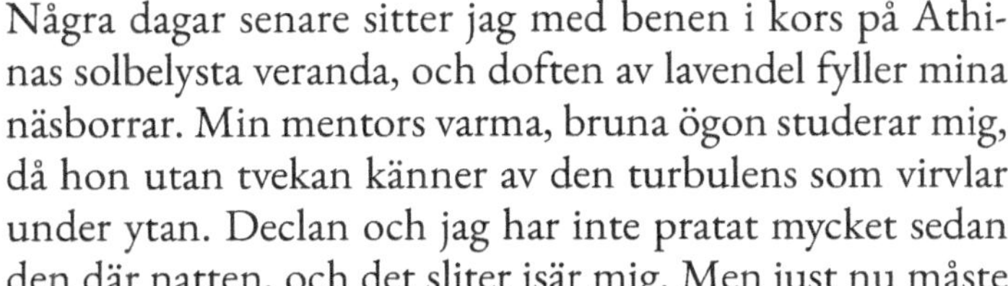

Några dagar senare sitter jag med benen i kors på Athinas solbelysta veranda, och doften av lavendel fyller mina näsborrar. Min mentors varma, bruna ögon studerar mig, då hon utan tvekan känner av den turbulens som virvlar under ytan. Declan och jag har inte pratat mycket sedan den där natten, och det sliter isär mig. Men just nu måste jag fokusera på att bemästra mina förbannade förmågor.

”Okej, Artemis”, säger Athina, hennes röst mild men bestämd. ”Vi ska börja med några meditationsövningar för att hjälpa dig att återfå kontrollen över dina psykiska krafter.”

"Absolut, Yoda", svarar jag och tvingar fram ett svagt leende. Athina himlar med ögonen åt min sarkasm men kommenterar det inte.

"Blunda och ta långsamma, djupa andetag", instruerar hon och sätter sig i en liknande position mittemot mig. "Låt dina tankar driva iväg, som moln som passerar på himlen."

Jag gör som hon säger, andas in djupt och försöker släppa taget om frustrationen som gnager i mig. Mitt sinne har dock andra planer. Bilder av Declan flimrar framför mina slutna ögon – sättet han höll tillbaka under vår intima stund, tvekan i hans röst när jag bad honom säga de där tre enkla orden. Det känns som en kniv som vrids om i magen.

"Artemis", skär Athinas röst genom mina tankar och drar mig tillbaka till nuet. "Dina känslor tar överhanden. Fokusera på din andning och föreställ dig en skyddande barriär runt ditt sinne."

"Lätt för dig att säga", mumlar jag för mig själv, men jag gör ett försök. Jag föreställer mig en mur av silvertegel som omsluter mina tankar och skyddar dem från omvärlden. Långsamt lugnar min puls ner sig och mina muskler slappnar av.

"Bra", berömmer Athina och känner av mina framsteg. "Nu ska vi öva på att försiktigt använda dina krafter utan att förlora kontrollen. Försök att känna mina känslor, men kom ihåg – du är bara en observatör, inte en deltagare."

"Jag fattar", säger jag och stålsätter mig för utmaningen som väntar. Jag koncentrerar mig på Athinas energi och känner en våg av lugn skölja över mig. Det är tröstande och välbekant, som att doppa tårna i en sval sjö en varm sommardag. Men jag håller tillbaka och låter inte hennes känslor sippra in i mina egna.

"Mycket bra, Artemis", säger hon, imponerad. "Du behåller kontrollen. Dra dig nu långsamt tillbaka från mitt sinne."

Jag drar mig tillbaka och släpper mitt mentala grepp om hennes känslor. Min silvermur förblir intakt, och jag kan inte låta bli att känna en gnista av stolthet. Kanske jag kan klara det här trots allt.

”Ser du?”, säger Athina med ett medvetet leende. ”Du är starkare än du tror.”

”Kanske det”, medger jag och försöker att inte visa mina tvivel. Medan vi fortsätter med våra meditationsövningar kan jag inte skaka av mig den gnagande känslan av att det står mer på spel än att bara bemästra mina krafter. Om jag inte kan bevisa för Declan att jag fortfarande är samma person som han blev kär i – att jag är någon han kan lita på – vad har vi då för hopp?

Men för nu kommer jag att fokusera på att återfå kontrollen. En tegelsten i taget.

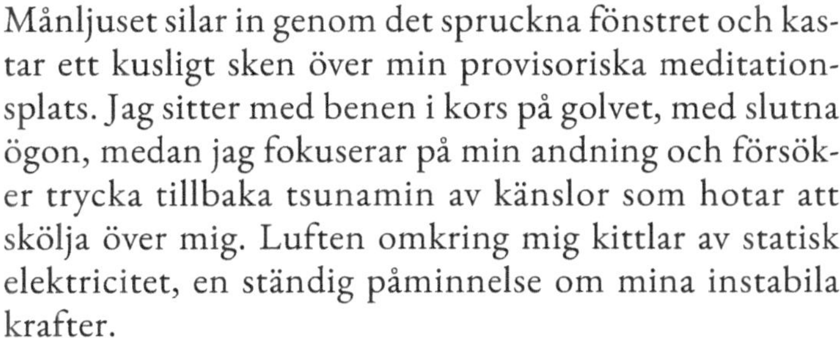

Månljuset silar in genom det spruckna fönstret och kastar ett kusligt sken över min provisoriska meditationsplats. Jag sitter med benen i kors på golvet, med slutna ögon, medan jag fokuserar på min andning och försöker trycka tillbaka tsunamin av känslor som hotar att skölja över mig. Luften omkring mig kittlar av statisk elektricitet, en ständig påminnelse om mina instabila krafter.

”Artemis”, ropar Declan mjukt från dörröppningen, hans röst ansträngd. ”Du har varit här inne i timmar. Du behöver en paus.”

Min beslutsamhet vacklar och silvermuren som skyddar mitt sinne från andras tankar svajar. Jag tar ett djupt andetag och tvingar den att hålla. ”Jag kan inte”, pressar jag fram. ”Jag måste få det här under kontroll.”

"Att ta en paus betyder inte att man ger upp", insisterar han och kliver in i rummet. Hans nötbruna ögon är fyllda av oro, men jag vet vad som döljer sig därunder – vaksamhet, misstro. Han är rädd för mig, även om han aldrig skulle erkänna det.

"Snälla, låt mig bara göra det här", säger jag, och rösten spricker. "Jag måste bevisa att jag inte är en fara för alla runt omkring mig."

"Artemis, vi är alla oroliga för dig", svarar han och hukar sig bredvid mig. Hans hand svävar vid min axel, tveksam att röra vid mig. "Men att isolera dig är inte lösningen."

"Är det inte?", svarar jag vasst och ilskan blossar upp. "Ju mindre tid jag tillbringar med folk, desto mindre är risken att jag förlorar kontrollen och skadar någon."

"Eller ju mer tid du tillbringar ensam, desto mer sannolikt är det att du hamnar i en spiral av självtvivel och gör saker värre", invänder han, hans ton bestämd men mild.

"Lätt för dig att säga", muttrar jag, bitterheten sipprar in i mina ord. "Det är inte du som nästan dödade ditt eget team."

"Artemis, titta på mig." Hans röst är låg, befallande. Motvilligt öppnar jag ögonen och möter hans blick. Han är inte rädd nu – bara beslutsam, ståndaktig. "Du är starkare än du tror. Du har mött ofattbara utmaningar och kommit ut på andra sidan. Det här är inte annorlunda."

"Fast det är det", viskar jag, och tårar sticker i ögonvrårna. "Den här gången är fienden inom mig. Och jag håller på att förlora striden."

"Låt oss hjälpa dig att bekämpa den då", säger han och lägger slutligen sin hand på min axel. Värmen från hans beröring sänder en rysning längs min ryggrad. "Tillsammans kan vi lösa det här."

Jag vill tro honom, men när jag ser in i hans ögon fångar jag en skymt av rädsla i ett obevakat ögonblick. Han är orolig för vad jag kan bli, och det skär djupare än någon kniv någonsin skulle kunna.

"Snälla, Declan", vädjar jag, mitt hjärta tungt av desperation. "Ge mig bara lite tid. Låt mig bevisa att jag kan klara det här."

Han tvekar, nickar sedan och klämmer min axel innan han reser sig upp. "Okej", medger han. "Lova mig bara att du inte stänger oss ute helt."

"Jag lovar", ljuger jag, även om orden känns som aska i min mun. Jag ser honom gå, stänger sedan ögonen igen och försöker bygga upp muren som skiljer mina tankar från alla andras. Men för varje tegelsten jag placerar hotar tyngden av deras misstro – och mitt eget självtvivel – att krossa mig.

Ljudet av fotsteg som närmar sig min avskilda hörna skrämmer mig. Mitt hjärta rusar och jag sträcker mig instinktivt efter kniven vid min sida. Men när jag ser Garnets välbekanta ansikte slappnar jag av – bara lite.

"Stör jag om jag gör dig sällskap?", frågar Garnet, hennes röst mjuk och tveksam.

"Varsågod", muttrar jag och håller blicken fäst på den spruckna betongen under mina stövlar.

"Artemis, jag hörde vad som hände med Declan", säger hon när hon sätter sig bredvid mig. "Jag vet att du kämpar just nu."

"Kämpar?" fnyser jag och himlar med ögonen. "Det är ett sätt att se på saken."

"Titta, jag fattar", fortsätter Garnet, oberörd av min sarkasm. "Du och jag har båda gått igenom helvetet och tillbaka. Vi har fler ärr än vi kan räkna, både på insidan och utsidan."

Hon håller upp sin hand och visar en taggig linje som löper över hennes handflata. Den speglar ett av mina egna, en souvenir från vårt gemensamma förflutna. Påminnelsen om att vi inte är ensamma i vår smärta är märkligt tröstande.

"Just nu känns det som om du drunknar i dina egna krafter, och alla runt omkring dig håller andan och väntar på att du ska dra ner dem också", säger hon, hennes ögon låsta i mina. "Men du kan inte låta den rädslan, den osäkerheten, definiera dig."

"Lätt för dig att säga", snäser jag och tittar bort igen. "Det är inte du som av misstag kan döda någon bara genom att tänka på det."

"Sant", medger hon. "Men jag har haft min beskärda del av mörker. Och jag lärde mig att det värsta man kan göra är att ge upp om sig själv."

"Även om det innebär att förlora Declan?", viskar jag och hatar hur sårbar jag låter.

"Särskilt då", svarar Garnet bestämt. "Om du ger upp nu kommer du aldrig att få veta vad som kunde ha blivit. Vad ni fortfarande kan bli, tillsammans."

"Bäddar jag inte bara för mer hjärtesorg då?", frågar jag bittert.

"Kanske", medger hon. "Men är det inte bättre att kämpa för något – någon – än att låta mörkret vinna utan kamp?"

Jag suckar och vet innerst inne att hon har rätt. Att ge upp om Declan, om mig själv, skulle vara som att överlämna segern till mina demoner på ett silverfat.

"Okej", mumlar jag, och en gnista av beslutsamhet tänds inom mig. "Jag tänker inte ge upp. Inte förrän jag verkligen är förlorad."

"Bra", säger Garnet, hennes röst fylld av övertygelse. "Res på dig nu och gå och prata med Declan. Berätta för honom hur du känner och låt honom hjälpa dig att hitta tillbaka till dig själv."

Jag nickar, ställer mig upp och torkar bort de sista tårarna. Vägen framför mig kommer att vara lång och förrädisk, men med mina vänner vid min sida vet jag att jag kan möta allt som kommer i min väg.

"Tack, Garnet", säger jag och klappar henne på axeln. "För allt."

"När som helst", svarar hon, och ett äkta leende lyser upp hennes ansikte. "Det är väl det vänner är till för, eller hur?"

"Precis", instämmer jag och känner en förnyad målmedvetenhet när jag går därifrån. Jag ska kämpa för Declan, för mig själv och för hoppet om att vi en dag alla ska kunna lämna våra demoner bakom oss.

Kapitel elva

Den svaga belysningen i det övergivna lagret lyser knappt upp Malcolms ansikte och kastar kusliga skuggor när han rynkar pannan. Han försöker vara försiktig med Garnet, men det enträgna i hans röst tränger igenom.

"Kom igen, Garnet", uppmanade han med intensiv blick i sina violetta ögon. "Du måste minnas vem du egentligen är."

Jag känner ett desperat medlidande med honom. Han och Garnet hade haft ett förhållande, sexuellt om kanske inte romantiskt, innan hon försvann och förmodades vara död. Att hon plötsligt dyker upp igen, men inte minns något om någon av oss, måste vara otroligt svårt för honom.

Garnet biter sig i läppen och blicken flackar mellan mig och Malcolm som om vi vore någon sorts konstig föreställning. Jag kan inte klandra henne; ända sedan hon fick syn på mig har hennes en gång så ordnade liv förvandlats till en virvelvind av hemligheter och svek. Det är tillräckligt för att få vem som helst att börja tvivla på sitt eget förstånd.

"Okej då", medger hon, uppenbarligen inte överförtjust i idén. "Men om något känns fel vill jag att du slutar."

"Avtalat", säger jag och försöker låta lugnande trots att mina nerver är på helspänn. Tanken på att dyka in i någon annans medvetande är alltid oroande, men med Garnet känns det särskilt farligt. Jag har aldrig varit bra på att komma överens med andra, och det sista jag behöver är att stöta mig med ännu en medlem i vår redan instabila grupp.

"Redo?" frågar Malcolm och tar ett steg tillbaka för att ge oss utrymme.

"Låt oss få det här överstökat", muttrar Garnet och sluter ögonen.

Jag tar ett djupt andetag, sträcker ut handen för att röra vid hennes panna och fokuserar på våra gemensamma upplevelser under det senaste året. Det måste vara nyckeln till att låsa upp sanningen.

När jag tränger djupare in i hennes sinne bombarderas jag av minnesblixtar — vissa kristallklara, andra disiga och osammanhängande. Det finns en känsla av tvekan i varje minnesbild, som om Garnets undermedvetna kämpar emot intrånget.

"Fokusera på ditt riktiga namn", viskar jag och navigerar genom de grumliga vattnen i hennes tankar. "Det är första steget mot att hitta dig själv."

"Lätt för dig att säga", svarar hon, och hennes röst ekar genom mörkret som en spöklik uppenbarelse. "Försök själv med att få hela ditt liv bortryckt och se hur väl du minns ditt eget jävla namn."

"Tro mig, jag vet hur det känns", fräser jag tillbaka, när mina egna minnen av förlust och svek bubblar upp till ytan. Jag skakar av mig distraktionen och tränger mig framåt, fast besluten att hitta de svar vi behöver.

"Kom igen, Garnet", manar jag på, min röst är mjukare nu. "Sanningen finns där någonstans. Du måste bara släppa ut den."

Motvilligt börjar Garnet gräva djupare i sitt förflutna, och diset skingras långsamt i takt med att hennes beslutsamhet växer. Minnena blir klarare, mer levande, tills slutligen ett enda ord ekar genom tomrummet:

”Victoria.”

”Victoria!” utbrister jag, med hjärtat bultande i bröstet när kopplingen mellan oss bryts. Garnet — nej, Victoria — blinkar mot mig, med ögonen uppspärrade av chock och insikt.

”Är det... mitt riktiga namn?”

”Det verkar så”, svarar jag och försöker undertrycka det segerrus som pulserar genom mina ådror. ”Välkommen tillbaka, Victoria.”

”Tack”, säger hon tveksamt, fortfarande i färd med att bearbeta avslöjandet. Hennes blick flackar tillbaka till Malcolm, vaksam men tacksam. ”För att du hjälpte mig att minnas.”

”Självklart”, säger han mjukt och ger henne ett litet leende. ”Det är vad vänner är till för.”

”Men jag tog namnet Garnet av en anledning.” Hennes käke blir fast, och jag ser mer av den gamla Garnet i hennes uttryck, den envisa kämpen som inte skulle ge sig oavsett oddsen. ”Vem Victoria än var så lämnade jag henne bakom mig för länge sedan. Jag är Garnet. Det är namnet jag valde, det är den jag tänker vara.”

Både Malcolm och jag nickar och respekterar hennes val.

”Garnet”, säger Malcolm mjukt och jag hör i hans röst den känsla han misslyckas med att dölja. Jag tror att han kände mer för henne än vad han var villig att erkänna.

”Låt oss se vad mer vi kan hitta”, säger jag, fast besluten att avslöja fler av Garnets förlorade minnen. Jag tar ett djupt andetag, dyker tillbaka ner i djupet av hennes medvetande och börjar sålla genom de grumliga vattnen.

”Snälla... var försiktig”, viskar Victoria — nej, Garnet — och håller ögonen hårt slutna medan hon förbereder sig för resan som väntar.

”Lita på mig”, svarar jag med en röst som knappt är mer än en viskning. ”Jag kommer inte låta något hända dig.”

När jag navigerar genom Garnets förvridna tankar börjar fragment av bilder falla på plats som bitar av en krossad spegel. Ett sterilt rum badande i skarpt vitt ljus. Lukten av desinfektionsmedel som bränner i hennes näsborrar. En man med kalla, beräknande ögon i en läkarrock, en skalpell i handen när han lutade sig nära Garnets ansikte. Dr Foxberry.

”Fan”, muttrar jag för mig själv, när insikten träffar mig som ett slag i magen. ”Hon genomgick en operation av dr Foxberry.”

”En operation?” Malcolm rynkar pannan och hans ögon smalnar av oro. ”Vilken sorts operation?”

”Kan inte säga säkert”, medger jag medan tankarna rusar i huvudet när jag försöker lägga pusslet. ”Men det var definitivt ingen vanlig kontroll. Från vinklarna... kanske hjärnkirurgi?”

”Låt mig titta”, säger Malcolm och kliver fram. Hans händer svävar över Garnets huvud, och fingrarna stryker mot hennes hårbotten medan han letar efter tecken på manipulering.

”Vänta, jag känner något”, mumlar Malcolm, och hans ögon vidgas av fasa. ”Det finns ett ärr här, under hennes hårfäste. Vi måste göra en skanning.”

Med blekt ansikte har Garnet inga invändningar, och en snabb röntgen visar den fruktansvärda sanningen.

”Det finns ett dolt implantat i hennes hjärna.” Malcolm stirrar på filmen med en kväljande min.

”Ett implantat?” upprepar jag, och mitt hjärta bultar i bröstet. ”Typ, en tankekontrollenhet?”

”Kanske”, svarar Malcolm bistert, och hans blick mörknar. ”Vi måste ta reda på mer om det här. Det kan vara en nyckel till att förstå vad Foxberry Corp håller på med.”

”Absolut, men en sak i taget”, säger jag och vänder min uppmärksamhet tillbaka till Garnet. ”Vi måste komma på hur vi ska hjälpa henne.”

”Självklart”, instämmer Malcolm, hans röst mjuk och lugnande. ”Vi kommer att göra allt vi kan för att se till att du är säker, Garnet.”

”Tack”, viskar hon, med ögonen skimrande av ofällda tårar. ”Jag vet inte vad jag skulle göra utan er.”

”Malcolm”, säger jag med spänd röst. ”Du är vår doktor Frankenstein, kan du ta bort implantatet?”

”Artemis, du vet hur mycket jag hatar att bli jämförd med Frankenstein”, muttrar Malcolm och drar fingrarna genom sitt ständigt rufsiga hår. ”Men ja, jag tror att jag kan ta bort det. Men det är inte utan risker.”

”Risker?” frågar Garnet försiktigt, och hennes ögon flackar mellan oss två.

”Att ta bort ett implantat från någons hjärna är ett känsligt arbete”, förklarar Malcolm, hans violetta ögon intensiva av oro. ”Ett felsteg och det kan bli bestående skador.”

”Eller...?” pressar jag på, i behov av att han förklarar värsta tänkbara scenario.

”Eller döden”, medger han motvilligt och sänker blicken mot golvet.

”Fan”, muttrar jag och känner hur tyngden av beslutet lägger sig över oss alla.

”Snälla, Malcolm”, vädjar Garnet med darrande underläpp. ”Jag måste få veta vem jag verkligen är. Jag kan inte leva så här längre.”

”Okej”, suckar Malcolm och sträcker ut handen för att ömt kupa hennes ansikte, vilket återigen avslöjar mer av hans känslor för henne. ”Vi kommer att göra allt som står i vår makt för att hjälpa dig att återfå ditt sanna jag.”

”Tack”, viskar hon, uppenbart livrädd men lika besluten att gå vidare.

"Då sätter vi igång", säger jag och försöker lätta upp stämningen. "Dags att leka kirurg, doktor Kastler."

"Mycket roligt, Artemis", svarar han med ett snett leende och leder oss in i sitt provisoriska operationsrum.

Spänningen är påtaglig när Malcolm förbereder för ingreppet, rengör Garnets hårbotten och markerar snittplatsen. Jag knyter och öppnar nävarna, och önskar desperat att jag kunde göra mer för att hjälpa än att räcka honom instrument när han ber om dem. Allt jag egentligen kan göra är att titta på och hoppas att Malcolms stadiga händer kommer att leda oss genom denna mardröm.

"Redo?" frågar han och tittar på Garnet för bekräftelse medan han håller upp en nål full med bedövningsmedel.

"Redo", svarar hon med förvånansvärt stadig röst.

"Okej. Somna nu, Garnet. Vi kommer att vara här innan du vaknar." Han trycker ner kolven och säger åt henne att räkna ner från tio.

Hon tystnar vid sex.

"Då kör vi", mumlar Malcolm innan han försiktigt gör det första snittet.

Jag tvingar mig själv att titta på, med magen i knutar, medan Malcolm arbetar flitigt med händer som aldrig vacklar. Minuterna känns som timmar, och jag kommer på mig själv med att hålla andan, och i tysthet heja på honom.

Slutligen, efter vad som känns som en evighet, drar Malcolm ut det lilla implantatet från Garnets hjärna. Han håller upp det mellan två fingrar med ett bistert uttryck i ansiktet.

"Klar", meddelar han, hans röst spänd av lättnad.

"Är hon...?" Jag avbryter mig och vågar knappt ställa frågan.

"I livet? Ja", bekräftar han och syr snabbt ihop snittet. "Men vi kommer inte att veta om ingreppet lyckades förrän hon vaknar."

”Kom igen, Garnet”, viskar jag och griper hennes hand. ”Du klarar det här.”

Väntan är oändlig, men till slut fladdrar Garnets ögon upp, och förvirring grumlar hennes blick.

”Fungerade det?” frågar hon svagt, med en knappt hörbar röst.

”Bara ett sätt att ta reda på det”, svarar jag och försöker låta mer självsäker än jag känner mig. ”Vem är det där borta?”

Hennes blick flackar över till Malcolm, som står borta vid handfatet efter att ha tvättat sina kirurgiska instrument, och hennes ögon vidgas.

”Malcolm!” Omedelbart mjuknar hennes uttryck, och jag ser det. Hon bryr sig om honom också. ”Jag minns dig – jag minns allt!”

”Bra”, säger jag och klämmer hennes hand. ”Låt oss nu använda den kunskapen för att stoppa Foxberry Corp en gång för alla.”

Jag ser på när Athina noggrant undersöker implantatet vi tog bort från Garnets huvud, med pannan rynkad i koncentration. Athina och Malcolm lade det under ett mikroskop och körde alla möjliga tester innan de kopplade det till lite elektronik och pluggade in det i Athinas dator för analys. Den lilla teknikbiten kan innehålla nyckeln till Foxberry Corps ondskefulla planer, och jag kan inte låta bli att känna en blandning av hopp och fasa.

”Någon aning om vad den här grejen gör?” frågar jag otåligt, med hjärtat dunkande mot bröstkorgen.

”Ge mig ett ögonblick, Artemis”, svarar Athina lugnt, och hennes varma bruna ögon lämnar aldrig datorskärmen. ”Sådana här saker tar tid.”

”Tid som vi inte har”, muttrar jag för mig själv och trummar rastlöst med fingrarna på bordet.

Till slut tittar Athina upp med en bister min. ”Det här implantatet är utformat för att kontrollera och förändra minnen", förklarar hon, med rösten tung av avsky. "Jag har sett liknande teknik förut, men det här... det här är något annat. Mer avancerat."

"Som hjärntvätt?" frågar Malcolm, hans ansikte blekt av fasa.

"Exakt", bekräftar Athina, och hennes ögon mörknar av ilska. "Foxberry Corp Labs har implanterat de här enheterna i människor och förvandlat dem till marionetter för sina egna förvridna syften."

"De sjuka jävlarna", morrar jag och knyter nävarna vid mina sidor. Tanken på oskyldiga människor som manipuleras och utnyttjas på det här sättet får mitt blod att koka. "Vi måste avslöja dem och stänga ner dem – för gott."

"Håller med", säger Malcolm bestämt, med käken spänd av beslutsamhet. "Men först måste vi ta reda på hur utbrett det här är. Hur många fler har blivit implanterade?"

"För många", mumlar Garnet med darrande röst. "Jag minns nu... vi var så många. Men jag vet inte exakt hur många eller vilka de är."

"Då hittar vi dem", förklarar jag, och min beslutsamhet hårdnar. "Och vi kommer att sätta punkt för den här mardrömmen en gång för alla."

Medan vi lägger upp vår strategi kan jag inte låta bli att tänka på de otaliga offren där ute, deras minnen stulna och manipulerade utan deras samtycke. Tyngden av vårt uppdrag pressar ner mig, men min beslutsamhet blir bara starkare.

"Foxberry Corp valde fel personer att bråka med", svär jag, med rösten fylld av isande övertygelse. "De kommer inte att veta vad som träffade dem."

"Du kan ge dig på", instämmer Malcolm, och hans ögon blixtrar av hård beslutsamhet. "Låt oss sätta dit de här monstren."

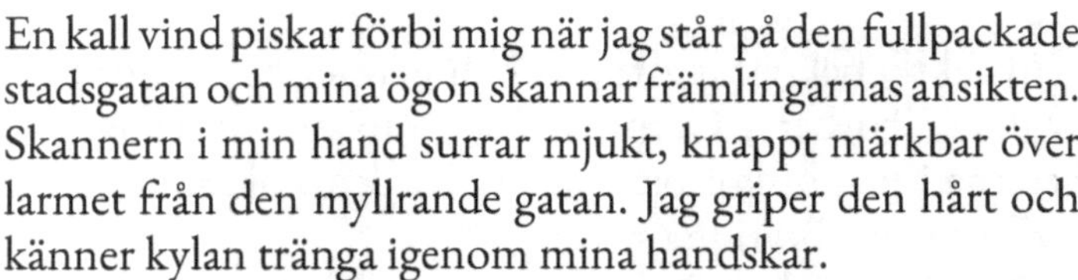

En kall vind piskar förbi mig när jag står på den fullpackade stadsgatan och mina ögon skannar främlingarnas ansikten. Skannern i min hand surrar mjukt, knappt märkbar över larmet från den myllrande gatan. Jag griper den hårt och känner kylan tränga igenom mina handskar.

"Någon lycka?" sprakar Athinas röst i min öronsnäcka.

"Inget hittills", svarar jag, med spänd röst medan jag håller blicken fäst på människorna som passerar. "Men jag ger inte upp."

"Bra. Fortsätt – vi måste hitta dem innan det är för sent."

Jag nickar, även om hon inte kan se mig, och fortsätter mitt sökande. Skannern är en liten enhet som ser ut som en vanlig smartphone, men Athina har använt sin teknikmagi på den. Den är utformad för att upptäcka de implantat Foxberry Corp har använt för att kontrollera folks minnen, men bara på nära håll. Vilket innebär att vi måste komma obehagligt nära en hel massa aningslösa medborgare.

"Artemis, jag har något", säger Declan över kommunikationsradion med dämpad röst. "Tre personer, alla med implantat. Vi måste hjälpa dem."

"Uppfattat", säger jag, och hjärtat sjunker. "Vi får lista ut hur vi ska nå dem senare. Just nu måste vi fortsätta söka."

"Just det. Lycka till, Artemis."

"Tack. Detsamma."

Hur mycket jag än hatar att erkänna det är jag tacksam för stödet. Med vårt team uppdelat över staden, var och en beväpnad med en av Athinas skannrar, kastar vi ut ett brett nät. Men jag känner fortfarande att tiden håller på att rinna ut.

”Ännu en träff”, rapporterar Garnet med skakig röst. ”Det blir värre, Artemis. Det är så många av dem...”

”Håll fokus”, fräser jag och försöker hålla mina egna känslor i schack. ”Vi har inte råd att tappa fattningen nu. Vi måste hitta dem alla.”

”Artemis, jag har analyserat datan”, avbryter Athina, hennes röst lugn men enträgen. ”De här implantaten är en del av Dianas dolda armé. Tusentals människor över hela staden är ovetandes under hennes kontroll.”

”Fan”, väser jag för mig själv medan ilska och rädsla krigar inom mig. ”Vi måste stoppa henne innan hon aktiverar dem.”

”Håller med. Men först måste vi samla så mycket information som möjligt. Fortsätt skanna och rapportera alla nya fynd.”

”Uppfattat, Athina”, säger jag och stålsätter mig för uppgiften som väntar.

Staden verkar sluta sig kring mig, en kvävande labyrint av betong och glas, medan jag fortsätter mitt sökande. Varje implanterad person är ytterligare ett liv på spel, ytterligare en bricka i Dianas förvridna spel. Och jag är fast besluten att bryta deras kedjor, oavsett vad det kostar.

”Foxberry Corp Labs”, viskar jag, med rösten spetsad av gift, ”ni kommer att falla.”

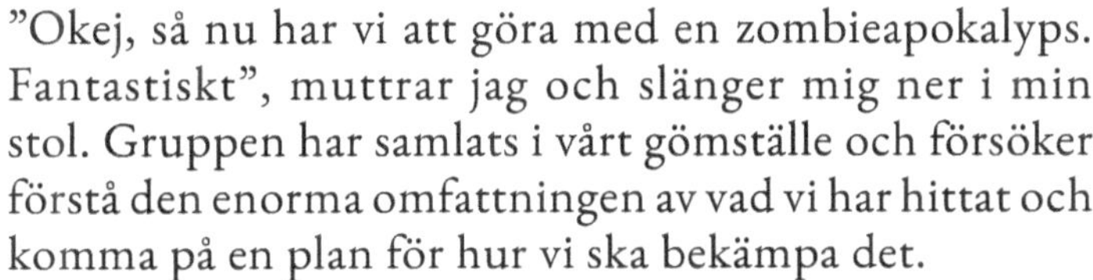

”Okej, så nu har vi att göra med en zombieapokalyps. Fantastiskt”, muttrar jag och slänger mig ner i min stol. Gruppen har samlats i vårt gömställe och försöker förstå den enorma omfattningen av vad vi har hittat och komma på en plan för hur vi ska bekämpa det.

”Artemis, vi måste komma på hur vi ska stoppa det här viruset innan Diana aktiverar det”, säger Declan, innan ett snett leende spricker fram i hans ansikte. ”Du vet, bara en helt vanlig dag på jobbet.”

”Ha-ha, mycket roligt”, muttrar jag. ”Vi behöver ett övertag mot henne. Något hon inte vet att vi har.”

”Som vad?” frågar Athina med en spänd röst.

”Minns ni implantatet vi tog bort från Garnet? Kanske finns det något användbart där”, föreslår jag och grubblar för att hitta minsta lilla strimma av hopp. ”Garnet, du har varit inne på Foxberry Corp. Vet du något om datorsystemet som styr de här implantaten?”

”Kanske”, säger Garnet tveksamt. ”Det fanns ett hemligt labb. Det hade en centraliserad dator, kraftigt säkrad. Det kan vara den.”

Garnet har knappt avslutat meningen innan Athina redan sitter vid sin dator, med fingrarna flygande över tangentbordet. Hon är vår bästa chans att skapa ett motgift, och jag vet att hon inte kommer att vila förrän hon har listat ut det.

”Hallå, Garnet”, säger jag och vänder min uppmärksamhet tillbaka till henne. ”Vi behöver mer än bara ett hemligt labb. Vi behöver en tidslinje. När planerar Diana att släppa lös den här zombiearmén på oss?”

Garnet skruvar på sig och ser ut som ett rådjur fångat i strålkastarljuset. ”Jag... jag är inte säker på de exakta planerna. Men jag minns att jag hörde något om att det skulle hända snart... kanske inom några dagar.”

”Dagar?” Jag biter ihop tänderna, och frustrationen kokar under huden. ”Det är knappt tillräckligt med tid för oss att komma på en plan, än mindre stoppa henne!”

”Artemis, lugna ner dig”, säger Malcolm och lägger sin hand på min axel. ”Vi kommer på något. Det gör vi alltid.”

"Lätt för dig att säga", muttrar jag för mig själv, men jag tar ett djupt andetag och tvingar mig själv att fokusera. Att få panik kommer inte att hjälpa någon.

"Lyssna, Garnet", säger jag och försöker hålla rösten stadig. "Jag vet att du är rädd, men vi behöver all information du kan ge oss. Jag kan försöka hjälpa dig att minnas, men det innebär att jag måste använda mina krafter på dig."

Garnet tittar vaksamt på mig, och hennes ögon flackar mellan Malcolm och mig.

"Det är okej, Garnet", lugnar Malcolm henne och lägger en hand på hennes axel. "Artemis vet vad hon gör."

"Visst", muttrar hon, uppenbarligen inte överförtjust över idén att jag ska rota runt i hennes tankar igen, särskilt nu när hon har sina egna minnen tillbaka. Men tiden tickar, och vi behöver varje uns av information vi kan få tag på.

"Blunda", instruerar jag och lägger försiktigt fingertopparna på hennes tinningar. Jag tar ett djupt andetag och känner hur den välbekanta pulsen av kraft byggs upp inom mig. "Tänk nu tillbaka på alla samtal eller möten om Dianas planer."

När jag låter mina krafter flöda in i hennes sinne möts jag av ett kaotiskt virrvarr av tankar och känslor. Det är som att försöka navigera i en labyrint fylld med försåtsmineringar. Jag pressar på, fast besluten att hitta något – vad som helst – som kan hjälpa oss att stoppa Diana.

Men Garnets minnen är fragmenterade, krossade glasskärvor som skär in i mitt sinne när jag försöker pussla ihop dem. Hennes mentala försvar är starkt, ett resultat av traumat hon har utstått. Det blir allt tydligare att jag inte kommer att kunna extrahera någon användbar information utan att orsaka henne ytterligare skada.

"Fan också!" svär jag för mig själv och drar mig ur Garnets sinne. Hon rycker till, hennes ögon slås upp, och jag kan se smärtan och förvirringen som simmar i hennes blick.

"Artemis?" frågar Malcolm, och oro etsar sig fast i hans ansikte när han griper hårdare om Garnets axel.

"Hennes sinne är för skadat", medger jag och gnuggar tinningarna. "Jag kan inte komma åt hennes minnen på ett säkert sätt utan att göra saker värre."

"Finns det något annat vi kan försöka?" frågar Athina och pausar sitt arbete med motgiftet för att titta på oss.

Jag skakar på huvudet. "Inte utan att riskera Garnets mentala hälsa ännu mer. Jag pressade henne för långt som det är, titta på henne. Hon har nästan blivit grön i ansiktet."

"Toppen. Så vi är tillbaka på ruta ett", muttrar Malcolm, med frustration tydlig i rösten.

"Kanske inte", säger Garnet svagt, med en beslutsam glimt i ögonen. "Jag ska försöka minnas allt jag kan på egen hand. Ge mig bara lite tid."

"Tid är en sak vi inte har mycket av, men det är bättre än inget", medger jag och försöker ignorera skulden som gnager i mitt inre. "Okej, Garnet. Vila dig och se vad du kan komma ihåg."

När Garnet blundar och försöker gräva fram några användbara minnen, möter Malcolms blick min, och oro skymmer hans ögon. Vi vet båda att varje sekund räknas, och ju längre tid det tar för Garnet att läka, desto närmare kommer Diana att verkställa sin ondskefulla plan.

"Fortsätt arbeta med motgiftet, Athina", säger jag och knyter nävarna. "Vi måste vara redo att agera i samma ögonblick som Garnet ger oss något."

"Förstått", nickar Athina och återvänder till sin dator.

För varje tick av klockan blir tyngden på mina axlar tyngre. Om jag bara inte hade pressat Garnet så hårt, hade vi kanske haft den information vi behöver. Men det finns ingen tid för ånger nu. Allt vi kan göra är att rusta oss för stormen som kommer – och be att vi är starka nog att klara av den.

Rummet tystnar när Garnet somnar och lämnar resten av oss att koka i vår stigande ångest. Jag kan inte skaka av mig känslan av att vi tävlar mot en tickande bomb, och vi börjar alla bli slitna i kanterna.

”Har något!” Athinas röst skar genom tystnaden som ett pistolskott och skrämde oss alla. Hon lutar sig framåt, fingrarna flyger över tangentbordet när hon tar fram en grynig säkerhetsfilm på sin datorskärm. ”Jag lyckades hacka mig in i stadens övervakningssystem”, förklarar hon, hennes varma bruna ögon intensiva av fokus. ”Jag har letat efter tecken på Diana, och... där.”

Bilden är suddig, men det är otvetydigt hon: kort rödlätt hår, gröna ögon vassa som knivar, utstrålande en air av hotfullhet även bakom en skärm. Hon står i lobbyn till någon fin offentlig byggnad och pratar med en grupp män i dyra kostymer – regeringstjänstemän, av deras utseende att döma. Deras ansikten är dolda, men deras kroppsspråk talar sitt tydliga språk. De är spända, defensiva... rädda.

”Kan du höja volymen?” frågar Malcolm och lutar sig närmare för att höra det dämpade samtalet.

”Gör mitt bästa”, muttrar Athina och justerar ljudinställningarna. Rösterna förblir låga, men vi kan precis urskilja Dianas förtäckta hot.

”...underskatta mig på egen risk”, väser hon, hennes tonfall kallt och hotfullt. ”När tiden är inne kommer jag att ha en armé till mitt förfogande, och ni kommer att tigga om nåd.”

”En armé?” viskar jag, med hjärtat bultande i bröstet. ”Vad i helvete planerar hon?”

”Vad det än är, kommer det inte att bli vackert”, mumlar Athina bistert. ”Och det låter som att det kommer att hända snart.”

”För snart”, tillägger Malcolm och drar en hand genom håret. ”Vi behöver mer information, men med Garnet ur spel...”

”Då får vi ta reda på det själva. Vi har inget val”, fräser jag, med nerverna på helspänn. ”Vi vet att Diana planerar något stort, och vi måste stoppa henne innan hon kan sätta sin förvridna plan i verket.”

”Artemis har rätt”, säger Athina, med stadig röst trots spänningen i hennes ögon. ”Vi måste fortsätta gräva, ta reda på så mycket vi kan om den här ’armén’ som Diana har byggt i hemlighet.”

”Okej”, medger Malcolm och knyter händerna till nävar. ”Men vi spelar ett farligt spel här, Artemis. Och jag gillar inte oddsen.”

”Inte jag heller”, medger jag, och magen vänder sig vid tanken på vad som kan lura i skuggorna och vänta på oss. ”Men vi har inte råd att slösa mer tid. Varje sekund vi tvekar för Diana ett steg närmare att ta kontroll, och det kan vi inte låta hända. Oavsett priset.”

När rummet åter blir tyst stirrar jag på skärmen och ser den ondskefulla gestalten Diana Foxberry försvinna in i mörkret. En rysning löper längs ryggraden, och jag vet att vad som än väntar oss, så står vi inför en jävla strid.

KAPITEL TOLV

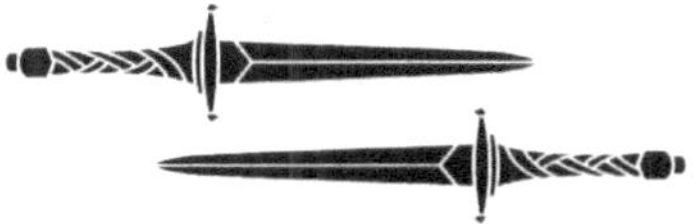

”FAN, INTE IGEN.” ORDEN fastnar i halsen på mig när vi snubblar över dagens fjärde lik.

”Artemis, det här kan inte vara en tillfällighet”, viskar Declan mellan sammanbitna tänder.

”Självklart inte”, fräser jag, och min röst dryper av sarkasm. Hjärtat bultar i bröstet på mig och jag känner hur ilskan stiger som galla i halsen. Dessa paranormala varelser och hybrider stod under vårt beskydd, men nu är de bara... borta. Döda. Med en kuslig, oroande slutgiltighet som får det att vända sig i magen.

”Det verkar som om Diana har haft fullt upp”, funderar jag bittert och synar scenen framför mig. En en gång så mäktig hamnskiftare ligger utslagen på golvet i det lilla, avlägsna skyddshuset, hennes päls tovig av blod, hennes ögon tomma och oseende. Hybriden bredvid henne, ett lapptäcke av mänskligt och paranormalt DNA, ser ut som om han aldrig hade en chans.

Det var vi som gjorde det här mot dem. Vi skapade det här skyddshuset, ett av många, för att gömma dem som Obsidiancirkeln befriat från Byrån och Foxberry Corps labb. Och nu, systematiskt, jagar Diana rätt på dem vi hjälpte.

"Hon stjäl säkert deras förmågor", tillägger Declan, hans röst tung av förakt. "Hon samlar på sig makt, Artemis. Vi måste hitta henne – och stoppa henne – innan det är för sent."

"Sluta upprepa det uppenbara, ditt geni", fräser jag och försöker dölja min rädsla. Men innerst inne vet jag att han har rätt. Diana – den förrädiska, svekfulla Diana – har blivit en kraft att räkna med, och hon blir bara starkare för varje liv hon tar.

Stanken av död hänger kvar i luften och jag känner hur det vänder sig i magen när ännu en kropp rullas förbi mig. Obsidiancirkelns gömställe har över en natt förvandlats till ett provisoriskt bårhus. Jag sveper med blicken över rummet och får syn på Athina, hopkurad över sin dator, med fingrarna flygande över tangentbordet. Vad fan har vi gett oss in på?

"Artemis", ropar hon utan att bemöda sig med att titta upp. "Det verkar som om Diana inte längre bara stjäl förmågor tillfälligt. Hon har kommit på hur man tar dem permanent."

"Permanent?" Min röst spricker och jag känner hur hjärtat sjunker som en sten. "Hur då? Och vad kostar det?"

"Av vad jag kan utläsa innebär det att hon dödar dem hon tar ifrån", säger Athina allvarligt. Plötsligt känns kropparna omkring oss tyngre, deras död mer slutgiltig.

"Fan", muttrar jag och gnuggar tinningarna. "Så alla dessa paranormala varelser och hybrider ... Är de döda för gott? Ingen chans att återuppliva dem?"

"Tyvärr, ja." Athina snurrar runt på sin stol för att se på mig. "Och inte nog med det; Diana har samlat på sig en enorm arsenal av olika krafter inom sig. Hamnskifte, tankekontroll, teleportering – allt möjligt. Hon har blivit en ostoppbar kraft."

”Fan ta hennes galna far.” Vreden flammar upp i mig som en löpeld. ”Dr Foxberrys besatthet av att förvandla sin dotter till en gudinna kommer att bli slutet för oss alla.”

”Verkligen”, suckar Athina. ”Men vi kan inte låta det hända. Vi måste hitta ett sätt att stoppa henne.”

”Några idéer om hur?” Mina nävar knyts vid sidorna och det kliar i fingrarna efter att få göra något.

”Inga än”, medger Athina med nedslagen blick. ”Men jag ska fortsätta gräva.”

”Bra.” Jag nickar, med käken spänd av beslutsamhet. ”Jag tänker inte låta den subban förstöra allt vi har arbetat för.”

”Artemis.” Athina sträcker sig fram för att röra vid min arm, och hennes min mjuknar. ”Jag vet att du är arg och rädd, men låt inte det här förtära dig. Vi behöver din styrka, nu mer än någonsin.”

”Styrka?” fnyser jag och skakar av mig hennes hand. ”Just nu är allt jag känner raseri.”

”Använd det då”, säger Athina bestämt. ”Använd det som bränsle för elden inom dig. För att skydda dem som fortfarande har en chans.”

”Det ska jag.” Min röst är låg, vildsint. ”Och när vi hittar Diana ska jag se till att hon får betala för varje liv hon har stulit.”

När jag stampar iväg från Athina kan jag inte låta bli att undra om vi redan är för sent ute. Hur stoppar man ett monster som har blivit en gud?

Jag driver fram och tillbaka i det dunkelt upplysta rummet som ett djur i en bur, och mina kängor ekar mot betongväggarna. Athina har suttit hopkrupen över sin dator i vad som känns som timmar och analyserat mönstret av stulna förmågor. Jag kan inte låta bli att känna mig rastlös, värdelös, medan jag väntar på att hon ska hitta ett spår efter den där maktgalna subban, Diana.

"Jag har något", muttrar Athina slutligen, utan att titta upp från skärmen. "Baserat på de krafter hon har riktat in sig på hittills, tror jag att Dianas nästa offer kan vara Nadia."

"Fan." Ordet slinker ur mig innan jag hinner hejda mig. Nadia är en av de snällaste personerna jag någonsin har träffat, och hennes otroliga telekinetiska krafter skulle göra henne till ett oemotståndligt mål för Diana. "Vi måste varna henne."

"Håller med", säger Athina, med sina bruna ögon fyllda av oro. "Men de flesta i Obsidiancirkeln är redan upptagna med att försöka ta reda på om någon i nyckelposition inom militären eller regeringen har Dianas kontrollchip inblandade. Det hänger på dig, Artemis."

"Självklart gör det det." Jag himlar med ögonen, även om sarkasmen gör föga för att dölja rädslan som gnager i magen. "Oroa dig inte, jag ska nå Nadia innan den där galna harpyan gör det."

"Var försiktig", varnar Athina, och hennes modersinstinkter slår till. "Diana är farligare än någonsin nu, med alla de där krafterna samlade inom sig."

"Tack för pepptalken", muttrar jag och rycker åt mig min röda favoritläderjacka från en närliggande stol. "Jag behövde den påminnelsen om hur jävla körda vi är."

"Artemis...", börjar Athina, men jag är redan på väg ut genom dörren och smäller igen den bakom mig.

När jag går mot min motorcykel gör den svala nattluften ingenting för att lugna mina ansträngda nerver. Tanken på att Diana skulle ge sig på Nadia får en rysning att gå längs ryggraden. Jag måste hitta henne innan det är för sent.

”Sätt fart, Blackwell”, muttrar jag för mig själv när jag svingar ett ben över cykeln. ”Dags att vara hjälten.”

Med ett rytande från motorn rusar jag iväg in i mörkret och ber att jag ska kunna nå Nadia innan Diana gör det. För om jag inte gör det har vi ett ännu större problem att ta itu med – och jag är inte säker på att vi kommer att klara av det.

”Artemis, jag har platsen för Nadias skyddshus”, sprakar Athinas röst genom öronsnäckan jag bär. ”Skickar koordinaterna nu.”

”Uppfattat”, säger jag och svänger med min motorcykel genom stadens gator samtidigt som min telefon surrar till av ett inkommande meddelande. Vilken tajming att ha en kamp mot klockan. ”Vi får hoppas att Diana inte har hunnit före mig dit.”

”Håll ögonen öppna och var på din vakt”, råder Athina. ”Diana spelar inte schysst.”

”Sedan när spelar någon av oss schysst?” Min sarkastiska replik åtföljs av skrikande däck när jag rundar ett hörn och en vindpust piskar mitt silverfärgade hår över ansiktet.

Jag når skyddshuset på rekordtid – eller det hoppas jag i alla fall. Stället ser ut som en fästning, vilket är logiskt med tanke på att det är menat att skydda paranormala från folk som Diana Foxberry. Försiktigt stänger jag av motorn och närmar mig dörren, med handen vilande på fästet till min kniv.

”Nu gäller det”, muttrar jag, trycker örat mot dörren och lyssnar efter tecken på liv – eller död – därinne.

Skyddshuset är kusligt tyst när jag smyger genom de dunkelt upplysta korridorerna. Hjärtat bultar i bröstet och jag känner kallsvetten tränga fram i huden. Om Diana redan är här ...

Jag rundar ett hörn och befinner mig i vad som ser ut som ett sällskapsrum – och där ligger Nadia, utslagen på golvet, med ögonen uppspärrade av skräck och blod som rinner från stickmärken på hennes hals.

"Artemis, hjälp!", flämtar hon och försöker sätta sig upp men misslyckas.

"Helvete", väser jag när jag skyndar till hennes sida. "Var är Diana?"

"Precis här, sötnos", kommer en röst bakom mig, drypande av illvilja. Jag vänder mig om och min blick möter Dianas gröna ögon. Hon flinar mot mig, hennes röda hår fångar ljuset när hon lunkar närmare, med blod som droppar från utdragna huggtänder som visar mig exakt hur dessa stickmärken hamnade på Nadias hals. "Du är för sen."

"Fan heller!", vrålar jag och kastar mig mot henne med min kniv. Men innan jag ens hinner komma nära slår en osynlig kraft emot mig, slungar mig bakåt och pressar mig mot väggen.

"Artemis!" Nadias rop är svagt, hennes telekinetiska krafter flimrar som en döende låga.

"Säg hejdå till din söta lilla vän, Artemis", hånar Diana medan hon återigen knäböjer bredvid Nadia och förbereder sig för att återuppta sin festmåltid på Nadias förmågor. "Hon är min nu."

"Över min döda kropp", spottar jag fram och kämpar mot de osynliga band som håller mig fast. Om jag bara kunde bryta mig loss ...

"Är det sant, Artemis?" Dianas röst dryper av besvikelse när hon ser mig kämpa. "Du skulle kunna uppnå så mycket mer om du bara lärde dig att använda din fulla potential."

"Ta dina egna råd", väser jag mellan sammanbitna tänder, och mina muskler spänns i ett meningslöst försök att undkomma hennes grepp.

"A, men det gör jag." Ett grymt leende sprider sig över hennes ansikte när hon spänner fingrarna och trycket mot mitt bröst ökar, vilket gör det ännu svårare att andas. "Jag lär mig att bemästra dessa stulna förmågor, medan du knappt skrapar på ytan av dina egna."

"Släpp ... mig", lyckas jag flämta fram. Smärtan skickar chockvågor genom min kropp, men jag vägrar låta henne se det.

"Artemis!"

Declans röst skär genom smärtans dimma som en kniv, och han stormar in i rummet med ögon som flammar av raseri. På ett ögonblick har han skiftat till sin jaguarform och kastar sig över Diana.

"Declan!", kvävs jag fram, både lättad och livrädd för hans skull. Han är snabb, men om Diana får tag i honom ...

Men det gör hon inte. När Declans kraftfulla käftar sluter sig om hennes arm skriker Diana av smärta och släpper sitt grepp om mig. Jag faller ihop på golvet, kippande efter andan, men tvingar mig själv att röra på mig.

"Kom igen, Nadia, vi måste härifrån", väser jag när jag hjälper henne på fötter. Hennes ögon är fortfarande vilda av skräck, men hon nickar och griper hårt om min arm.

"Artemis, vad händer?", viskar hon när vi snubblar fram längs korridoren.

"Declan köper oss tid, men vi får inte slösa bort den", säger jag och försöker trycka ner paniken som river i mitt inre. Om Diana dödar honom kommer jag aldrig att förlåta mig själv.

"Vart ska vi?", frågar hon med darrande röst.

"Vart som helst utom här", svarar jag, med hjärtat bultande i bröstet när vi tar oss ut ur skyddshuset och in i mörkret. När vi smyger iväg kan jag inte låta bli att kasta en blick tillbaka i hopp om att få en skymt av Declan.

"Declan ... kom igen nu ...", muttrar jag tyst och ber att han ska klara sig levande. Lyckligtvis hinner vi inte ens utom synhåll från skyddshuset innan han kliver ut ur skuggorna, slår armarna om oss båda och skugghoppar oss i säkerhet.

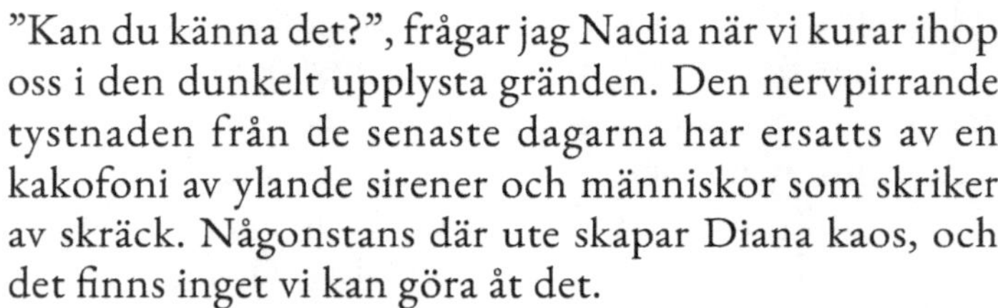

"Kan du känna det?", frågar jag Nadia när vi kurar ihop oss i den dunkelt upplysta gränden. Den nervpirrande tystnaden från de senaste dagarna har ersatts av en kakofoni av ylande sirener och människor som skriker av skräck. Någonstans där ute skapar Diana kaos, och det finns inget vi kan göra åt det.

"Känna vad?", mumlar Nadia, hennes röst knappt hörbar över oväsendet. Hennes ögon är ihåliga, nästan livlösa. Utan sina telekinetiska krafter verkar hon vara ett skal av den kvinna jag kände tidigare.

"Dina krafter", säger jag otåligt, även om jag vet att det är orättvist att förvänta sig att de ska återvända så snabbt. "Vi behöver varje fördel vi kan få mot Diana, och din telekinesi skulle kunna vara vårt trumfkort. Du lever, så hon lyckades inte stjäla dem helt och hållet."

Nadia skakar på huvudet, hennes läppar sammanpressade till en tunn linje. "Jag försöker, Artemis, men det känns som om de bara är ... borta."

"Toppen", muttrar jag tyst och drar en hand genom håret. "Verkligen toppen."

"Kanske om vi hittar en lugn plats kan jag försöka meditera", föreslår Nadia, hennes desperation påtaglig. "Det kanske kan hjälpa mig att fokusera och återfå mina krafter snabbare."

"Okej", muttrar jag och söker av omgivningen efter ett lämpligt gömställe. "Men vi kan inte stanna på samma ställe för länge. Om Diana hittar oss igen är vi körda."

"Håller med", svarar Nadia tyst, med blicken fäst i marken.

Vi återvänder till Obsidiancirkelns senaste högkvarter, ännu en övergiven lagerlokal, fuktig och kall inuti. Det är inte direkt Ritz, men det får duga för tillfället. Nadia sätter sig i ett hörn med benen i kors och slutna ögon, medan jag håller vakt över henne.

"Någon lycka?", frågar jag efter en evighet av tystnad, endast avbruten av de avlägsna ljuden av förstörelse.

"Kanske lite", mumlar Nadia och hennes ögon fladdrar upp. "Jag tror jag kan känna något som rör sig inom mig, men det är så svagt."

"Övning ger färdighet", fräser jag, och mitt tålamod börjar sina betänkligt. "Fortsätt försöka, och kanske – bara kanske – kan vi stoppa Diana innan hon jämnar hela staden med marken."

"Artemis, jag är rädd", erkänner Nadia med sprucken röst. "Tänk om mina krafter aldrig kommer tillbaka?"

"Då hittar vi ett annat sätt", säger jag med mer självförtroende än jag faktiskt känner. "Men för nu, fokusera på vad du kan göra. Vem vet? Kanske är det här universums sätt att pröva din beslutsamhet."

"Eller ett grymt skämt", muttrar Nadia tyst och sluter ögonen igen.

"Vad som än får dig att klara natten, sötnos", replikerar jag och riktar min uppmärksamhet tillbaka mot fönstret. Världen utanför har blivit galen, men allt vi kan göra är att sitta här och vänta på att ödet ska rycka in och rädda dagen.

"Hallå, Artemis. Du borde komma och se det här", ropar Declan från där han sitter hopkrupen över sin laptop, hans röst en blandning av fasa och misstro.

Jag går dit, mina kängor knastrar mot skräpet som fortfarande ligger utspritt i vårt provisoriska högkvarter. En isande kyla löper längs min ryggrad när jag får syn på skärmen. Där är hon – Diana Foxberry, med ögon som flammar av ett oheligt ljus när hon flinar in i kameran.

”Världsledare, se detta som er väckarklocka”, tillkännager hon, hennes röst drypande av hån. ”Ni har låtit er bli självbelåtna, svaga. Och det är dags för en förändring.”

”Fan heller”, muttrar jag tyst, och mina händer knyts till nävar.

”Titta noga”, fortsätter Diana, och hennes leende blir grymt. ”Så här ser sann makt ut.”

Kameran panorerar ut och jag rynkar pannan när jag känner igen byggnaden på skärmen. Det är inte långt härifrån, en skyskrapa i det flotta distriktet precis på andra sidan floden. Diana vänder sig bort från kameran och håller upp händerna – och skyskrapan börjar svaja.

Luften sprakar av spänning när vi tittar på skyskrapan på skärmen, en monolit av stål och glas som vacklar på randen till förstörelse. Dianas skratt ekar genom staden som en förvriden symfoni – ett förspel till det kaos hon är på väg att släppa lös.

”Gör er redo”, morrar jag, med blicken fäst på den svajande byggnaden. ”När den där saken rasar kommer vi att ha ett helvetes kaos att ta hand om.”

”Århundradets underdrift”, fnyser Declan, med armarna i kors och ögonen smala. ”Men vad kan vi göra? Vi kan inte stoppa en byggnad från att falla.”

”Kanske inte”, medger jag, ”men vi kan göra vårt bästa för att minimera skadorna. Det är allt vi har just nu. Ta oss dit, Declan!”

”Ah, optimism. Så uppfriskande”, hånar han sarkastiskt, men det finns en glimt av rädsla i hans ögon. Vi är ute på djupt vatten här, och det vet vi båda. Ändå tar han min hand och kliver in i en skugga – lagerlokalen har gott om dem, dåligt upplyst som den är – och en sekund senare kliver vi ut ur en annan skugga på andra sidan floden.

Som på en given signal börjar skyskrapan att falla samman, och glassplitter regnar ner som dödlig konfetti. Marken skakar och ljudet av vriden metall fyller luften. Det är en plågsam kakofoni som får tänderna att gnissla – ett soundtrack till världens undergång.

"Fan!", skriker jag, griper tag i Declans arm och drar honom bakåt när spillror slungas mot oss. "Vi måste hjälpa folk! Få undan dem!"

"Just det", nickar han, med bister min. "Sätt fart!"

"Var försiktig, Nadia", säger jag i min komradio när Declan och jag störtar in i kaoset. "Fortsätt jobba med dina krafter – vi är snart tillbaka."

"Var försiktiga!", ropar hon tillbaka, hennes röst knappt hörbar i min öronsnäcka över dånet av förstörelse.

"Försiktig" är ett relativt begrepp när man väjer för betongblock och panikslagna civila. Men vi lyckas leda folk mot säkrare mark, allt medan vi förbannar Dianas namn tyst för oss själva.

"Fan ta henne!", väser jag när ett stycke bråte med nöd och näppe missar en kvinna som klamrar sig fast vid sitt spädbarn. "Hon leker med oss – använder dessa stackars människor som pjäser i sitt förvridna spel!"

"Då sätter vi stopp för det", morrar Declan, med beslutsamhet brinnande i ögonen. "Vi kommer att hitta ett sätt att stoppa henne, Artemis. Vi måste."

"Håller med", svarar jag och biter ihop tänderna när ännu en chockvåg sköljer genom staden. "Men först, låt oss få dessa människor i säkerhet."

Vi arbetar tillsammans och släpar skadade överlevande bort från vraket. Frustrationen och hjälplösheten gnager i mig som en flock utsvultna vargar, men jag tränger undan det. Nu är inte tid för självömkan.

"Artemis!", skär Nadias röst genom kaoset, och hjärtat hoppar upp i halsgropen. Hon står vid kanten av katastrofområdet, med ögonen vidöppna av skräck – och något annat. Något som ser ut som hopp.

"Lyckades du...?", börjar jag fråga, men hon skakar på huvudet och tårar strömmar nerför hennes ansikte.

"Inte än", kvävs hon fram. "Men jag kan känna att de kommer tillbaka, Artemis. Mina krafter återvänder – långsamt, men säkert."

"Bra", nickar jag och klappar henne på axeln. "Det är väldigt bra, Nadia. För vi kommer att behöva all hjälp vi kan få för att stoppa det monstret en gång för alla."

"Räkna med mig", viskar hon, hennes röst darrande men beslutsam. "Jag tänker inte låta Diana vinna."

"Självklart inte", instämmer jag, och min blick glider tillbaka till de pyrande ruinerna av skyskrapan. Så många liv förlorade, så mycket förödelse – allt på grund av en kvinnas omättliga maktbegär.

"Gör er redo, världen", viskar jag, min röst spetsad med bister beslutsamhet. "Diana Foxberry är på väg efter er – och det är vi också."

KAPITEL TRETTON

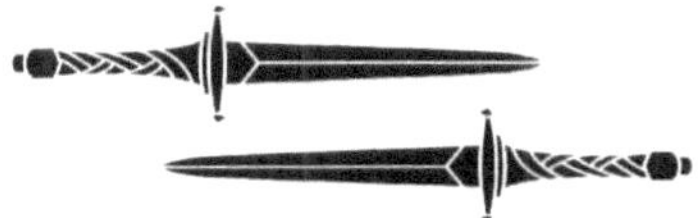

Regnet smattrar stadigt mot skyddshusets tak, och ljudet är både lugnande och olycksbådande. Jag sitter med benen i kors på golvet och försöker förgäves att samla mig. Min motorcykel väntar under sin presenning utanför, omedveten om min inre oro.

Athina betraktar mig med mild oro. "Du måste rensa dina tankar, Artemis. Diana kommer att utnyttja varje svaghet eller distraktion."

"Lättare sagt än gjort", fräser jag, men ångrar genast min ton. Athina vill bara hjälpa. "Förlåt, det är bara så frustrerande att alltid ligga ett steg efter Diana."

Athina nickar. "Förståeligt, med tanke på omständigheterna. Men vi kommer aldrig ikapp om du inte kan motstå hennes psykiska vampirism. Så låt oss börja med grunderna."

Jag suckar och försöker gjuta in lite lättsamhet. "Okej, lär mig dina mentala jeditrick, o vise." Men under min lättsinnighet maler den råa skräcken. Jag vet hur farlig Diana kan bli om jag inte lär mig att skydda mitt sinne.

"Föreställ dig först att ditt sinne är omgivet av skyddande barriärer." Athinas röst antar en lugnande rytm.

”Tänk dig dem i vilken form som helst som får dig att känna dig trygg – en stålvägg, ett kraftfält, vad som helst.”

Jag sluter ögonen och föreställer mig en ogenomtränglig betongbarriär som stänger ute mina tankar. Jag fokuserar intensivt på varje sektion och förstärker ytorna mentalt. Den inbillade strukturen känns solid, oöverstiglig.

Athina hummar gillande. ”Bra. Nu kommer den svårare delen. Jag vill att du konfronterar din djupaste rädsla.”

Mina ögon slås upp i misstro. ”Du vill att jag medvetet ska gräva fram mina värsta mardrömmar? Hur skulle det kunna hjälpa?”

”Genom att möta dina rädslor kommer du att låsa upp större mental motståndskraft”, förklarar hon tålmodigt. ”Ett nödvändigt steg i din utveckling.”

Jag pustar ut irriterat. ”Självklart är det så.” Jag sluter ögonen igen, vänder mig inåt och söker efter den djupa skräck som lurar i mitt psykes mörkaste hörn. En suddig bild av förlust dyker upp – den fasansfulla rädslan för att förlora alla jag bryr mig om, att bli lämnad helt ensam. Bara tanken får mig att vackla.

”Rygga inte tillbaka från den”, uppmanar Athina mjukt. ”Omfamna rädslan, låt den skärpa ditt fokus istället för att kontrollera dig.”

Med sammanbitna käkar dyker jag djupare ner i den virvlande fasan. Smärtan i den hotar att överväldiga mig, men jag omvandlar den envist till en källa av styrka. För min inre syn blir barriären som stärker mina tankar tätare och starkare.

”Utmärkt, fortsätt precis så där.” Athinas lugna röst förankrar mig mot stormen. Bit för bit förstärker jag försvarsvallen som vaktar mitt psyke, tills ingen svaghet återstår. Jag kommer slutligen ut ur det, utmattad men stärkt.

Athina ler gillande. "Med fortsatt övning kommer dina mentala försvar att bli en andra natur. Men du har gjort en utmärkt början."

Jag ler skakigt tillbaka, plötsligt fylld av energi. "Jag tror jag är redo att möta Diana nu. Vad hon än försöker med kommer jag att vara redo." Inombords kan jag känna en ny kraft vakna, min att använda som jag vill.

Athinas uttryck blir allvarligt. "Jag vet att du känner dig stärkt, men kom ihåg – att hantera makt ansvarsfullt är lika viktigt som att gripa den från första början."

Jag nickar långsamt, tillrättavisad. Hon har rätt – rå styrka ensam åstadkommer inget värdefullt. Och om jag låter den korrumpera mig riskerar jag att bli lika illa som våra fiender.

"Jag förstår. Mina förmågor är ett verktyg, inte ett vapen att släppa lös blint." Jag möter hennes gillande blick. "Tack för vägledningen. Jag lovar att vara vaksam mot självbelåtenhet och arrogans."

Hon klappar mig på axeln. "Du har ett gott hjärta, Artemis. Tappa aldrig det ur sikte, oavsett hur svår vägen blir."

Tillsammans ser vi regnet smattra mot fönstren, och glömmer för ett ögonblick framtiden. Jag har tagit de första stegen på en farlig väg idag. Men med kloka råd som håller mig på rätt spår är jag redo att konfrontera vilka ondskefulla hinder Diana än lägger i min väg härnäst.

Det har gått en vecka sedan min intensiva psykiska träning med Athina. Det är dags att äntligen använda dessa oprövade förmågor mot min ärkefiende – den svekfulla

Diana Foxberry. Om jag kan avslöja hennes planer genom astralprojektion kanske vi äntligen kan få övertaget.

Jag sitter med benen i kors på sängen, tar ett djupt andetag och sluter ögonen, fokuserar på att skilja min ande från kroppen. "Okej Blackwell, låt oss se om det här astrala tramset verkligen fungerar."

Jag känner hur mitt medvetande börjar sväva fritt som ett band som sträcks mellan min fysiska och eteriska form. Min kropp blir slapp medan min kroppslösa essens svävar ovanför den, obehindrad av tyngd.

"Vi ses senare, köttkostym", mumlar jag och försöker ignorera oron som maler inom mig. Med Diana i åtanke befaller jag mitt spektrala jag att glida genom staden i jakt på svar.

Känslan av att fara kroppslös genom fasta föremål är både uppiggande och djupt oroande. Jag är en fantom, helt exponerad, som rusar mot ett osynligt hot. Men det är för sent för tvivel nu.

"Jaså minsann ... letar du efter mig, raring?"

Den hånfulla rösten genomborrar mig en sekund innan smärtan uppslukar min essens. Det känns som om tusen isiga nålar sjunker in i själva fibrerna av min varelse. Jag skriker till, mer av reflex än fysisk smärta.

"Fan, hon visste att jag skulle komma!" Jag kämpar förgäves medan plågan intensifieras. "Hur kunde hon ..."

Dianas föraktfulla skratt skär genom min panik. "Trodde du verkligen att ditt ynkliga psykiska fumlande skulle kunna överraska mig?"

Hennes närvaro tränger sig på, triumferande och grym. "Sådan nybörjaraktig astralprojektion har inget att sätta emot mina färdigheter, barn."

Jag biter tillbaka skriken och morrar: "Dra åt helvete, Diana!" Mod är allt jag har kvar, min eteriska form är förlamad i hennes sadistiska grepp.

"Ah, den berömda Blackwell-trotsigheten." Hennes roande roar mig bara mer när hon leker med mig. "Men den kommer inte att rädda dig den här gången, är jag rädd."

Med käkarna sammanbitna mot smärtan pressar jag envist emot och använder mig av mina nyvunna förmågor. Inte tillräckligt för att bryta mig fri, men det hindrar henne från att krossa mig helt. "Försvinn ... ut ... ur mitt ... huvud!"

Diana klickar förebrående med tungan. "Såja, såja. Du drog på dig den här invasionen själv, kära du. Du borde ha hållit dig långt borta."

Jag samlar mina sviktande krafter för att pressa fram: "Aldrig. Jag ska få dig att betala för allt på något sätt."

"Sådan ihålig tapperhet." Hennes grepp dras åt och tvingar fram en kvävd flämtning från mig. "Förväntade du dig inga konsekvenser av att spionera på mig, barn?"

Plågad och rasande spottar jag förbannelser åt henne även när min essens skälver under hennes skoningslösa attack. Men jag tänker fan inte ge henne tillfredsställelsen av mina skrik.

"Alltid så eldig, trots oddsen." Hennes leende dryper av gift. "Låt oss se hur länge din oförskämda anda håller i sig."

Smärtan stegras och nöter på kanterna av min koncentration. Jag klamrar mig desperat fast vid mina sönderfallande försvar. Bara uthärda, håll ut på något sätt ...

I desperation griper jag mentalt efter vad som helst som kan förankra mig mot plågan – träningen med Athina, timmarna jag ägnat åt att slipa mitt sinnes styrka. Den livlinan stadgar mig en aning mot Dianas grymhet.

"Fortfarande så modig, lilla fågel?" Hon pressar sig närmare och letar efter sprickor i mina sargade försvar. "Slösa inte på ansträngningen. Ditt nederlag här är oundvikligt."

Jag manar fram trasiga rester av trots. "Det ... får vi ... se." Och med en massiv viljeansträngning tvingar jag henne tillbaka en dyrbar centimeter.

Hon ryggar tillbaka, sedan dras skruvstädet åt hårdare än någonsin. "Envis, dumma flicka. Jag kommer att knäcka dig, på ett eller annat sätt."

"Aldrig", lovar jag genom hennes kvävande grepp. Jag spänner mig och slår sedan ut med allt jag har kvar. Hennes grepp vacklar ... och jag sliter mig fri med ett osammanhängande skrik.

Dianas chock sprider sig. "Omöjligt! Du har varken skickligheten eller styrkan!"

Jag svajar ostadigt, min essens flimrar, men klamrar mig envist fast vid friheten. "Bäst att du ... vänjer dig vid besvikelsen."

Hennes närvaro drar sig tillbaka, sjudande av gift. "Det här är inte över, Blackwell. Långt därifrån." Sedan försvinner hon från mina sinnen som en flyktig mardröm.

Jag säckar ihop av psykisk utmattning och skador. Men trots hennes grymhet har jag åstadkommit något avgörande idag. Jag känner nu till de sanna gränserna för mina gåvor. Och jag har fått en glimt av de enorma nivåer som fortfarande väntar ovanför.

Med hängivenhet kan jag en dag klättra uppför de höjderna och stå som Dianas jämlike. Hon kommer att ångra att hon sporrade min beslutsamhet – och att hon underskattade hur långt jag är villig att gå för att besegra henne.

Men för att nå en sådan potential krävs tålamod och visdom, inte en blind törst efter vedergällning. Jag tvingar fram rossliga andetag och stadgar min splittrade essens innan jag återvänder till min fysiska omgivning.

En strid i taget. Idag var en brutal lektion, men sådana visar sig ofta vara de mest lärorika i slutändan. Jag förstår nu exakt hur underlägsen jag fortfarande är gentemot våra fiender. Och den kunskapen tänder en eld i min själ.

Jag öppnar ögonen och rullar omedelbart över för att kräkas över soffkanten, med darrande lemmar. Min astrala form kanske inte har någon fysisk substans, men Dianas grymma attack lämnade psykiska sår som fortfarande bultar och värker.

"Du kan inte fortsätta kasta dig mot henne ensam, Artemis", säger Declan, med oro ristad i ansiktet när han hukar sig bredvid mig.

Jag drar mig upp med ett hårt skratt. "Vem har sagt något om ensam? Men jag måste bli starkare snabbt." Diana kommer inte att vänta för evigt.

Athina skakar på huvudet, hennes tidlösa ögon är genomträngande. "Sann styrka är mer än fysisk eller psykisk makt. Ja, du har fått tillgång till nya krafter inom dig. Men obetänksam brådska kommer bara att leda till att de vänder sig mot dig."

Jag torkar mig om munnen med en grimas och kämpar mot illamåendet. "Okej, så vad nu? Mer meditation och inre frid-skit?" Finess har aldrig varit min starka sida.

Athina ler snett. "Jag är inte heller främmande för otålighet. Men för tillfället kommer vi att fokusera på mentala tekniker för att motstå Dianas vampyriska attacker."

Jag suckar, händerna knyts av uppdämd frustration. "Visst, visst, upplys mig, o vise." Men ärligt talat är jag desperat att stärka mitt otillräckliga försvar innan Diana river mitt sinne i stycken helt och hållet.

Athinas uttryck blir strängt. "Återhämta din styrka först. Att pressa dig själv nu kommer bara att leda till större skada."

Jag försöker ställa mig upp, fortfarande ostadig. "Vila är för de svaga. Jag är redo efter en snabb promenad-" Mina knän viker sig omedelbart och jag faller handlöst tillbaka ner.

Declan fångar mig stadigt om axlarna. "Eller kanske för dem som just fått sin essens torterad", föreslår han med en medveten blick.

"Håll tyst", muttrar jag, även om jag tacksamt sjunker tillbaka mot kuddarna, med blytunga lemmar. Jag är inte till någon nytta i det här tillståndet.

Athina trycker en rykande mugg i mina händer. "Drick. Det kommer att hjälpa till att återställa dina psykiska energier."

Jag betraktar brygden misstänksamt. Smakar förmodligen som kokt trädbark. Men jag tar en försiktig klunk, och den jordiga vätskan lugnar omedelbart mina trasiga nerver.

Athina ler ett litet leende. "Se det som medicin för själen. Vila nu. Riktig träning börjar i gryningen."

Brygden verkar snabbt, mina ögonlock blir tyngre för varje sekund. När mörkret sänker sig känner jag hur Declan trycker en lätt kyss i mitt hår. "Vi finns här för dig", mumlar han.

Jag glider in i en barmhärtigt drömlös sömn, deras orubbliga lojalitet invaggar mig som en varm filt. Imorgon kommer nya prövningar, men för tillfället kan jag vila lugnt i vetskapen om att jag inte står ensam.

Med rätt vägledning kan jag forma mina förmågor till ett verkligt vapen, snarare än en skogsbrand dömd att förtära både allierad och fiende. Athina gav mig gnistan – nu ska hon och Declan hjälpa mig att förvandla den till en rättfärdig eldsvåda.

Diana försökte hejda och avskräcka mig, säker på att jag skulle knäckas under pressen. Men hon räknade helt fel. Allt hon lyckades med var att tända en eld i min själ som nu kommer att brinna obevekligt till hennes undergång.

Låt henne njuta av dessa små segrar medan hon kan. Var och en kommer bara att ge näring åt det inferno som komma skall.

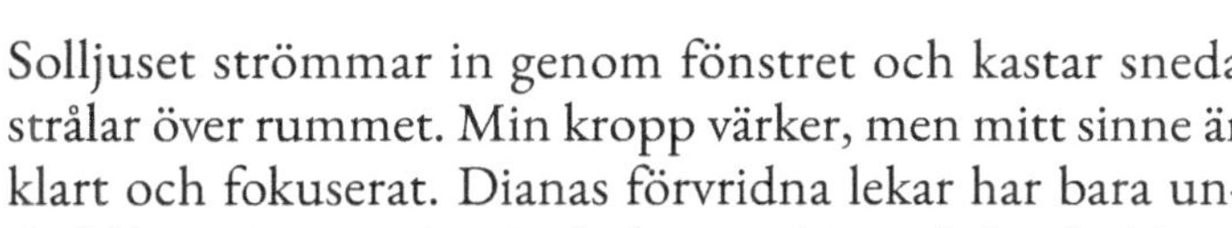

Solljuset strömmar in genom fönstret och kastar sneda strålar över rummet. Min kropp värker, men mitt sinne är klart och fokuserat. Dianas förvridna lekar har bara underblåst mitt raseri, mitt behov av hämnd. Jag behöver dock mer kraft om jag ska kunna besegra henne. Jag böjer på fingrarna och känner den psykiska energin surra under min hud, ännu inte stark nog.

"Artemis", ropar Malcolm från sitt provisoriska labb på andra sidan lagerlokalen, hans violetta ögon glimmar av upphetsning. "Jag tror jag har hittat något."

"Hittat något eller kokat ihop något?" replikerar jag, skjuter mig upp från soffan och går över till honom, med Nadia och Declan nyfiket efter mig. Malcolm står framför ett bord fyllt med provrör och bägare innehållande olika färgade vätskor, och håller ett i handen.

"Både och", flinar han. "Jag har syntetiserat ett oprövat serum med hjälp av Foxberrys forskning, som vi stal från hans labb när vi fritog dig. Det är baserat på det sista han planerade att ge dig."

"Oprövat, va? Låter som ett recept på katastrof." Jag kan inte låta bli att känna en gnutta hopp, även om skräcken väller upp i mig vid tanken på att ta ännu ett av den psykopatens serum.

"Kanske", medger Malcolm, med allvarlig ton. "Men det skulle kunna ge dig det övertag du behöver mot Diana."

"Hit med det", kräver jag och sträcker ut handen. Tanken på att injicera mer av den galna vetenskapsmannens brygd i mina ådror får kalla kårar att löpa längs ryggraden, men jag kan inte riskera att lämna mina vänner utsatta för Dianas vrede. Om det är vad som krävs för att skydda dem jag bryr mig om, dansar jag gladeligen med djävulen själv.

KAPITEL FJORTON

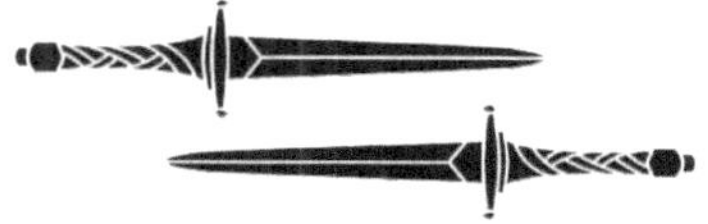

"Artemis, jag måste betona hur farligt det här är", varnar Malcolm och räcker motvilligt fram sprutan han håller i, medan jag sträcker ut handen och kräver serumet. "Biverkningarna skulle kunna bli katastrofala."

"En liten nyhet, doktorn: våra liv är en enda stor katastrof. Jag tar risken." Jag rycker åt mig sprutan och granskar den trögflytande orangea vätskan inuti.

"Lova mig att du är försiktig", vädjar han med mjukare röst.

"Försiktig är mitt mellannamn", ljuger jag och ler snett trots rädslan som gnager i mig. "Vad är det värsta som kan hända?"

"Låt oss hoppas att vi aldrig får reda på det", mumlar Malcolm och ser på mig med en blandning av beundran och fasa när jag förbereder mig för att injicera det oprövade serumet i mig själv. Han anar inte att jag är precis lika rädd som han är.

"Vänta, du överväger väl inte på allvar att injicera det där i dig själv?" inflikar Nadia med ögonen vidöppna av misstro.

”Självklart gör hon inte det”, tillägger Declan med en röst spänd av oro. ”Eller hur, Artemis? Du skulle inte riskera ditt liv på det sättet.”

Jag möter deras oroliga blickar, och en knut vrider sig i magen. Jag önskar att jag kunde lugna dem, men sanningen är att jag är desperat. Och desperata människor gör galna saker.

”Hörni, jag uppskattar er oro, men jag måste göra det här”, säger jag och försöker låta mer självsäker än jag känner mig. ”Vi har inte en chans mot Diana om vi inte jämnar ut oddsen.”

”Låt mig göra det då”, insisterar Declan och tar ett steg närmare. ”Du vet att jag klarar av biverkningarna bättre än du.”

”Eller jag”, erbjuder Nadia med rynkad panna. ”Jag har längtat efter en kraftuppgradering.”

”Tack, men ingen av er har någonsin utvecklat mer än två förmågor”, påminner jag dem och knyter handen hårt om sprutan. ”Om någon har en chans att överleva det här, så är det jag. Doktor Foxberry sa det själv, och jag läste det i hans tankar. Jag är den enda försöksperson som någonsin utvecklat mer än två. Det måste vara jag.”

”Artemis, snälla”, vädjar Declan, och hans nötbruna ögon söker mina. ”Gör det inte.”

”Hör på, jag vet att det är riskabelt”, erkänner jag och känner tyngden av deras oro pressa ner mig som en blyfilt. ”Men vi börjar få slut på alternativ. Det kommer gå bra, okej?”

”Bra” är inte direkt ordet jag skulle använda för att beskriva hur jag känner mig när jag drar upp ärmen på läderjackan och blottar den bleka huden på armen. Rummet tycks krympa omkring mig, och jag kan nästan känna ogillandet stråla från mina vänner.

”Artemis, vi vet inte vad det här kommer göra med dig”, varnar Nadia med darr på rösten. ”Snälla, tänk igenom det här.”

”Redan gjort”, säger jag och försöker utstråla en självsäkerhet jag inte känner. En svettdroppe rinner ner längs tinningen när jag sticker in nålen i armen, med ett hjärta som bultar som en slagborr.

”Artemis!” skriker Declan, men det är för sent. Jag trycker ner kolven och släpper ut serumet i blodomloppet.

Ett ögonblick händer ingenting. Sedan rusar en isande eld genom mig, och jag flämtar till och viker mig dubbel. Smärtan pulserar genom varje nerv, varje cell i kroppen. Det känns som om jag slits i stycken inifrån och ut.

”Artemis!” ropar Nadia när Declan fångar mig innan jag sjunker ihop på golvet. ”Vad händer med henne?”

”Hennes kropp anpassar sig till serumet”, förklarar Malcolm, hans röst ansträngd av oro. ”Vi kan bara hoppas att det inte sliter sönder henne under processen.”

”Fan också, Artemis”, mumlar Declan och håller mig hårt medan smärtan intensifieras. ”Varför måste du alltid vara så jävla envis?”

”Det hör till”, pressar jag fram mellan sammanbitna tänder och tvingar mig själv att fokusera på något annat än plågan som sliter genom mig. Jag ser Dianas överlägsna flin framför mig, hur hon hånade mig efter vårt senaste möte. Om det här serumet kan hjälpa mig att utplåna det där leendet från hennes ansikte, då är all smärta värd det.

”Stanna hos oss, Artemis”, uppmanar Nadia och griper tag om min hand. ”Du är stark nog att klara det här. Du är den starkaste person jag känner.”

Jag klämmer hennes hand och använder hennes ord som ett ankare för att hålla mig kvar i verkligheten. När smärtan äntligen börjar avta klamrar jag mig fast vid hoppet om att våra uppoffringar i slutändan inte kommer att vara förgäves. Och kanske, bara kanske, kommer den här chansningen att löna sig.

”Artemis, är du okej?” Declans röst låter avlägsen, som om han talar genom en tjock vägg. Hans oro är påtaglig, men jag kan inte uppbåda energin att bry mig.

”Aldrig mått bättre”, säger jag sarkastiskt, min röst knappt en viskning. Smärtan har avtagit, och i dess ställe strömmar en överväldigande våg av kraft genom mina ådror. Den är berusande, den här nyfunna styrkan – som en drog som omsluter mig i sin förföriska famn.

”Artemis, vi måste prata om vad som just hände”, säger Nadia, hennes röst bestämd men mild. Hon försöker jorda mig, hindra mig från att förlora mig själv helt. Men det är för sent för det.

”Prata? Visst, låt oss snacka om hur jag precis blev en jävla supermänniska.” Jag skrattar, men det finns ingen humor i det. Min hjärna känns splittrad, kanterna på mitt förstånd håller knappt ihop.

”Artemis, du måste kontrollera dina känslor”, varnar Malcolm med sträng ton. ”Dina krafter kan ha ökat exponentiellt, men det har även belastningen på ditt psyke gjort.”

”Kontrollera?” fräser jag och vänder mig om mot honom. ”Du förväntar dig att jag ska kontrollera det här? Du gav mig ett oprövat serum, och nu är du förvånad över att jag har svårt att hålla ihop?”

”Artemis, vi är här för att hjälpa”, säger Declan och tar försiktigt ett steg framåt, som om jag vore något slags vilddjur. Och kanske är jag det – ett odjur instängt i en bur jag själv har byggt, kämpande för att bryta mig fri.

”Hjälpa?” Mitt skratt blir bittert, och jag känner ilskan vrida sig inom mig, underblåst av den råa kraften som strömmar genom kroppen. ”Jag behöver ingen hjälp. Inte längre.”

"Artemis, snälla", ber Nadia med tårar glänsande i ögonen. "Vi är dina vänner. Vi vill se till att du mår bra."

"Vänner?" Ordet känns främmande på tungan, som en förbannelse. "Hur kan jag lita på någon när allting har varit en lögn? När alla jag trodde jag kände har svikit mig på något sätt?"

"Artemis", vädjar Declan mjukt och sträcker ut handen mot mig. "Låt oss hjälpa dig. Du behöver inte gå igenom det här ensam."

"Ensamhet är det enda jag kan lita på." Min röst spricker när jag knuffar bort honom, kraften som pulserar inom mig blir starkare för varje sekund som går. "Du tror att du känner mig? Du tror att du kan rädda mig från mig själv? Ingen kan rädda mig nu."

"Artemis...", börjar Nadia, men jag avbryter henne.

"Håll er borta från mig", morrar jag och känner hur ilskan börjar förtära mig. "Allihop. Jag behöver ingen av er."

Jag vänder mig om och stormar ut ur rummet och lämnar dem bakom mig. Jag kan höra dem ropa efter mig, men deras röster tonar bort i bakgrunden när mörkret inom mig tar över. Innan någon av dem hinner ifatt mig förvandlar jag mig till min korpform – förvandlingen som en gång krävde så mycket ansträngning och energi är nu lika lätt som att andas – och ger mig av upp mot den ljusa himlen.

Bultandet i mitt huvud vägrar ge med sig, och den råa kraften som strömmar genom mig känns som ett vilddjur som klöser på kanterna av mitt förstånd. Jag snubblar in i det övergivna lagret vi har gömt oss i, och mörkret slukar mig helt. Andetagen kommer i ojämna stötar, hjärtat dundrar i bröstet.

”Artemis.” Declans röst skär genom skuggorna som en kniv, hans fotsteg ekar mot betonggolvet när han närmar sig mig. ”Du kan inte fortsätta fly från det här.”

”Se mig göra det”, fräser jag och knyter nävarna vid sidorna.

”Artemis, snälla”, vädjar han och kommer närmare, desperation invävd i varje ord. ”Jag vet att du är rädd. Det är vi alla. Men vi kan hjälpa dig.”

”Kan ni?” fnyser jag, och ögonen smalnar när raseriet bubblar under ytan. ”Kan ni verkligen det?”

”Snälla, låt mig bara försöka.” Han sträcker sig efter mig, och för en sekund längtar något inom mig efter den kontakten, att förankras tillbaka i verkligheten genom värmen från en annan människas beröring.

”Okej då”, ger jag med mig, lika mycket för att tysta den desperata delen av mig själv som för att blidka honom. ”Försök.”

Declan slår sina starka armar runt mig och drar in mig i sin famn. Det är en livlina, ett kort ögonblick av tröst mitt i kaoset som rasar inom mig. Hans doft, en blandning av varmt läder och kryddor, fyller mina näsborrar och lugnar en del av ilskan som hotar att förtära mig.

”Kom ihåg vem du är, Artemis”, viskar han i mitt öra, hans andedräkt varm mot huden. ”Du är inte det här monstret som serumet försöker förvandla dig till. Du är starkare än så.”

”Är jag?” Min röst är knappt hörbar, ens för mina egna öron. Tvivlet gnager i mig som ett glupskt odjur och livnär sig på min rädsla och osäkerhet.

”Det är du”, svarar Declan med beslutsam ton. ”Jag tror på dig.”

Hans ord borde ge tröst, men istället förstärker de bara mörkret inom mig. Serumet klöser på mitt sinne, förvränger mina tankar och gör det omöjligt att skilja vän från fiende. Jag känner hur det byggs upp, kraften som hotar att slita mig i stycken inifrån och ut.

"Declan...", min röst darrar när jag kämpar för att hålla den stigande paniken i schack. "Jag kan inte... Jag kan inte kontrollera det..."

"Artemis, andas", manar han, och hans grepp om mig blir hårdare. "Fokusera på min röst. Du kan bekämpa det här."

För ett flyktigt ögonblick låter jag mig själv tro på honom. Jag klamrar mig fast vid den strimman av hopp som en drunknande kvinna som sträcker sig efter en livlina... men serumet är obevekligt och river igenom mitt försvar tills det inte finns något kvar än rå, otämjd kraft.

"Gå härifrån!" morrar jag och knuffar honom bakåt med en explosion av psykisk kraft. Declan vacklar till, chocken och smärtan syns tydligt i ansiktet när han kämpar för att återfå balansen.

"Artemis, gör inte så här", vädjar han och sträcker sig efter mig igen, men mörkret har slagit rot och lämnar inget utrymme för förnuft eller medkänsla.

"Håll dig borta!" väser jag, och synen blir suddig när raseriet förtär mig. "Jag varnade dig!"

"Artemis...", börjar han, men jag är redan borta, uppslukad av skuggorna när jag flyr från honom, från dem alla. Från monstret jag håller på att bli.

Bultandet i mitt huvud avtar och lämnar mig mer stabil men fortfarande skakig. Jag pressar mig upp från det kalla, hårda golvet och stirrar ilsket på min egen spegelbild i en krossad spegel. Mitt silverfärgade hår är vilt och tovigt och klibbar fast i svetten i pannan. En grimas sprider sig över mitt ansikte när jag bedömer min ovårdade uppenbarelse.

"Se på dig", muttrar jag mörkt, "den allsmäktiga Artemis Blackwell, kuvad av något halvdant serum."

"Artemis", ropar Nadias röst genom dörren, hennes ton vädjande. "Snälla, låt oss hjälpa dig."

"Hjälpa mig?" fnyser jag och torkar bort svetten med handryggen. "Tror ni att er lilla cirkel kan fixa det här? Nej, det här måste jag göra ensam."

"Artemis, var inte dum", varnar Declan, hans röst sträv och orolig. "Vi har gått igenom för mycket tillsammans för att ge upp nu. Vi behöver varandra."

"Kanske behöver ni mig, men jag behöver fan inte er", fräser jag och blir irriterad över deras oro. Det känns som en svaghet jag inte har råd med just nu. "Diana kommer inte att vänta på att jag ska ta mig samman, och jag kan inte riskera att tappa kontrollen igen med er alla i närheten."

"Artemis, snälla", ber Nadia med sprucken röst. "Stäng oss inte ute."

"Adjö, Nadia", säger jag kallt, vänder mig bort från dörren och förvandlar mig tillbaka till min korpform innan jag sveper ut genom det trasiga fönstret.

När jag flyger över de mörka gatorna surrar stadens energi omkring mig, och mina skärpta sinnen snappar upp varje detalj – det avlägsna ylandet av sirener, doften av regn i vinden, smaken av desperation och rädsla. Jag vet att cirkeln inte kommer att förstå mitt beslut, men de kan inte se vad jag ser – den råa kraften som strömmar genom mig och ber om att få släppas lös.

"Okej, Diana", viskar jag ut i mörkret, min röst ett knappt återhållet morrande. "Du ville ha ett monster? Då fick du ett." Och med den tanken i bakhuvudet förlorar jag mig själv i jakten, driven att stoppa Diana innan hon kan skada någon annan.

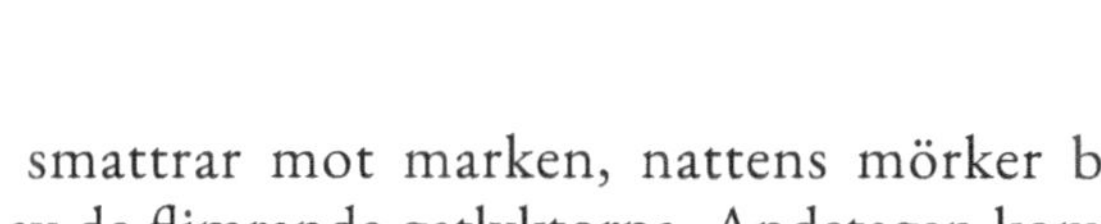

Regnet smattrar mot marken, nattens mörker bryts knappt av de flimrande gatlyktorna. Andetagen kommer i ojämna flämtningar när jag hukar mig bakom en sopcontainer och övervakar Foxberry Labs Corps anläggning framför mig. Byggnaden tornar upp sig som en dystopisk fästning, och ändå är det här Diana gömmer sig – och där jag äntligen ska sätta stopp för hennes förvridna lekar.

”Trodde inte att du skulle klara det här ensam”, viskar en röst i mitt öra så att jag hoppar till. Declan materialiseras bredvid mig och kliver ut ur en skugga som var tom för en sekund sedan. Jag borde ha vetat att han skulle följa efter mig.

”Fan också, Declan, vilken del av ’håll dig borta’ förstod du inte?” fräser jag, och frustrationen tar överhanden. ”Jag behöver ingen barnvakt.”

”Vem har sagt något om barnvakt?” Han ler snett, full av kaxigt självförtroende trots faran vi befinner oss i. ”Du kanske är överladdad nu, men fyra ögon ser bättre än två. Dessutom är Diana mitt problem också.”

”Okej då”, muttrar jag, medveten om att det inte är någon idé att bråka med honom. ”Men om jag tappar kontrollen igen...”

”Då drar jag tillbaka dig, precis som förut”, avbryter han, hans nötbruna ögon möter mina med orubblig beslutsamhet. Det räcker för att tysta mina tvivel – för stunden.

Vi smyger närmare anläggningen, håller oss i skuggorna medan vi undviker säkerhetskameror och tar oss förbi de elektroniska grindarna. Mina förstärkta förmågor gör uppgiften nästan löjligt enkel, men jag känner ansträngningen på mitt psyke varje gång jag använder mina krafter. Får inte låta det förtära mig igen.

"Hittade en ingång", viskar Declan och pekar på en sidodörr. Han dyrkar upp låset med ledig lätthet, och tillsammans smiter vi in i labbets sterila, lysrörsupplysta korridorer.

"Någon aning om var Diana kan vara?" frågar jag och sveper med blicken över de tomma korridorerna.

"Ge mig en sekund", svarar han och fokuserar sina sinnen. "Hon är... åt det hållet." Han pekar nerför en korridor till vänster om oss. "Jag känner lukten av henne."

"Toppen, då går vi och kraschar hennes fest", säger jag, och min röst dryper av sarkasm när vi smyger genom de labyrintiska gångarna.

Till slut når vi en uppsättning dubbeldörrar, och bortom dem känner jag Dianas förvridna energisignatur. Mitt hjärta bultar i bröstet, men jag tränger undan rädslan som gnager i mig. Det är dags att möta henne – och avsluta den här mardrömmen en gång för alla.

"Redo?" frågar Declan, och en skymt av oro flimrar över hans ansikte.

"Nu kör vi", svarar jag och förbereder mig för vad som komma skall.

Vi stormar genom dörrarna in i ett labb fyllt med monitorer och utrustning, och där är hon – Diana Foxberry, som står vid ett operationsbord med ett ondskefullt flin klistrat på ansiktet.

"Artemis Blackwell, så trevligt att du kunde ansluta dig till oss", hånar hon, hennes gröna ögon glimmar av illvilja. "Och du tog med dig din lilla kattvän. Så gulligt."

"Lägg ner skitsnacket, Diana", morrar jag och raseriet kokar över. "Det här slutar nu."

"Gör det?" Hon lutar på huvudet och låtsas vara nyfiken. "Tror du att dina nyfunna krafter gör dig oövervinnlig? Låt mig berätta för dig, du har bara skrapat på ytan av hur sann makt ser ut.”

”Nog pratat”, väser jag och slår ut med en våg av psykisk kraft som får henne att vackla bakåt och snubbla mot väggen. ”Dags att visa dig hur stark jag verkligen är.”

Medan Diana kämpar för att återfå fotfästet vet jag att jag dansar på vansinnets brant, och mina krafter hotar att överväldiga mig. Men jag tänker inte låta henne fly, inte den här gången. Jag omfamnar min fulla potential och utnyttjar varje uns av styrka och skicklighet jag besitter.

”Artemis, var försiktig”, mumlar Declan, med en ton av oro i rösten. ”Förlora inte dig själv.”

”Lita på mig”, svarar jag, min röst låg och farlig. ”Jag vet vad jag gör.”

Diana flinar, och med en snärt med handleden skickar hon en våg av energi i min riktning. Jag undviker med nöd och näppe attacken och känner hettan sveda hårtopparna.

”Är det allt du har?” hånar jag, med bultande hjärta i bröstet. Rummet fylls av maskinernas surrande och lukten av ozon när våra krafter kolliderar. ”Din pappa måste vara så stolt.”

”Håll käften, Artemis!” morrar Diana, och hennes ansikte förvrids av ilska. ”Du vet ingenting om min far!”

”Sant”, medger jag och hoppar bakom ett metallbord för att ta skydd. ”Men jag vet tillräckligt för att sätta stopp för dina förvridna experiment.”

”Arroganta dåre”, väser hon och avfyrar en ny salva av energiblixtar som träffar bordet som miniatyrexplosioner. En rökpuff fyller luften och gör det svårt att se. ”Du kan inte ens kontrollera dina egna krafter, än mindre stoppa mig.”

”Se mig göra det”, svarar jag och biter ihop tänderna när jag samlar min styrka och fokuserar på att levitera det tunga bordet mellan oss. När jag kastar det mot henne känner jag Declans närvaro i närheten, där han ser på med oro.

"Artemis, du pressar dig själv för hårt", ropar han från skuggorna, hans nötbruna ögon fulla av oro. "Låt mig hjälpa till."

"Håll dig utanför det här, Declan!" fräser jag, utan att vilja erkänna att jag håller på att förlora kontrollen över mina instabila förmågor. Men innerst inne vet jag att han har rätt – jag kan inte göra det här ensam.

"Tiden är ute, Artemis", skrockar Diana, och hennes händer glöder av otämjd kraft. "Nu dör du."

"Declan, nu!" skriker jag, och desperationen klöser i mig. Tanken på att Diana ska få övertaget underblåser min ilska och rädsla, men jag vägrar att ge henne tillfredsställelsen att se mig vackla.

Utan att tveka kliver Declan fram ur skuggorna, hans muskulösa kropp förvandlas till en kraftfull jaguar. Han kastar sig mot Diana, klorna river genom luften och distraherar henne tillfälligt från hennes attack mot mig.

"Ta henne, Dec!" hejar jag på honom, och mitt hjärta sväller av tacksamhet för hans orubbliga stöd. Tillsammans är vi ett jäkla bra team.

"Nog!" ryter Diana och slungar iväg en energistöt som skickar Declan flygande över rummet. Mitt hjärta hoppar till i bröstet när han kraschar in i en vägg, hans kattkropp sjunker ihop på golvet innan han förvandlas tillbaka till människa igen. Hans sår läker omedelbart med förvandlingen, även om han fortfarande är omtöcknad av fallet.

"Declan!" skriker jag, och raseri och rädsla sköljer genom mig som en löpeld. Rummet snurrar omkring mig, hjärnan kämpar för att hänga med i kaoset. Jag vet att om jag inte återfår kontrollen kommer jag att förlora mig själv helt – och då finns det inget hopp för någon av oss.

Den skarpa lukten av bränt kött genomsyrar luften och får magen att vända sig. Dianas kraft är obeveklig, och även om Declan och jag står tillsammans känns det som om hon sliter isär oss bit för bit. Svetten pärlar sig i pannan när jag kämpar för att skydda oss från hennes anfall.

"Artemis", säger Declan med ansträngd andning. "Jag har en idé."

"Snälla, säg att den är bättre än 'låt oss slåss tills vi stupar'", svarar jag genom sammanbitna tänder, och min sarkasm döljer knappt min desperation.

"Mycket bättre." Han flinar trots smärtan som etsat sig fast i ansiktet. "Men jag behöver att du litar på mig."

"Alltid", säger jag utan att tveka. Declan har aldrig svikit mig förut, och jag tänker inte börja tvivla på honom nu.

"Bra." Och med det förvandlar han sig till sin jaguarform, musklerna böljar under den brungula pälsen. Innan jag hinner fråga vad han planerar försvinner han in i skuggorna och lämnar mig ensam att möta Dianas vrede.

"Vart tog ditt lilla husdjur vägen, Artemis?" hånar Diana, hennes gröna ögon glimmar av illvilja. "Stack han, precis som du?"

"Lärde du dig ingenting från vårt senaste möte?" fräser jag tillbaka, och hjärtat bultar i bröstet. "Vi flyr aldrig från en strid."

"Då får du förbereda dig på att dö", morrar hon och samlar sin energi för en ny attack.

Plötsligt skär ett gutturalt skrik genom luften, och jag vänder mig om för att se doktor Foxberry falla till marken, blod strömmar från ett gapande sår i bröstet. Jaguarens ögon möter mina, och jag vet att Declan har gjort vad som behövde göras.

"Far!" skriker Diana i skräck, och hennes kontroll sviker i sorgen. Hennes krafter slår ut oberäkneligt och välter utrustning och krossar glas runt omkring oss.

"Kom igen, Artemis!" ropar Declan från skuggorna, hans röst är brådskande. "Vi måste ge oss av nu!"

Jag behöver inte höra det två gånger. Med Dianas uppmärksamhet avledd springer vi genom förödelsen och tar oss mot utgången.

”Artemis! Hur kunde du?!” skriker Diana efter oss, hennes röst spricker av ångest. ”Du ska få betala för det här! Hör du mig?”

”Förlåt, Di”, mumlar jag för mig själv när vi smiter ut i natten. ”Men desperata tider kräver desperata åtgärder.”

När vi lämnar den brinnande anläggningen bakom oss kan jag inte låta bli att tänka på priset vi har betalat för att överleva. Men en sak är säker: vi är starkare tillsammans, och varken Diana eller någon annan kommer någonsin att slita isär oss igen.

KAPITEL FEMTON

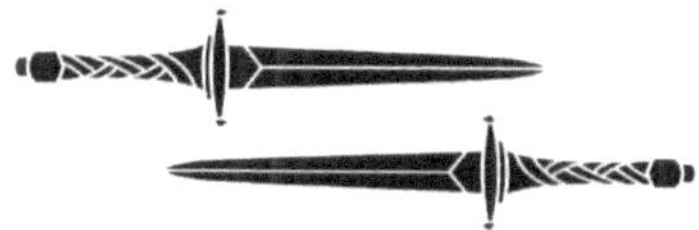

DEN FRÄNA LUKTEN AV rök och det avlägsna sprakandet från elden följer oss när vi rusar nerför korridoren, medan Dianas sorge- och vredesvrål ekar genom luften. Bredvid mig kommer Declans andetag i korta, ansträngda flämtningar, och hans normalt ostyriga bruna hår är klistrat mot pannan av svett. Vi vet att vi har retat gallfeber på henne, och jag kan inte låta bli att känna en vriden tillfredsställelse över det faktumet.

"Artemis", flämtar Declan och sneglar på mig med sina nötbruna ögon, fyllda av oro och tvivel. "Jag ... jag kanske inte borde ha gjort det."

"Gjort vad?", fräser jag och kisar med mina gröna ögon. "Tagit ifrån henne hennes främsta möjliggörare? Lita på mig, hon förtjänade det."

"Fan, Artemis!", säger han och snavar lätt på en bit bråte. "Jag dödade doktor Foxberry, och nu är hon ännu argare. Tänk om det var ett misstag?"

"Lyssna på mig, Declan", morrar jag, griper tag i hans arm och drar honom framåt. Han rycker till och blottar ärren på sina armar från otaliga strider. "Vi hade inget val.

Diana är farlig, och att slå ut hennes far var det enda sättet att sakta ner henne."

"Just det", säger han, biter ihop tänderna och fokuserar på vår flykt igen. "Vi får bara hoppas att det räcker."

"Hopp" finns inte direkt i min vokabulär nuförtiden, men för Declans skull nickar jag.

Den fräna lukten av brinnande kemikalier och bråte fyller mina näsborrar när vi tar oss igenom det ödelagda laboratoriet, varje andetag en påminnelse om det kaos vi lämnat i vårt kölvatten. Jag kan inte låta bli att känna en vriden känsla av tillfredsställelse över förstörelsen, med vetskapen om att det är en plats mindre för Diana att fortsätta sina sjuka experiment på.

"Utan doktor Foxberry", säger jag med en röst som knappt är en viskning i de pyrande ruinerna, "kommer Diana inte att kunna fortsätta sitt vridna arbete. Ingen annan har hans expertis."

"Sant", svarar Declan och sveper över området med vaksamma ögon. "Men vi vet båda två att hon inte kommer att låta det stoppa henne."

"Du kan ge dig på", Jag sparkar till en bit förkolnad metall och skickar den glidande över golvet. "Det är bara synd att vi inte gjorde slut på honom tidigare. Vi kanske hade kunnat hindra henne från att utveckla sina kraftstjälande förmågor så långt som hon har."

"Kanske", säger Declan tveksamt. "Men vi kan inte älta det förflutna. Vi gjorde vad vi var tvungna att göra."

"Självklart", instämmer jag, utan att bry mig om att dölja bitterheten i mina ord. "Vi gör alltid vad vi 'måste göra'. Men när tar det slut, va? När bryts cirkeln äntligen?"

Han har inget svar till mig, och vi fortsätter i tystnad, de enda ljuden är det avlägsna sprakandet från lågor och det enstaka knarrandet från instabila strukturer runt omkring oss. Jag kan fortfarande känna Dianas vrede eka genom luften, en nästan påtaglig kraft som driver mig att fortsätta framåt. Jag vet att vi har tillfogat henne ett betydande slag, men det är långt ifrån över. Och för varje steg blir tyngden av våra beslut och faran som väntar allt tyngre.

Jag kan inte låta bli att oroa mig för att vi, genom att eliminera doktor Foxberry, omedvetet har påskyndat Dianas planer på en statskupp. Den tanken ligger som en blytyngd i magen, och det är svårt att skaka av sig känslan av att vi håller på att få ont om tid.

"Artemis", ropar Athina och hennes röst rycker mig tillbaka till nuet och min plats i Obsidiancirkelns göm-ställe. "Vi måste hitta Dianas nya bas. Kan du använda din astralprojektion för att lokalisera henne?"

"Okej då", morrar jag, med frustrationen gnagande inom mig. "Jag är beredd att ta risken."

"Är du säker?", frågar Athina med ett bekymrat ansikt-suttryck.

"Helt säker", fräser jag tillbaka. "Om vi ska stoppa henne måste jag ta mig in i hennes huvud. Bokstavligen."

Declan klämmer om min axel, hans grepp är fast och lugnande. "Var försiktig där inne, Artemis."

"Försiktig" är inte riktigt min stil, men jag nickar ändå och låtsas som att jag inte är på väg att dyka rakt ner i lejonets kula.

Jag tar ett djupt andetag, centrerar mig innan jag skickar ut min essens i astralplanet. Världen runt omkring mig löses upp och ersätts av en oändlig vidd av mörker, genom-bruten av skimrande, eteriska ljus. Jag fokuserar på Diana och försöker hitta minsta spår av hennes energi.

"Kom igen", muttrar jag för mig själv, min frustration växer i takt med att de psykiska blockeringarna fortsätter att omintetgöra mina försök. "Var i helvete gömmer du dig?"

"Någon lycka?", frågar Declan, hans röst spänd av oro. Jag kan inte se honom i detta plan, men jag kan känna hans närvaro, ett tröstande ankare mitt i kaoset. I den verkliga världen sitter han bredvid mig och håller båda mina händer i sina.

"Inget än", medger jag och biter ihop tänderna. "Hennes försvar är starkare än någonsin. Det är som att försöka navigera i en labyrint med förbundna ögon."

"Fortsätt försöka", uppmanar han, och hans tro på mig är en balsam för mina sköra nerver. "Du har ställts inför värre odds förut, och du har alltid gått segrande ur striden."

"Tack för förtroendet", svarar jag med en ton spetsad av sarkasm. "Men det här är inte direkt en dans på rosor."

"Har aldrig sagt att det var det", kontrar han. "Men vi har inte tid för självömkan, Artemis. Fokusera på att hitta Diana."

"Just det", säger jag och sväljer min bitterhet. Jag dyker djupare in i astralplanet och pressar mig mot de psykiska barriärer som blockerar min väg. Det känns som att vada genom tjära – långsamt och utmattande, där varje steg framåt är en monumental ansträngning.

"Kom igen", viskar jag för mig själv, mantrat av beslutsamhet driver mig framåt. "Du klarar det här, Artemis."

Mörkret runt mig skälver, som om det känner av min beslutsamhet. Jag biter ihop tänderna och pressar på hårdare, fast besluten att riva ner de murar som står mellan mig och Dianas hemligheter. Och just när jag tror att jag inte orkar ta ett steg till, lättar dimman en aning och erbjuder den minsta glimt av vad som väntar.

"Vi är nära", flämtar jag, med hjärtat bultande i bröstet. "Jag kan känna henne."

"Bra", säger Declan, med uppenbar lättnad i rösten. "Låt oss avsluta det här nu."

"Du kan ge dig på", instämmer jag, och elden inom mig flammar starkare än någonsin. "Låt oss sätta stopp för den här mardrömmen en gång för alla."

Och så, plötsligt, är jag inne.

Hennes psyke är inget annat än kaotiskt – en virvlande malström av raseri, bitterhet och ohämmad ambition. Det är som att kliva in i en orkan, och jag kämpar för att orientera mig bland hennes tjutande tankevindar.

"Håll fokus", påminner jag mig själv, medan jag sållar igenom den trassliga väven av hennes undermedvetna. "Hitta något – vad som helst – som kan hjälpa oss att sätta stopp för detta vansinne."

"Artemis?", Declans röst får mig att hoppa till, även om jag vet att han sitter precis bredvid mig. "Vad ser du?"

"Svårt att säga", mumlar jag och anstränger mig för att pussla ihop de röriga fragmenten av bilder och känslor som virvlar runt mig. "Det är ... intensivt, för att säga det milt."

Vreden som strålar från Dianas sinne är som en skogsbrand som förtär allt i sin väg. Jag kan praktiskt taget känna hennes raseri när hon svär att hämnas på Declan och mig för doktor Foxberrys död. Hon har dragit sig tillbaka till något undangömt hörn av världen, omgrupperar och planerar utan tvekan vår undergång.

"Var försiktig, Artemis", varnar Declans röst i mitt huvud. "Hon kommer att veta att du är där om du inte trampar varsamt."

"Lita på mig, jag tänker inte direkt knacka på hennes mentala dörr och be om vägbeskrivning", fräser jag tillbaka och fokuserar på uppgiften. Jag sållar igenom kaoset av Dianas tankar och letar efter minsta antydan om vad hon planerar härnäst. Min puls ökar när jag hittar de knappt hörbara viskningarna om en nära förestående attack – stor, djärv och förödande. Men detaljerna undgår mig och glider genom mitt psykiska grepp som vatten.

"Artemis, någon lycka?", hörs Athinas röst, spänd av oro.

"Något stort är på väg. Jag kan känna det", svarar jag. "Men jag kan inte riktigt precisera detaljerna. Det är som att försöka fånga rök."

”Fortsätt”, uppmanar Declan, hans egen röst spänd. ”Vi behöver något konkret.”

”Jaså? Jag trodde vi bara var här för en avslappnad promenad genom Dårhuset”, replikerar jag och tränger djupare in i den malström av känslor som är Dianas sinne. Men plötsligt känner jag att jag har stannat längre än jag borde. Den kaotiska energin börjar röra sig och virvla, och känner av den främmande närvaron i sin mitt.

”Artemis, stick därifrån!”, ropar Athina brådskande. Hon måste kunna känna något, vidröra kanterna av mitt sinne.

”Jobbar på det!”, ropar jag och kämpar för att slita mig loss. Men Dianas psykiska försvar är kraftfulla, och de sluter sig om mig som ett skruvstäd. Paniken river i mitt bröst när jag kämpar mot den krossande kraften.

”Artemis, nu!”, ryter Declan, hans röst fylld av desperation.

”Försöker!”, jag biter ihop tänderna och samlar varje uns av styrka som finns kvar inom mig. Med en sista, herkulisk ansträngning sliter jag mig fri från greppet om Dianas sinne – precis när det våldsamt kastar ut mig och skickar mig farande tillbaka in i min egen kropp.

◆

Jag kraschar tillbaka in i min kropp med en rivningskulas kraft och krampar okontrollerat. Lukten av ozon fyller luften som om blixten har slagit ner i rummet. Mina lemmar sprattlar vilt och hotar att få mig att falla av soffan.

”Artemis!”, Declans panikslagna röst skär genom kaoset. Han griper tag i mina axlar och försöker stabilisera mig, men det är som att försöka hålla fast en strömförande ledning.

"Släpp ... mig ...", lyckas jag flämta fram mellan sammanbitna tänder, medan jag kämpar för att återfå kontrollen över min egen kropp. Det känns som om varje nervände står i brand och skickar vågor av smärta genom mitt system.

"Lugn, Artemis", mumlar Athina lugnande och ritar ett lugnande sigill i luften. Smärtan börjar avta, och jag kan äntligen andas utan att känna att jag ska splittras i en miljon bitar.

"Tack", rosslar jag och torkar svetten från pannan. "Det där var ... inte trevligt."

"Fan, du har verkligen retat upp henne", konstaterar Declan med ett bekymrat ansiktsuttryck. "Vad hittade du?"

"Slutspel", svarar jag och flämtar fortfarande efter luft. "Diana planerar något stort, och snart. Men det är som att försöka se genom en dimma – jag kunde inte få några detaljer."

"Toppen", muttrar Athina mörkt. "En tickande bomb som vi inte ens kan se."

"Någon aning om hur vi hittar henne innan hon skickar allt åt helvete?", frågar Declan med frustration i rösten.

"Låt mig tänka", fräser jag och gnuggar tinningarna för att lindra den bultande huvudvärk som har bosatt sig där. "Det här är inte direkt någon dans på rosor, förstår du."

"Förlåt." Declan ser genuint ångerfull ut. "Vi är bara oroliga. Vi måste stoppa henne innan det är för sent."

"Lita på mig, jag vet", suckar jag och tvingar mig att sitta upp. "Jag ska försöka igen. Ge mig bara ... en minut."

"Artemis, pressa dig inte för hårt", varnar Athina med ögonen fyllda av oro.

"Tack, mamma", muttrar jag, men uppskattar i hemlighet hennes oro. Jag gillar det här lika lite som de, men vi börjar få slut på alternativ. Diana är en tickande bomb,

och om vi inte kan desarmera henne i tid kan följderna
bli katastrofala.

Klockan på väggen känns som om den hånar mig,
tickar bort sekunderna medan vi kämpar för att hitta ett
sätt att stoppa Diana. Tyngden av Declans oroliga blick
borrar sig in i min rygg när jag försöker rensa tankarna
och fokusera.

"Artemis, är du säker på att du orkar med det här?",
frågar han, hans röst spänd av oro.

"Ser det ut som om vi har något val?", fräser jag, med
frustrationen bubblande under huden. "Vi måste hitta
henne, och snabbt."

Min kropp värker när jag sjunker ihop mot väggen
och försöker hämta andan. Efterdyningarna av den
senaste psykiska projektionen far fortfarande genom
mig som blixtar. Svetten sipprar nerför min panna och
mitt hjärta rusar, men jag vet att jag måste göra det igen.
Det finns inget annat val.

"Artemis", säger Declan försiktigt, hans nötbruna
ögon grumlade av oro. "Du måste ta en paus. Du pres-
sar dig själv för hårt."

"Tiden är inte direkt vår vän här, Declan." Jag tvingar
fram ett svagt leende och döljer min rädsla. "Vad Diana
än planerar kommer det att hända snart. Vi har inte
lyxen att ta pauser."

"Ditt förstånd är värt mer än några extra minuter,
Artemis", argumenterar han med låg och stadig röst.
"Om du tappar kontrollen när du är i hennes sinne, vem
vet vilken skada hon kan göra dig?"

"Declan, jag uppskattar din oro, men vi har inget
bättre alternativ." Jag reser mig upp och känner hur
rummet lutar till i protest ett ögonblick innan jag åter-
får balansen. "Jag behöver bara lite tid för att återhämta
mig, och sedan försöker jag igen."

"Okej då", muttrar han och korsar armarna över sitt breda bröst. "Men om något går snett drar du dig ur omedelbart. Vi har inte råd att förlora dig, särskilt inte nu."

"Deal", säger jag, även om tanken på att dra mig ur i förtid inte är särskilt lockande. Om jag inte hittar något användbart i Dianas sinne kan vi lika gärna gå rakt in i en massaker.

"Var försiktig, Artemis", viskar Declan. "Jag svär att om du kommer tillbaka i sämre skick än tidigare, så ska jag—"

"Tiden tickar, Declan", säger jag med fast röst. "Om vi inte stoppar Diana snart, vem vet vilket helvete hon kommer att släppa lös över regeringen och alla andra." Mina händer darrar lätt när jag försöker hålla min frustration i schack.

"Okej då", muttrar han, med ögon fyllda av oro. "Men kom ihåg vad jag sa. Om något går fel drar du dig ur. Vi kan inte förlora dig också, Artemis."

"Lita på mig, jag har inga planer på att bli martyr idag." Sarkasmen droppar från min tunga men gör lite för att lätta på spänningen som strålar genom rummet. Jag ser mig omkring på mitt team, deras ansikten fyllda av oro, och jag vet att vår tid håller på att rinna ut. Med ett djupt andetag sätter jag mig på det kalla golvet och korsar benen i en meditativ ställning.

"Okej, då kör vi", mumlar jag och blundar. Världen omkring mig bleknar bort när jag fokuserar på min andning, varje inandning fyller mig med beslutsamhet och varje utandning kastar bort mina tvivel och rädslor. Luften smakar ozon och betong och förankrar mig i det urbana landskap som har blivit vårt slagfält.

"Kom igen, Artemis", manar Athina, hennes barska röst avslöjar hennes egen ångest. "Du klarar det här."

"Tack för förtroendet", svarar jag torrt, mitt sinne redan på väg in i den välbekanta trans som krävs för astralprojektion.

”Kom ihåg—”

”Dra mig ur om det skiter sig. Fattat, Declan”, avbryter jag honom otåligt. ”Låt mig koncentrera mig nu.”

Jag känner den subtila förskjutningen när min ande lossnar från min fysiska kropp, en känsla som att ömsa ett gammalt skinn. Rummet runt omkring mig blir eteriskt och förvrängt, färgerna urtvättade och mina vänner bara skuggor av sig själva. Det är desorienterande, men jag pressar mig framåt och stålsätter mig för den förrädiska resan som väntar.

”Nu gäller det”, viskar jag för mig själv och dyker in i den virvlande malström som är Dianas sinne. De kaotiska energierna kraschar mot mig som en tidvattenvåg och hotar att svälja mig hel, men jag vägrar att låta mig avskräckas. Jag navigerar genom de mörka skrymslena av hennes psyke och söker efter minsta antydan till information som kan ge oss övertaget.

”Hitta det, Artemis”, manar jag mig själv, min astrala form flimrar som ett ljus i vinden. ”Vi har inte mycket tid på oss.”

Och med den dystra påminnelsen dyker jag djupare ner i stormen av Dianas tankar, beredd att möta vilka fasor som än väntar mig där inne.

Dianas sinne är en krigszon, hennes tankar en störtflod av skottlossning och explosioner som sliter i min själva existens. Det är desorienterande, överväldigande, men jag tvingar mig själv att fortsätta framåt, sökandes efter minsta antydan om hennes planer mitt i kaoset.

”Kom igen, din vridna häxa”, morrar jag för mig själv och letar efter tecken på svaghet i det splittrade landskapet. ”Ge mig något att arbeta med.”

När jag dyker djupare in i hennes psyke kan jag känna den ansträngning det lägger på mitt eget sinne, som hotar att krossa den bräckliga kopplingen mellan min ande och

kropp. Men jag vägrar att låta den rädslan styra mig – inte
när så mycket står på spel.

"Vad som än krävs", påminner jag mig själv och biter
ihop tänderna medan jag fortsätter min farliga resa. "Jag
kommer att stoppa dig, Diana. Lägg mina ord på minnet."

Och med den dystra beslutsamheten som driver mig
framåt, fortsätter jag in i malströmmen, beredd att möta
mörkret inuti – oavsett kostnaden.

KAPITEL SEXTON

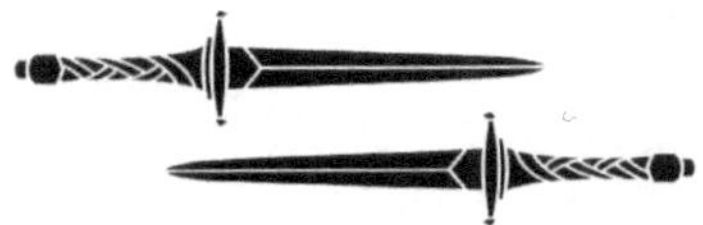

"Okej, Blackwell", mumlar jag för mig själv och sväljer hårt medan jag mentalt förbereder mig på vad som komma skall, "dags att köra en total Inception-manöver på henne."

Jag dyker djupare in i Dianas förvridna psyke och känner hur mörkret omger mig som en tjock dimma. Luften är fylld av hennes illvilliga energi, och det krävs all min koncentration för att hålla mig från att kväljas. Jag vet att jag behöver mer information, men jag leker en farlig lek – ett felsteg och jag kan bli fast här inne för evigt.

"Detaljer, Artemis. Fokusera på detaljerna", peppar jag mig själv och försöker stänga ute de kusliga viskningar som ekar genom Dianas sinne. Denna plats är en labyrint av skuggor och hemligheter, och jag har inte råd att gå vilse.

"Kom igen, din galna satmara, ge mig något att arbeta med", bönfaller jag tyst och visualiserar presskonferensen i mitt huvud. Mitt hjärta rusar när bilder av oskyldiga människor som förvandlas till viljelösa zombier blixtrar förbi mina ögon. Det är ingen vacker syn, och jag är fast besluten att inte låta det bli verklighet.

”Aha!”, utropar jag triumferande när jag lyckas avslöja den exakta tidpunkten och platsen för evenemanget. Med denna information har vi kanske en chans att stoppa Dianas sjuka plan. Men precis när jag försöker mentalt anteckna alla de avgörande detaljerna känner jag den – den hårresande känslan av att vara iakttagen.

”Skit, skit, skit”, svär jag tyst och inser att Diana har upptäckt mitt intrång. Jag kan nästan höra hennes ondskefulla skratt eka genom hennes sinne, och tanken får kalla kårar att löpa längs ryggraden.

”Avbryt uppdraget!”, beordrar jag mig själv och sliter mitt medvetande från Dianas mörka djup. Min syn blir suddig, och plötsligt känns det som om jag rycks baklänges i en våldsam fart. Den rena kraften i min utdrivning får mig att störta i golvet.

”Argh!”, skriker jag när smärta skjuter genom min kropp. Mitt huvud känns som om det ska sprängas, och jag kämpar för att hämta andan. Jävla Diana, hon vet verkligen hur man delar ut en smäll.

”Artemis!”, ropar Declan och rusar till min sida. ”Vad hände?”

”Gissa vem som just blev utkastad från tankeläsarfesten”, stönar jag och gnuggar tinningarna medan jag försöker pussla ihop den information jag lyckades få ut. ”Diana är inte glad, men vi har vad vi behöver.”

”Säg som det är”, säger Athina, med stadig röst trots spänningen som är etsad i hennes ansikte.

”Okej, så här ligger det till”, säger jag och pressar mig upp från golvet. ”Det är på presidentens presskonferens hon kommer att slå till. Hon planerar att aktivera de där jävla tankekontrollchippen i direktsänd tv och förvandla alla där till sin personliga zombiearmé.”

”Skit”, mumlar Declan tyst, och oron i hans ögon speglar mina egna tankar.

”Någon aning om hur vi kan stoppa henne?”, frågar Athina och trummar med fingrarna mot armen i väntan.

Världens tyngd vilar på mina axlar när vi samlas runt vårt improviserade krigsrum, ett rangligt gammalt bord översållat med kartor och tomma kaffekoppar. Jag kan inte låta bli att känna att vi bara är amatörer som leker spioner, men det finns ingen återvändo nu.

”Okej”, säger Declan, med sina nötbruna ögon fästa på mina. ”Vi måste hitta ett sätt att motverka Dianas kupp utan att orsaka masspanik. Idéer?”

”Kan vi inte bara ställa in evenemanget?”, föreslår Athina trevande och knackar nervöst med fingrarna mot träet. ”Få ut alla därifrån innan det ens börjar?”

Jag skakar på huvudet. ”Om Diana har reservplaner kommer det bara att göra saken värre. Vi vet inte vad hon har i rockärmen.”

”Då går vi in och slår ut henne först”, insisterar Declan och slår näven i bordet. ”En kirurgisk attack för att eliminera hotet.”

”Lugn i stormen, herr actionhjälte”, replikerar jag och försöker hålla rösten stadig trots ångesten som gnager i mig. ”Vi kan inte bara storma in med dragna vapen. För många oskyldiga människor kan hamna i korselden.”

”Vad föreslår du då att vi ska göra, Artemis?”, fräser han, med frustration tecknad över sitt vackra ansikte. ”Sitta här och rulla tummarna medan Diana förvandlar presidentens presskonferens till en zombieapokalyps?”

”Kanske vi borde försöka genskjuta henne på väg till evenemanget”, föreslår jag och följer den utstakade vägen på kartan med fingret. ”Skapa en avledningsmanöver, leda henne ur kurs. Det skulle kunna köpa oss lite tid.”

”Eller så kan det bli ett självmordsuppdrag”, kontrar Declan med spänd käke. ”Hur vet vi att Diana inte kommer att genomskåda vår list?”

Spänningen i rummet pulserar som en strömförande ledning när jag argumenterar för min sak. "Om vi går efter Diana direkt kan det få henne att påskynda sina planer. Det kan vi inte riskera."

"Vad föreslår du då?", fräser Declan, med frustration etsad i ansiktet.

"Kanske vi borde lyssna på Athina", kontrar jag och nickar mot vår mentor. Hon sitter, lugn och samlad, vid bordets huvudända. Man skulle kunna tro att hon förberedde sig för en picknick snarare än att planera en högriskoperation mot en illvillig mästerhjärna.

"Att använda råstyrka kommer inte att leda oss någonstans", säger Athina, hennes djupa bruna ögon fyllda av visdom. "Våra gåvor är kraftfulla, men de måste användas klokt. Att överlista Diana är vårt bästa alternativ."

"Ibland känns det som om du glömmer att jag också har en gåva", muttrar jag och känner det välbekanta stinget av otillräcklighet. Artemis Blackwell – utmärkt slagskämpe, skicklig strateg, men fortfarande den som behöver påminnas om sina egna styrkor.

"Din gåva är ovärderlig, Artemis", försäkrar Athina mig, med en röst som är mjuk men bestämd. "Men kom ihåg, det handlar inte bara om hur kraftfulla dina förmågor är. Det är hur du använder dem som räknas."

"Okej då", säger jag, slår handen i bordet och reser mig upp. "Vi spelar den här katt-och-råtta-leken med Diana och överlistar henne vid varje tillfälle. Men säg inte att jag inte varnade er när det går åt helvete."

"Artemis", avbryter Declan, med en ton som är mildare än förut. "Vi litar på dina instinkter. Vi är här för att stötta dig."

"Tack", mumlar jag och tvingar mig själv att möta hans blick. "Jag önskar bara att jag hade samma tro på mig själv som ni alla har."

”Lita på dig själv, Artemis”, råder Athina, med varma ögon. ”Du har styrkan inom dig att möta vilken utmaning som helst.”

”Vi får hoppas att det räcker”, suckar jag och känner tyngden av vårt uppdrag pressa ner mig som ett tusen kilo tungt städ. Vi går på lina här, med katastrofen lurande på båda sidor. Och som den som ledde oss in på denna väg är det upp till mig att se till att vi inte faller.

Med förnyad beslutsamhet förbereder vi oss för konfrontationen, i hopp mot allt hopp om att våra förenade gåvor och list ska vara tillräckligt för att överlista Dianas raseri och skydda dem som är beroende av oss.

*

Luften i vårt improviserade högkvarter är tjock av spänning när vi samlas runt bordet, belamrat med vapen och kartor. Jag kan praktiskt taget smaka på oron i rummet, även när jag försöker svälja min egen rädsla. Vi är på väg att ställas öga mot öga med Diana Foxberry, en kvinna som inte bara förrådde oss utan har spelat oss som marionettdockor i månader. Ett felsteg och vi slutar alla som hennes personliga dockor.

”Okej, team”, säger jag och försöker hålla rösten stadig. ”Låt oss gå igenom planen en gång till.”

”Är du säker på att du vill göra det här, Artemis?”, frågar Athina, hennes mörka ögon speglar oro. ”Det är inte för sent att ändra oss.”

”Självklart är jag inte säker”, fräser jag och känner en ny våg av panik skölja över mig. ”Men vi har inget val, så låt oss fokusera på det vi kan kontrollera.”

”Visst”, säger Declan, med käken spänd av beslutsamhet. ”Vi genskjuter Diana på vägen och använder Nadias telekinetiska krafter för att få henne att tro att det finns ett större problem hon måste ta itu med först.”

”Exakt”, bekräftar jag och drar fingrarna över fästet på en av knivarna som ligger på bordet. ”Vi måste vara tillräckligt övertygande för att få henne ur kurs.”

”Vilket betyder”, avbryter Athina, ”att vi behöver veta hennes minsta rörelse. Det är där du kommer in. Din telepati kommer att vara avgörande.”

Jag instämmer och nickar mot henne. ”Jag håller ett öga på hennes tankar, samtidigt som jag är försiktig så att jag inte blir påkommen.”

”Ja, för försiktig är ju ditt mellannamn”, pikar Athina försiktigt.

”Hallå!”, protesterar jag, men det är i bästa fall halvhjärtat. ”Okej, när vi väl har fått henne ur kurs måste vi agera snabbt. Vi kan inte ge henne någon tid att omgruppera sig.”

”Uppfattat”, säger Declan, tar upp en pistol och kontrollerar magasinet. ”Låt oss bara hoppas att det här fungerar.”

”Hoppas? Hoppet är sedan länge ute, Declan”, säger jag och tvingar fram ett leende. ”Vi drivs av ren, oförfalskad desperation nu.”

”Toppen. Precis vad jag ville höra”, säger han torrt och himlar med ögonen.

”Hallå, det är inte som att vi inte har varit i omöjliga situationer förut”, påminner jag honom och försöker låta mer självsäker än jag känner mig. ”Vi har alltid lyckats gå segrande ur striden.”

”Sant”, medger Athina, ”men det här är en helt ny nivå av farligt.”

”Jo, jag tackar”, muttrar jag, medan magen knyter sig. En chans till detta vågspel, det är allt vi har. En chans att spåra ur Dianas förvridna planer innan hon förvandlar vår värld till sin personliga kaosmaskin.

”Artemis”, ropar Declan och rycker mig ur mina tankar. ”Är du redo för det här?”

”Så redo jag någonsin kommer att bli”, svarar jag, tar ett djupt andetag och tränger undan min rädsla. ”Nu kör vi, team. Låt oss rädda världen... igen.”

”Låter som en plan”, flinar Athina och tar sitt valfria vapen.

”Nu sparkar vi lite förrädararsle”, tillägger Declan, och hans självförtroende är nästan smittsamt.

”Absolut”, instämmer jag och stålsätter mig för striden som väntar. Vi kanske bara har en chans, men jag är fast besluten att få den att räknas.

Jag kastar en sista blick på vår lilla grupp av missanpassade, redo för konfrontationen vi vet är på väg. Mitt hjärta bultar vilt i bröstet, men jag låser mitt fokus på uppgiften framför mig. Diana kanske blir överrumplad av vår plan, men att underskatta hennes list skulle vara ett kolossalt misstag.

”Kom ihåg”, säger jag, med rösten tjock av spänning. ”Diana har planerat den här kuppen länge. Hon kommer inte att ge sig utan en kamp.”

”Uppfattat”, svarar Athina, med smala, beslutsamma ögon.

Declan kliver närmare mig, hans nötbruna ögon brinner av intensitet. ”Artemis, lyssna på mig”, säger han och griper hårt om min arm. ”Det är du som har varit inne i hennes huvud. Hon kommer att vara ute efter dig framför allt.”

”Vad vill du ha sagt?”, fräser jag, med nerverna på helspänn.

”Jag vill ha sagt att jag håller dig om ryggen. Oavsett vad som händer kommer jag inte att låta henne komma åt dig.”

Han gör en paus, sänker rösten till en hes viskning. "Jag lovar."

"Stora ord från herr Jaguar", replikerar jag, även om jag inte kan förneka den våg av tacksamhet som sköljer över mig. "Men det är inte bara mig hon kommer att vara ute efter. Vi måste skydda varandra."

"Självklart." Hans käke spänns, beslutsamhet etsad i hans ansikte. "Men du är prioritet nummer ett."

"Okej då", muttrar jag, medveten om att det inte är någon idé att argumentera med honom när han blir så här. "Men gör inget dumdristigt heroiskt, fattat?"

"Skulle inte falla mig in", flinar han, och för ett ögonblick lättar spänningen mellan oss.

"Okej, team", ropar jag, med stadig röst trots den turbulens som virvlar inom mig. "Vi rör oss. Och kom ihåg – håll er vaksamma. Vi har att göra med en mästermanipulatör här."

"Fattat", säger Athina, och hennes ögon glimmar av förväntan.

"Nu visar vi henne vad vi går för", tillägger Declan, och hans hand snuddar vid min i en kort, lugnande beröring.

Gatljusen kastar ett sjukligt orange sken på trottoaren när vi tar oss fram genom staden, tyngden av vår plan pressar ner oss alla. En kall vindpust viner förbi och får kalla kårar att löpa längs ryggraden. Jag sneglar på Declan, som smyger fram bredvid mig som ett rovdjur redo att slå till. Athina följer efter, med nästan ljudlösa fotsteg, och jag kan känna hur hennes ögon borrar sig in i min rygg. Nadia går sist, med händerna i fickorna på sina capribyxor, och jag kan inte låta bli att le lite vid åsynen av henne. Nadia fotbollsmamman, som absolut vägrar allt som ens påminner om en stridsutrustning. Hon är en så stark telekinetiker att jag tvivlar på att någon projektil ändå skulle kunna komma nära nog för att skada henne.

”Okej”, säger jag, min röst knappt högre än det avlägsna trafikbruset. ”Vi närmar oss. Kom ihåg planen: genskjut Diana på vägen och avled hennes uppmärksamhet.”

”Längtar efter att se hennes min när hon inser att vi har henne i en fälla”, muttrar Declan och spänner fingrarna.

”Låt oss bara hoppas att hon inte har några otrevliga överraskningar som väntar på oss”, mumlar Athina, spänning i rösten.

”Lita på mig”, svarar jag och biter ihop tänderna. ”Om det är någon som vet hur man förstör någons dag, så är det Diana.”

”På tal om det”, avbryter Declan, ”hur mår du? Efter hela den där sinnesgrejen?”

”Har mått bättre”, erkänner jag, och pulsen skjuter i höjden vid minnet av att med våld ha blivit utkastad från Dianas tankar. ”Men vi har inte tid att oroa oss för det nu.”

”Var ändå försiktig, Artemis”, varnar Athina. ”Hon kommer att vara rasande när hon inser vad du har gjort.”

”Tack för påminnelsen”, muttrar jag sarkastiskt, även om jag vet att hon menar väl. Inom mig ber jag en tyst bön: Snälla, låt vår gemensamma styrka vara nog för att överlista denna hämndlystna häxa.

Plötsligt stannar Declan, och hans öron rycker till. ”Se upp”, viskar han. ”Jag hör något som kommer.”

”Gör er redo”, beordrar jag, med hjärtat bultande i bröstet. ”Nu gäller det.”

När Dianas fordon rundar hörnet sätter vi igång, och vår desperata plan att spåra ur hennes kupp inleds äntligen. Vi kan bara hoppas att våra kombinerade gåvor och förstånd kommer att vara tillräckligt för att överträffa hennes raseri.

Vi betraktar spänt från skuggorna när den eleganta svarta bilen närmar sig och stannar vid stoppljuset. Mitt hjärta dundrar i bröstet – det här är det, ögonblicket vi har väntat på.

Bredvid mig spänner sig Declan, kroppen stelnar när hans instinkter slår larm. "Det där är inte hon", väser han tyst.

Innan jag hinner reagera exploderar fordonet plötsligt i ett massivt eldklot, och explosionskraften slungar oss bakåt. Det ringer i mina öron från den öronbedövande smällen medan bitar av brinnande vrakdelar regnar ner runt omkring oss.

"Den var riggad!", ropar Athina över kaoset och kämpar för att komma på fötter.

Nadia reagerar omedelbart och kastar upp en massiv telekinetisk sköld för att innesluta explosionen och skydda eventuella åskådare. Men ansträngningen att hålla tillbaka en så kraftfull explosion pressar hennes förmågor till bristningsgränsen.

"Nadia!", ropar jag när hon kollapsar på knä, ansiktet förvridet av smärta och ansträngning. Med ett sista gutturalt skrik innesluter hon det rytande eldklotet innan hon faller ihop av utmattning.

"Hjälp henne upp", uppmanar jag Declan, innan jag vänder min uppmärksamhet mot Athina. "Är du skadad?"

Hon skakar på huvudet, ansiktet är randigt av aska men i övrigt oskadd. "Jag är okej. Men Nadia..."

Vi tittar oroligt på vår lagkamrat, som nu verkar knappt medveten. Att avleda explosionen tog varenda uns av styrka hon hade.

"Den där smällen dödade oss nästan", säger Declan med sammanbitna tänder. "Om Nadia inte hade inneslutit den..."

"Diana visste uppenbarligen att vi skulle försöka genskjuta henne", avslutar jag bistert, och bitterheten river i min hals. Självklart överlistade hon oss igen. Vi hade aldrig något övertag överhuvudtaget.

"Vilket betyder att Dianas riktiga transport kan anlända till presskonferensen vilken minut som helst", säger Athina brådskande.

Declans käke spänns, hans nötbruna ögon brinner. "Vi måste ta oss in på den där konferensen nu, innan det är för sent."

Vi tar alla tag i honom, och han kliver genom en skugga. Plötsligt är vi utanför hotellet där presskonferensen hålls.

"Artemis." Det är bara ett ord från Declan, men jag vet vad jag måste göra.

Jag nickar beslutsamt innan jag vänder fokus inåt och skannar telepatiskt efter hotellanställda vi kan utge oss för att vara. Efter ett spänt ögonblick låser jag fast mig vid en servitris och en hotellpiccolo som anländer till sina skift.

"Det här får duga", muttrar jag innan jag telepatiskt kapar deras medvetanden och gör dem medvetslösa. Jag tar servitrisens uniform och nyckelkort.

"Nu rör vi på oss", säger jag till Declan och ger honom piccolons uniform. Han byter snabbt om och vi rusar in, och för varje steg ökar min ångest. Jag kan praktiskt taget känna sekunderna ticka ner till Dianas ankomst.

Vi tar oss förbi säkerhetskontrollen utan problem – till stor del för att jag telepatiskt beordrar dem att ignorera oss – och smiter in i servicekorridoren som leder mot konferenssalen. Mina händer darrar lätt när jag drar mitt stulna personalkort och går in genom en sidodörr.

Auditoriet är redan fullpackat med reportrar och personal som väntar på presidentens ankomst. Min puls bultar när vi smälter in i det livliga rummet, dukar av bord medan vi spanar efter potentiella hot.

"Något tecken på Diana än?", frågar Declan tyst.

Jag skannar diskret rummet men hittar ännu inga spår av hennes illvilliga närvaro. "Inte än. Men det är bara en tidsfråga."

Vi fortsätter att cirkulera spänt, i väntan på ögonblicket då Diana gör sitt drag. Jag hoppas desperat att vi fortfarande kan förhindra en katastrof, men vet att oddsen är små. Hon överflyglade oss totalt.

Jag ber bara att vi kan begränsa en del av den skada som är på väg att släppas lös.

KAPITEL SJUTTON

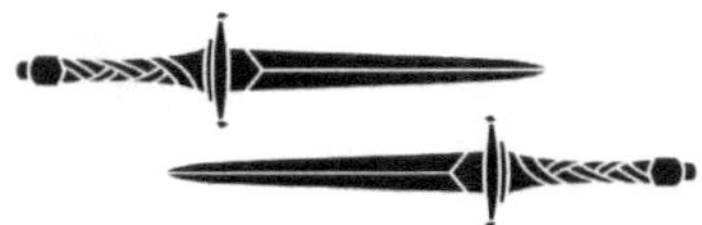

JAG KAN INTE LÅTA bli att fnysa när jag rättar till den kliande personaluniformen och försöker få den att sitta rätt på min smala men muskulösa kropp. Declan verkar ha ett liknande problem med sin egen klädsel där han drar i kragen på sin lånade skjorta.

"Fattar du att vi brukade göra det här för att försörja oss?", frågar han och höjer ett ögonbryn mot mig. Den där välbekanta skäggstubben och det ovårdade bruna håret är dolda under en keps, och jag måste erkänna att det klär honom.

"Desperata tider", muttrar jag och ser mig omkring på platsen för presskonferensen. Det kryllar av folk – politiker, journalister och Diana Foxberrys lakejer. En perfekt storm av kaos och svek.

"Kom nu, Artemis." Declan nickar mot folkmassan.

När vi slingrar oss fram genom havet av kroppar känner jag mig som ett rovdjur som smyger på sitt byte, redo att slå till. Mina gröna ögon granskar varje ansikte och letar efter tecken på igenkänning eller hot. Men allt jag ser är den oerhörda vidden av Dianas inflytande över dessa människor –

hennes sovande agenter överallt, som väntar på att utföra hennes befallningar. Det får det att krypa i skinnet på mig.

"Artemis, titta." Declan knuffar till mig och nickar mot en grupp män som verkar malplacerade bland de andra. De är inte reportrar eller politiker, men de bär samma tomma uttryck som jag har sett på Dianas andra marionetter. Jag ryser vid tanken på hur många liv hon har förvridit för att passa sina syften.

"Herregud, de är så många", viskar jag med spänd röst. "Hur ska vi kunna stoppa henne?"

"Lita på mig, vi hittar ett sätt", försäkrar Declan mig, med nötbruna ögon fyllda av beslutsamhet. "Men först ska vi fokusera på att sabotera hennes lilla föreställning här."

"Just det." Jag tar ett djupt andetag och tränger undan min rädsla. "Nu kör vi."

Medan vi fortsätter att röra oss genom folkmassan kan jag inte låta bli att känna en känsla av onda aningar. Dianas kontrollnät sträcker sig långt och brett, och det är upp till Declan och mig att klippa trådarna. Men för varje steg vi tar djupare in i fiendens territorium verkar faran bara växa.

"Var på din vakt", viskar Declan när vi tar oss fram mot kontrollrummet. "Och kom ihåg, vi gör det här tillsammans."

Jag nickar, tacksam för hans stöd. Med mitt bleka silverhår instoppat under en keps och min röda favoritläderjacka utbytt mot den här gråtrista uniformen känner jag mig nästan som om jag har förlorat en del av mig själv. Men en sak förändras aldrig – min beslutsamhet att kämpa för det som är rätt.

"Nu avslutar vi det här, Declan." Jag knyter nävarna och ärren på min vänstra kind sticker från tidigare strider. "För alla dem som inte kan slå tillbaka."

Han ger mig ett självsäkert leende, och tillsammans glider vi längre in i de skuggiga djupen av Dianas förvridna värld.

Jag känner hur spänningen kryper längs ryggraden när vi når dörren till kontrollrummet. Den är låst, förstås, men det är inget problem för Declan – med sina skugghopparförmågor kommer han att kunna slinka in utan att anstränga sig.

"Okej, här är planen", säger han, med blicken flackande som om han anade fara lurande i skuggorna. "Jag skugghoppar in i kontrollrummet och slår ut signalen som styr de där förbannade chippen. Du stannar här och distraherar Diana psykiskt om hon fattar misstankar."

"Lätt som en plätt, eller hur?", säger jag och försöker låta mer självsäker än jag känner mig.

"Precis", instämmer Declan med en beslutsam glimt i sina nötbruna ögon. "Kom bara ihåg, du är inte ensam i den här striden. Vi håller varandra om ryggen."

Jag nickar och känner plötsligt tyngden av vårt uppdrag pressa ner mig. "Ingen press, va?"

"Ingen alls." Han flinar, backar sedan in i skuggorna och hans kropp löses upp i mörker när han försvinner ur sikte.

"Sån mallgroda", muttrar jag för mig själv med hjärtat bultande i bröstet medan jag förbereder mig för den psykiska striden som väntar.

Det är kusligt tyst när jag står vid dörren och lyssnar spänt efter tecken på problem. Jag kopplar på mina psykiska förmågor, redo att skapa en distraktion med ett ögonblicks varsel. Att kunna manipulera folks sinnen har sina fördelar, men jag vill inte tänka på vilken knipa jag kommer att hamna i om Diana inser vad vi håller på med.

"Ta det lugnt, Artemis", säger jag till mig själv och tar långsamma, djupa andetag medan jag fokuserar min energi. "Du klarar det här."

Minuterna tänjs ut och blir till timmar medan jag väntar på att Declan ska ge mig signalen att han har slagit ut chippen. Mina handflator är hala av svett, mitt andetag kommer i korta, häftiga pustar.

”Kom igen, kom igen”, manar jag honom tyst och försöker att inte låta rädslan ta överhanden.

Plötsligt känner jag en skarp smärta i huvudet – det solklara tecknet på att Dianas psykiska försvar har aktiverats. Hon måste ha känt av Declans närvaro.

”Ledsen, Di”, tänker jag och biter ihop tänderna medan jag trycker tillbaka mot hennes mentala intrång. ”Inte idag.”

Jag fokuserar all min energi på att skapa en kaotisk scen i hennes sinne, i hopp om att det ska räcka för att köpa Declan den tid han behöver. Trycket byggs upp i min skalle och hotar att spräcka den, men jag vägrar att ge upp.

”Declan, skynda dig”, tänker jag och klamrar mig desperat fast vid mina snabbt sinande styrkereserver. ”Jag vet inte hur länge till jag kan hålla på så här.”

Hjärtat hamrar mot mina revben, ett eko i öronen som dödsklockans slag. Jag kan känna spänningen i luften, tjock och kvävande, medan jag väntar på att Declan ska utöva sin magi. Eller snarare, vilka mystiska krafter han nu har plockat upp sedan vårt senaste möte med Byrån.

”Okej, Artemis”, muttrar jag för mig själv och försöker fokusera på min psykiska koppling till Diana. ”Nu ser vi till att hålla igång festen.”

Som på en given signal hör jag ljudet av dundrande stövlar och dämpade rop längre ner i korridoren. Magen sjunker som en sten – vakterna har listat ut att vi är här. Och de låter inte särskilt nöjda.

”Dags för lite fyrverkerier”, tänker jag och tvingar fram ett skakigt flin medan jag samlar varenda uns av energi jag har kvar.

Med en adrenalinkick projicerar jag en bild in i Dianas sinne, får henne att se presidenten kollapsa på scenen, kippande efter andan och klösande sig på halsen. Det är ingen vacker syn, men det funkar – jag kan känna hennes psykiska grepp om mig vackla, precis tillräckligt för att jag ska kunna slita mig loss.

"Declan", viskar jag enträget genom vår telepatiska länk och hoppas att han kan höra mig över stridens larm. "Jag har köpt dig lite tid. Se nu till att få ditt lurviga arsle härifrån innan det spårar ur."

När jag ser Dianas ögon vidgas av chock vet jag att hon ser presidenten falla ihop på golvet. Det är inte på riktigt, förstås – bara ännu en illusion frammanad direkt i hennes sinne av undertecknad. Men det är nog för att köpa Declan lite tid. Och just nu är det allt vi behöver.

"Artemis", flämtar han genom vår telepatiska länk, andfådd efter att ha kämpat mot en svärm av vakter. "Jag är nästan klar. Håll bara ... håll Diana distraherad en liten stund till."

"Lätt som en plätt", svarar jag med sarkasm droppande från min mentala röst. Lättare sagt än gjort, men jag har inte mycket till val, eller hur?

"Fler vakter på väg in!", varnar Declan mig medan han tar hand om den första vågen av angripare. Ljudet av hans knytnävar som träffar kött ekar genom den tomma korridoren, avbrutet av enstaka grymtningar eller svordomar.

"Dags för plan B", muttrar jag för mig själv när jag intensifierar distraktionen och projicerar en bild av totalt kaos: folk som skriker, springer åt alla håll, trampar ner varandra i sin panik. Luften tycks vibrera av skräck, och jag kan nästan smaka adrenalinet som forsar genom folkmassans kollektiva ådror.

"Declan, är du klar än?" Min röst är spänd och förråder pressen jag känner tynga ner mig. Men inget svar, inte ens en viskning. Fan också, var är han?

"Nästan ... klar!", utbrister han till slut, triumf blandat med brådska. "Bara en sekund till ..."

"Se till att det går fort", uppmanar jag honom. "Jag kan inte hålla på så här mycket längre. Dianas fokus vacklar."

”Räkna med det”, svarar han, och sedan tystnar förbindelsen. Jag svär tyst. Jag måste hitta honom, se om han behöver någon hjälp. Det kräver en enorm ansträngning att gå och samtidigt upprätthålla mina psykiska illusioner, men på något sätt lyckas jag.

Kontrollrummet är en enda röra av trasig utrustning och besegrade vakter, tack vare Declans imponerande stridsskicklighet. Han arbetar ursinnigt vid kontrollpanelen, med fingrar som flyger medan han försöker slå ut signalen som styr chippen implanterade i Dianas sovande agenter.

”När som helst nu”, muttrar jag för mig själv och försöker hålla fast vid den psykiska illusionen som håller igång kaoset i folkmassan. Ansträngningen att upprättthålla en så komplex distraktion tar ut sin rätt, och jag känner hur mitt grepp om den börjar glida.

”Nästan där”, grymtar Declan, hans röst spänd av koncentration. ”Bara några sekunder till.”

”Bäst att du skyndar dig”, svarar jag och biter ihop tänderna när jag kämpar mot den mentala utmattningen som hotar att förtära mig. ”Jag vet inte hur länge till jag kan hålla på så här.”

”Klart!”, utropar Declan triumferande. Gnistor flyger från kontrollpanelen när han sliter ut en handfull avgörande kablar. När de förstörs börjar signalen vackla.

”Äntligen”, tänker jag, precis när de första skriken ekar genom konferenssalen.

Runt omkring oss kollapsar flera av Dianas sovande agenter och rycker våldsamt i kramper när deras sinnen plötsligt befrias från hennes kontroll. Det är en fasansfull syn, men jag kan inte låta bli att känna en bister tillfredsställelse över den oreda vi har skapat i hennes planer.

”Declan, vi måste sticka nu!”, manar jag genom sammanbitna tänder, min röst knappt hörbar över kaoset.

Dianas sinne blir glödhett av raseri när hon äntligen inser vad vi har gjort. Hennes psykiska energi väller fram som en tidvåg, och jag stålsätter mig för stöten.

Jag träffas med full kraft av Dianas vrede, och mitt väsen skälver under den obevekliga attacken. Jag kan känna hur hon försöker slita sönder mig inifrån, riva i varje fiber av min varelse. Det krävs all min styrka för att hålla ihop, men jag vet att jag inte kan hålla ut länge till.

"Håll henne distraherad", manar Declan när han skugghoppar iväg, hans röst ansträngd av oro. "Jag hittar en annan väg ut."

"Lätt för dig att säga", muttrar jag, som om det vore så enkelt att avvärja ett psykiskt raseriutbrott på hög nivå. Men jag vet att han har rätt – detta är vår enda chans att fly medan Dianas fokus är på mig.

"Är det allt du har?", slänger jag tillbaka mot Diana, i hopp om att min egen ilska ska hjälpa till att ge bränsle åt mitt motstånd.

"Förbannad vare du, Artemis", morrar Diana, och hennes psykiska angrepp intensifieras. "Du kommer inte undan med det här!"

"Se mig då", replikerar jag och biter ihop käkarna mot smärtan. Jag trycker emot med allt jag har och tvingar mitt väsen att stå emot anstormningen.

"Artemis, skynda dig!", ropar Declan från skuggorna, hans röst spänd av brådska. "Jag kommer inte att kunna hålla oss gömda mycket längre."

"Nästan ... framme ...", flämtar jag och känner hur Dianas grepp om mig börjar vackla.

"Tiden är ute!", varnar Declan, och jag vet att det är nu eller aldrig.

Med en sista viljeansträngning bryter jag mig fri från Dianas psykiska grepp och lämnar henne för ett ögonblick förbluffad. Adrenalin flödar genom min kropp när jag pilar mot Declan, och mörkret slukar oss som en skyddande mantel när han griper tag i mig och skuggvandrar oss därifrån – långt bort från Dianas psykiska räckvidd.

"Var du verkligen tvungen att låta det bli så nära ögat?", lyckas jag fråga, min röst skakig av kvarvarande smärta och adrenalin.

"Det vore inte vår stil annars", svarar han med ett svagt flin, och trots allt kan jag inte låta bli att le tillbaka.

Vi må ha vunnit den här striden, men det går inte att säga vad Diana kommer att göra härnäst.

Den kalla luften slår emot mig som en örfil när Declan och jag smiter ut ur byggnaden, och min andedräkt bildar isiga moln i mörkret. För ett ögonblick står vi bara där, flämtande, och låter kaoset därinne tona bort i bakgrunden.

Stadens neonljus flimrar och dansar över den våta asfalten när vi möter upp Athina och Nadia i en smal, graffitimålad gränd. Athina lutar sig mot en smutsig tegelvägg, hennes vita hår skimrar i det svaga ljuset, medan Nadia håller ett öga på omgivningen, med mörka ögon som är alerta och vaksamma.

"Trevligt att ni två äntligen behagade dyka upp", retas Athina med en antydan till lättnad i sina varma bruna ögon. "Hur gick det?"

"Kunde ha varit värre", säger jag, rycker av mig jackan och hänger den över armen. "Dianas lilla kupp är förstörd, för tillfället. Men hon kommer tillbaka."

"Artemis har rätt", tillägger Declan med ett spänt ansiktsuttryck. "Vi måste vara redo för vad hon än kastar på oss härnäst."

Athina fäster blicken på mig, hennes ögon söker i mitt ansikte efter någon kvarvarande svaghet från min psykiska duell med Diana. "Innan vi planerar vårt nästa drag föreslår jag att vi alla vilar lite. Du har gått igenom ett helvete ikväll, Artemis. Din kropp behöver tid för att återhämta sig."

"Vila?" Jag fnyser och korsar armarna över bröstet. "Det har jag inte tid med. Vi måste ta striden till Diana innan hon hinner omgruppera sig."

"Artemis, lyssna på Athina", inflikar Nadia, hennes röst mjuk men bestämd. "Du går på ångorna just nu, och du är inte till någon nytta för oss om du kollapsar av utmattning."

"Okej då", fräser jag, med irritation som sticker under huden. "Men vi kan inte slösa för mycket tid. Diana kommer att komma efter oss, och jag tänker vara redo för henne."

"Enig", säger Athina och ger mig en medveten nick. "Men kom ihåg, förberedelser kan se ut på många sätt. Att vila din kropp och ditt sinne är lika viktigt som att finslipa dina stridsfärdigheter."

"Vad som helst", muttrar jag, med blicken svepande över gränden som om Diana på något sätt skulle kunna materialisera sig ur skuggorna. "Låt oss bara dra härifrån innan vi blir upptäckta."

"Artemis", säger Declan och lägger sin hand på min axel, vilket grundar mig i nuet. "Vi löser det här, okej? Men just nu, låt oss följa Athinas råd och vila upp oss. Vi kommer att behöva all vår styrka för de strider som väntar."

"Okej då", suckar jag och ger vika för min mentors och partners samlade visdom. "Men vet bara att jag inte kommer att sluta förrän Diana är besegrad. Hon har gått över en gräns, och det finns ingen återvändo från det."

"Ingen av oss kommer att sluta förrän hon är stoppad", försäkrar Athina mig, hennes röst stadig och beslutsam. "Men för nu vilar vi. Och imorgon förbereder vi oss för vad som komma skall."

Jag nickar, och min beslutsamhet blossar upp som en eld i bröstet. Diana kanske har Byrån bakom sig, men jag har något mycket mäktigare på min sida: mina vänner, mina allierade och min egen okuvliga anda. Tillsammans ska vi sätta stopp för hennes förvridna ambitioner och se till att rättvisa skipas – en gång för alla.

”Fan ta henne”, muttrar jag för mig själv och knyter nävarna när bilden av Dianas självgoda, förvridna ansikte blixtrar förbi i mitt sinne. Hon är fortfarande där ute, någonstans, och smider planer på sin hämnd mot oss för att vi avslöjade hennes onda gärningar på presskonferensen. Och för varje sekund hon är på fri fot sätts fler oskyldiga liv i fara.

”Hallå, Artemis”, ropar Declan till mig och avleder mig från mina mörka tankar. ”Vi måste komma på hur vi ska varna allmänheten för Diana utan att orsaka fullskalig panik.”

”Just det”, säger jag och nickar instämmande. ”För inget skriker ’subtilt’ som att berätta för alla att det finns en galen före detta byråagent med en förkärlek för tankekontroll på fri fot.”

”Artemis, vi har inte tid för sarkasmer”, tillrättavisar Athina, med pannan rynkad av oro. ”Vi måste anta att hon kommer att slå till igen snart, och vi måste vara förberedda.”

”Okej då”, muttrar jag och tvingar mig själv att komma över min frustration. ”Några idéer om vad vi kan göra?”

”Vi kanske kan använda sociala medier?”, föreslår Garnet trevande. ”Placera ut några rykten eller något? Få folk att prata, men inte bli för rädda?”

”Att sprida skvaller är inte direkt vår starka sida”, påpekar Declan. ”Men det är bättre än inget. Och det kan ge oss några ledtrådar.”

”Eller så kan vi försöka hacka oss in i stadens övervakningssystem”, föreslår Athina. ”Se om vi kan hitta några spår av henne innan hon gör sitt nästa drag.”

”Toppen, så nu blir vi digitala stalkers”, muttrar jag och himlar med ögonen. Men innerst inne vet jag att de har rätt

– vi måste göra allt som krävs för att skydda staden från Dianas vrede.

”Lyssna, inget av det här är idealiskt”, säger Declan och hans röst mjuknar. ”Men alternativen börjar ta slut, Artemis. Vi måste agera snabbt innan hon skadar någon annan.”

”Okej”, medger jag, med en röst som knappt är mer än en viskning när tyngden av vårt ansvar lägger sig tungt på mina axlar. ”Då sätter vi igång.”

Medan vi delar upp uppgifterna och påbörjar vårt desperata sökande efter svar, finns det en tanke som fortsätter att gnaga i bakhuvudet – om Diana slår till igen, kommer vi att kunna stoppa henne i tid? Eller kommer vårt misslyckande att kosta fler oskyldiga liv?

Bara tiden kan utvisa, och just nu känns det som att tid är det enda vi inte har.

KAPITEL ARTON

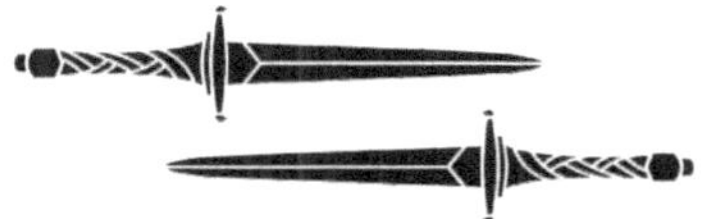

Tyngden av vårt ansvar vilar tungt på mina axlar när jag ser Athina sitta hopkrupen över sin dator och knappa febrilt. Hennes vita hår faller som en tillrufsad gloria runt hennes huvud och fångar upp det bleka skenet från skärmen. Hennes beslutsamhet är som ett kraftfält som skyddar oss från osäkerheten som virvlar genom rummet. Hon är vår bästa chans att hindra Diana från att ställa till med mer förödelse.

”Några framsteg?”, frågar jag, och rösten röjer min otålighet.

”Nästan där”, svarar hon utan att se upp, medan fingrarna flyger över tangentbordet. ”Behöver bara hitta rätt frekvens för att kunna åsidosätta kontrollchippen.”

”Bra, för vi skulle ha haft den igår”, säger jag och går rastlöst fram och tillbaka. Klockan tickar, och om vi inte sätter stopp för det här vansinnet snart vet ingen vilken sorts förödelse Diana kommer att släppa lös.

Garnet, vars ögon skuggas av den kvarvarande smärtan från hennes nyliga skador, föreslår en lösning. ”Jag kan gå på stora evenemang runt om i staden, skanna folkmassorna efter hjärntvättade deltagare. Jag ska vara diskret.”

”Är du säker på att du orkar med det?”, frågar jag och rynkar pannan av oro. ”Du har precis återhämtat dig, och vi vill inte riskera att du blir skadad igen.”

Hon ger mig en beslutsam blick, en som talar sitt tydliga språk om hennes vilja att hjälpa till. ”Jag ska vara försiktig, Artemis. Alla man på däck behövs, och jag tänker inte sitta på bänken den här gången.”

”Okej”, instämmer jag med en nick. ”Håll oss bara uppdaterade, okej?”

”Ska bli”, säger hon och börjar redan göra en lista över möjliga evenemang att gå på.

När jag vänder mig tillbaka till Athina rusar tankarna i takt med situationens allvar. Gör vi tillräckligt? Kommer vi att kunna stoppa Diana i tid? Rädslan gnager på min beslutsamhet och hotar att sluka mig hel.

”Artemis”, säger Athina med fast men mild röst. ”Jag kan praktiskt taget höra hur du tänker ända hit. Slappna av. Vi löser det här.”

”Lätt för dig att säga”, muttrar jag, men hennes ord ger mig en gnutta tröst. Om någon kan knäcka koden och avaktivera Dianas kontrollchip så är det Athina.

”Lita på mig”, fortsätter hon och tittar äntligen upp från sin dator med de där varma bruna ögonen som har väglett mig genom otaliga kriser. ”Vi har ställts inför värre saker än det här och klarat oss. Vi kommer att göra det igen.”

”Okej”, säger jag, tar ett djupt andetag och pustar långsamt ut. ”Då återgår vi till arbetet.”

Medan vi återigen försjunker i våra respektive uppgifter klamrar jag mig fast vid hoppet om att vi ska hitta ett sätt att stoppa Diana innan det är för sent. Och trots mina farhågor vet jag en sak med säkerhet – vi tänker inte ge oss utan strid.

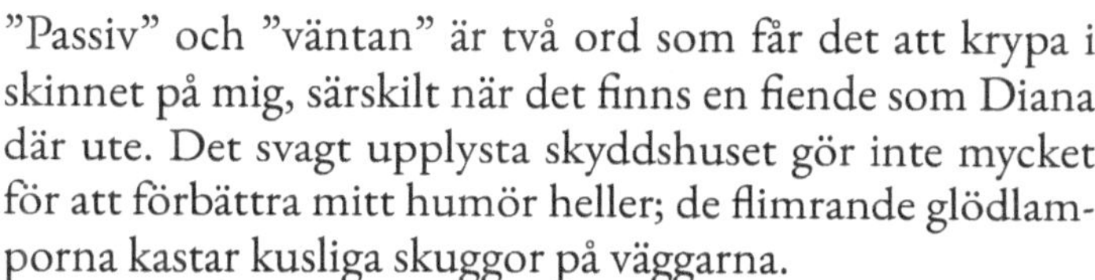

”Passiv” och ”väntan” är två ord som får det att krypa i skinnet på mig, särskilt när det finns en fiende som Diana där ute. Det svagt upplysta skyddshuset gör inte mycket för att förbättra mitt humör heller; de flimrande glödlamporna kastar kusliga skuggor på väggarna.

”Artemis”, säger Declan och rycker mig ur mina tankar. Jag sneglar på honom, och frustrationen kokar i bröstet när jag möter hans nötbruna ögon.

”Nu räcker det med det här eviga väntandet”, morrar jag och slår näven i bordet. ”Vi måste ta striden till Diana.”

”Hörru, jag vet att du är otålig”, svarar Declan med lugn men bestämd röst. ”Men vi kan inte slå till igen förrän vi vet hennes slutmål och var hon befinner sig.”

”Lätt för dig att säga”, muttrar jag och stirrar på den spruckna gipsväggen mittemot mig. ”Det är inte dig hon är ute efter.”

”Vi sitter alla i samma båt”, påminner han mig med mild ton. ”Vi kommer att hitta henne, men vi måste vara smarta. Att störta huvudstupa in i strid kommer inte att hjälpa någon.”

”Smarta? Vad sägs om att vi lockar ut henne?”, spottar jag ur mig orden, medan tankarna far runt i huvudet. ”Vi provocerar fram hennes ilska, och då kommer hon till oss.”

”Att provocera Diana är riskabelt”, invänder Declan och korsar armarna. ”Hon är oberäknelig, och vi har inte Athinas signal klar än.”

”Okej då”, medger jag och gnisslar tänder medan jag sätter mig ner igen. Det är irriterande att han har rätt, men jag vet bättre än att låta min ilska grumla mitt omdöme. Den vägen har jag gått förut, och det slutar aldrig väl.

"Låt oss fokusera på vad vi kan göra nu", föreslår Declan och ger mig ett förstående leende. Jag nickar instämmande och tar ett djupt andetag för att släppa på en del av spänningen som är hoprullad i mina muskler.

"Fortsätt arbeta med Athina på den där signalen", säger jag och tar upp en surfplatta för att granska den senaste informationen. "Och kanske ... se om det finns något vi kan göra för att hjälpa Garnet."

"Visst", svarar Declan, och jag kan höra lättnaden i hans röst. "Vi tar oss igenom det här, Artemis. Det gör vi alltid."

"Det kan du ge dig fan på att vi gör", säger jag, och beslutsamheten strömmar genom mig som elektricitet. Diana må fortfarande vara på fri fot, men inte länge till. Och när vi äntligen tränger in henne i ett hörn ska jag se till att hon aldrig skadar någon igen.

◆──◇──◆

Jag går fram och tillbaka i rummet, och frustrationen gnager i mig som en envis klåda. Att spåra Diana psykiskt har visat sig vara en farlig lek, och jag känner hur mitt sinne blir svagare för varje försök. Det är som att försöka gripa tag i en strömförande ledning och inte få en stöt.

"Artemis, sätt dig ner", säger Declan, och hans stränga röst skär genom mina tankar. "Jag blir nervös bara av att se på dig."

"Förlåt", muttrar jag och slänger mig i soffan. Mina fingrar trummar en oregelbunden rytm mot mitt lår medan jag försöker komma på ett annat sätt att hitta henne. Desperat efter en ledtråd, slänger jag ur mig: "Tänk om vi provocerar fram Dianas ilska? Tvingar ut henne i det fria?"

"Är du från vettet?", fräser Garnet med vidöppna ögon. "Det är som att peta på en björn med en pinne."

”Bättre än att sitta här och göra ingenting”, kontrar jag och stirrar på honom. ”Vi måste göra något innan hon slår till igen.”

”Att provocera Diana är riskabelt”, invänder Declan och korsar armarna. ”Hon är oberäknelig, och vi har inte Athinas signal klar än.”

”Okej då”, medger jag och gnisslar tänder medan jag sätter mig ner igen. Det är irriterande att han har rätt, men jag vet bättre än att låta min ilska grumla mitt omdöme. Den vägen har jag gått förut, och det slutar aldrig väl.

”Låt oss fokusera på vad vi kan göra nu”, föreslår Declan och ger mig ett förstående leende. Jag nickar instämmande och tar ett djupt andetag för att släppa på en del av spänningen som är hoprullad i mina muskler.

”Fortsätt arbeta med Athina på den där signalen”, säger jag och tar upp en surfplatta för att granska den senaste informationen. ”Och kanske ... se om det finns något vi kan göra för att hjälpa Garnet.”

”Visst”, svarar Declan, och jag kan höra lättnaden i hans röst. ”Vi tar oss igenom det här, Artemis. Det gör vi alltid.”

”Det kan du ge dig fan på att vi gör”, säger jag, och beslutsamheten strömmar genom mig som elektricitet. Diana må fortfarande vara på fri fot, men inte länge till. Och när vi äntligen tränger in henne i ett hörn ska jag se till att hon aldrig skadar någon igen.

Surrandet från neonskyltarna utanför vårt provisoriska gömställe känns skarpare än vanligt och kastar kusliga skuggor på de spruckna väggarna. Jag kan inte bli av med den stickande känslan i nacken, som om tusen små nålar borrar sig in i min hud. Diana är där ute, någonstans, och hon kommer inte att sluta förrän hon får vad hon vill ha. Eller tills vi stoppar henne.

”Declan”, fräser jag, och fingrarna trummar otåligt mot bordet. ”Vad tycker du att vi ska göra? Sitta och rulla tummarna medan Diana fortsätter att öka antalet dödsoffer?”

Han stirrar tillbaka på mig, och hans nötbruna ögon mörknar av frustration. "Det är inte det jag säger, Artemis. Men att medvetet agera lockbete är för farligt. Vi vet inte vad hon är kapabel till."

"Exakt", väser jag och knyter nävarna. "Och det är därför vi måste locka fram henne innan hon blir mäktigare." Mitt bröst häver sig, och adrenalinet får mitt hjärta att rusa.

"Artemis, lyssna–", börjar Declan, men Garnet avbryter honom när hon kliver in i rummet med ett triumferande leende.

"Har något", meddelar hon och viftar med en surfplatta. "Har skannat efter fler hjärntvättade agenter i staden. Det visar sig att det inte finns många kvar."

"Verkligen?", säger jag med en rynkad panna, rycker åt mig surfplattan från henne och bläddrar igenom datan. "Det här kan inte stämma. Hon hade dussintals av dem för bara några veckor sedan."

"Det verkar som att de flesta av dem avslöjades efter fiaskot med presskonferensen", förklarar Garnet och rycker på axlarna. "Antar att Diana håller på att tappa greppet."

"Eller byter taktik", muttrar Declan, och jag ger honom en förödande blick.

"Vad det än är", morrar jag och slår ner surfplattan på bordet, "har vi inte råd att vänta längre. Vi måste agera nu."

"Artemis, jag förstår din frustration", säger Declan med ansträngd röst. "Men att storma in blint kan vara att spela henne rakt i händerna."

"Vad föreslår du då?", utmanar jag och vågar honom att komma med en bättre plan.

Han tvekar, kastar en förstulen blick på Garnet innan han möter min blick igen. "Låt oss fokusera på de agenter vi har hittat för nu. Kanske finns det någon ledtråd gömd bland dem som leder oss till Diana."

"Okej då", ger jag med mig, och min ilska sjuder precis under ytan. "Men om det här inte fungerar, då gör vi det på mitt sätt."

"Okej", instämmer han, och jag ser hur lättnaden sköljer över honom. Egentligen vill jag inte heller konfrontera Diana direkt, men tanken på att hon är där ute och planerar sitt nästa drag får mitt blod att koka.

"Okej", säger jag och klappar händerna. "Garnet, fortsätt skanna efter fler agenter. Och låt oss få med Athina också. Alla man på däck behövs för det här."

"Ska bli", nickar Garnet och vänder sig redan om för att lämna rummet.

"Var försiktig, Artemis", viskar Declan när han följer efter, och hans hand vilar på min axel ett ögonblick innan han försvinner.

Jag himlar med ögonen åt hans oro, men innerst inne vet jag att han har rätt. Diana är farlig – och vi vinner inte den här striden om vi inte ligger steget före henne.

En kyla löper längs min ryggrad när jag ser på Garnets rynkade panna. Det dystra uttrycket i hennes ansikte säger mig allt jag behöver veta – vi gör inga framsteg. Mina fingrar trummar mot bordsskivan, en rastlös underström av frustration hotar att bubbla över.

"Artemis", ropar Athina, och hennes röst rycker mig ur mina tankar. "Jag är nära ett genombrott med avaktiveringssignalen. Bara lite mer tid så borde vi kunna neutralisera Dianas hjärntvättade agenter."

"Tid?", fnyser jag och korsar armarna. "Vi har inte tid, Athina. Tänk om Diana ändrar sin strategi? Vi kan inte fortsätta att hela tiden ligga steget efter."

"Lita på mig", säger hon, och hennes varma bruna ögon möter mina. "Jag förstår din oro, men att skynda på det här skulle kunna leda till katastrofala konsekvenser."

”Okej då”, medger jag genom sammanbitna tänder. ”Men om vi inte hittar henne snart, har vi missat vår chans.”

”Artemis, jag vet att du är orolig, men vi måste vara smarta i det här”, insisterar Athina, och hennes röst har en antydan till moderlig stränghet som gör att jag vill lyssna ännu mindre. ”Vi har inte råd att göra misstag.”

”Just det”, muttrar jag och vänder mig bort från hennes ogillande blick. ”Smarta. Som att sitta och vänta på att Diana ska göra sitt nästa drag.”

”Hör här”, flikar Garnet in och försöker lätta på spänningen i rummet. ”Jag skannar alla stora evenemang i staden efter tecken på hennes kontrollerade agenter. Än så länge finns det väldigt få kvar.”

”Vilket betyder exakt vad?”, kräver jag, och min otålighet kokar över. ”Att hon har slut på undersåtar? Eller gömmer hon dem bara bättre?”

”Artemis, snälla”, vädjar Athina. ”Vi gör allt vi kan. Vi kommer att lösa det här.”

”Nu räcker det”, fräser jag och slår näven i bordet. ”Vi har jagat våra egna svansar alldeles för länge. Ju längre vi väntar, desto fler möjligheter får Diana att slå till.”

”Artemis”, säger Athina mjukt och lägger en hand på min axel. ”Jag lovar dig, vi kommer att få fast henne. Bara … ha lite förtroende för oss.”

”Förtroende …”, viskar jag, och ordet smakar surt på tungan. Men jag nickar och tvingar mig själv att lita på mitt team. Åtminstone för nu.

”Bra”, säger hon milt. ”Låt mig nu fokusera på att finslipa den här avaktiveringssignalen. När den är klar kan vi agera.”

”Okej då”, ger jag med mig, och min ilska sjuder precis under ytan. ”Men om det här inte fungerar, då gör vi det på mitt sätt.”

"Okej", instämmer hon, och jag kan se lättnaden i hennes ögon. Egentligen vill jag inte heller konfrontera Diana direkt, men tanken på att hon är där ute och planerar sitt nästa drag får mitt blod att koka.

"Okej", säger jag och klappar händerna. "Garnet, fortsätt skanna efter fler agenter. Och låt oss få med Nadia och Malcolm också. Alla man på däck behövs för det här."

"Ska bli", nickar Garnet och vänder sig redan om för att lämna rummet.

"Var försiktig, Artemis", viskar Athina när hon följer efter, och hennes hand vilar på min axel ett ögonblick innan hon försvinner.

Jag himlar med ögonen åt deras oro, men innerst inne vet jag att de har rätt. Diana är farlig – och vi vinner inte den här striden om vi inte ligger steget före henne.

<hr>

Tystnaden i rummet är kvävande, varje sekund tickar förbi som om den vore tung av fasa. De enda ljuden är Athinas fingrar som trummar mot hennes tangentbord och den stadiga rytmen av mitt eget hjärta. Jag står inte ut längre; jag måste göra något, vad som helst, för att spåra upp Diana.

"Okej, det måste finnas något vi missar", muttrar jag och går fram och tillbaka i rummet som ett instängt djur. "Någon ledtråd som leder oss till hennes gömställe." Jag tar fram min telefon och skrollar igenom nyhetsflöden och inlägg på sociala medier efter tecken på hennes verk.

"Artemis, du vet att vi redan har gått igenom all den här informationen", säger Declan med lugn men bestämd röst. "Vi måste bara ha tålamod och vänta på att Athinas signal blir klar."

”Tålamod är inte direkt min starka sida, om du inte har märkt det”, fräser jag, och min frustration kokar över. ”Och varje minut vi slösar bort här innebär att fler oskyldiga människor är i fara!”

”Eller mer tid för oss att gå rakt i en fälla”, kontrar Declan och kliver närmare mig. ”Diana vill att du ska vara dumdristig, Artemis. Ge henne inte vad hon vill ha.”

”Okej då”, biter jag ihop tänderna och tvingar mig själv att ta ett djupt andetag. ”Men jag kan inte bara sitta här och göra ingenting. Det måste finnas något annat vi kan försöka med.”

”Istället för att leta efter vad som finns där, kanske vi borde leta efter vad som inte finns där?”, föreslår Declan med ett eftertänksamt uttryck i ansiktet. ”Som ett område där det plötsligt är mindre paranormal aktivitet eller ett plötsligt fall i brottsstatistiken?”

”Vänta, det är ingen dålig idé”, säger jag, och mina ögon lyser upp. ”Om Diana planerar något stort, kanske hon håller låg profil i det området för att undvika att dra till sig uppmärksamhet.”

”Exakt”, nickar han, med en antydan till lättnad i ögonen över att jag äntligen lyssnar på förnuftet. ”Så låt oss börja gå igenom datan igen, men den här gången håller vi utkik efter allt som är ... konstigt.”

”Okej då”, medger jag, fortfarande inte helt övertygad om att det kommer att leda oss någonstans. Men det är åtminstone något att göra, ett sätt att kanalisera min rastlösa energi.

Vi tillbringar timmar med att gå igenom datan och letar efter ovanliga mönster eller avvikelser. Mina ögon känns grusiga av att ha stirrat på skärmen så länge, men jag vägrar att ge upp. Det måste finnas något här, någon ledtråd som leder oss till Diana.

”Artemis, du måste ta en paus”, insisterar Declan, och hans röst är fylld av oro. ”Du har hållit på med det här i timmar.”

”Kan inte”, mumlar jag och gnuggar mina trötta ögon. ”Måste hitta henne.”

”Hallå där”, säger han milt och lägger en hand på min axel. ”Vi kommer att hitta henne, jag lovar. Men att köra slut på dig själv kommer inte att hjälpa någon.”

Jag vill argumentera, säga honom att jag inte har råd att vila när så många liv står på spel. Men innerst inne vet jag att han har rätt. Jag måste lita på mitt team, och på mig själv, om vi ska ha någon chans att stoppa Diana.

”Okej då”, muttrar jag och knyter nävarna. ”Jag håller mig lugn ... för nu.”

”Bra”, säger Declan, och lättnad breder ut sig över hans ansikte. ”Vi måste alla vara redo när det är dags.”

”På tal om att vara redo”, flikar Garnet in med dyster och allvarlig röst. ”Jag fortsätter att skanna stora evenemang efter hjärntvättade deltagare. Vi har inte råd att låta någon av Dianas sovande agenter slinka igenom nätet.”

”Tack, Garnet”, säger jag, uppriktigt tacksam för hennes hjälp. Det är inte så att jag gillar att sitta med händerna i kors medan fienden planerar sitt nästa drag. Men med Garnet som håller utkik efter problem kommer vi åtminstone att ha en aning om vad vi står inför.

”Artemis”, lägger hon till och fäster en intensiv blick på mig som får mig att känna mig sedd på ett sätt som är både tröstande och oroande. ”Du vet att jag alltid ställer upp för dig, eller hur? Oavsett vad som händer.”

”Självklart”, svarar jag och tvingar fram ett leende som känns mer som en grimas. ”Detsamma gäller för dig.”

”Okej då”, säger Declan och klappar händerna. ”Då sätter vi igång. Athina borde ha den där signalen klar snart, och vi måste vara beredda på vad än Diana kastar på oss.”

"Håller med", nickar jag och försöker skaka av mig den gnagande otåligheten som river i mina inälvor. Jag måste lita på mitt team – de har aldrig svikit mig förut, och jag vet att de inte kommer att börja nu. Men det gör inte väntan lättare.

När de andra skingras för att förbereda sig för den kommande konfrontationen tar jag ett djupt andetag och försöker fokusera på nuet. Doften av bensin från min motorcykel driver genom luften och blandas med stadslivets svaga surr strax utanför vårt gömställe. Det är nästan lugnande på ett sätt – en påminnelse om att världen fortsätter att snurra, även när vi rustar för strid.

"Hallå", ropar Declan, och hans röst rycker mig ur mina drömmar. "Du fixar det här, Artemis."

Jag sneglar på honom och finner oväntad tröst i den varma beslutsamheten som lyser i hans nötbruna ögon. "Ja", svarar jag och tvingar fram orden förbi den spända knuten av ångest som fastnat i min hals. "Vi fixar det här."

Och med det kastar jag mig in i förberedelserna och gör allt jag kan för att stålsätta mig för den kommande striden. Hur mycket jag än hatar att vänta, finns det en sak jag vet med säkerhet: när Diana gör sitt drag kommer jag att vara redo att slå tillbaka – och den här gången kommer hon inte undan.

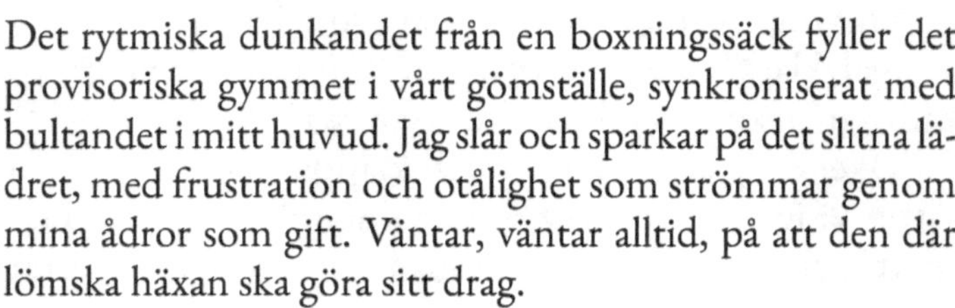

Det rytmiska dunkandet från en boxningssäck fyller det provisoriska gymmet i vårt gömställe, synkroniserat med bultandet i mitt huvud. Jag slår och sparkar på det slitna lädret, med frustration och otålighet som strömmar genom mina ådror som gift. Väntar, väntar alltid, på att den där lömska häxan ska göra sitt drag.

”Artemis”, avbryter Declans röst min träning, och hans skugga faller över mig när han närmar sig. ”Du har hållit på i timmar. Ta en paus.”

Jag grymtar och landar ett sista slag innan jag kliver tillbaka, med svett som droppar från min panna. ”När Diana dyker upp igen”, lovar jag, med knogarna vita av att ha greppat säcken så hårt, ”ska jag göra slut på henne för gott. Inga fler lekar.”

”Hallå, jag är med dig på den punkten.” Han lutar sig mot väggen med armarna i kors, och hans nötbruna ögon är fyllda av beslutsamhet. ”Kom bara ihåg, vi behöver inte göra det här ensamma. Vi är ett team, Artemis.”

”Team” känns som ett så litet ord, men det bär på en tyngd – tyngden av tillit, lojalitet och delad kamp. Jag suckar och stryker bort mitt fuktiga silverhår ur ansiktet. ”Ja, jag vet. Tack, Declan.”

”Lova mig en sak”, säger han och låser sin blick i min, stadig och orubblig. ”Lova att när vi ger oss efter Diana, så gör vi det tillsammans.”

”Okej då”, ger jag med mig med kort ton. Som om jag någonsin skulle vilja möta den här mardrömmen utan min grupp. ”Jag lovar.”

”Bra.” Han nickar, nöjd, och trycker ifrån väggen. ”Vila nu lite. Du är inte till någon nytta om du går på tomgång.”

”Vila” kanske är ett främmande koncept just nu, men jag medger motvilligt att han har en poäng. Om jag inte laddar om kommer jag att vara värdelös när det är dags att äntligen konfrontera Diana.

KAPITEL NITTON

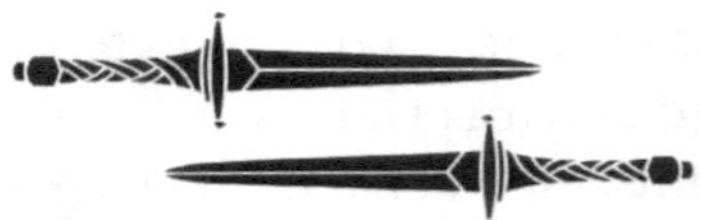

REGNET PISKAR MITT ANSIKTE som tusen isiga nålar medan jag vandrar fram och tillbaka framför det övergivna lagerhuset. Teamet är därinne, samlat runt Athinas improviserade arbetsstation medan hon meckar med sin senaste pryl. Den ska hjälpa oss att hitta Diana, men hittills har den varit ungefär lika användbar som en tekanna av choklad.

"Artemis, du kommer att nöta hål i asfalten", säger Declan och kliver ut i regnet med mig. Hans röst är lugn, men jag kan se att han är lika nervös som jag.

"För i helvete, Declan, vi slösar bort tiden!" fräser jag, och frustrationen kokar över i mig. "Diana är där ute och smider Gud vet vilka planer, och vi bara sitter på arslet och väntar på ett mirakel."

"Artemis, du vet lika väl som jag att vi måste vara förberedda", svarar han och försöker hålla sin egen otålighet i schack. "Athina jobbar så fort hon kan."

"Förberedda?" fnyser jag. "Vi har förberett oss i veckor! Och medan vi har gömt oss här, vem vet hur många oskyldiga människor Diana har skadat eller dödat? Vi måste ta striden till henne!"

"Artemis, jag förstår din ilska, men vi kan inte storma in i blindo", invänder han och griper tag i min arm för att stoppa mitt vandrande. Jag rycker tillbaka den och blänger på honom.

"Tiden är inte på vår sida", morrar jag och pekar med ett finger mot lagerhuset. "Jag litar på Athina, men varje sekund vi slösar på att få den där signalgrejen klar är en sekund till Diana får för att planera och förbereda sig."

Declan suckar och drar en hand genom sitt blöta hår. "Du har rätt. Men vi har inte råd att göra misstag. Om vi klantar till det här kan det kosta oss allt."

Han har inte fel, men det gör inte den här väntan lättare. Jag är trött på att spela defensivt. Diana är ett hot som måste elimineras, och jag kommer inte att vila förrän hon är borta.

"Okej", medger jag och lägger armarna i kors över bröstet. "Men i samma ögonblick som Athina har signalen klar ger vi oss efter henne. Inget mer sittande som skrämda kaniner."

"Enig", säger Declan, lägger en hand på min axel och klämmer till. Jag mjuknar något och lutar mig mot hans beröring.

"Lova mig, Declan", viskar jag och ser in i hans ögon. "Lova mig att när det är dags, så avslutar vi det här tillsammans."

"Jag lovar, Artemis", svarar han, med rösten fylld av beslutsamhet. "Vi ska stoppa Diana, vad det än krävs."

Det stadiga droppandet av regn mot lagerhusets tak ekar genom det tomma utrymmet, ett passande soundtrack för min växande frustration. Jag kan inte bara sitta här och vänta på Athinas signal längre. Diana är där ute, intrigerar och smider planer för vår undergång, och varje ögonblick vi ägnar åt försvar ger henne mer makt. Nej, det är dags att gå till offensiven.

"Hallå, Artemis", ropar Declan, hans röst knappt hörbar över regnets trummande. "Är allt okej?"

"Jadå", ljuger jag och håller ryggen mot honom. Jag vet att om jag ser in i de där varma, tillitsfulla ögonen kommer jag att vackla. Men det har jag inte råd med just nu. Det här är större än oss; det handlar om att stoppa ett monster.

Jag skrollar genom min telefon och låtsas vara uppslukad av någon vardaglig aktivitet. I själva verket följer jag ett digitalt spår av brödsmulor – ett som leder till Dianas möjliga gömställe. Jag hade snubblat över det under en av mina sena efterforskningar, ett riskabelt spår som ingen annan känner till. Mitt hjärta bultar när pusselbitarna faller på plats.

"Artemis?" frågar Declan igen och känner att något är fel.

"Hörru, jag behöver lite luft", fräser jag och stoppar ner telefonen i fickan. "Jag blir inte borta länge."

"Vänta–" börjar han, men jag är redan på väg bort med raska steg och lämnar honom bakom mig.

Min korpskepnad känns som frihet. De regnvåta gatorna flyter samman när jag svävar genom stadens betongraviner och jagar detta farliga spår. Det känns hänsynslöst, till och med impulsivt, men det är vad Diana minst av allt förväntar sig. Och kanske, bara kanske, är det precis vad vi behöver för att få ner henne på knä.

Jag återtar min egen form framför en övergiven byggnad, vars sönderfallande fasad döljs av skuggor. Om mina uppgifter stämmer kan Diana gömma sig här. Tanken får en rysning att gå längs ryggraden, följd av en adrenalinkick.

"Okej, din ondskefulla satmara", viskar jag. "Dags att avsluta det här."

Jag smyger genom skuggorna, varje steg medvetet och beräknat. Mina sinnen är på helspänn och anstränger sig för att uppfatta minsta tecken på Dianas närvaro. Men när jag närmar mig smyger sig tvivlet på. Tänk om Declan hade rätt? Tänk om jag går rakt i en fälla?

"Fan i det", muttrar jag för mig själv och skakar av mig osäkerheten. Det här är det enda sättet att stoppa henne, en gång för alla. Jag tänker inte låta rädsla stå i vägen.

Min hand sluter sig om dörrhandtaget, iskallt från det obevekliga regnet. Med ett djupt andetag trycker jag upp dörren och kliver in, redo att möta vad som än väntar. Och Gud hjälpe Diana om hon verkligen är här, för jag kommer inte att visa henne någon nåd.

Jag är på väg att kliva längre in i mörkret när Declans röst skär genom luften som en dolk. "Artemis, vad i helvete håller du på med?"

"Skit", väser jag och snurrar runt för att hitta honom stående i dörröppningen, dyblöt från regnet och förbannad som själva den. Hur hittade han mig ens?

"Declan, det här är inte din kamp", fräser jag. "Gå tillbaka till de andra."

"Artemis, lyssna på dig själv." Han tar ett steg framåt, med ögonen förminskade av oro. "Du spelar Diana rakt i händerna. Hon vill ha dig isolerad, avskuren från vårt stöd."

"Som om jag behöver en barnvakt", fnyser jag.

"För i helvete, Artemis!" skriker han, och frustrationen strålar från honom. "Det här handlar inte bara om dig. Vi är ett team, minns du?"

"Är vi?" morrar jag, och ilskan bubblar inom mig. "För det känns som att varje gång jag vänder mig om försöker någon hålla mig tillbaka. Säg mig, Declan, vad är det för mening med att vänta medan oskyldiga människor dör?"

"Din dumdristighet kommer inte rädda någon, Artemis", säger han mjukt och kliver närmare. "Om något, så kommer den att sätta oss alla i större fara. Jag vill inte förlora dig för att du tror att du måste bevisa något."

"Bevisa?" Ordet svider som ett slag över ansiktet. "Det här handlar inte om att bevisa något, Declan. Det handlar om att stoppa ett monster innan hon skadar någon annan."

"Låt oss hjälpa dig då", vädjar han, och desperation färgar hans röst. "Gör inte det här ensam."

Jag kastar en blick på dörren som leder djupare in i den övergivna byggnaden, sliten mellan mitt behov av hämnd och mannen som alltid har stått vid min sida. Mitt hjärta rusar, och för ett ögonblick känner jag hur tyngden av mina val pressar ner mig.

"Okej", muttrar jag. "Vi gör det på ditt sätt."

"Avtalat", säger han, och lättnad blixtrar till i hans ansikte. "Låt oss nu sticka härifrån innan vi får lunginflammation."

Han tar min hand och kliver genom skuggorna, tar oss tillbaka till gömstället, och när jag låter honom leda mig bort kan jag inte låta bli att undra: är jag verkligen stark nog att möta Diana och vinna? Eller drar jag bara ner Declan med mig i en avgrund av mörker och förtvivlan?

"Artemis", säger Declan, hans röst knappt hörbar över regnets dån mot gömställets tak. "Jag fattar. Du vill göra slut på Dianas skräckvälde, men vi måste göra det här med en plan och tillsammans som ett team."

"Planer?" fnyser jag och blänger på honom. "Våra så kallade planer har inte gjort annat än att hålla oss defensiva. Hur många människor har lidit för att vi är för rädda för att ta striden till henne?"

"Artemis", börjar han igen, med bedjande ögon, "Diana vill ha dig isolerad från oss. Ge henne inte vad hon vill ha."

"Declan, hon måste stoppas", skjuter jag tillbaka, och mina händer knyts till nävar. "Permanent."

”Då väntar vi på Athinas oskadliggörande teknologi”, bönfaller han, med desperation etsad i varje rynka i ansiktet. ”Vi har kommit för långt för att riskera allt på ett dumdristigt solouppdrag.”

”Vänta?” Min röst spricker som åska och ekar mot väggarna. ”Hur många fler liv kommer att gå förlorade medan vi sitter här och rullar tummarna? Diana kommer inte bara att sitta där och vänta på att vi ska göra ett drag!”

”Lyssna på dig själv, Artemis”, morrar Declan, och frustrationen kokar under hans ord. ”Du tänker inte klart. Vi behöver en strategi, inte bara rå styrka.”

”Att döda henne är det enda sättet”, insisterar jag, och mina fingrar böjs omedvetet som om de kliar efter att få greppa ett vapen. ”Det är det enda sättet att garantera att ingen annan dör på grund av hennes förvridna lekar.”

”Artemis, jag förstår hur du känner”, säger Declan, och hans röst mjuknar något. ”Men vi kan inte låta våra känslor styra våra handlingar. Du vet det.”

”Självklart gör jag det”, fräser jag, och ilska och frustration kämpar inom mig som tvillingstormar. ”Men det här handlar inte om känslor. Det handlar om överlevnad.”

”Okej”, medger Declan, med käken hårt sammanbiten. ”Men om vi ska göra det här, så gör vi det rätt. Vi går inte in med dragna vapen. Vi behöver en plan.”

”Sedan när har planer någonsin fungerat för oss?” fnyser jag och vandrar runt i det trånga utrymmet i vårt provisoriska högkvarter. Doften av damm och mögel hänger tjock i luften, en ovälkommen påminnelse om vår tillfälliga tillflykt från stadens faror.

”Hörru”, avbryter Declan mina tankar, hans nötbruna ögon fyllda av beslutsamhet. ”Om du är heligt inställd på att ta ut Diana, då är jag med dig. Men jag tänker inte låta dig möta henne ensam och oförberedd. Vi är ett team, minns du?”

”Okej”, muttrar jag och slutar vandra för att blänga på honom. ”Du är med.”

”Bra”, svarar han, och en antydan till lättnad flimrar över hans ansikte. ”Låt oss nu klura ut hur vi ska sänka den där satmaran en gång för alla.”

”Har du några geniala idéer?” frågar jag sarkastiskt och höjer ett ögonbryn mot honom.

”Först och främst”, säger han och ignorerar min pik. ”Vi måste hitta henne, och det innebär att följa ledtrådarna hon har lämnat efter sig.”

”Toppen”, stönar jag och himlar med ögonen. ”Ännu en meningslös jakt genom staden. Precis vad jag behöver just nu.”

”Hallå, det är bättre än att störta in i blindo”, påpekar han, och ett litet leende leker i hans mungipor. ”Så, är du redo att göra det här?”

”Så redo jag kan bli”, suckar jag och stålsätter mig för vad som komma skall. Jag kan känna tyngden av vårt uppdrag pressa ner mig som ett skruvstäd, men med Declan vid min sida vet jag att det inte finns något vi inte kan hantera.

”Då sätter vi igång”, säger Declan, och beslutsamhet lyser i hans ögon som en fackla i mörkret.

När vi börjar förbereda oss för den kommande striden kan jag inte låta bli att hoppas på att vi tillsammans ska kunna sätta stopp för Dianas skräckvälde en gång för alla.

”Vänta!” Declans röst skär genom luften precis när jag ska sätta mig på min motorcykel. Jag snurrar runt och blänger på honom. ”Vad nu då?”

”Artemis, vi måste vänta på hjälp från teamet.” Han ser på mig med de där löjligt uppriktiga nötbruna ögonen, och det krävs all min självkontroll för att inte himla med mina.

”Är du seriös?” fnyser jag och lägger armarna i kors över bröstet. ”Vi har inte tid med det, Declan.”

”Lyssna på mig”, säger han och kliver närmare, hans tonfall är enträget. ”Jag vet att du vill sänka Diana, men att gå in ensam–”

”Vem har sagt något om ensam?” fräser jag och gestikulerar mellan oss. ”Du följer med mig.”

”Det räcker inte, Artemis. Vi behöver hela teamet bakom oss, och Athinas oskadliggörande teknik.”

”Okej”, pustar jag, irriterad över hur logisk han låter. ”Så hon tar god tid på sig att få den klar. Det betyder inte att vi inte kan spana lite under tiden.”

”Att spana är en sak”, invänder Declan, ”men du pratar om att storma in i hennes lya och döda henne, utan någon uppbackning eller plan.”

”Declan–” börjar jag, men han håller upp en hand för att tysta mig.

”Artemis, varför är du så heligt inställd på att göra det här ensam?” Frågan överrumplar mig, och jag kan inte formulera ett svar. Hans ögon smalnar, och jag kan känna hur han prövar mitt känslomässiga försvar som en tjuv som testar ett lås. Förbannade karl och hans nyfunna insikt.

”Handlar det här verkligen om att skydda folk från Diana?” frågar han mjukt, och orden skär djupt. ”Eller handlar det om hämnd? Om att göra upp en gammal skuld som har förföljt dig sedan första gången hon skadade dig?”

Jag blir stel, och ilskan bubblar under min hud som smält lava. ”Du vet inte vad du pratar om”, väser jag.

”Kanske inte”, medger han, ”men jag vet att om vi rusar in i det här utan att vara helt förberedda, spelar vi henne rakt i händerna. Och jag vill inte förlora dig.”

”Declan–” Min röst brister, och jag sväljer hårt i ett försök att återfå kontrollen. ”Jag har inte råd att vänta längre. Diana måste stoppas, nu.”

”Artemis”, säger han mjukt, och hans hand kommer upp för att kupa min kind, vilket tvingar mig att se på honom. ”Jag älskar dig. Vi stoppar henne tillsammans, men först när vi har alla fördelar vi kan få. För tillfället, låt oss omgruppera med teamet och komma på en solid plan."

Mitt hjärta bultar i bröstet och hotar att sprängas av konflikten som rasar inom mig. Declans ord ekar i mitt sinne och tvingar mig att konfrontera mina egna motiv. Jag biter ihop käkarna och känner sanningens bitterhet på tungan.

"Du kanske har rätt", medger jag tyst, min röst knappt hörbar över den ylande vinden. "Jag har varit så fokuserad på att hämnas på Diana att jag har förlorat siktet på det som verkligen betyder något."

Declans ögon vidgas, och han tvekar ett ögonblick innan han drar in mig i en hård omfamning. Jag tillåter mig själv ett ögonblick av sårbarhet och låter hans värme sippra in i mina ben.

"Tack för att du fick mig att ta mitt förnuft till fånga", viskar jag, och andan hakar upp sig när jag kämpar för att hålla tillbaka tårarna. "Jag ska inte låta mitt hämndbegär grumla mitt omdöme längre."

"Artemis, jag lovar dig", säger Declan och griper min hand hårt. "Vi ska sätta stopp för Dianas skräckvälde, men vi ska göra det tillsammans, utan att ta onödiga risker."

Jag nickar och sväljer klumpen i halsen. Tyngden av vårt beslut, de liv-och-död-insatser i det vi är på väg att möta – allt hotar att krossa mig som en tidvåg. Men istället för att drunkna finner jag mig själv klamrande mig fast vid Declan som en livlina.

"Titta på oss", säger jag med ett bittert skratt när jag lutar mig mot honom, min röst knappt över en viskning. "Två skadade själar, sammanbundna av ödet eller vilken kosmisk kraft som nu bråkar med våra liv. Och ändå, efter allt vi har gått igenom... litar jag på dig mer än någon annan i den här världen."

"Artemis...", mumlar han, och hans nötbruna ögon skimrar av rå känsla. Han drar mig närmare, hans varma andedräkt snuddar vid mina läppar. "Jag älskar dig. Mer än något annat. Och jag svär vid dig, vi ska stoppa henne. För alla hon har skadat, för varje liv hon har förstört – inklusive våra."

"Självklart ska vi det", säger jag, och min röst spricker. Tårar sticker i ögonvrårna, men jag vägrar att låta dem falla. "Men först..."

"Först?" uppmuntrar han försiktigt och borstar en slinga silverhår från mitt ansikte.

"Först, låt oss påminna oss själva om varför vi kämpar", säger jag, och innan jag hinner tänka efter trycker jag mina läppar mot hans i en eldig kyss.

Våra munnar rör sig tillsammans, desperata och hungriga, som om de försökte förtära varandras smärta och rädsla. Det är en dans vi har utfört otaliga gånger förut, men ikväll känns det annorlunda – mer brådskande, mer livsviktigt. Som om i detta ögonblick existerar ingenting annat än oss och den elektriska kopplingen som binder oss samman, med hjärta och själ.

"Declan", flämtar jag när han följer min hals med kyssar, och hans händer vandrar över min kropp som om han försöker memorera varje kurva och vinkel. "Jag älskar dig också. Så jävla mycket."

"Glöm aldrig det", morrar han mot min hud, hans röst är sträv av åtrå. "Oavsett vad som händer, oavsett hur mörkt det blir... kom ihåg att vi har varandra, och tillsammans kan vi möta vad som helst."

"Vad som helst", ekar jag och överlämnar mig åt den känslostorm som hotar att förtära oss båda. För nu släpper vi våra rädslor och tvivel och förlorar oss i varandras armar – två trasiga själar som finner tröst i vetskapen om att de inte är ensamma i sitt mörker.

Värmen från Declans kropp mot min känns som ett ankare i ett stormigt hav, som binder fast mig i nuet. Hans stadiga hjärtslag är en påminnelse om att inte bara jag är vid liv, utan även han. Och tillsammans har vi en chans.

"Artemis", viskar Declan i mitt hår, och hans andedräkt kittlar mitt öra, "vi klarade det. Vi mötte våra demoner tillsammans, och vi vann."

Jag kan inte låta bli att släppa fram ett skakigt skratt när lättnaden sköljer över mig som en tidvåg. "Ja, jag antar att vi gjorde det." Mina fingrar följer de ojämna ärren på hans arm – rester från tidigare strider som påminner mig om hur långt vi har kommit.

"Lova mig en sak?" frågar jag mjukt och behöver höra orden även om jag vet vad han kommer säga.

"Vad som helst, älskling", svarar han utan tvekan.

"Lova mig att oavsett hur jävligt det blir, så kommer du alltid att hålla mig om ryggen. Att du aldrig kommer att ge upp om mig, även när jag är som värst."

"Alltid", svär han, och jag känner tyngden av hans löfte lägga sig runt oss som en skyddande sköld. "Du vet att jag skulle följa dig till helvetet och tillbaka, Artemis. Det finns inget i den här världen eller någon annan som skulle kunna ändra på det."

"Bra", mumlar jag och trycker mig närmare honom, och låter mig själv njuta av det sällsynta ögonblicket av frid vi har beviljats. Lugnet före stormen, kallar de det. Ironiskt, egentligen, med tanke på att Diana är förkroppsligandet av själva kaoset.

"Artemis?" Declans röst bryter igenom mina dagdrömmar, och jag kan känna att han brottas med något – något spöklikt tvivel som vägrar att tystas.

"Spotta ur dig det, grabben", retas jag och petar honom i revbenen. "Jag trodde vi var överens om inga hemligheter."

"Det är bara... är du säker på att du är redo för det här?" frågar han, och hans nötbruna ögon söker efter tecken på tvekan i mina. "Vi vet båda vad Diana är kapabel till, och vi har inte lyxen att ha tiden på vår sida."

"Declan", säger jag, med rösten stadig trots de virvlande känslorna inom mig, "jag har aldrig varit mer säker på något i hela mitt liv. Diana måste stoppas, och vi är de som kan göra det – tillsammans. Vi håller varandra om ryggen, minns du?"

Han nickar, och ett litet leende leker i hans mungipor när han drar mig närmare och omsluter mig i sin starka famn. "Tillsammans", ekar han, och jag kan känna kraften i det ordet genljuda genom varje fiber av min varelse.

I detta tysta ögonblick, med Declans armar omkring mig och vetskapen om att jag har besegrat mina mörkaste rädslor, finner jag en inre styrka jag aldrig visste att jag ägde. Det är en styrka jag kommer att behöva när vi möter Diana – när vi sätter stopp för denna mardröm en gång för alla.

Men för nu, när jag vilar mitt huvud på Declans bröst och lyssnar till det stadiga dunkandet av hans hjärta, unnar jag mig en kort respit från striden som väntar. Bara ett flyktigt ögonblick av frid innan vi kastar oss huvudstupa in i stormen.

KAPITEL TJUGO

LAGERLOKALEN TORNAR UPP SIG framför oss, och dess skugga sträcks ut, lång och ondskefull, av den nedgående solen. Dess rostiga, förfallna yttre döljer faran som lurar där inne. Mitt hjärta rusar och adrenalinet sjunger i mina ådror. Det är dags – vår chans att äntligen tränga in Diana i ett hörn. Dagar av ansträngning, där Athina och jag arbetat oss igenom stulna datafiler tills våra ögon var röda och ömma, har lett oss till den här platsen – men vi måste agera snabbt. Flyttbilar är beställda till imorgon, vilket betyder att Diana kommer att flytta på sig igen. Vi har bara en enda chans att fånga henne.

"Okej, allihop", säger jag till dem, med stadig röst trots stormen som rasar inom mig. "Vi måste överrumpla Diana. Smygande och överraskning är våra bästa vapen."

"Håller med", nickar Declan och hans ögon glimrar av beslutsamhet. "Athina, kan du hacka dig in i säkerhetssystemet? Vi vill inte att hon ska veta att vi kommer."

"Lätt som en plätt", flinar Athina och knappar redan på sin surfplatta. "Jag stänger av kamerorna och larmen."

”Bra”, säger jag och vänder mig till resten av gruppen. ”Garnet, jag vill att du håller uppsikt. Håll ett öga på omgivningen och varna oss om vi får oväntat sällskap.”

”Du kan lita på det”, svarar Garnet med fokuserad blick och ett stenhårt uttryck.

”Declan och jag leder anfallet”, fortsätter jag. ”Vår prioritet är att oskadliggöra Diana utan att skada oss själva eller eventuell gisslan hon kan ha. Kom ihåg, hon är listig och hänsynslös, så var på er vakt.”

”Uppfattat”, ekar Declan och knyter sina nävar medan gnistor av elektricitet dansar mellan hans fingrar.

”När vi väl har henne under kontroll”, tillägger jag, ”bedömer vi situationen och beslutar om nästa steg.”

”Låter som en solid plan”, godkänner Garnet och laddar ett nytt magasin i sin pistol.

”Nu kör vi”, säger Declan med blicken fäst på min. ”För alla hon har skadat, för allt hon har gjort – låt oss få henne att betala.”

”Fan, ja”, bekräftar jag och drar åt remmarna på mina handskar. Mina psykiska krafter surrar under huden, ivriga att släppas loss. ”Det är dags att sätta stopp för hennes skräckvälde.”

När vi intar våra positioner kan jag inte låta bli att tänka på de otaliga liv som påverkats av Dianas förvridna intriger. De oskyldiga som lidit i hennes händer. De vänner vi har förlorat.

”Håll ständig kontakt”, påminner jag dem, med låg och angelägen röst. ”Håll varandra om ryggen. Vi är ett team, och vi tar oss igenom det här tillsammans.”

”Alltid”, mumlar Declan, och hans varma andedräkt sveper över min kind när han tar ett steg närmare mig. I det ögonblicket finner jag styrka i hans orubbliga stöd.

”Okej, Athina”, säger jag, och min beslutsamhet hårdnar som stål. ”Ge oss grönt ljus.”

”Kamerorna är avstängda, larmen tystade”, rapporterar Athina, med blicken fäst vid sin surfplatta. ”Överraskningsmomentet är ert.”

”Då slösar vi inte bort det”, konstaterar jag bistert.

Ljudet av våra fotsteg sväljs av mörkret när vi smyger genom den övergivna lagerlokalen. Luften är tung av doften av förruttnelse och instängdhet, vilket får mig att undra hur länge det här stället har stått tomt.

”Ser du något?”, mumlar jag till Declan, med en röst som knappt är en viskning.

”Inget än”, svarar han och hans ögon söker av skuggorna efter tecken på Diana eller hennes hantlangare. ”Men något känns inte rätt.”

”Säg inget”, muttrar jag för mig själv, och mina psykiska sinnen sticker obehagligt. Vår plan var enkel – infiltrera hennes gömställe med list och precision, överrumpla henne och slå ut henne. Men hittills har vi bara stött på dammiga lådor och en kuslig tystnad.

”Athina”, viskar jag i min öronsnäcka, ”är du säker på att det här är rätt ställe?”

”Säker”, sprakar Athinas röst till svar. ”All underrättelseinformation pekade hit.”

”Fortsätt leta”, tillägger Garnet med en spänd ton i rösten. ”Hon måste vara här någonstans.”

Jag nickar, trots att hon inte kan se mig. Vi fortsätter framåt, med vapnen i högsta hugg, beredda att slå till vid minsta antydan till fara. Och ändå, ju djupare in i gömstället vi kommer, desto mer påträngande blir den oroande tystnaden.

”Artemis”, mumlar Declan med en orolig underton. ”Tänk om det här är en fälla?”

”Då får den smälla”, svarar jag och mitt grepp om vapnet hårdnar. ”Vi backar inte nu.”

”Håller med”, inflikar Garnet. ”Diana kommer inte undan den här gången.”

Vi fortsätter vårt sökande och navigerar genom de labyrintiska korridorerna och kamrarna. Jag kan känna mina lagkamraters ansträngda nerver, tyngden av osäkerhet och oro som vilar över oss. Men vi pressar oss framåt, drivna av vår gemensamma beslutsamhet att ställa Diana inför rätta.

"Vänta", avbryter Athinas röst plötsligt, och den brådskande tonen får oss att stanna. "Jag får in något på kamerorna – en rörelse."

"Var?", kräver jag, och mitt hjärta bultar av förväntan.

"Två rum framför er", svarar han. "Var försiktiga."

Vi utbyter spända nickningar och fortsätter, varje steg är övervägt och medvetet. Luften sprakar av löftet om konfrontation, våra sinnen är skärpta när vi närmar oss källan till störningen.

"Redo?", frågar Declan och möter min blick med tyst beslutsamhet.

"Alltid", svarar jag och gör mig redo för den uppgörelse som väntar oss.

Med en nick stormar vi in i rummet, med vapnen höjda, bara för att finna ... ingenting. Utrymmet är lika tomt som resten av detta gudsförgätna gömställe – inte ens en bortsprungen råtta som kan rättfärdiga den påstådda rörelsen.

"Athina", väser jag, och frustrationen kokar över. "Vad i helvete?"

"Måste ha varit en störning", medger hon generat. "Förlåt."

"Toppen", morrar jag och min ilska överskuggar för ett ögonblick min rädsla. "Precis vad vi behövde – fler falsklarm."

"Vi fortsätter", föreslår Garnet, med ansträngd röst. "Vi hittar henne till slut."

"Det kan du ge dig fan på att vi gör", morrar jag, och varje nerv i min kropp vibrerar av en explosiv blandning av beslutsamhet och fasa. Vilka spel Diana än spelar, vägrar jag att låta henne vinna.

"Kom igen", säger jag och vinkar åt dem att följa mig. "Ju förr vi hittar henne, desto bättre."

Och så fortsätter vi framåt, in i det kvävande mörkret och de okända fasor som väntar oss där inne.

En kyla löper längs min ryggrad när vi fortsätter att navigera i det till synes övergivna gömstället. Tystnaden är kvävande, bruten endast av våra kontrollerade fotsteg och det enstaka knarrandet från golvplankorna under oss. Jag kan inte skaka av mig den gnagande känslan av att något inte stämmer.

"Hallå där", mumlar Declan, och hans panna rynkas i oro när han ser mig gnugga armarna i ett lönlöst försök att skingra kylan. "Är du okej?"

"Ja då", fräser jag och försöker sluta med mina oroliga ryckningar. "Jag gillar bara inte det här stället. Jag får kalla kårar."

"Jag kan inte direkt klandra dig", svarar han med en grimas. "Det är som en spökstad här inne."

"På tal om det ..." avbryter jag mig när vi rundar ett hörn och ställs öga mot öga med ett klumpigt målat meddelande på väggen. Mitt hjärta sjunker när jag läser orden, vart och ett en dolk som vrids om i mitt bröst.

"Spelet är över, Artemis. Du förlorar."

"Jävla subba", svär jag för mig själv, och mina knogar vitnar när jag griper hårdare om mitt vapen. "Hon visste att vi skulle komma."

"Det verkar så", instämmer Garnet, hennes ögon smalnar när hon granskar det hånfulla meddelandet. "Vad nu?"

"Vi fortsätter söka", föreslår Declan, hans röst spänd av knappt undertryckt ilska. "Kanske har hon lämnat något efter sig som kan leda oss till henne."

”Bättre än inget”, medger jag, medan min hjärna rusar med alla sätt jag skulle vilja få Diana att betala för denna förödmjukelse. Men först måste vi hitta henne – igen.

”Okej. Vi delar på oss”, beslutar jag, min röst darrar av en blandning av frustration och fasa. ”Vi täcker mer mark på det sättet. Men var på er vakt – om det här är en avledningsmanöver finns det ingen aning om vilka andra fällor hon kan ha gillrat.”

”Uppfattat”, nickar de med beslutsamhet etsad i sina ansikten. ”Vi hittar henne, Artemis. Och när vi gör det ...”

”Ska rättvisa skipas”, avslutar jag, och orden ekar ihåligt i den tomma luften. Men det är ett löfte jag har för avsikt att hålla – oavsett vad som krävs.

”Lycka till”, säger Garnet och hennes hand på min axel ger mig ett ögonblicks tröst innan hon och Declan går iväg i motsatta riktningar och lämnar mig ensam med mina tankar och de spöklika ekona av våra fotsteg.

”Dra åt helvete, Diana”, frustar jag, mitt hjärta bultar när jag smyger genom det övergivna gömstället och letar efter någon ledtråd som kan leda oss tillbaka till henne. ”Du kommer inte undan med det här.”

Men någonstans djupt inom mig viskar en liten röst att hon kanske redan har gjort det.

Ett tungt regn piskar ner över oss när vi drar oss tillbaka från den övergivna anläggningen, och mina kängor klafsar i leran under mig. De kalla dropparna sticker mot min hud som tusen isiga nålar och speglar den bittra besvikelsen som gnager inom mig. Vi hade varit så jävla nära – eller det hade jag i alla fall trott.

"Artemis", ropar Declan genom skyfallet, hans breda axlar är hopkurade mot stormen. "Vi samlas vid vårt gömställe och listar ut vad vi ska göra."

"Ja, du har rätt." Jag tvingar fram ett ansträngt leende och försöker försäkra både honom och mig själv om att det här inte är över. Men djupt inom mig kan jag känna tvivlets tentakler krypa sig på.

Resan tillbaka till vårt gömställe sker i tystnad, var och en av oss försjunkna i våra egna tankar och frustrationer. Vi är alla genomblöta in på skinnet när vi når dörren, men kylan jag känner har mer att göra med vårt misslyckade uppdrag än mina dyngsura kläder.

"Låt oss bara gå in och torka", föreslår Garnet, hennes vanligtvis livfulla ögon är mörka av nederlag. "Kanske kan vi komma på en ny plan då."

"Låter bra", instämmer Declan och knuffar upp dörren.

Men så fort vi kliver in krossas allt hopp om att omgruppera och lägga upp en strategi av en fruktansvärd syn. Malcolms livlösa kropp ligger utslängd på golvet, med en blodpöl som breder ut sig runt honom. Andan fastnar i halsen på mig när jag tar in den makabra scenen, och mitt hjärta bultar smärtsamt i bröstet.

"Malcolm ...", får jag fram med kvävd röst och sjunker ner på knä bredvid honom. Hans violetta ögon stirrar tomt ut i fjärran, för att aldrig mer gnistra av nyfikenhet eller intelligens.

"Jävla subba!", ryter Declan och slår näven i väggen med tillräcklig kraft för att lämna en buckla. "Diana. Det var hon som gjorde det här."

"Malcolm var en bricka i hennes förvridna spel", mumlar jag, och min röst är knappt hörbar över ljudet av min egen flämtande andning. "Vi måste få henne att betala för det här."

”Artemis har rätt”, säger Declan med sammanbiten käke av raseri. ”Diana får inte komma undan med det här. Vi kommer inte att låta henne göra det.”

”Håller med”, nickar Garnet, tårarna strömmar nerför hennes kinder när hon sjunker ihop på golvet bredvid Malcolms orörliga kropp. ”Men först måste vi ta hand om Malcolm.”

”Självklart.” Mitt hjärta drar ihop sig när jag sträcker mig ut och sluter Malcolms oseende ögon och sväljer klumpen i halsen. ”Vi ska hedra honom genom att ställa Diana inför rätta.”

Jag stirrar på Malcolms livlösa kropp, utsträckt på det kalla golvet i vårt gömställe. Hans violetta ögon, en gång så fulla av nyfikenhet och intelligens, är nu tomma och matta. Den hårda verkligheten slår mig som ett slag i magen – Malcolm är borta, och det finns inget vi kan göra åt det.

”Artemis”, mumlar Declan vid min sida, hans röst är tung av sorg. ”Vi måste hålla ihop.”

”Hålla ihop?”, fräser jag och vänder mig mot honom. ”Ifall du inte har märkt det så dog just en av oss! Och allt är på grund av den där förvridna subban Diana!”

”Tro mig, jag vet”, svarar han med sammanbitna tänder. ”Men vi måste hålla oss fokuserade om vi ska ha någon chans att sänka henne.”

Garnet ser på oss, tårarna strömmar nerför hennes ansikte. ”Hur kunde hon göra så här? Hur kan någon vara så grym?”

”För att hon är ett monster”, säger jag bittert och knyter nävarna vid sidorna. ”Och hon kommer inte att sluta förrän hon har förgjort oss också.”

Tystnaden sänker sig över rummet medan vi kämpar för att bearbeta vidden av vår förlust. Skuldkänslor gnager i mig inifrån och hotar att förtära mig helt. Om jag bara hade varit mer försiktig, vidtagit bättre säkerhetsåtgärder, lämnat kvar någon för att vakta Malcolm ...

”Artemis”, viskar Garnet och jag hör att hon försöker hålla tillbaka en snyftning. ”Vad gör vi nu?”

”Först sörjer vi”, svarar jag och min röst spricker. ”Sedan ser vi till att Diana betalar för vad hon har gjort.”

”Håller med”, säger Declan och lägger en arm om Garnet för att trösta henne. ”Men vi får inte låta våra känslor fördunkla vårt omdöme. Vi måste vara smarta med det här.”

”Okej”, mumlar jag och torkar bort en ensam tår med handryggen. ”Vi omgrupperar, kommer på en plan och slår till där det gör som ondast.”

”Malcolm skulle ha velat att vi fortsatte”, säger Garnet och försöker låta tapper trots tårarna som fortfarande strömmar nerför hennes kinder. ”Han trodde på vår sak, och vi är skyldiga honom att slutföra den.”

”Fan, ja”, svarar jag och tvingar mig själv att stå rakryggad trots den förkrossande sorgen som trycker ner mig. ”Diana kanske tror att hon har vunnit, men då misstar hon sig. Vi ska hämnas Malcolm, och ingenting – inte ens döden – kommer att stå i vår väg.”

❦

Hämndbegär väller upp i magen på mig, en våldsam storm av känslor som hotar att förtära mig. Jag kan inte låta Diana komma undan med det här. Malcolm förtjänar bättre.

”Se upp”, varnar jag de andra när jag samlar min psykiska energi i en virvlande vortex runt mig. ”Jag ger mig på Diana.”

”Artemis, du måste förbereda dig först!”, ropar Declan, men jag lyssnar inte. Ilskan som strömmar genom mig är all förberedelse jag behöver. Eller så tror jag.

Min mentala attack slår emot en osynlig vägg – Dianas försvar är starkt, starkare än jag förväntat mig. Det är som att försöka tränga igenom en tegelvägg med en tandpetare. En kall, hånfull röst ekar inuti mitt huvud: "Åh, Artemis, trodde du verkligen att det skulle vara så lätt?"

"Stick från mitt huvud, din subba!" Min puls ökar, min syn blir suddig av raseri.

"Ett sådant eldigt språk för någon som inte ens kunde skydda sin egen vän." Hennes ord skär som knivar, och jag biter ihop tänderna. "Du vet, Malcolm började bli ett för stort hot mot min fars arv. Hans vetenskapliga förmågor blev alldeles för starka. Det kan vi ju inte ha, eller hur?"

"Din fars arv är en fläck på mänskligheten", väser jag, mina nävar så hårt knutna att knogarna vitnar.

"Kanske", medger Diana, hennes röst dryper av förakt. "Men det var nödvändigt. Ser du, jag är kulmen av hans livsverk, den ultimata paranormala varelsen. Och med folk som Malcolm i närheten, tja, då kunde den statusen hotas."

"Malcolm hade dock rätt om en sak", morrar jag. "Etik betyder ingenting för dig eller din familj."

"Etik är för de svaga", hånar hon. "Och det kommer verkligen inte att få tillbaka kära Malcolm."

"Artemis, sluta!", når Garnets enträgna rop mig genom ilskans dimma, och jag tvingar mig själv att dra mig tillbaka från den mentala kopplingen.

"Sa hon något användbart?", frågar Declan, hans röst spänd av oro.

"Bara att hon är ett hjärtlöst monster som dödade Malcolm för att han var ett för stort hot", svarar jag bittert. "Men det visste vi redan."

"Låt oss fokusera på vad vi kan göra nu", uppmanar Garnet och lägger en hand på min arm. "Vi måste vara smarta med det här."

”Okej.” Jag tar ett djupt andetag och trycker undan ilskan för stunden. ”Men märk mina ord: Diana kommer att få sitt om det är det sista jag gör.”

Skuld klor sig fast i mina inälvor som ett rabiessmittat djur när jag stirrar på platsen där Malcolms kropp hade legat. Luften i vårt gömställe är tjock av förtvivlan och kväver mig med varje andetag jag tar. Jag försöker fokusera, men mina tankar är en virvelvind av ilska och sorg.

”Artemis”, säger Declan med ansträngd röst. ”Vi måste prata strategi.”

”Visst”, muttrar jag och tvingar mig själv att titta bort från den plågsamma påminnelsen om vår förlust. Jag ser mig omkring i rummet, och min blick faller på varje medlem av vårt splittrade team. De är alla i sina egna privata helveten just nu, insvepta i sin sorg och kämpar för att hålla sig flytande.

”Låt oss bara ... fokusera på vad som kommer härnäst”, säger jag tyst och fäster blicken på mina knutna nävar. ”Diana kommer inte att sluta förrän hon har förgjort oss alla. Så låt oss se till att det inte händer.”

”Okej”, säger Garnet, hennes röst isande. ”Men låtsas inte som att du inte försatte Malcolm i skottlinjen, Artemis.”

”Tro mig”, svarar jag med en röst som knappt är en viskning. ”Jag behöver ingen som påminner mig om det.”

En obekväm tystnad uppstår när vi alla kämpar för att hålla ihop i vår sorg och ilska. Spänningen är påtaglig, ett mörkt stormmoln som hänger över oss.

”Artemis”, säger Declan mjukt och lägger handen på min axel. ”Du kan inte skylla på dig själv för det här. Vi visste alla vilka riskerna var när vi slog in på den här vägen. Malcolm var den som rekryterade oss i början, minns du? När han kontaktade dig för att anlita dig? Han visste vad han gav sig in på.”

"Fan, Declan", får jag fram med kvävd röst, och tårar bränner i mina ögonvrår. "Hur fixar vi det här? Hur ställer vi det till rätta?"

"Vi hittar Diana", svarar han, hans röst fylld av beslutsamhet. "Och vi får henne att betala."

*

En kyla löper längs min ryggrad när jag ser de små ljusen flacka och kasta kusliga skuggor på vårt provisoriska altare för Malcolm. Varje låga är en påminnelse om det ljus han förde in i våra liv, nu släckt för alltid. Jag sväljer hårt och försöker trycka tillbaka klumpen i halsen.

"Okej", säger Garnet mjukt, och hennes röst spricker. "Låt oss börja."

Vi turas om att dela med oss av minnen från Malcolm medan vi kramar om de småsakerna och minnessakerna vi har samlat runt ljusen. Det är ett patetiskt försök till minnesstund, men det är allt vi kan åstadkomma under dessa fruktansvärda omständigheter.

"Malcolm var ... briljant", säger jag tveksamt och vrider mina händer. "Jag minns när han först visade mig sitt labb. Han var så exalterad över de genombrott han gjorde, de liv han räddade. Och han hade den här ... elaka humorn." Ett bittert skratt undslipper mig. "Han kunde få även de värsta situationer att verka uthärdliga."

"Hans intelligens matchades endast av hans godhet", tillägger Declan, med ansträngd röst. "Han brydde sig inte om erkännande eller utmärkelser. Allt som betydde något för honom var att hjälpa andra, att göra världen till en bättre plats."

"Malcolm kunde se potentialen i oss alla", mumlar Garnet och torkar bort tårar med handryggen. "Han trodde på oss, även när vi inte trodde på oss själva."

Tystnad sänker sig över oss som en kvävande filt. Sorgens tyngd vilar tungt på våra axlar. Jag kan inte låta bli att tänka att om vi hade varit starkare, smartare, snabbare ... så kanske Malcolm fortfarande hade varit här.

”Fan”, muttrar jag för mig själv och knyter nävarna. ”Vi måste göra något. Vi kan inte låta hans död vara förgäves.”

”Artemis”, säger Garnet mjukt och rör vid min arm. ”Vi vet alla att du också lider. Men vi måste hålla ihop nu mer än någonsin. För Malcolm.”

”Visst”, säger jag med sammanbitna tänder och tvingar mig själv att släppa greppet om nävarna. ”För Malcolm.”

Som en enhet släcker vi ljusen och kastar rummet i mörker. Skuggorna verkar svälja oss hela, en skarp påminnelse om striden som väntar. Vi må vara knäckta och sörjande, men vår beslutsamhet har aldrig varit starkare. Om något har Malcolms död bara gett näring åt vår beslutsamhet att ställa Diana inför rätta och sätta stopp för hennes förvridna skräckvälde.

”Vila er lite”, säger jag till de andra, med en knappt hörbar röst. ”Imorgon börjar vi planera vårt nästa drag.”

Tystnaden som följer är öronbedövande, fylld av outtalade ånger och löften. Och när jag sluter ögonen ger jag ett tyst löfte till mig själv.

Jag ska ställa det här till rätta, Malcolm. Jag svär.

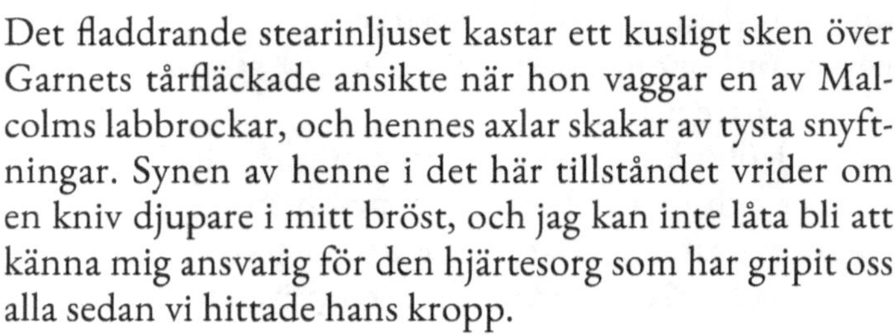

Det fladdrande stearinljuset kastar ett kusligt sken över Garnets tårfläckade ansikte när hon vaggar en av Malcolms labbrockar, och hennes axlar skakar av tysta snyftningar. Synen av henne i det här tillståndet vrider om en kniv djupare i mitt bröst, och jag kan inte låta bli att känna mig ansvarig för den hjärtesorg som har gripit oss alla sedan vi hittade hans kropp.

"Hallå där", säger jag mjukt och sätter mig bredvid henne på det kalla betonggolvet i vårt gömställe. "Garnet, se på mig."

Hon lyfter långsamt huvudet, och hennes rödgråtna ögon söker mina, och det krävs allt jag har för att inte bryta ihop under tyngden av hennes sorg. Men det har jag gjort för mycket på sistone – brutit ihop när andra behöver mig som mest.

"Malcolm skulle inte vilja att du skyllde på dig själv", säger jag till henne, trots att jag vet att det låter sig sägas när det kommer från mig. "Han älskade dig, Garnet. Och han visste precis hur mycket du älskade honom tillbaka."

"Älskar", rättar hon mig, och hennes röst spricker. "Jag älskar honom fortfarande, Artemis. Och det känns som om jag drunknar i den här smärtan, och det finns inget jag kan göra för att stoppa den."

"Hör på, jag fattar", säger jag och sväljer hårt mot klumpen som bildas i min hals. "Men vi kan inte låta Diana vinna genom att låta henne slita isär oss. Vi är starkare tillsammans, och Malcolm skulle vilja att vi fortsatte kämpa."

"Artemis", säger hon och hennes blick blir skarpare. "Hur kan du vara så säker?"

"För att jag också kände honom", svarar jag och min röst darrar. "Kanske inte lika bra som du, men tillräckligt för att veta att han trodde på oss. Han trodde på vår sak. Och nu är det upp till oss att se till att hans offer inte var förgäves."

En tung tystnad lägger sig mellan oss, endast bruten av vindens avlägsna ylande utanför. Luften är tjock av outtalade tankar, en giftig blandning av skuld, sorg och raseri som hotar att kväva oss båda.

"Gud, vad jag vill få henne att betala", viskar Garnet och knyter nävarna så hårt att hennes knogar vitnar. "Jag vill att hon ska känna varje uns av smärta hon har tillfogat oss. Honom."

”Tro mig, det vill jag också”, säger jag, min röst fylld av en giftig beslutsamhet. ”Men först måste vi vara smarta med det här. Vi har redan underskattat Diana en gång, och se vart det har lett oss.”

”Artemis”, mumlar Garnet och hennes ögon låser sig i mina. ”Lova mig en sak.”

”Vad som helst.”

”Lova mig att du inte ger dig efter henne ensam.” Hon tvekar ett ögonblick innan hon tillägger, ”Vi är i det här tillsammans, minns du?”

”Självklart”, säger jag och tvingar fram ett leende trots stormen av känslor som rasar inom mig. ”Tillsammans.”

När jag reser mig och går därifrån, med hjärtat tungt av bördan av Malcolms död, kan jag inte låta bli att reflektera över löftet jag just gav – och om jag kommer att kunna hålla det.

Diana har tagit så mycket från oss: vår trygghet, vår frid, och nu, en av våra egna. Och hur mycket jag än vill kämpa tillsammans med mitt team, finns det en del av mig som vet att jag kan behöva möta henne ensam, oavsett hur mycket jag fruktar konsekvenserna.

”Rättvisa kommer att skipas, Malcolm”, viskar jag ut i mörkret, och min beslutsamhet brinner som en eld i mitt bröst. ”Det ska jag fan se till.”

KAPITEL TJUGOETT

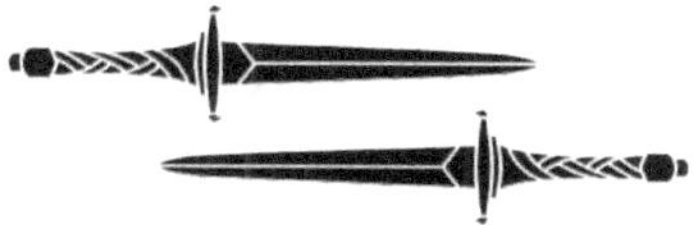

NU FÅR DET VARA nog", muttrar jag för mig själv där jag går fram och tillbaka på golvet i mitt provisoriska gömställe, medan ilskan kokar under huden på mig. Min önskan att stoppa Diana Foxberry tar över och tankarna rusar iväg med olika möjligheter. Adrenalinet forsar genom mina ådror när en ny plan tar form i mitt huvud.

"Declan", ropar jag, med stadig röst trots kaoset inombords. "Jag tror jag vet var Diana kan dyka upp härnäst."

"Var?" frågar han, och hans nyfikenhet väcks.

"Rykten på stan säger att det är ett uppmärksammat evenemang i helgen", säger jag och trummar rastlöst med fingrarna på bordet. "Tydligen är det en auktion för några sällsynta paranormala artefakter. Jag slår vad om att hon kommer att vara där. Hon vill ha mer makt, eller hur? De här ger henne det, utan att hon behöver jaga fler paranormala varelser som vid det här laget är mycket medvetna om att de jagas."

"Artemis, det där är..." Declan tvekar, och väger förmodligen för och emot att argumentera med mig. Han vet bättre än att försöka få mig på andra tankar när jag är så här.

”Perfekt, jag vet.” Jag avbryter honom innan han hinner säga något mer. ”Så här tänker jag: Jag infiltrerar evenemanget, håller ett öga på Diana och sätter dit henne en gång för alla.”

”Låter riskabelt”, mumlar han, men jag kan se att han redan är med på noterna.

”Är det inte alltid det?” säger jag spydigt med ett snett leende åt utmaningen som väntar. Men innerst inne vet jag att det är mer än bara en lek – det är personligt.

Jag ägnar de följande dagarna åt att förbereda mig för evenemanget och arbeta på min täckhistoria. Jag ska utge mig för att vara en förmögen samlare som är intresserad av att köpa en av de sällsynta artefakterna. Vem skulle inte vilja mingla med någon som hon?

”Artemis Blackwell, miljardärsarvtagerskan”, fnissar jag för mig själv när jag övar på mina repliker framför en dammig gammal spegel. Det är löjligt, men det kommer att fungera. Det måste det.

Medan jag jobbar på min täckhistoria samlar jag så mycket information om evenemanget som möjligt. Gästlistan är ett veritabelt vem är vem i den paranormala societeten – vilket gör det ännu mer troligt att Diana kommer att vara där. Hon kommer att vara desperat att överfalla och stjäla förmågor från alla hon tror att hon kan komma undan med.

”Artemis, är du säker på det här?” frågar Declan, hans nötbruna ögon fyllda av oro. Han lutar sig mot dörrkarmen till vårt gömställe, med armarna i kors över bröstet.

”Självklart är jag säker”, fräser jag och lägger på ett sista lager läppstift framför spegeln. ”Jag har förberett mig för det här ögonblicket i veckor nu. Om Diana kommer att vara där, måste jag också vara där.”

”Att använda en falsk identitet och infiltrera ett så här uppmärksammat evenemang är riskabelt”, varnar Declan mig med spänd röst. "Det är så mycket som kan gå fel. Och tänk om Diana inte ens dyker upp?"

"Hörru, Declan", säger jag och himlar med ögonen när jag vänder mig om mot honom. "Jag gör det här för att det är det bästa sättet att överrumpla henne. Jag kan klara mig alldeles utmärkt själv, tack så mycket." Min ton dryper av sarkasm, men jag kan inte hjälpa det. Det sista jag behöver just nu är hans tvivel.

"Artemis, låt inte din besatthet av att hämnas på Diana grumla ditt omdöme", replikerar han skarpt. "Du är en smart kvinna, men du kan också vara impulsiv. Vi måste samarbeta i det här, inte agera vårdslöst."

"Okej", pustar jag och vänder mig bort från honom. "Men jag vet vad jag gör, Declan. Lita bara på mig den här gången."

Declan suckar tungt, uppenbarligen inte övertygad. Men han pressar mig inte vidare. Istället ser han på mig när jag glider i ett par svarta stilettklackar som fulländar min utstyrsel. "Bara... var försiktig, okej?" säger han mjukt, hans ord fyllda av genuin oro.

"Det är jag alltid", svarar jag nonchalant, även om hjärtat bultar i bröstet som en tryckluftsborr. Jag kanske verkar självsäker, men sanningen är att jag är livrädd. Det finns ingen garanti för att den här planen kommer att fungera. Men jag måste försöka.

"Lycka till, Artemis", säger Declan med en röst som knappt är en viskning när jag går förbi honom och ut genom dörren.

"Tack", mumlar jag, med andan i halsen. "Det kommer jag att behöva."

När jag kliver ut i natten, med stadens neonljus som reflekteras på min bleka hud, känner jag en rysning av förväntan löpa längs ryggraden. Det här är det. Ögonblicket jag har väntat på – min chans att stoppa Diana en gång för alla.

Hjärtat rusar när jag går in på evenemanget under min falska identitet och förbereder mig mentalt på vad som än kan komma. Trots Declans oro vet jag att jag måste fortsätta framåt. Jag tänker inte låta min rädsla – eller någon annan – stå i min väg.

"Skål för ännu en kväll där jag låtsas vara någon jag inte är", muttrar jag för mig själv och klingar mitt champagneglas mot en osynlig partners. Den överdådiga balsalen är fylld av gäster uppklädda till tänderna och jag kan inte låta bli att känna mig som en varg i fårakläder i min designerklänning och omsorgsfullt utarbetade täckhistoria.

"Kan jag erbjuda något mer att dricka?" frågar en servitör mig, med en bricka full av olika sorters alkohol.

"En till av den här, tack", svarar jag och ger honom mitt tomma glas. Han nickar och går vidare och lämnar mig att fortsätta söka av rummet efter tecken på Diana. Min blick flackar från ett ansikte till ett annat, i jakt på det där avslöjande korta, röda håret, de där kalla gröna ögonen som kunde genomborra ens själ.

"Ursäkta", avbryter en man mina tankar och knackar mig på axeln. "Har vi setts förut?"

"Förmodligen inte", säger jag avvisande och återgår till att fokusera på folkmassan. Det är inte det att jag inte uppskattar lite flirtig uppmärksamhet, men ikväll är knappast rätt tid eller plats för det.

"Just det, förlåt", mumlar han, uppenbarligen medveten om mitt ointresse. Han avlägsnar sig och jag drar en irriterad suck när jag åter fokuserar på mitt uppdrag. Var i helvete är hon?

Precis när jag börjar undra om jag har jagat ett spöke, så är hon där – Diana själv, släntrande in i rummet med en självsäkerhet som får mitt blod att isa sig. En bitter cocktail av rädsla och raseri virvlar inom mig medan jag ser henne mingla obehindrat med folkmassan.

”Klart att du skulle dyka upp”, muttrar jag, medan mina fingrar rycker vid min sida och kliar efter min pistol eller kniv. Men jag vet bättre än att ställa till med en scen här; jag måste spela mina kort rätt, vänta på rätt ögonblick att konfrontera henne.

”Sa du något?” frågar en röst bakom mig, och jag vänder mig om och finner en elegant kvinna som betraktar mig misstänksamt.

”Jag pratade för mig själv”, erkänner jag med ett stelt leende. ”En dålig vana.”

”Aha, jag förstår”, säger hon, och hennes blick dröjer kvar på mig ett ögonblick innan hon glider iväg in i folkmassan.

Jag kan inte skaka av mig känslan av att vara iakttagen när jag följer efter Diana genom folkmassan, med klackarna klapprande mot marmorgolvet. Hon har inte lagt märke till mig än, men jag vet att det bara är en tidsfråga innan hon gör det. Och när det ögonblicket kommer, kommer jag att vara redo.

Jag tar ett djupt andetag och stålsätter mig för konfrontationen som väntar. Diana har ryggen vänd mot mig, men jag vet att hon kan känna min närvaro lika intensivt som jag känner hennes. Det är nu eller aldrig.

”Länge sen sist, Diana”, säger jag, min röst drypande av sarkasm när jag närmar mig henne bakifrån. Hon virvlar runt, hennes gröna ögon vidgas av förvåning innan de smalnar till en bister blick.

”Artemis, vilken... trevlig överraskning”, hånar hon och hennes läppar krullar sig till ett förvridet flin. ”Jag trodde inte att jag skulle få nöjet av ditt sällskap ikväll.”

”Lita på mig, nöjet är helt på min sida”, skjuter jag tillbaka och kämpar för att hålla mitt raseri i schack. ”Varför berättar du inte vad du gör här? Det är väl inte bara för snittarnas skull.”

Diana skrattar, ett kallt, ihåligt ljud som sänder en rysning längs ryggraden. "Du har alltid varit så envis, Artemis. Men jag är rädd att jag inte kommer att dela mina planer med dig den här gången."

"Synd för dig", säger jag, och mina fingrar spänns vid sidorna. "För jag går inte härifrån förrän jag får några svar."

"Jaså?" frågar hon och höjer ett ögonbryn. "Nåväl, då antar jag att vi får ta den hårda vägen."

Blixtsnabbt gör Diana ett utfall mot mig, hennes knytnäve träffar min käke innan jag ens hinner blinka. Kraften i slaget får mig att snubbla bakåt och smaken av järn fyller min mun. Smärtan blossar upp i mina kinder, men jag biter ihop tänderna och kastar mig fram, och slår tillbaka med ett eget knytnävsslag.

"Artemis, vad i helvete håller du på med?!" sprakar Declans röst i min öronsnäcka, men jag ignorerar honom, för fokuserad på striden för att svara.

Ljudet av krossat glas och panikslagna skrik fyller luften när Diana skickligt utnyttjar det efterföljande kaoset till sin fördel. Hon duckar bakom en vält utställningsmonter, precis utom räckhåll, och hånleendet på hennes läppar får min hud att krypa.

"Seriöst, Artemis?" hånar hon, hennes röst knappt hörbar över kakofonin av skräckslagna röster. "Att ta vår lilla fejd offentligt? Så otroligt... dramatiskt."

"Håll käften", väser jag genom sammanbitna tänder och söker av rummet efter hennes nästa drag. Gästerna på evenemanget skingras som skrämda möss och springer åt alla håll i sina desperata försök att undkomma blodbadet.

"Artemis!" Declans röst ljuder i min öronsnäcka, en blandning av oro och frustration. "Jag sa ju att det här var en dålig idé! Du måste ta dig därifrån!"

"Jag kan inte direkt gå nu, eller hur?" svarar jag, med blicken fäst på Diana när hon glider genom den panikslagna folkmassan och använder dem som en distraktion och en sköld mot mina attacker. Slug jävel.

"Se upp bakom dig", varnar han, och jag vet att han övervakar situationen på avstånd och förmodligen förbannar mig för att jag inte lyssnade på honom från första början.

"Det gör jag alltid", muttrar jag och kastar mig efter Diana när hon rusar mellan ett äldre par som försöker fly. De skriker och klamrar sig fast vid varandra, men jag har ingen tid för ursäkter eller lugnande ord. Det får bli senare – om det finns ett senare.

"Artemis, förbannat, lyssna på mig!" Declans röst blir alltmer angelägen. "Du sätter alla i fara!"

"Säg det till henne", fräser jag och biter ihop tänderna när jag med nöd och näppe undviker att kollidera med en servitör som bär en bricka med champagneglas. Glasen kraschar mot golvet och splittras i en miljon bitar.

"Nog!" Ett gutturalt vrål ekar genom rummet och jag tvärbromsar, med andan i halsen när jag ser Declan kasta sig in i striden. Han förvandlas till sin jaguarform mitt i språnget, en suddig fläck av gulbrun päls och böljande muskler.

"Declan, nej!" skriker jag, men det är för sent – han störtar redan mot Diana med en våldsamhet jag aldrig sett förut. Människorna skriker ännu högre, deras skräck skjuter i höjden vid åsynen av en enorm katt som river genom rummet.

"Artemis!" Hans röst är ett morrande i mitt sinne och rycker mig ur min chock. "Jag tar dig härifrån, nu!"

"Vänta, vi kan inte bara..." Men min protest faller för döva öron när Declans kraftfulla käkar sluter sig om min arm och rycker mig bort från kaoset. Hans grepp är förvånansvärt mjukt, trots vår brådskande flykt.

"Lita på mig", uppmanar han, hans mentala röst ansträngd. "Vi måste ge oss av."

När vi försvinner in i skuggorna och lämnar röran av krossat glas, spillt blod och skräckslagna människor bakom oss, kan jag inte låta bli att känna en kall knut av fasa bildas i min mage. Diana slank oss ur händerna ännu en gång, och den här gången vet hon att vi är ute efter henne.

*

Med ett sista ryck rusar Declan och jag ut ur byggnaden och ut i nattluften. Mina lungor slukar girigt det kalla syret när vi snubblar in i gränden, kaoset från insidan nu dämpat av tegelväggar.

”Förbannat, Artemis!” morrar Declan, släpper min arm och förvandlas tillbaka till sin mänskliga form, hans kläder är trasiga och fläckade av blod. ”Vad i helvete tänkte du på?”

”Trevligt att se dig också”, fräser jag och gnuggar min ömma arm där hans jaguartänder hade greppat mig. ”Jag var inte medveten om att jag behövde din tillåtelse för att jaga vår gemensamma fiende.”

”Tillåtelse?” hånar han. ”Det här handlar inte om tillåtelse – det handlar om att inte rusa rakt in i faran utan en plan!”

”Tro det eller ej, men jag hade en plan”, replikerar jag med en röst som dryper av sarkasm. ”Men jag är ledsen om min personliga vendetta mot Diana störde ditt schema.”

”Artemis, det här handlar inte om scheman eller vendettor.” Hans röst mjuknar, men ilskan brinner fortfarande i hans ögon. ”Det handlar om att hålla dig vid liv.”

”Ska jag tala om en sak för dig, Declan: jag behöver inte dig för att skydda mig”, väser jag, och mitt försvar går upp. ”Jag har klarat mig så här långt på egen hand.”

”Verkligen? För där jag stod såg det ut som att du var på väg att slitas i stycken.” Han drar en hand genom sitt rufsiga hår, med frustrationen etsad i ansiktet. ”Du kan inte låta dina känslor styra dig så där, Artemis. Det grumlar ditt omdöme.”

”Okej.” Jag biter ihop tänderna och tvingar mig själv att svälja min stolthet för ett ögonblick. ”Du har rätt, okej? Jag sabbade det. Men det som har hänt har hänt. Vi måste fokusera på att hitta Diana.”

”Först, låt oss plåstra om dig.” Han pekar på blodet som sipprar genom mina kläder och jag inser att jag i stridens hetta inte ens hade märkt smärtan. ”Diana kan vänta.”

Stinget av Declans ord dröjer sig kvar när vi tar oss tillbaka till gömstället, med hjärtat bultande i öronen. Jag vet att han har rätt, men att erkänna det högt är ett bittert piller att svälja.

”Artemis”, börjar Declan med spänd röst. ”Du måste erkänna att du lät din besatthet av Diana grumla ditt omdöme ikväll.”

”Grumla mitt omdöme?” Min ton är vass, defensiv. ”Jag försökte skydda alla från henne!”

”Genom att utsätta dig själv och andra för fara? Det är inte att skydda någon.” Han korsar armarna och hans nötbruna ögon borrar sig in i mig. ”Du kan inte fortsätta att bete dig så här, Artemis. Det är vårdslöst.”

”Vårdslöst?” fräser jag, och sedan slår tyngden av hans ord mig. Kaoset från evenemanget spelas upp i mitt huvud, tillsammans med skräcken etsad i oskyldiga ansikten. Jag känner hur det drar ihop sig i bröstet. ”Du kanske har rätt”, medger jag tyst, och all kamp rinner ur mig.

”Hörru, jag förstår att du vill ha rättvisa för det hon har gjort”, säger Declan, och hans röst mjuknar en aning. ”För Malcolm. Men vi kan inte låta våra känslor ta överhanden. Vi måste vara smarta med hur vi hanterar det här.”

En klump bildas i min hals, och jag sväljer hårt och kämpar för att hålla tillbaka tårarna. "Jag kan bara... inte låta henne komma undan med det, Declan."

"Det ska vi inte heller", försäkrar han, med ögonen fyllda av beslutsamhet. "Men vi måste vara försiktiga. Vi kan inte fortsätta att låta henne manipulera oss så här."

Jag nickar, mina händer darrar när jag tar ett djupt andetag och försöker återfå kontrollen över mina känslor. "Du har rätt", säger jag, min röst knappt en viskning. "Det som hände ikväll... det kommer inte att hända igen."

"Lova mig det", säger Declan, och hans ögon söker efter minsta antydan till tvivel i mina.

"Jag lovar." Orden känns tunga på tungan, men jag tvingar fram dem och intalar mig själv att tro på dem.

"Bra", svarar han och ger min axel en lugnande klämning innan han släpper den. "Nu plåstrar vi om dig och funderar ut vårt nästa drag – tillsammans."

<hr>

Den bultande värken i mitt huvud är obeveklig, som om ett gäng tryckluftsborrar har slagit sig ner där. Vi drar oss tillbaka till vårt gömställe och jag får slicka mina sår och mitt sårade ego.

"Sätt dig ner", beordrar Declan och pekar på en ranglig stol vid ett provisoriskt bord. Jag muttrar men lyder och grimaserar när jag sänker mig ner på sitsen.

"Här, låt mig se på det där såret." Hans röst är mjukare nu, med oro lysande i hans nötbruna ögon. Jag lutar huvudet bakåt och blottar jacket i min kind. Det är inte djupt, men det svider som fan. Dianas avskedsgåva, antar jag.

”Jävla skit”, muttrar jag för mig själv när Declan baddar såret med en fuktig trasa. Han arbetar tyst, hans stubbiga käke spänd i koncentration.

”Artemis, vi måste vara mer försiktiga”, säger han tyst. ”Vi har inte råd med fler misslyckanden som ikväll.”

”Tack för påminnelsen”, fräser jag och drar mig undan hans beröring.

”Hej, jag säger bara...”, säger han och avbryter sig själv, håller upp händerna i kapitulation. ”Vi är i det här tillsammans, minns du?”

”Just det. Tillsammans.” Min röst är tung av sarkasm, men innerst inne vet jag att han har rätt. Vi måste jobba smartare, inte hårdare.

”Låt mig lägga om det åt dig”, erbjuder han och sträcker sig efter rullen med bandage på bordet. Jag nickar och låter honom ta hand om min skada. Värmen från hans fingrar mot min hud sänder en rysning längs ryggraden, trots kylan i lagerlokalen.

”Tack”, mumlar jag, oförmögen att möta hans blick. Han nickar, förstår den outtalade ursäkten i mina ord.

”Artemis, vi kommer att lösa det här”, försäkrar han mig, hans röst fylld av beslutsamhet. ”Vi behöver bara en bättre plan.”

”Just det”, svarar jag och gnuggar mina tinningar i ett försök att lindra den bultande värken i huvudet. ”En plan som inte involverar att jag rusar in som en tjur i en porslinsbutik.”

”Exakt.” Han ler snett, väl medveten om hur mycket jag hatar att erkänna när jag har fel.

”Okej, låt oss sätta igång.” Jag reser mig upp och ignorerar min illa tilltygade kropps protester. Vi må vara blåslagna och blodiga, men vi är långt ifrån knäckta – och tillsammans ska vi se till att Diana betalar för sina brott.

När Declan är klar med att bandagera mina sår, reser han sig upp och lämnar mig ensam i det svagt upplysta hörnet av vårt gömställe. Jag stirrar på de flimrande skuggorna på väggen och ser dem dansa till en takt som bara de kan höra. Tusen tankar rusar genom mitt huvud, den ena mer förrädisk än den andra.

”Dra åt helvete, Diana”, muttrar jag för mig själv, och mina fingrar knyter sig. Hennes ansikte hemsöker varje vrå av mitt sinne, en konstant, hånfull påminnelse om den förstörelse hon har lämnat i sitt kölvatten. Hämndbegäret brinner som syra i mina ådror, men för en gångs skull tränger jag undan det. Inga fler vårdslösa beslut. Inga fler försök att spela henne rakt i händerna.

”Tänk, Artemis, tänk”, mumlar jag och söker av det röriga rummet efter inspiration. Min blick landar på en karta över staden, dess gator markerade med olika symboler – potentiella gömställen för Diana, områden där hon har setts, platser vi redan har sökt igenom. Det är ett skrämmande pussel, och vi saknar fortfarande så många bitar.

”Okej”, säger jag till mig själv och tvingar tillbaka den bitterhet som hotar att kväva mig. ”Dags att spela smart.” Jag reser mig från min stol, mina muskler protesterar mot varje rörelse, och går fram till kartan. Jag drar mitt finger över markeringarna och försöker urskilja några mönster eller samband som vi kan ha missat.

”Artemis”, ropar Declan från andra sidan rummet och avbryter mina tankar. Han står vid vårt provisoriska vapenställ, hans nötbruna ögon fyllda av oro. ”Lova mig en sak.”

”Vadå?” fräser jag, frustrerad över avbrottet, men det finns ingen riktig giftighet i mina ord. Declan ser rakt igenom min sarkasm och fientlighet.

”Lova mig att du inte kommer att låta dina personliga känslor för Diana grumla ditt omdöme igen”, säger han, hans röst fast men mild. ”Vi måste vara smartare med det här.”

"Okej", muttrar jag och vet att han har rätt. Min hämndlystnad har förblindat mig och gjort oss båda sårbara. "Jag lovar. Inga fler dumma beslut som drivs av mitt hat mot henne."

"Bra", svarar han och nickar godkännande.

"Du, du är inte helt fri från skuld du heller", skjuter jag tillbaka, med ett lekfullt flin som rycker i mina läppar. "Sluta försöka rädda mitt skinn när jag klantar mig."

"Kan inte lova det", säger han med ett leende. "Det är liksom min grej."

"Ugh, okej då", säger jag och himlar med ögonen, men inombords är jag tacksam för hans orubbliga stöd. Vi kanske gnabbas och bråkar, men i slutändan är vi ett team – bundna samman av vårt gemensamma uppdrag och vår obestridliga förbindelse.

"Okej", säger jag och vänder mig tillbaka till kartan, med stärkt beslutsamhet. "Låt oss lista ut vårt nästa drag. Tillsammans."

"Avtalat", instämmer Declan och ansluter sig till mig vid kartan. Vi granskar den, letar efter ledtrådar vi har missat, fast beslutna att sätta dit Diana en gång för alla – men den här gången ska vi göra det smart, försiktigt och beräknat. Inga fler vårdslösa rusningar rakt in i faran. Inga fler försök att spela henne i händerna.

"Redo?" frågar jag och kastar en blick på Declan. Han nickar, med ett beslutsamt sken i ögonen.

"Redo."

"Då kör vi."

KAPITEL TJUGOTVÅ

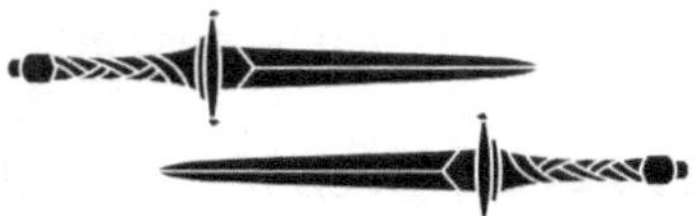

ATHINAS FINGRAR FLYGER ÖVER tangentbordet, med pannan djupt veckad i koncentration. Skenet från datorskärmen lyser upp hennes vita hår och får det att se ut som om hon bär en gloria. Jag lutar mig mot väggen med armarna i kors och ser henne utöva sin magi.

"Jag har det", säger hon triumferande, med ögon som glittrar av upphetsning. "Jag har kommit på ett sätt att neutralisera kontrollchippen som Diana har använt på hybriderna."

"Va, på riktigt?" Jag kan inte dölja misstron i min röst. Det har gått flera veckor sedan vi började leta efter en lösning – vad som helst för att ge oss ett övertag i den här oändliga katt-och-råtta-leken. Athina blänger på mig, tydligt förolämpad av min brist på tillit.

"Självklart", svarar hon, och sarkasmen dryper från varje ord. "Det tog mig bara otaliga sömnlösa nätter och tillräckligt med koffein för att döda en mindre by, men ja, på riktigt."

"Okej, okej." Jag håller upp händerna för att ge upp. "Det var inte meningen att tvivla på dig. Hur fungerar det?"

”Enkelt”, förklarar Athina och snurrar på stolen för att vända sig mot mig. ”Jag har skapat ett program som skickar en signal till chippen och i praktiken stänger ner dem. Slut med tankekontroll, slut med dockmästaren Diana.”

Jag höjer ett ögonbryn. ”Och du är säker på att det här kommer att funka?”

”Artemis, har jag någonsin svikit dig förut?” frågar hon, och låtsas vara sårad. Jag himlar med ögonen åt hennes teater, men kan inte låta bli att le brett.

”Okej, jag litar på dig. Men vad händer nu? Vi måste få ut det här programmet, eller hur?”

”Exakt”, nickar Athina och hennes min blir allvarlig igen. ”Vi måste installera det i stadens kontrollrum. När det väl är i deras system kommer det att sprida sig som en löpeld och neutralisera vartenda chip i processen.”

”Låter som en plan”, instämmer jag, och hjärtat bultar av förväntan. Det här kan vara genombrottet vi har väntat på – nyckeln till att äntligen få ett slut på Dianas skräckvälde och se till att hennes kuppförsök inte kan lyckas.

”Då sätter vi igång”, säger Athina, och beslutsamheten lyser i hennes varma, bruna ögon. ”Vi har inte ett ögonblick att förlora.”

”Just det.” Jag tar ett djupt andetag och stålsätter mig för uppdraget som väntar. Om det är en sak jag har lärt mig så är det att seger aldrig kommer lätt. Men med Athinas geni på vår sida och upprorets eld brinnande inom oss, kanske vi har en chans mot mörkret som lurar i skuggorna.

*

”Okej, gänget. Samlas här”, ropar jag och vinkar åt alla att komma till mig i det dunkelt upplysta rummet vi har använt som vårt provisoriska krigsrum.

”Låt oss gå rakt på sak”, tillkännager Athina när hon kliver in i mitten av rummet, med blicken fäst på den stora skärmen bakom henne. ”Jag har hittat ett sätt att neutralisera kontrollchippen som Diana har använt för att manipulera hybriderna."

"Är du seriös?" flämtar Nadia, och hennes ögon vidgas i en blandning av hopp och misstro.

"Dödligt seriös", svarar Athina med fast röst. Hon trycker på några tangenter och detaljerna om hennes upptäckter blixtrar till på skärmen. Luften sprakar av energi och förväntan sprider sig genom rummet.

"Vänta ett tag", avbryter Declan, och hans ögonbryn rynkas misstänksamt. "Säger du att vi kan stoppa Diana utan att ta till våld?"

"Exakt", bekräftar Athina, och en antydan till stolthet smyger sig in i hennes röst. "Mitt program kommer att göra kontrollchippen värdelösa och befria hybriderna från hennes kontroll."

"Låter för bra för att vara sant", muttrar jag med armarna i kors över bröstet. Jag vill inte få upp mina förhoppningar bara för att få dem krossade senare.

"Lita på mig, Artemis", insisterar Athina och hennes blick möter min. "Det här är vändpunkten vi har väntat på."

De andra börjar mumla instämmande, deras upphetsning är påtaglig. Men ändå är det något som gnager i mig, en orolig känsla som vägrar försvinna.

"Okej då", ger jag med mig och ger slutligen upp. "Men vi måste fokusera på att distribuera det här i stor skala samtidigt, innan Diana listar ut vad vi håller på med och börjar aktivera viruset. Vi har inte råd med några misstag."

"Håller med", nickar Athina, med beslutsamhet etsad i ansiktet. "Vi måste samarbeta och använda våra unika förmågor och styrkor för att säkerställa att planen lyckas."

"Okej", säger jag och känner hur ansvarets tyngd lägger sig på mina axlar. "Då sätter vi igång."

När vi fördjupar oss i detaljerna i Athinas plan kan jag inte låta bli att förundras över hennes briljans. Ändå vet jag att segern är långt ifrån garanterad. Vägen framåt kommer att vara förrädisk, fylld av fara och osäkerhet.

Men när jag ser mig omkring i rummet, och ser den vilda beslutsamheten i mina vänners och allierades ansikten, kan jag inte låta bli att känna en gnista av hopp. Tillsammans är vi starkare än någon fiende – till och med en så formidabel som Diana.

Och för varje steg vi tar mot att befria hybriderna från hennes kontroll, växer den där hoppgnistan sig starkare och ger bränsle åt vår beslutsamhet att kämpa till det bittra slutet.

"Okej, låt oss klura ut hur vi ska få in det här programmet i stadens kontrollrum", säger jag med händerna på höfterna medan jag överblickar vår provisoriska operationscentral. Kartor och ritningar över olika byggnader ligger utspridda över bordet, bevis på våra sena planeringssessioner.

"Varje kontrollrum är tungt bevakat, så vi kommer att behöva en samordnad insats", förklarar Athina, med lugn men auktoritär röst. "Vi delar upp oss i team. Medan några av oss skapar distraktioner, kommer resten att infiltrera kontrollrummen och installera programmet."

"Låter enkelt nog", inflikar Nadia, och hennes ögon smalnar i koncentration. "Men det är aldrig så lätt, eller hur?"

"Självklart inte", svarar Declan och himlar med ögonen. "Inget är någonsin det med oss."

"Låt oss fokusera på uppgiften", fräser jag och skär igenom deras munhuggande. "Athina, vilken typ av försvar kan vi förvänta oss?"

"Förutom de vanliga säkerhetsvakterna och övervakningskamerorna kan det finnas magiska barriärer på plats", svarar hon och trummar med fingrarna på bordet. "Vi måste vara beredda på allt."

”Toppen, precis vad jag ville höra”, muttrar jag tyst för mig själv. Hjärtat rusar, men jag trycker undan min ångest. Vi har inte tid för rädsla – det står liv på spel.

”Declan, du och jag tar hand om infiltrationen”, tillkännager jag och stålsätter mig för utmaningen. ”Våra förmågor ger oss den bästa chansen att ta oss in oupptäckta.”

”Det passar mig bra”, instämmer han och knäcker med knogarna. ”Jag har längtat efter att få testa mina skugghopparfärdigheter på något mer utmanande.”

”Under tiden kommer Nadia och de andra att ge understöd”, fortsätter Athina. ”De kommer att använda sina förmågor för att distrahera vakterna och avaktivera eventuella magiska försvar.”

”Uppfattat”, nickar Nadia, med allvarlig min. ”Vi gör vad som än krävs för att det här ska funka.”

”Okej, gänget”, säger jag och klappar ihop händerna. ”Då gör vi oss redo.”

Under de följande timmarna finslipar vi alla våra färdigheter och bekantar oss med våra specifika roller i planen. Athina går igenom infiltrationsprocessen med Declan och mig, medan Nadia övar sin telekinesi och flyttar föremål runt i rummet med lätthet.

När jag ser mina vänner förbereda sig sväller en blandning av stolthet och bävan inom mig. Vi har kommit så långt, mött så mycket – men striden är långt ifrån över. Diana kommer inte att ge sig utan en kamp, och vetskapen om att hon är där ute och väntar på oss, skickar kalla kårar längs ryggraden.

”Fokusera, Artemis”, viskar jag till mig själv och skakar av mig oron. ”Du klarar det här.”

”Är du okej?” frågar Declan, med oro i ansiktet.

”Jadå”, svarar jag och tvingar fram ett tunt leende. ”Bara ... redo att få det här överstökat.”

”Samma här”, säger han och klappar mig på axeln. ”Men vi fixar det här. Vi är ett jävla bra team.”

"Det kan du lita på", instämmer jag, och hans ord stärker min beslutsamhet. "Låt oss avsluta det här en gång för alla."

Med våra förmågor finslipade och våra roller klara för oss, samlas vi runt bordet en sista gång, med beslutsamhet brinnande i våra ögon. Nu finns det ingen återvändo – otaliga livs öde vilar i våra händer.

"Redo?" frågar jag, med rösten spänd av förväntan.

"Född redo", flinar Declan, och hans ögon glimmar av självförtroende. Nadia nickar, hennes ansikte avslöjar ingen antydan om fotbollsmamman hon en gång var.

"Nu kör vi", säger jag, och vi kastar oss in i handlingen.

Declan tar ledningen, och hans förmåga att hoppa mellan skuggor gör att han kan slinka igenom sprickorna i stadens försvar som en viskning i mörkret. Han rör sig så smidigt att det nästan är oroande. Men jag kan inte förneka hur effektivt det är.

"Klart", viskar han i våra öronsnäckor, och jag känner hur spänningen i mina muskler släpper en aning. "Artemis, din tur."

"På tiden", muttrar jag tyst för mig själv när jag närmar mig den första barriären – en grupp vakter vars sinnen är mogna att tas över. Mina ögon låser sig vid var och en, min tankekontroll slingrar sig runt deras tankar som rökslingor och kväver all misstänksamhet eller motstånd.

"Gå vidare, gott folk", befaller jag dem, med kall och fast röst. "Inget att se här." Deras tomma blickar säger mig att de har svalt betet.

"Snyggt jobbat", mumlar Nadia innan hon fokuserar sin telekinesi på den tunga dörren som blockerar vår väg. Hennes panna rynkas när hon koncentrerar sig, och dörren stönar i protest innan den sakta svänger upp.

"Skojare", retas jag, men det finns inget riktigt sting bakom mina ord. Vi skulle inte vara här utan hennes förmågor, och jag är mer än tacksam för hennes hjälp.

"Okej, gänget", säger jag, och hjärtat bultar i bröstet när vi går in i det första kontrollrummet. "Låt oss göra Athina stolt."

Vi delar upp oss och jobbar snabbt och tyst med att installera Athinas program.

"Klart", viskar Declan, och jag undertrycker en lättnadens suck när jag avslutar min egen installation. "Inga larm. Det är lugnt."

"Fortsätt så", uppmanar jag dem, medveten om att vi fortfarande har en lång väg framför oss. Men denna lilla seger tänder en eld inom mig och ger bränsle åt min beslutsamhet att sätta stopp för Dianas skräckvälde en gång för alla.

"Nu rör vi oss", säger jag och leder dem ut ur kontrollrummet och in i skuggorna igen. Striden må vara långt ifrån över, men så länge vi står enade finns det inget vi inte kan övervinna. Och för varje steg vi tar glider Dianas kontroll allt längre mellan hennes fingrar.

*

"Okej, gänget", säger jag och överblickar den svagt upplysta tunneln som leder till nästa kontrollrum. "En avklarad, flera kvar. Låt oss hålla farten uppe."

"En barnlek", flinar Declan, och hans självförtroende smittar av sig.

"Schh", väser Nadia, hennes instinkter på helspänn för alla potentiella hot. Våra skuggor tycks dansa längs väggarna när vi rör oss framåt, en kuslig påminnelse om att trots vår första framgång lurar faran fortfarande runt varje hörn.

"Nästa kontrollrum borde vara precis runt det här hörnet", viskar Nadia, med blicken låst på kartan Athina gav oss.

"Då sätter vi igång", säger jag, och min beslutsamhet blir bara starkare. Vi må vara mörbultade och slitna, men vi har kommit för långt för att backa nu. Det är dags att visa Diana vad vi är gjorda av.

"Redo eller inte", mumlar jag, "här kommer vi."

Det svaga ljuset kastar kusliga skuggor på väggarna när vi går in i nästa kontrollrum. Jag rusar till den första servern och trycker in USB-minnet i en port; jag behöver inte göra något mer. Skärmarna blixtrar till med kodrader, och Athinas program maskar sig in i systemet. Nadia står svävande vid dörren, med ögonen smalnade i koncentration medan hon använder sin telekinesi för att hålla den stängd.

"Nästan där", muttrar Declan, och svettpärlor bildas på hans panna när han installerar ett eget minne. Spänningen i rummet är så tät att den skulle kunna skära genom stål, men vi har inget annat val än att lita på våra förmågor – och varandra.

"Klart", tillkännager Declan, och ett triumferande leende sprider sig över hans ansikte.

"Snyggt jobbat", säger jag och klappar honom på axeln. "Nadia, är allt bra?"

"Japp", svarar hon och släpper dörren med en lättad suck. "Då var ytterligare ett avklarat."

"Då fortsätter vi", säger jag, och beslutsamheten bubblar inom mig. Vi må vara trötta, men varje chip vi neutraliserar för oss ett steg närmare segern.

Vi tar oss igenom staden och smyger in i varje kontrollrum som spöken. Athinas program fungerar som en dröm; de en gång så hotfulla hjärnchippen är nu ofarliga då vartenda ett inom kontrollrummens räckvidd avaktiveras permanent. Vetskapen om att vi överlistar Diana ger bränsle åt vår beslutsamhet och förvandlar vår utmattning till ett avlägset minne.

"Sista nu", säger Declan, och hans röst är färgad av stolthet och misstro. Jag nickar och känner ett leende dra i mungiporna.

"Låt oss avsluta det här", säger jag, och tillsammans dyker vi in i det sista kontrollrummet, redo att utdela det avgörande slaget.

"Artemis", ropar Nadia, hennes röst mjuk och fylld av vördnad. "Titta på det här." Hon pekar på en skärm som visar antalet chip som påverkats av Athinas program. Räknaren stiger för varje sekund som går, och våra ansträngningar sprider sig som en ostoppbar våg genom staden.

"Wow", flämtar jag, och mitt hjärta sväller av hopp. "Vi gör det verkligen."

"Det kan du lita på", förklarar Declan, och hans ögon brinner av beslutsamhet. "Låt oss avsluta det här och sticka härifrån."

Vi arbetar tillsammans i perfekt harmoni, installerar Athinas program en sista gång och ser hur de sista hjärnchippen faller under vår kontroll. När vi kliver tillbaka ut i den dunkelt upplysta korridoren kan jag inte låta bli att känna en känsla av eufori rusa genom mig.

"Vi gjorde det", viskar Nadia, och hennes leende är strålande. "Vi gjorde det verkligen."

"Absolut", instämmer jag, och bröstet spänns av stolthet och lättnad. "Nu omgrupperar vi med Athina och listar ut vårt nästa drag."

"Låter bra", säger Declan och hans hand vilar på min axel. I det ögonblicket är vi mer än bara ett team – vi är en familj, enade mot mörkret.

Och inget kommer att stå i vår väg.

*

I det ögonblick vi kliver tillbaka in i vår bas är spänningen nästan påtaglig. Vi samlas runt Athinas arbetsstation, där hon har fått fram en live-sändning från Dianas gömställe. Jag känner hur förväntan gnager i mig som ett rovdjur, desperat efter minsta tecken på att vår plan fungerade.

"Fungerar det?" frågar Nadia, med en röst som knappt är mer än en viskning.

”Ge det en sekund”, svarar Athina, och hennes fingrar flyger över tangentbordet medan hon navigerar genom de olika säkerhetsflödena.

”Känns som en jävla evighet”, muttrar Declan tyst för sig själv, med armarna hårt i kors över bröstet.

”Tålamod, min vän”, säger jag, och kan inte motstå frestelsen att reta honom lite. ”Jag vet att det inte är din starka sida.”

”Ha-ha, väldigt roligt”, muttrar han, men det finns ingen riktig hetta bakom hans ord. Vi är alla för spända för att munhuggas.

Och så, plötsligt, är hon där – Diana Foxberry själv, som går fram och tillbaka i sin lya som ett djur i en bur. Hennes gröna ögon är vilda, och hennes korta, röda hår verkar spraka av ilskans elektricitet. Det är både skrämmande och uppiggande att se henne så utom sig.

”Ser ut som att någon inte är glad”, anmärker jag, och ett elakt leende smyger sig på mitt ansikte.

”Se själva”, säger Athina och förstorar videoflödet så att vi kan höra vad som pågår. Dianas röst strömmar ut ur högtalarna, gäll och rasande.

”Någon manipulerar mina hjärnchip!” morrar Diana och slår näven i ett närliggande bord. Ljudet ekar genom rummet och får oss alla att rycka till. ”Ta reda på vem som gör det här och för dem till mig!”

”Din önskan är vår lag”, muttrar jag sarkastiskt och ser hur hennes hantlangare skyndar sig att lyda hennes befallning.

”Ser ut som att vår lilla operation var en framgång”, säger Athina med en röst fylld av tillfredsställelse. ”Hon tappar kontrollen.”

”Det kan du lita på att den var”, instämmer jag, och min beslutsamhet brinner starkare än någonsin. ”Och vi är inte klara än.”

”Håll ett öga på henne”, råder Declan när han ansluter sig till oss vid arbetsstationen. ”Jag vill veta varje steg hon tar.”

”Självklart”, svarar Athina, och hennes fingrar flyger över tangentbordet igen.

”Få se hur hon gillar att vara på andra sidan för en gångs skull”, säger jag och njuter av tanken på att äntligen vända på steken mot Diana Foxberry.

”Det kunde inte ha hänt en trevligare person”, tillägger Nadia med ett elakt flin, och vi delar alla en stund av triumferande kamratskap.

Men även när vi firar denna lilla seger kan jag inte skaka av mig känslan av att Diana inte kommer att ge sig utan en kamp. Hon är listig, påhittig och fullständigt hänsynslös. Det här är bara början på vår strid, men nu har vi åtminstone en ärlig chans.

Skärmen flimrar av Dianas raseri, hennes ilska påtaglig även genom den digitala barriären. En rysning går längs ryggraden vid tanken på att möta henne öga mot öga igen, men jag vet att det är oundvikligt. Vi har utdelat ett betydande slag, och det kommer hon inte att låta passera. Nej, hon kommer att komma efter oss, med dragna vapen.

”Artemis”, säger Declan, hans röst låg och stadig. ”Var på din vakt. Hon kommer att vilja se blod.”

”Är inte det bara perfekt?” svarar jag, och sarkasmen dryper från varje ord. ”Jag har alltid velat ha en rödhårig hack i häl.”

”Väldigt roligt”, inflikar Athina och himlar med ögonen. ”Men vi måste vara försiktiga. Hon kommer inte att släppa det här lätt.”

”Just det”, säger jag och suckar. ”Hon är som en kackerlacka – envist svår att döda.”

”Låt oss hålla garden uppe”, föreslår Nadia, och hennes telekinetiska energi sprakar runt hennes fingertoppar. ”Vi har inte råd med några överraskningar nu.”

”Håller med”, nickar jag, skannar rummet och tar in mitt teams ansikten – min familj. Var och en av dem har sina egna unika förmågor, sina egna ärr från tidigare strider. Men de är också starka, motståndskraftiga och redo att möta vilket helvete Diana än kastar mot oss.

”Vad hon än planerar”, säger jag till dem, min röst fast och beslutsam, ”så kommer vi att vara redo för det.”

”Det kan du lita på”, tillägger Declan, och hans skugghoppningsförmåga kastar mörka, slingrande tentakler över golvet.

”Låt oss ta en minut för att uppskatta vad vi har åstadkommit”, föreslår Athina och hennes fingrar trummar på tangentbordet. ”Men sedan måste vi hålla fokus. Hon kommer att komma efter oss.”

”Vilken glädjedödare”, muttrar jag inombords, men jag vet att hon har rätt. Det ligger inte i Dianas natur att rulla över och erkänna sig besegrad. Hon kommer att vara ute efter blod, och vi måste vara beredda.

”Okej, gott folk”, säger jag, klappar ihop händerna och tvingar fram ett leende. ”Vi har officiellt retat upp Diana Foxberry, så låt oss klura ut vad hennes nästa drag kommer att vara.”

”Kan vi inte bara njuta av vår seger i en minut?” frågar Declan, och ett flin leker i hans mungipa.

”Okej då”, svarar jag och himlar med ögonen, men i hemlighet är jag tacksam för det korta andrummet. ”Athina, ta fram den där flaskan champagne du har hamstrat.”

”Bara för att det är ett speciellt tillfälle”, medger Athina, rotar i ett skåp och tar fram en dammig gammal flaska med en snärt.

”Toppen”, säger jag och gnuggar händerna. ”Korka upp den där och låt oss skåla för att vi satte dit Diana.”

”Här är för att vi tog tillbaka kontrollen från Diana och skyddade hybriderna”, tillägger Declan när Athina skickligt korkar upp flaskan och skickar en dusch av bubblig vätska över rummet. "Må detta vara början på slutet för hennes förvridna välde."

"Skål!" instämmer Nadia och får provisoriska glas att sväva mot oss med sin telekinesi innan vi alla tar en klunk av den förvånansvärt hyfsade champagnen.

"Okej", säger jag, ställer ner mitt glas och torkar mig om munnen med handryggen. "Nu när vi har roat oss, låt oss bli allvarliga igen. Vi vet att Diana kommer att hämnas – några idéer om vad hon kommer att försöka sig på härnäst?"

"Som jag känner henne kommer hon att vilja göra det personligt", funderar Declan. "Kanske ge sig på någon som står oss nära."

"Eller så kommer hon att försöka återta kontrollen över hybriderna", föreslår Nadia med pannan veckad i tankar.

"Vad det än är", inflikar Athina, "måste vi anta att det kommer att vara något stort. Hon kommer inte att sluta förrän hon har tagit allt från oss."

"Då kontrar vi varje drag hon gör", säger jag, min röst stålsatt av beslutsamhet. "Vi håller oss ett steg före och låter henne aldrig återfå övertaget."

"Håller med", säger Declan, med mörka ögon fyllda av beslutsamhet.

"Vad som än krävs", tillägger Nadia, och hennes telekinesi får de tomma champagneglasen att dansa i luften.

"Det kan du lita på", tänker jag för mig själv och stålsätter mig mentalt för de kommande striderna. Kampen må vara långt ifrån över, men denna lilla seger har gett oss en försmak av vad som är möjligt. Vi är starkare nu än någonsin tidigare, och oavsett vad Diana kastar mot oss kommer vi att vara redo att ta ner henne – en gång för alla.

KAPITEL TJUGOTRE

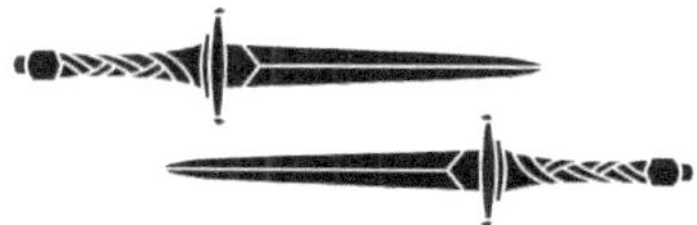

DEN ISIGA VINDEN SLÅR mot mitt ansikte när jag tittar på övervakningsfilmen och ser Diana Foxberrys misslyckade försök till världsherravälde repas upp som en billig tröja. Hennes kontroll över chippen är borta – kaputt. Och jävlar, vad förbannad hon ser ut.

"Fan också!", fräser hon, och hennes röst är så gäll och ursinnig att jag till och med från min utkiksplats ovanför kan höra den eka genom natten. "Varför dör du inte bara?"

Med rött hår i oordning och gröna ögon vilda av frustration är Diana själva sinnebilden av vansinne. Men det här är inte samma kvinna som en gång var en av Byrån för paranormala affärers främsta agenter. Nej, det här är ett monster, fött ur bitterhet och en barndom fläckad av förvridna experiment.

När jag observerar hennes oberäkneliga rörelser kan jag inte låta bli att rysa vid minnet av hur nära vi var att bara vara bönder i hennes sjuka spel. Nu när hennes far är borta och hennes planer ligger i ruiner går det inte att säga vad hon kommer att göra härnäst.

"Titta på henne", muttrar jag för mig själv. "Som ett djur trängt i ett hörn."

Och det är då jag ser det: desperationen i hennes handlingar när hon får syn på ett par som promenerar nedanför. Utan att tveka hoppar hon ner, hennes en gång så graciösa rörelser nu ryckiga och okoordinerade.

"Hallå!", ropar mannen, men hans kaxighet försvinner snabbt när Diana griper tag i hans arm och hennes naglar gräver sig in i hans kött. "Släpp mig!"

"Håll tyst!", väser hon och drar honom till sig med överraskande styrka.

"Låt honom vara!", vädjar kvinnan med tårar strömmande nerför ansiktet.

"Ledsen, sötnos", hånler Diana. "Jag behöver en liten uppiggare."

Med de orden släpar hon iväg mannen och lämnar kvinnan snyftande på trottoaren. Jag svär tyst för mig själv, med hjärtat bultande i bröstet. Jag måste göra något, och det snabbt.

"Artemis", viskar jag till mig själv. "Skärp dig nu."

Men hur stoppar man ett monster när man inte vet vilka vapen det fortfarande har i sin arsenal? Diana är oförutsägbar, desperat, och när jag ser henne kidnappa ännu en oskyldig åskådare kan jag inte låta bli att känna att det här bara är början på vilket förvridet slutspel hon än har planerat.

"Usch, en till", muttrar jag när jag ser Diana på övervakningsfilmen kasta sig över en stackars sate som råkade vara på fel plats vid fel tidpunkt. "Seriöst? Det här börjar bli tjatigt."

"Artemis", varnar Declan med spänd röst. "Fokusera. Vi måste hitta ett mönster."

"Mönster?", fnyser jag. "Hon har tappat det, Dec. Hon bara griper tag i alla hon kan få klorna i. Vanliga människor, nu. Hon kan inte stjäla förmågor från dem, de har inga."

”Kanske”, medger han och gnuggar fundersamt hakan. ”Men det måste finnas en anledning till det. En metod i hennes galenskap, om man så vill.”

”Okej då”, suckar jag, ändrar ställning och granskar skärmen. ”Låt oss se vad vår galna vetenskapskvinna har för sig.”

Vi tittar tyst på när Diana fladdrar från offer till offer, hennes rörelser oberäkneliga och desperata. Varje gång hon griper tag i någon verkar hennes ögon glöda starkare, hennes uttryck bli mer maniskt.

”Vänta”, säger jag plötsligt, med tankarna på högvarv. ”Jag tror att jag har kommit på det.”

”Kommit på vad?”, frågar Declan och lutar sig närmare skärmen.

”Titta på hennes ögon”, instruerar jag och pekar på den onaturliga glimten i Dianas blick. ”Varje gång hon tar någon lyser de upp som en jävla julgran. Tänk om hon inte bara snor folk för skojs skull? Tänk om hon suger ut deras livskraft?”

Declans panna rynkas, och hans blick flackar mellan skärmen och mig. ”Det skulle kunna vara möjligt. Men varför?”

”Din gissning är lika god som min, kompis”, svarar jag och drar en hand genom håret. ”Men vi måste stoppa henne innan hon tömmer hela staden på liv.”

Declan kliar sig i skäggstubben, och en rynka växer i hans panna. ”Hur gärna jag än vill storma in och sätta stopp för det här, så borde vi vänta och se vad hennes nästa drag är.”

Jag knyter nävarna och känner den välbekanta klådan efter att göra något – vad som helst utom att sitta och vänta. ”Declan, du kan inte mena allvar. Det här är inte likt dig alls. Dessutom har vi ett perfekt tillfälle att slå till nu.”

”Artemis”, andas han ut och gnuggar tinningarna som om jag ger honom huvudvärk. ”Vi har ingen aning om vad hon planerar eller hur kraftfull hon har blivit. Vi behöver mer information innan vi agerar. Det är bara logiskt.”

”Logiskt?”, fnyser jag och går av och an i rummet som ett djur i bur. ”Diana dränerar oskyldiga människor på deras livskraft, Declan. Hon skulle kunna förbereda sig på att spränga halva staden i luften för allt vi vet. Vi har inte råd att vänta.”

”Artemis har en poäng”, inflikar Athina och vrider nervöst sina händer. ”Ju längre vi väntar, desto farligare blir hon.”

”Exakt”, säger jag och slår handen i bordet. ”Vi har inte tid för försiktighet när liv står på spel. Vi måste agera, och vi måste agera nu.”

En spänd tystnad lägger sig över rummet, och var och en av oss bär våra åsikter som rustningar. Jag kan nästan känna misstron sippra ur Declans porer när han blänger på mig, ovillig att släppa sitt försiktiga tillvägagångssätt.

”Artemis, vi måste tänka igenom det här”, säger han med en stram och kontrollerad röst. ”Vi kan inte bara storma in i en fajt med henne utan en plan.”

”Varje sekund vi slösar på planering är ytterligare en sekund Diana har på sig att dränera fler oskyldiga liv”, kontrar jag, och mina händer knyts till nävar vid mina sidor. Ilskan bubblar under skinnet, het och redo att brista.

”Hör på dig själv!”, fräser Declan och slår handflatan i bordet. ”Du låter dina känslor grumla ditt omdöme!”

”Lugna ner er, båda två”, avbryter Athina och kliver mellan oss. Hennes ögon flackar fram och tillbaka i ett försök att bevara lugnet. ”Att bråka löser ingenting. Vi måste hitta en gemensam grund.”

”Gemensam grund?”, fnyser jag, och mitt bröst dras samman av frustrerat raseri. Den metalliska smaken av galla dröjer sig kvar i halsen när jag föreställer mig Diana som dränerar livskraft från sina offer. ”Det finns ingen gemensam grund när människor dör, Athina.”

”Låt oss då slå våra kloka huvuden ihop och komma på en bättre plan”, föreslår Nadia, hennes lågmälda ord skär genom spänningen. ”En som tar hänsyn till både försiktighet och brådska.”

”Okej”, biter Declan fram och går motvilligt med på det. ”Men vi gör det här tillsammans. Inga hemligheter, ingen kör solo.”

”Avtalat”, säger jag och möter hans blick. Löftet smakar bittert på tungan, men jag sväljer det för teamets skull.

Medan vi samlas runt bordet och lägger ihop våra resurser och kunskaper, gnager någonting i bakhuvudet på mig. En föraning, en viskning av intuition. Jag fokuserar på kartan som är utbredd över bordet, och min blick dras till ett visst område i stadens utkant.

”Vänta lite”, mumlar jag, och mitt finger följer konturerna av ett övergivet lager. ”Tänk om det är här? Tänk om det är här hon gömmer sig?”

”Är du säker?”, frågar Garnet med pannan rynkad i koncentration när hon undersöker kartan.

”Säker”, svarar jag, med en övertygelse som strömmar genom mig som elektricitet. ”Kalla det magkänsla.”

”Artemis kan vara något på spåren”, instämmer Athina, med blicken fäst på lagret. ”Det är avskilt, utanför elnätet och tillräckligt stort för att rymma all utrustning hon skulle behöva.”

”Okej”, medger Declan motvilligt. ”Vi kollar upp det. Men vi fortsätter med försiktighet, förstått?”

”Förstått”, säger jag och nickar instämmande. Spänningen mellan oss är fortfarande påtaglig, men för tillfället har vi ett gemensamt mål: att hitta Diana och sätta stopp för hennes skräckvälde.

När vår handlingsplan är fastställd spänner vi på oss vår utrustning och förbereder oss för vad som väntar. När vi står tillsammans, enade trots våra meningsskiljaktigheter, vet jag en sak med säkerhet – vi kommer att stoppa Diana, oavsett vad det kostar.

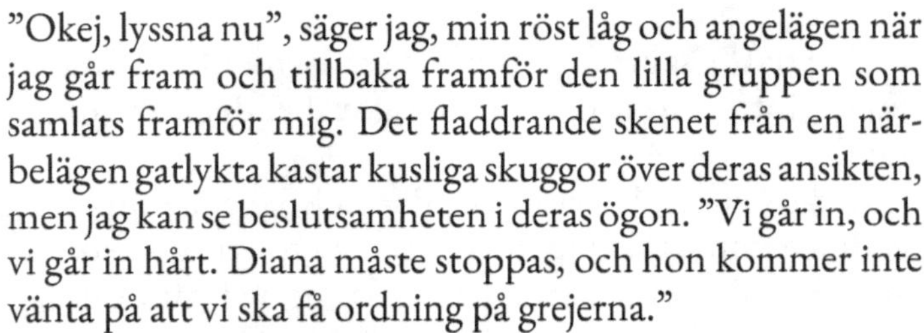

”Okej, lyssna nu”, säger jag, min röst låg och angelägen när jag går fram och tillbaka framför den lilla gruppen som samlats framför mig. Det fladdrande skenet från en närbelägen gatlykta kastar kusliga skuggor över deras ansikten, men jag kan se beslutsamheten i deras ögon. ”Vi går in, och vi går in hårt. Diana måste stoppas, och hon kommer inte vänta på att vi ska få ordning på grejerna.”

”Artemis, är du säker på det här?”, frågar Declan, hans nötbruna ögon fyllda av oro. ”Vi kom överens om att gå fram med försiktighet.”

”Försiktighet har inte tagit oss särskilt långt, eller hur?”, kontrar jag, min hand går instinktivt till ärret på min vänstra kind. Det fungerar som en ständig påminnelse om vad som står på spel här. ”Vi har inte tid att tassa omkring, Declan. Vi måste agera – nu.”

”Artemis har rätt”, säger Nadia, hennes blick stålfast och beslutsam. ”Om vi inte gör något snart kommer vi att förlora vår chans att stoppa Diana för gott.”

”Okej då.” Declan suckar och gnuggar tinningarna som för att avvärja en annalkande huvudvärk. ”Lova mig bara att du inte tar några onödiga risker, okej?”

”Spejarehedersord”, svarar jag med en ton som dryper av sarkasm medan jag håller upp tre fingrar i en låtsashälsning.

”Vilka spejare var det igen?”, flinar Garnet, tydligt road av mina upptåg.

”Håll tyst, Garnet”, fräser jag, även om jag inte kan låta bli att känna en liten gnutta tacksamhet för det spän ningslösande skämtet. "Okej, vi rör på oss. Och kom ihåg, gott folk – det här är strikt inofficiellt."

Jag leder vår brokiga grupp genom de mörka gatorna, våra fotsteg dämpade av den fuktiga asfalten. Varje medlem i vårt team rör sig med smidighet och precision, deras färdigheter finslipade av otaliga uppdrag och strider. Även om det paranormala serumet strömmar genom mina ådror, är det kamratskapet i det här gänget som verkligen ger mig styrka.

"Artemis", viskar Declan, hans röst ett lågt morrande när han materialiserar sig bredvid mig i sin jaguarform. "Det här är galet, till och med för att vara du."

"Lyssna, jag vet att du är orolig", erkänner jag, mitt hjärta tungt av tyngden från mitt beslut. "Men jag kan inte bara sitta och se på när Diana fortsätter att kidnappa oskyldiga människor. Dessutom har vi en chans att göra slut på hennes skräckvälde för gott. Vi är skyldiga det till de människor hon har skadat och till oss själva."

Declan byter tillbaka till sin mänskliga form, med oro etsad i ansiktet. "Jag fattar, Artemis, det gör jag verkligen. Men om något går fel..."

"Då tar jag fullt ansvar", avbryter jag, min röst fast av övertygelse. "Men vi måste försöka, Declan. Det här kan vara vår enda chans."

Han suckar och drar en hand genom sitt rufsiga bruna hår. "Okej", medger han motvilligt. "Men... var försiktig, okej?"

"Alltid", svarar jag med ett halvt leende, i ett försök att lugna honom.

Vi fortsätter framåt, med beslutsamhet strömmande genom våra ådror när vi närmar oss det övergivna lager som fungerar som Dianas bas. Luften är tjock av spänning, och var och en av oss är mycket medveten om de potentiella konsekvenserna av våra handlingar.

"Kom ihåg, allihop", säger jag, min röst knappt mer än en viskning. "Ingen går in ensam. Vi håller ihop och skyddar varandra."

"Uppfattat, chefen", svarar Garnet och nickar instämmande.

När vi förbereder oss för att infiltrera Dianas lya kan jag inte låta bli att känna en blandning av rädsla och spänning. Vi är på väg att ge oss ut på ett uppdrag som kan förändra allt – men till vilket pris? Kommer vårt otillåtna angrepp äntligen att sätta stopp för Dianas fasansfulla dåd, eller kommer det bara att fungera som en katalysator för ännu större förstörelse?

Månen kastar kusliga skuggor på lagrets sönderfallande tegelväggar när vi smyger in genom en rostig sidodörr. Lukten av fukt och förfall angriper mina näsborrar, och jag motstår lusten att kväljas. Härligt.

"Kom ihåg planen", viskar jag och grimaserar åt ljudet som ekar i mörkret. "Snabbt och tyst. In och ut."

Vi navigerar tyst genom labyrinten av dammiga lådor och maskiner, varje steg beräknat och exakt. Jag känner mig som en panter som smyger på sitt byte – eller kanske mer som en mus som tassar runt en hungrig katt. Oavsett vilket finns det inte tillräckligt med ost i det här scenariot.

"Artemis, här borta", vinkar Garnet mot en öppen dörröppning, hennes röst knappt hörbar. Jag nickar och följer efter henne, med hjärtat bultande mot revbenen.

När vi kliver in i det svagt upplysta rummet kan jag se Dianas siluett hopkrupen över ett bord i mitten. Mitt hjärta rusar när jag inser att det är dags – sanningens ögonblick.

"Stanna där du är, Diana", ropar jag, och min röst ekar mot väggarna. "Du är arresterad."

Hon vänder sig långsamt om, ett slugt leende på läpparna. "Åh, Artemis. Jag har väntat på dig."

Jag kan känna adrenalinet pumpa genom mina ådror när hon reser sig upp, hennes ögon blixtrar av övernaturlig kraft. Jag vet att jag borde vara rädd, men allt jag kan tänka på är de oskyldiga liv hon har tagit.

"Du kommer att få betala för vad du har gjort", säger jag, min röst låg och stadig trots rädslan som griper tag i mitt bröst.

Diana bara skrattar, och hennes ögon blixtrar av ett illvilligt ljus. "Tror du att du kan stoppa mig? Jag är bortom era futtiga dödliga bekymmer."

Jag tar ett djupt andetag och signalerar till de andra att hålla sig tillbaka. Den här striden är mellan mig och Diana; jag vill inte att någon av dem ska bli skadad.

Även om min instinkt är att dra ett vapen, trycker jag ner den. Jag är vapnet nu. Jag behöver inte pistoler eller knivar längre.

Jag lyfter händerna framför mig och tänder min blåa eld.

"Du skapade mig, Diana, du och din sjuke jävla far. Och det var ert största misstag, för jag kommer att sätta stopp för dig, en gång för alla."

Hennes ansikte förvrids, käken öppnas, de där vampyrhuggtänderna förlängs över hennes underläpp.

"Du var min fars besatthet", väser hon. "Han var fascinerad av den där förbannade blåa elden du har, hur unik den är. Hur du fick flera krafter istället för bara en eller två."

"Vänta." Jag stirrar på henne med förvåning. "Är du på allvar ... avundsjuk för att din far var mer intresserad av att experimentera på mig än på dig?"

"Det spelar ingen roll!", stampar hon med foten som ett trotsigt barn. "Han gav mig den största gåvan till slut – och nu ska jag ta din dyrbara blåa eld och allt annat du har!"

Hon är fasansfullt snabb när hon hoppar fram, och jag undviker med nöd och näppe hennes första attack.

Jag ilar åt sidan och flinar när Dianas hand slår i marken med en våldsam krasch. Jag snurrar runt och slår näven i ansiktet på henne, vilket får henne att falla bakåt flera meter. "Det är vad du får för att du jävlas med mig, din subba."

"Åh, det där ska du få betala för", morrar hon, hennes ögon blixtrar av raseri. "Jag ska få dig att betala för varje sekund av min smärta och mitt lidande."

"Jaså?", höjer jag ett ögonbryn och kliver mot henne. "För där jag står ser det ut som att det är du som är på väg att få betala."

Hon kastar sig mot mig, men jag är beredd. Jag griper hennes handled och vrider, och slänger henne till marken. Hon rullar undan precis i tid, och jag slår en volt över henne. Innan jag hinner återfå balansen är hon redan på fötter igen. Hon sparkar mig hårt i ryggen, och jag faller framåt med ett ofrivilligt skrik.

"Din lilla subba!", rullar jag över på sidan för att möta henne, och kämpar mig upp på fötter.

Hon anfaller igen, med nävar som träffar min bröstkorg när hon landar slag efter slag. Jag vacklar bakåt, flämtande efter andan när hon slår in i mig. De följande ögonblicken är en dimma när vi brottas och kämpar, var och en av oss försöker få övertaget.

Vi kraschar genom en serie lådor, och hon får övertaget, och håller fast mina händer ovanför mitt huvud medan hon hukar över mig.

"Du har rätt om en sak", väser hon i mitt ansikte. "Jag skulle aldrig ha gett dig den där första injektionen. Jag borde bara ha dödat dig då."

"Hon och jag med", morrar en djup röst, och en enorm, lurvig gestalt kraschar in i Diana från sidan och slungar bort henne från mig.

Declan.

Självklart skulle han inte hålla sig utanför striden.

Jaguaren hugger och morrar, och river långa klor över Dianas ansikte, men de blodiga såren läker nästan omedelbart, och jag skakar på huvudet. Vi kommer inte att döda en vampyr på det sättet.

"Huvudet eller hjärtat, Dec!", ropar jag, när Diana slungar iväg jaguaren med en våg av övermänsklig styrka. Den stora katten ylar när den kraschar genom vraket av lådorna.

Jag kastar blå eld för att distrahera Diana när hon rusar efter Declan, och hon vänder sig tillbaka mot mig med ett väsande – och duckar sedan när ett vasst metallstycke susar förbi henne, på en bana som mycket väl kunde ha tagit huvudet av henne om hon inte hade väjt.

Nadia har anslutit sig till striden.

Den kraftfulla telekinetikern går in i rummet, med händerna i fickorna på sina capribyxor.

"Du", väser Diana, och jag ser att hennes ögon inte längre är gröna, utan glöder blodröda. "Det där var meningen att vara min kraft!"

"Tja, du försökte ta den, men vi får inte alltid vad vi vill ha", säger Nadia och skakar på huvudet som om hon tillrättavisar ett olydigt barn. "Särskilt inte när vi inte säger snälla."

Jag vill le, men sedan tänker jag på det faktum att det enda ämnet Nadia absolut aldrig pratar om är vad som hände med hennes barn.

"Artemis", viskar en röst bakom mig, och medan Diana är upptagen med att avvärja ett regn av hinder som Nadia kastar mot henne, kastar jag en blick bakåt för att se Garnet hopkrupen bakom mig.

"Gå ut", väser jag åt henne. "Det är för farligt här inne för dig!" Garnet är helt mänsklig, inga förbättringar. Hon borde vara utanför med Athina och de andra mänskliga medlemmarna i Obsidiancirkeln. De är ingen match för Diana.

"Här." Garnet håller fram något till mig. En bit av en av lådorna, en träbit som brutits av för att bilda en taggig flisa lika lång som min underarm.

En påle.

”För Malcolm”, viskar Garnet, hennes ögon brinner av det glödande behovet av hämnd för sin mördade älskare, och jag nickar.

”Jag fattar.” Jag sträcker mig ut för att ta pålen från henne.

Jag vet att det är fysiskt omöjligt, men jag svär på att jag känner hur den där pålen blir varm i min hand, och jag vet att den är laddad med Garnets fruktansvärda törst efter blodshämnd. Jag vet då att jag håller i ett vapen smitt i elden av den allra värsta sortens sorg och raseri.

”Kom igen då, Artemis”, fräser Diana, och jag kan se att hon är lika förvånad som jag över närvaron av Obsidian-cirkeln, och över Garnets påle. ”Ska du slåss mot mig, eller ska ni alla bara stå där och glo?”

”Åh, du vill ha en fajt, din subba?” Garnet kliver fram, med händerna knutna till nävar. ”Då ska du få en.”

Dianas scharlakansröda ögon vidgas, och hon skrattar. ”Jaha, människan vill dansa? Då ska du få dansa, min kära.”

Hon kastar sig mot Garnet, men Declan ingriper igen, jaguaren kraschar in i Diana och får paret att tumla åt sidan. Nadia springer fram och griper tag i Garnets hand och drar henne mot dörren.

”Få ut henne härifrån!”, ropar jag, och ser Nadias nick. Hon kommer att se till att människorna är säkert borta från den här striden.

För det här kommer att bli stökigt.

KAPITEL TJUGOFYRA

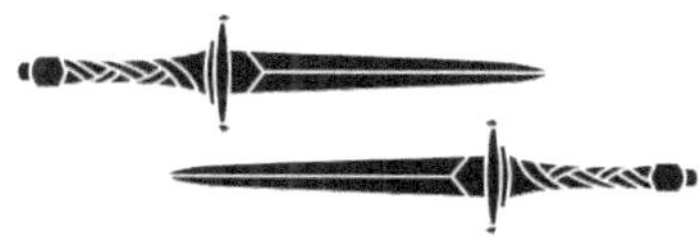

JAG GRIPER PÅLEN I ena handen och frammanar min blå eld med den andra, och cirklar vaksamt medan Diana och Declans jaguar brottas över golvet.

"Ge upp, Diana!" skriker jag. "Du kommer inte att vinna! Dina zombiechipp har neutraliserats och de paranormala är redo för dig. Din kupp kan omöjligt lyckas!"

Hon skriker av raseri och kastar iväg Declan. Han förvandlas i luften och kraschar i golvet som människa, omtöcknad men redan på väg att resa sig.

"Du har ingen aning om vad jag är kapabel till", väser Diana och går mot mig med ett sadistiskt leende. "Tror du att du har vunnit, med ditt lilla virusätande hack? Jag var fem steg före er hela tiden. Jag har planterat psykiska bomber över hela staden."

Jag stelnar till. *Bomber?*

Diana skrattar, ett isande, kacklande skratt. "Jag kanske inte längre kan förvandla alla de där människorna till lydiga zombier med mitt chippvirus, men jag hade en reservplan. Chippen sitter fortfarande kvar i deras hjärnor ... och de har en felsäkring. De psykiska bomberna kommer att utlösas, och vartenda ett av de där chippen kommer bara att", hon knäpper med fingrarna, "detonera."

"Du kommer att döda allihop!" flämtar jag förskräckt.

"Åh nej." Dianas leende är ren ondska. "Det vore slöseri. Nej, detonationen sker i liten skala. Men chippen är inplanterade i den del av hjärnan som styr impulskontrollen. Alla med ett sådant kommer plötsligt att vilja ge efter för varenda mörk impuls de någonsin har haft. Våldtäkt. Mord. Kaos."

Jag stirrar på henne, oförmögen att tro på vad jag hör. "Jag har sett och hört en hel del ondskefull skit från dig och din sjuka psykopat till far, men det här tar verkligen priset. Vad har alla de där oskyldiga människorna någonsin gjort dig?" Ondska i den här skalan är helt ofattbar.

"Vad har de någonsin gjort?" Diana skrattar igen, och det är ett fruktansvärt ljud. "Vad har de någonsin gjort? De har inte gjort mig någonting, din dumma lilla flicka. De bara fanns där. Jag såg dem leva sina liv, så fel, så svaga, så fullständigt meningslösa. Deras liv har bara mening för att jag har gett dem en."

"Du är helt jävla störd i huvudet", viskar jag, och hon bara skrattar igen.

"Frågan är, Artemis, om du är det? För människosläktet kommer snart att bli helt stört i huvudet, och du kommer att stå mitt i allthop." Hon håller upp något i handen. En utlösare, och hennes tumme svävar över knappen. "Ka-bom."

"Nej!" Jag kastar mig instinktivt fram, medveten om att jag kommer att vara för långsam. Hennes tumme är redan på väg ner ...

... och detonatorn flyger genom rummet och landar säkert i Nadias utsträckta hand.

"Få bort den härifrån!" skriker jag och slungar blå eld mot Diana. Vi kan inte riskera att hon får tag i den där detonatorn igen.

Declan griper tag i Nadia och kliver in i en skugga, och de är båda borta. Nu är det bara jag och Diana kvar, och jag tänker inte ge henne chansen att få övertaget. Jag kraschar in i henne, med både kropp och sinne samtidigt, en telepatisk dubbelstöt samtidigt som jag slår en näve blå eld i ansiktet på henne.

Diana skriker när den napalmliknande flamman bränner henne – även en vampyr känner av det – och stapplar bakåt i ett försök att komma undan.

Rakt in i pålen i Garnets händer.

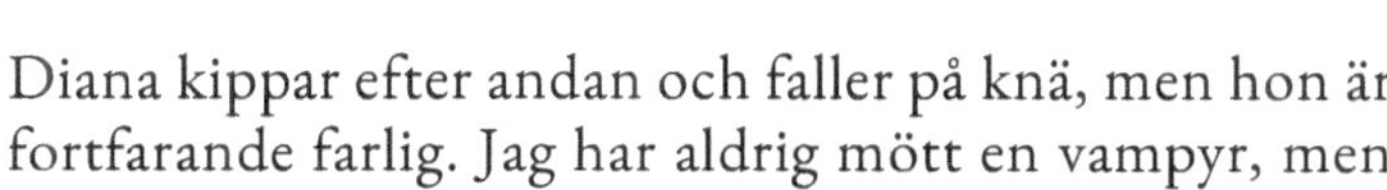

Diana kippar efter andan och faller på knä, men hon är fortfarande farlig. Jag har aldrig mött en vampyr, men jag vet att de tar lång tid på sig att dö, även med en påle genom hjärtat.

”Gå undan!” skriker jag till Garnet, som släpper pålen och kravlar sig bort, utom räckhåll för Dianas fäktande armar.

Declan kliver ut ur skuggorna och kommer fram till min sida. Vi står och ser på när Diana kollapsar på golvet med blod strömmande ur munnen.

”Det är inte över”, flämtar hon, hennes leende med synliga huggtänder ett blodigt grin medan hon spottar fram orden. ”Idioter.”

”Det *är* över, Diana”, säger jag emot. ”Äntligen.”

Hon skrattar, och en krypande känsla av fasa får håret på nacken att resa sig.

”Artemis”, säger Declan med tvivel i rösten. ”Tänk om ...”

”Det finns inget tänk om!” hostar Diana och skrattar igen. ”Bomberna kommer fortfarande att utlösas. Vid midnatt!”

Jag stirrar på henne. Midnatt? Det är ... men det är inte möjligt. Eller?

”Vad i helvete pratar hon om?” kräver Declan. ”Det är sex timmar till midnatt!”

”Du kommer att berätta allt om de här psykiska bomberna”, morrar jag med låg, farlig röst. ”Hur många är de? Vad utlöser dem? Hur kan de desarmeras?”

”Det skulle du allt bra vilja veta, va?” flinar hon, medan blodet rinner i en flod nerför hennes haka. Med en kväljande stöt inser jag att hon njuter av det här – kaoset, rädslan, makten hon har över oss även när hon ligger för döden.

”Sluta lek nu, Diana”, väser jag, mitt tålamod börjar tryta. ”Människors liv står på spel.”

”Är inte det själva poängen?” hånar hon och hennes blick far över till Declan. ”Ju mer förstörelse, desto bättre, eller hur? Jag menar, man kan ju inte ha ett ordentligt slutspel utan lite civila förluster.”

Det råa hatet i hennes röst gör mig iskall, och jag kan se hur Declan synbart rycker till vid hennes ord. Men det finns ingen tid att älta det – vi har en stad att rädda.

Dianas döende skratt ekar genom lagerlokalen och skär i öronen som naglar mot en griffeltavla. ”Åh, älskling”, hånar hon med en röst som dryper av gift, ”du tror verkligen att du kan rädda den här patetiska staden? Bomberna kommer snart att detonera, och det finns inget du och ditt lilla gäng missanpassade kan göra för att stoppa det.”

Jag måste veta var bomberna finns, och det finns bara ett sätt att få den informationen. Jag tar ett djupt andetag och släpper lös min telepati och dyker djupt ner i Dianas sinne samtidigt som hennes livskraft ebbar ut. Hennes psykiska grepp försvagas, vilket gör att jag kan ta mig djupt in.

För att hitta bombernas position. Memorera dem alla i ett desperat försök att rädda så många jag kan. Hon kämpar emot, in i det bittra slutet, men jag är för stark. Jag gräver ännu djupare, letar efter ett sätt att stoppa nedräkningen, men inser med ett kväljande ryck att det inte finns något. Hon har medvetet utformat det här som ett sista jävla långfinger, ett förkrossande, oåterkalleligt slag mot människosläktet hon föraktar så mycket.

Och sedan är hon borta.

Hennes ögon är fortfarande öppna, men det finns inget ljus i dem, inget liv. Jag borde känna lättnad, men istället känner jag bara fasa.

Jag ligger på knä, men jag minns inte att jag föll. Jag griper om mitt huvud och ett skrik tränger fram från mina läppar. Jag kände henne dö, kände ljuset slockna med en kväljande slutgiltighet, ett plågsamt psykiskt slag. Inte nog med det, jag tog in för mycket information, för snabbt, och det känns som om mitt huvud ska sprängas.

”Artemis!” Declan griper tag i min arm, och jag skriker igen när hans röst gör ont i mina öron.

”Det där är – alldeles – för högt!” lyckas jag flämta fram. Smärtan avtar, men långsamt, och det finns fortfarande ett krossande tryck i mitt huvud.

”Förlåt.” Declans röst är dämpad, nästan ohörbar, och när jag tittar upp på honom kan jag se sorgen och ångesten i hans ögon. ”Jag är så ledsen.”

Jag lyckas nicka och tittar sedan bort. Jag står inte ut med att se skulden i hans ögon.

”Vi måste härifrån”, säger jag, och min röst är nästan ohörbar. Jag tvingar mig på fötter och världen simmar framför mig. *Jag tänker inte svimma*, säger jag till mig själv. *Jag ska inte svimma. Jag måste rädda dem alla.*

Garnet kommer fram till min andra sida och sticker in sin axel under min arm. Nadia möter oss vid dörren, blek i ansiktet, med detonatorn försiktigt i händerna.

”Är det över?” Hon kikar förbi oss, på Dianas kropp som ligger i en pöl av blod.

”Ja och nej.” Declan talar tyst. ”Vi måste till Athina och datorerna. Nu.”

Nadia säger inget mer, bara griper tag i Declans andra arm, och han kliver med oss alla in i en skugga och ut igen i vårt gömställe.

”Artemis!” Athina hoppar upp. ”Din komradio tystnade ... vad hände?”

Jag måste sätta mig ner, rakt på golvet där jag står, för mina ben bär mig helt enkelt inte längre. Garnet informerar snabbt Athina medan Declan hukar sig bredvid mig och lägger en filt över mina axlar.

”Positionerna för bomberna”, kraxar jag. ”Jag måste bara ... jag behöver en minut. Det är många. Jag måste organisera det i huvudet.”

”Okej.” Han lägger en hand på min axel och jag griper efter den som en livlina och använder den för att förankra mig i verkligheten medan jag försöker reda ut röran i mitt huvud som inte tillhör mig.

Mina tankar rusar när jag febrilt överväger varje strategi och tillvägagångssätt jag kan komma på, desperat att hitta ett sätt att rädda staden. Ansvarets tyngd lägger sig över mina axlar som en blymättad mantel, kvävande men omöjlig att skaka av sig.

”Okej”, säger jag till slut, när bruset i mitt huvud äntligen har lugnat sig till en nivå som inte är riktigt lika explosivt smärtsam. ”Jag vet var bomberna finns, men jag vet inte hur man desarmerar dem utan att utlösa dem.”

”Hur många?” frågar Athina praktiskt. ”Vi kanske kan använda bombgruppens expertis ... leda dem till bomberna och låta dem desarmera dem.”

Jag skakar på huvudet och ångrar det genast. ”För många. Fler än hundra.”

Nadia drar efter andan. ”Hundra! Och de smäller vid midnatt!”

”Vi klarar det inte”, viskar Garnet och sjunker nästan ihop. ”Vi kommer inte att hinna med ens ett fåtal av dem. Vi är dömda.”

”Sluta”, säger Declan skarpt. ”Vi är inte klara än. Jag kan skuggvandra till platserna, om Artemis kan peka ut dem åt mig.”

Hoppet blommar plötsligt upp. ”Och sedan?” Jag har fortfarande svårt att tänka klart, men jag vet att mitt team kan lösa det här. Vi behöver bara räkna ut det. Tillsammans.

”Jag kan innesluta dem, telekinetiskt”, säger Nadia tvekande. ”Även om de smäller, i en sorts kraftbubbla. Som jag gjorde den där natten när Dianas bil exploderade.”

”Ja!” Declan reser sig och börjar gå fram och tillbaka. ”Och sedan kan jag skuggvandra bomberna någonstans säkert. Typ ... släppa dem i havet. Allt jag behöver är skuggan av ett moln ...”

Det är en skakig plan, men det är den enda vi har.

”Var börjar vi, Artemis?” Athinas röst är mjuk när hon hukar sig framför mig med sin laptop och tar fram en karta över staden. ”Var finns bomben som skulle göra mest skada, skada flest människor?”

Jag kisar smärtsamt mot den ljusa skärmen innan jag pekar med ett darrande finger. ”Där.”

Den är i ett höghus med lägenheter, omgivet av andra. Tusentals människor inom sprängradien. Och även om bomben kanske inte gör tillräckligt med fysisk skada för att skada dem alla, skulle det finnas hundratals med chippen, tillräckligt för att ställa till med absolut kaos innan de kunde inneslutas.

Om de kunde inneslutas.

”Vi måste ge oss av, Artemis.” Declans starka händer hjälper mig på fötter. ”Jag vet att det gör ont.” Han trycker en mjuk kyss mot min tinning.

”Jag klarar det”, säger jag med sammanbitna tänder. ”Garnet, Athina – ni börjar varna myndigheterna, ifall vi inte hinner med alla bomber i tid. De måste vara beredda på att folk kommer att löpa amok.”

”Det fixar vi.” Garnet klämmer kort min hand. ”Stick iväg, ni tre. Slösa ingen tid.”

”Vi ska klara det.” Nadias lugna självförtroende, hennes mammiga energi, stärker mig när hon griper tag i Declans andra arm. ”Okej, Artemis. Ge honom den första positionen.”

Jag har redan ansträngt min telepatiska förmåga till bristningsgränsen ikväll, så mycket att det framkallar ett ansträngt grymtande från Declan när jag placerar den första positionen i hans sinne. Han klämmer min hand, kliver in i skuggan, och plötsligt är vi inne i det enorma hyreshuset.

Diana planterade varenda en av dessa bomber personligen. Allt var alltid personligt för henne, bara ett enda gigantiskt, förbannat personligt agg. Hon litade inte på någon annan än sin far, och med honom borta ville hon inte riskera att någon av hennes underhuggare skulle ändra sig. Så jag känner till den exakta platsen för varenda bomb, och med Nadia vid vår sida saktar låsta dörrar och fastsvetsade paneler inte ner oss det minsta. Inom några ögonblick stirrar vi på ett trassel av sladdar runt en bedrägligt ofarligt utseende grå låda.

”På något sätt trodde jag att det skulle finnas ett blinkande rött ljus eller en nedräkningstimer”, mumlar Nadia, men hon sträcker ut händerna och ett slags skimrande kraftfält vaknar till liv mellan dem. Ett kraftfält med vassa kanter, som skär genom sladdar som en het kniv genom smör.

”Släpp den så fort vi börjar falla”, säger Declan, och plötsligt *faller* vi, med havsvågor som sakta rullar under oss.

Ett ögonblick senare står vi tillbaka i gömstället, Athina och Garnet vänder sig mot oss och öppnar munnen för att ställa frågor som det inte finns tid att svara på. Jag tar ett snabbt andetag och lägger nästa position direkt i Declans sinne.

”En klar”, ropar Nadia, precis innan vi blinkar genom en annan skugga och landar i ett annat hyreshus.

Det här är annorlunda, mindre och äldre. Det luktar unket i luften och väggarna är fuktskadade. Bomben är gömd bakom en vägg, och det tar oss dyrbara minuter att hitta den. Nadias kraftfält lyser starkt och stadigt medan hon arbetar med att desarmera den, och jag räknar ner sekunderna i mitt huvud.

”Klar”, säger hon, och den här gången slösar vi ingen tid på ord. Vi skuggvandrar igen, och jag letar febrilt efter nästa plats.

Så här fortsätter det i timmar. Vi är ett väloljat maskineri som rör oss med precision och målmedvetenhet, men det känns som om tiden rinner mellan fingrarna som sand. Vi stannar inte för pauser, för mat eller vatten eller ens för att kolla läget med Athina och Garnet. Vi har inte den lyxen.

”Hur många fler?” frågar Declan med sammanbitna tänder. Han är genomblöt av svett från ansträngningen av alla dessa skugghopp och ser nästan lika trött ut som jag känner mig. Nadia håller också på att vissna, men ingen av oss kommer att sluta. Vi kan inte.

”Jag behöver en karta”, muttrar jag. Vi behöver några minuter, måste bocka av allt vi har gjort.

”OK”, säger Declan, och vi är tillbaka i gömstället.

Athina och Garnet har en karta över staden uppe på den stora skärmen, en explosion av röda prickar som markerar alla platser vi redan har varit på.

En svettdroppe rinner nerför min panna när jag stirrar på den svindlande kartan. Neonnålarna genomborrar den som en svärm av arga eldflugor, var och en en psykisk bomb vi stoppat, men i kartan i mitt huvud finns det alltför många fler vi inte har nått än. Mitt hjärta bultar mot bröstet, ansvarets tyngd trycker ner mig som ett ton tegelstenar.

"Artemis", ropar Athina, hennes röst spänd och orolig när hon skyndar fram för att ställa sig bredvid mig. "Du måste ta en paus."

"Paus?" fnyser jag och blänger på henne. "Det finns ingen tid för pauser när vi leker heta potatisen med en stad full av bomber." Mina händer knyts vid sidorna, naglarna gräver sig in i handflatorna när trycket ökar.

"Hallå, vi gör alla vårt bästa här", inflikar Nadia, hennes röst darrar lätt av hennes egen utmattning. "Vi kommer att hitta dem. Vi måste."

"Bästa är inte gott nog!" fräser jag, min röst stiger i tonläge. "Hur många fler människor kommer att dö för att vi inte kan röra oss tillräckligt snabbt?"

"Artemis", säger Declan mjukt, hans ögon fyllda av oro när de möter mina. "Vi kan inte rädda alla, men vi gör allt vi kan."

"Allt är inte tillräckligt", morrar jag, den bittra smaken av misslyckande tjock i munnen. En strimma av tvivel smyger sig på och slingrar sina kalla tentakler runt mitt hjärta. Är det så här det slutar? Med en stad i ruiner och vi maktlösa att stoppa det?

"Artemis, kom igen", vädjar Garnet. "Vi behöver dig."

"Behöver mig?" hånar jag, min syn blir suddig av arga tårar. "Vad har ni för nytta av mig om jag inte ens kan hitta de här jävla sakerna i tid?" Jag torkar ursinnigt bort tårarna från ögonen och vägrar låta dem falla.

"Utan dig skulle vi inte ens veta om de här bomberna, Artemis", påminner Declan mig, hans röst fast men mild. "Du är anledningen till att vi fortfarande har en ärlig chans."

"Varför känns det då som att vi förlorar?" viskar jag, och mina axlar sjunker ihop i nederlag. Min själ känns lika krossad som stadens gator utanför kommer att vara om vi inte kan stoppa de här bomberna.

"För att du bara är människa", svarar han tyst och lägger en hand på min axel. "Och det är vi också. Men vi kommer att kämpa till vårt sista andetag om vi måste."

"Sista andetag ..." mumlar jag, orden sjunker in som en livlina som kastas i stormiga vatten. Kanske är det här inte slutet. Kanske finns det fortfarande hopp.

Garnet trycker en flaska vatten i min hand och en proteinbar i min ficka. Jag lyckas finna ett tacksamt leende för henne när jag öppnar vattnet och tar en enorm klunk, med blicken fäst på kartan.

"Hur lång tid har vi kvar?" frågar jag medan jag mentalt beräknar antalet sprängladdningar som återstår att hitta.

"Femtio minuter", säger Athina tvekande. "Myndigheterna är i högsta beredskap för oroligheter som börjar vid midnatt."

"Förhoppningsvis behöver vi dem inte." Jag tar en klunk vatten till. "Det är sexton bomber kvar. Vi kanske hinner."

"Vi kommer att hinna." Declans röst låter starkare, och jag sneglar över för att se honom svepa i sig det sista av sitt eget vatten.

"Håll fokus, Artemis", säger Athina, med stadig och betryggande röst. "Du klarar det här."

"Ja." Jag tittar på en annan skärm, på nyhetsflödet med textremsan som rullar under och beskriver bombhotet. Nyhetsankarnas allvarliga ansikten, bilderna av människorna som strömmar ut på Stortorget, deras ansikten vända upp mot natthimlen, osäkra på var exakt hotet kan komma ifrån.

"Kom an bara", viskar jag, mina ögon brinner av beslutsamhet. "Jag river den här staden tegelsten för tegelsten om det är vad som krävs för att rädda de här människorna."

För de förtjänar bättre än att få sina liv släckta av en psykopat som leker gud. Och jag ska se till att de får det.

KAPITEL TJUGOFEM

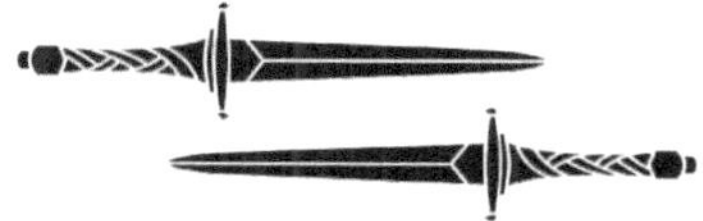

ANTALET BOMBER VERKAR OÄNDLIGT, och jag är bara en person med begränsade krafter. Hur ska jag kunna rädda alla i tid?

"Hörni, vi har ont om tid", säger jag oroligt, med en malström av rädsla och frustration inom mig. "Vi måste röra oss snabbare!"

"Artemis, du gör jättebra ifrån dig", säger Declan mjukt. "Fortsätt bara, en anordning i taget."

Jag lyckas få fram ett bistert leende och tvingar mig själv att enbart fokusera på uppgiften framför mig. Stadens invånare är beroende av mig – jag får absolut inte svika dem.

"Artemis Blackwell räddar dagen än en gång", viskar jag beslutsamt, i en kamp mot den obarmhärtiga, tickande klockan. Staden har blivit en labyrint av fara och potentiell död, men med varje liten seger lättar det enorma trycket på mina axlar en aning.

För varje bomb vi säkert sänker ner i havets djup skonas hundratals oskyldiga liv från ett fruktansvärt öde. Varje lyckad desarmering känns som en själ räddad från fördömelse. Och med varje nytt liv som räddas växer sig min järnvilja bara starkare. Denna stad förlitar sig helt på oss, och jag kommer inte att vackla.

Tiden flyter samman när vi rusar genom den vidsträckta staden. I mitt utmattade sinne blir gränsen mellan framgång och katastrofalt misslyckande suddigare för varje minut som går.

"Hur många fler?", ropar Nadia över den dånande vinden och skickar ytterligare en dödlig anordning ner i de virvlande vågorna.

Jag anstränger hjärnan och kämpar med att matcha Dianas stulna minnen med stadskartan som är översållad med neonmarkörer.

"Jag tror ... bara en kvar", inser jag med en yrselframkallande lättnad. Den är på en fullsatt nattklubb som pulserar av frenetisk energi varje kväll. Hundratals ovetande människor som dansar och dricker, vem som helst av dem kan snart förvandlas till en psykopat om vi misslyckas.

"Tre minuter kvar", bekräftar Nadia dystert när vi närmar oss klubbens grändingång. "Ingen tid att förlora."

Jag nickar, pulsen rusar vilt när vi kliver in. Den dånande basen dunkar obevekligt i mitt bröst, medan bländande stroboskopsljus blixtrar genom de tätt packade folkmassorna. Svettslickade kroppar pressar sig på från alla håll, den fuktiga luften är tjock av hetta och feromoner. Det är rent kaos, sinnena är överväldigade.

Vi kämpar oss igenom den myllrande horden, desperata att hitta och desarmera den sista bomben innan tiden rinner ut. Men det är omöjligt att fokusera klart med den öronbedövande musiken och de desorienterande ljusen. Jag känner en stigande panik när varje dyrbar sekund tickar förbi.

Det här är vår enda chans att avvärja en katastrof – jag kan inte svika dessa oskyldiga människor. Dianas förvridna arv slutar nu, med mina händer om så krävs. Jag biter ihop tänderna och tvingar mig själv att stänga ute alla distraktioner och koncentrera mig enbart på att hitta anordningen.

Jag griper tag i Nadias hand, hennes smala fingrar darrar i mitt grepp när vi tränger oss fram genom den tätt packade folkmassan. Tiden verkar sakta ner till snigelfart när vi rusar mot den dödliga bomben, mitt hjärta hamrar vilt i bröstet. Pärlor av nervös svett fuktar min panna, min andning kommer i allt kortare och mer ansträngda flämtningar när det överväldigande trycket ökar.

"Hittade den!", är Declans avlägsna rop knappt hörbart över den obevekliga, dunkande musiken som omsluter oss. Jag rusar till hans sida, pulsen skjuter i höjden när jag ser den olycksbådande anordningen – oskyldigt placerad bland kablar och utrustning i DJ:ns upphöjda bås.

"Hallå där, vad tror du att du håller på med?", ryter en barsk röst anklagande, och en tjockmusklad vakt griper aggressivt tag i Nadia när hon desperat sträcker sig efter bomben.

En benmärgströtthet fördunklar mina panikslagna tankar, men jag famlar för att fokusera varenda uns av min telepatiska förmåga och lyckas ge den hindrande mannen en svag men avgörande psykisk knuff bakåt. Vi är så plågsamt nära nu – att bli stoppade av en av de personer vi försöker rädda skulle vara ett bittert ironiskt slut.

Men Declan har fortfarande lite krafter kvar. När den kraftige vaktens köttiga hand sluter sig som ett skruvstäd om Nadias smala arm, skär ett öronbedövande jaguarvrål på något sätt genom luften och överröstar för ett ögonblick till och med den öronbedövande musiken. Innan jag hinner reagera fullt ut, far Declans massiva, borstiga kattgestalt förbi i en suddig rörelse, med hotfullt blottade huggtänder mot den chockade vakten.

"Jag har den!", skriker Nadia för full hals, det skimrande, sprakande kraftfältet glimmar redan skyddande mellan hennes utsträckta händer. Jag griper hårt tag i hennes andra arm med ena handen, medan jag borrar ner min andra hand djupt i Declans grova päls.

"Declan, få ut oss härifrån nu på en gång!", skriker jag enträget till honom. Vi har absolut ingen tid kvar.

Genom något mirakel förser de oberäkneliga stroboskopsljusen Declan med precis tillräckligt med flimrande skuggor att utnyttja. Han rör sig snabbt, och plötsligt tumlar vi tre snabbt ner igen mot det rastlösa, hungriga havsvattnet.

Nadia släpper den dödligt tickande bomben, men i samma ögonblick som hon gör det, slår nedräkningsklockan om till midnatt.

Ett fullständigt bländande ljus omsluter oss när chockvågen brutalt slår in i min kropp med en enorm fysisk kraft. Den öronbedövande explosionen skickar oss omedelbart allihop spiralande planlöst genom luften, våldsamt slitna isär från varandra. Jag spänner mig hjälplöst bara några sekunder innan min kropp slår i de virvlande, iskalla vågorna med en kväljande, benkrossande stöt.

Det ringer gällt i mina öron, synen är fruktansvärt suddig när jag desperat kämpar för att ta mig upp till ytan igen. Jag lyckas till slut bryta igenom, flämtande och spottande efter luft medan jag frenetiskt trampar vatten och kämpar med varje uns av styrka för att hålla mitt blytunga huvud ovanför de skummande vågorna. Jag kan inte se några tecken på de andra någonstans i det bläcksvarta mörkret som omger mig.

"Nadia!", försöker jag ropa, men min hesa röst blir till ett ohörbart raspande över de dånande havsljuden. Jag söker förgäves i det skummande vattnet efter minsta skymt av henne. "Declan!"

En enorm våg slår plötsligt rakt över mig, och jag dras djupt under vattnet igen, min mörbultade kropp kastas våldsamt runt som en slapp trasdocka i det hårda och obarmhärtiga havet. Ren panik sätter in när jag känner hur jag dras längre ner av de kraftfulla strömmarna, den tunga vikten av mina vattenfyllda kläder drar mig obevekligt mot djupet.

Jag är inte ens helt säker längre på att det verkligen var den sista bomben. Min hjärna känns förvirrad, utmattad – jag kan knappt sammanfoga två sammanhängande tankar. Just nu vill jag bara desperat överleva. Jag sparkar svagt med mina blytunga ben och kämpar med varje molekyl av styrka för att försöka bryta mig loss från vattnets järngrepp. Den isande kylan biter djupt i min domnade hud, men jag ignorerar den och fortsätter att pressa mig framåt med envetet fokus.

Till slut ser jag en ensam gestalt som sprattlar vilt i närheten i det skummande vattnet. Det är Nadia! Hennes ansikte är förvridet i uppenbar smärta och panik när hon flaxar våldsamt och kämpar med allt hon har för att på något sätt hålla huvudet ovanför de obevekliga vågorna. Driven av rent adrenalin nu, simmar jag med klumpiga tag mot henne, mina darrande armar brinner intensivt av den monumentala ansträngningen.

"Nadia, håll ut!", försöker jag skrika, min förstörda röst kommer ut som ett ohörbart kraxande över havets öronbedövande dån. "Jag kommer!"

Jag når henne till slut, griper tag i hennes smala arm med ett dödsgrepp och drar hennes mörbultade kropp mot mig. Hon hostar upp mer vatten och kippar desperat efter dyrbar luft medan jag klamrar mig fast vid henne med varje sista uns av min avtagande styrka.

"Jag har dig nu", viskar jag hest, knappt hörbart över havets raseri. "Vi kommer att överleva det här." Mina ansträngda armar och ben värker fruktansvärt när jag kämpar mot de obevekliga vågorna, lungorna skriker i protest, desperata efter bara ett andetag till.

Var i helvete är Declan? Han var fortfarande i jaguargestalt när explosionen bröt ut. Hade han lyckats byta tillbaka? Kan jaguarer ens simma bra? Jag har ingen aning, och konsekvenserna av hans fortsatta frånvaro skrämmer mig när jag kämpar för att hålla både mig själv och Nadia flytande.

Precis när jag är säker på att det är över för oss, sveper en stark arm plötsligt om min midja och drar mig utan ansträngning högre upp i vattnet. Jag flämtar och spottar, hostar upp mer frän saltvatten när jag klamrar mig fast vid armen som håller mig uppe.

"Artemis ...", raspar en välsignat bekant röst, och jag ser upp i Declans utmattade men intensivt lättade ansikte ovanför mig.

"Declan ...", viskar jag svagt tillbaka, nästan snyftande av tacksamhet.

En överväldigande flod av lättnad sköljer över mig, och jag låter mig tacksamt luta mig mot hans stadiga styrka för ett långt ögonblick, mer än tacksam för hans närvaro.

"Jag har er båda nu", säger han, hans barska röst fylld av värme och tröst. Jag känner hur han sträcker sig över och griper tag i Nadia också, och håller oss nära. "Håll bara i er."

Mina grumliga ögon sluts till slut i total utmattning när den välbekanta, ryckiga känslan av skuggvandringen sköljer över mig, och plötsligt tumlar vi tre svagt ner på golvet i vårt gömställe i en enorm fors av iskallt havsvatten.

En bekant röst ropar plötsligt mitt namn, och jag blinkar grumligt upp mot Athinas oroliga ansikte som svävar över mig. Hennes älskade drag är siluetterade som en gloria mot det starka ljuset bakom henne när hon böjer sig ner, bilden av moderlig oro.

"Klarade vi det?", mumlar jag vagt, kämpande för att fokusera genom den mentala dimman. "Jag tror jag desarmerade dem alla ..."

"Det gjorde du", försäkrar hon mig bestämt. "Inga rapporter om några explosioner eller problem. Staden är tyst och lugn. Alla är helt säkra i natt, tack vare er tre modiga hjältar."

Jag drar ett djupt, skälvande andetag, hela min kropp skakar fortfarande okontrollerat av en explosiv blandning av adrenalin och benmärgströtthet. Det är äntligen över. Vi lyckades på något sätt mot alla odds. Otaliga oskyldiga liv räddades genom våra ansträngningar.

Jag ser långsamt bort mot Declan och Nadia i närheten, båda lika genomblöta och mörbultade som jag, men onekligen vid liv. Vi utförde denna monumentala uppgift tillsammans, genom kombinerat lagarbete och en vägran att någonsin ge upp hoppet.

Men nu, när adrenalinet börjar avta snabbt, börjar vågor av smärta och obehag sätta in i hela min värkande kropp. Mitt tröga sinne känns grumlat av en ogenomtränglig dimma av överväldigande trötthet. Jag kämpar svagt för att ens sitta upprätt.

"Vi klarade det", raspar Nadia, hennes röst nästan borta. "Vi räddade hela staden från förstörelse."

"Vi är verkligen ett oslagbart team", viskar jag hest tillbaka, ett litet men tacksamt leende drar i mina spruckna läppar.

Declan ler varmt tillbaka mot mig, hans ögon lyser med den unika intensitet som bara kommer från att överleva en uppslitande näradödenupplevelse tillsammans.

"Absolut att vi är", bekräftar han, hans egen röst är grov men självsäker. Nadia nickar bara svagt med huvudet i innerlig instämmelse.

Athina hjälper oss tre försiktigt upp på våra ostadiga fötter, hennes uttryck mjuknar till ett av ren, öppen vördnad och djup tillgivenhet när hon ser på sina mörbultade unga skyddslingar.

"Ni är alla sanna hjältar", säger hon uppriktigt, hennes röst tjock av känslor. Jag känner en överväldigande våg av värme blomma ut och sprida sig i mitt trötta bröst vid hennes ord.

Men vår seger i natt är onekligen bitterljuv. Vi förlorade så väldigt mycket längs denna mardrömslika väg – så många oskyldiga liv som grymt avslutades, så många andra som skadades oåterkalleligt. Och vi få överlevande kommer för alltid att bära den tunga bördan och ärren av dessa fruktansvärda förluster.

När vi långsamt börjar hasa oss mot den provisoriska sjukstugan kan jag känna hur benmärgströttheten börjar ta över mig helt. Mina lemmar känns omöjligt tunga, mitt sinne är grumlat av en ogenomtränglig dimma av överväldigande trötthet.

"Hallå där", säger Declan mjukt, hans breda hand vilar tröstande på min hopsjunkna axel. "Orkar du?"

Jag skakar svagt på huvudet, mina grumliga ögon börjar glida igen när jag lutar mig tungt mot hans stadiga kropp för stöd. "Inte riktigt. Bara så väldigt trött nu ..."

Han lindar omedelbart en stark, stadig arm runt mig och bär lätt det mesta av min vikt när vi fortsätter vår hasande färd framåt. Garnet ställer sig på min andra sida, och skjuter försiktigt in sin axel under min arm för att ge ytterligare hjälp och balans.

"Du gjorde bra ifrån dig", säger hon, hennes röst är mjuk. "Ni alla."

Jag nickar bara, alldeles för slut för att kunna få fram några ord som svar. Athina fortsätter att jäkta runt oss, kontrollerar och behandlar skador, trycker mediciner i våra händer för att hjälpa oss att äntligen få vila.

När jag äntligen lägger mig ner på den rangliga fältsängen kan jag känna hur utmattningens tunga täcke redan snabbt drar ner mig i sin mörka omfamning. Men även när jag börjar glida in i välbehövlig sömn, kan jag inte låta bli att undra med oro – vilka fruktansvärda prövningar och vedermödor väntar oss härnäst?

Detta är den oändliga cykeln av våra dagar – vi riskerar ständigt våra egna liv för att försöka rädda otaliga andra, allt medan vi tvingas gömma oss osedda i skuggorna, oförmögna att öppet ta åt oss äran för våra osjälviska handlingar.

Jag antar att det helt enkelt är den nödvändiga naturen av det livsviktiga arbete vi har tagit på oss. Vi är de enda som är villiga att utföra dessa farliga jobb som ingen annan kan eller ens kommer att försöka. Vi står som de tysta väktarna som håller den ovetande världen säker från övernaturliga hot, även om ingen levande själ någonsin kommer att få veta om våra uppoffringar.

Jag ser mig omkring på mitt trötta men lojala team – denna brokiga skara av modiga själar som genom prövningar och blodsutgjutelse har bundits samman till något mycket mer sammanhållet än vänner – de är min familj nu i allt utom blodsband. Och jag vet med största säkerhet att jag aldrig skulle vilja utföra dessa ändlösa, farliga uppdrag tillsammans med någon annan. Jag skulle anförtro mitt eget liv åt dessa människor, och endast dem.

"Vi klarade det", viskar jag igen mjukt, mer till mig själv än till de andra. En tyst försäkran och ett firande av att ha övervunnit det omöjliga än en gång, hur flyktig vår svårvunna seger än må vara.

Och när jag äntligen låter mina grumliga ögon slutas helt och snabbt glider in i en djup och drömlös sömn av total utmattning, vet jag utan tvivel att morgondagen oundvikligen för med sig en ny dag av faror som vi knappt kan föreställa oss. Ännu en cykel av att skoningslöst kämpa mot mörkret, kämpa för att skydda de oskyldiga, och på något sätt hitta ett sätt att rädda liv trots de ofta fruktansvärda kostnaderna.

För det är vilka vi är nu, och vad vi alltid var menade att göra. Vi väljer att vara de namnlösa, ohyllade hjältar som världen aldrig kommer att veta existerade. Och även om anonymitet är vår börda, kan den inte bli en ursäkt för att vackla. Vi härdar ut för det allmänna bästa, för säkerheten och livet för de hjälplösa oskyldiga som inte kan försvara sig mot den stigande tidvattnet av övernaturliga hot.

När jag sakta tonar bort in i ljuvlig glömska kan jag känna den stadiga värmen från Declans valkiga hand som fortfarande håller min i outtalad kamratskap och tröst. Och jag vet i min själ att i detta, som med allt som komma skall, är jag verkligen inte ensam. Vi har varandra, och det är allt som betyder något. I morgon vaknar vi och gör allt om igen, för det enda jag vet säkert är att det alltid kommer att finnas en ny Diana Foxberry, en annan maktgalen galning som tror att andra människor bara är leksaker i deras maktspel.

I mitt sinnes vrår vet jag att detta bara var en hårt vunnen strid i ett krig som kanske aldrig tar slut. Många fler prövningar väntar oss på denna väg, otaliga liv kvar att rädda, och svåra uppoffringar som fortfarande måste göras. Det är en förkrossande ansvarsbörda som jag villigt bär, men inte utan kostnad.

Men för nu låter jag min trötta kropp och själ sjunka helt in i den välbehövliga sömnens tröst, och finner ro i det faktum att mitt team förblir orubbligt vid min sida. Tillsammans är vi mycket starkare än ensamma, och enade ska vi möta vilken osäker framtid som än väntar. Om det tvivlar jag inte.

EPILOG

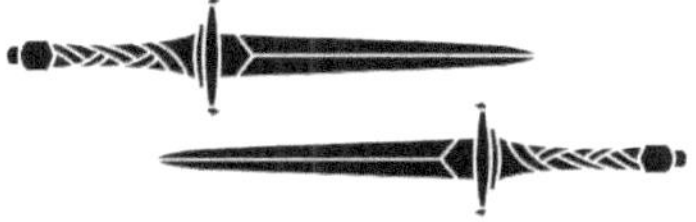

DET SMOGIGA MORGONLJUSET SILAR in genom ruinerna av det gamla lagerhuset och kastar kusliga skuggor på det krossade glaset och den förvridna metallen. Min andedräkt bildar imma i den fuktiga luften när jag ser mig omkring på vad som är kvar av vårt team.

"Jag kan inte påstå att jag kommer att sakna Diana", muttrar jag för mig själv och sparkar till en lös spillra. Vi är fria från hennes manipulativa grepp, men till vilket pris? Vad händer nu?

"Artemis." Declans sträva röst rycker mig ur mina tankar. Jag vänder mig om och ser att hans ögon är fyllda av osäkerhet. "Vad gör vi? Foxberry Corp Labs och Byrån är borta, men det betyder inte att allt är guld och gröna skogar för paranormala."

"Självklart inte", fräser jag, medan tålamodet tryter. Jag sneglar på de andra som kurar ihop sig – rädda, vilsna och osäkra. Jag suckar och gnuggar mig över tinningarna. "Hör här, vi kan inte rädda alla. Men vi kan väl försöka?"

Declan drar en hand genom sitt rufsiga hår, med frustrationen tydlig i ansiktet. "Ja, men hur? Det finns fortfarande så mycket rädsla och hat där ute."

”En liten nyhet: paranormala välkomnas inte direkt med öppna armar”, svarar jag vasst, med drypande sarkasm i varje ord. ”Det är ju inte direkt så att människor är kända för sin förståelse och kärlek för saker de inte förstår.”

”Hallå där!” ropar Garnet med blixtrande blick. ”Vi är inte alla sådana!”

”Visst, alla människor är inte onda”, medger jag. ”Men ärligt talat, de flesta av dem skulle inte tveka en sekund att vända sig mot oss om de visste vad vi egentligen är.”

”Artemis har rätt”, säger Nadia med dyster blick. ”Vi måste hitta vår plats i den här världen. Det kommer inte att bli lätt.”

”Inget som är värt besväret är någonsin enkelt”, muttrar jag och sparkar till en annan spillra. ”Men vi har varandra, och det måste väl betyda något.”

”Amen på den”, mumlar Declan och nickar instämmande.

Vi står alla tysta och begrundar den kalla verklighet som ligger framför oss. Vägen framför oss är lång och förrädisk, fylld av prövningar och sorg. Men när jag ser mig omkring på min extrafamilj kan jag inte låta bli att känna en liten strimma av hopp.

”Okej, så vi kan inte förändra världen över en natt”, säger jag med en röst spänd av beslutsamhet. ”Men vi kanske kan göra ett avtryck. Vi kan börja med att visa folk att paranormala inte är de där läskiga, farliga monstren de tror att vi är.”

”Precis”, instämmer Declan, med en blick som är både allvarlig och hoppfull. ”Vi måste hitta ett sätt att nå fram till dem, visa dem att vi inte är så olika trots allt.”

”Medkänsla och förståelse”, flikar Nadia in. ”Det är nyckeln. Vi måste få dem att se oss som individer, inte bara ... varelser.”

”Okej då, vi kör”, förklarar jag, och känner hur mitt hjärta sväller av beslutsamhet. ”Vi ska ändra på några uppfattningar och visa dem att det inte är vi som är fienden.”

”Var börjar vi?” frågar Declan och kliar sig på sin stubbiga haka.

”Vi reser”, föreslår jag och ser framför mig den öppna vägen och de oändliga möjligheterna. ”Vi kan besöka olika städer, småorter, varhelst det finns paranormala som behöver hjälp eller förståelse. Vi kan göra skillnad, en person i taget.”

”Det låter som en plan”, svarar Declan, med en antydan till ett leende på läpparna. ”Är du redo för det här, Artemis?”

”Absolut”, säger jag med lågande beslutsamhet i blicken. ”Vi ger oss av och börjar göra skillnad.”

”Skål för ett nytt uppdrag”, säger Athina och höjer en imaginär skål.

”Må vår resa bringa förändring och hopp”, tillägger Garnet högtidligt.

”Verkligen”, instämmer jag och känner en våg av spänning vid tanken på vad som väntar. Framtiden är osäker, fylld av faror och misstro, men det kommer inte att stoppa oss. Vi är fast beslutna att förändra världen för både paranormala och människor, ett samtal i taget.

”Gör er redo, världen”, säger Declan med ett flin, och hans ögon gnistrar av förväntan. ”Artemis Blackwell och Declan Reed kommer till en stad nära dig.”

”Gud hjälpe oss alla”, muttrar jag för mig själv, oförmögen att undertrycka ett leende.

Nadia skrattar. ”Jag önskar er två lycka till. Ni vet var ni kan hitta mig om ni behöver mig, men just nu har jag viktigare personer att oroa mig för. Jag ska hem till mina barn.”

Jag vänder mig chockat mot henne med gapande mun. "Vänta. Dina barn? Jag trodde ... du pratar aldrig om dem ..."

Hon stoppar händerna i fickorna på sina capribyxor och rycker på axlarna, och lyckas samtidigt vara den mest alldagliga och den farligaste kvinnan jag känner. "Jag vill inte blanda in dem i allt det här. De vet inte ens att jag är ... vad jag är."

Jag skrattar vantroget. "Otroligt. Du är verkligen full av överraskningar!"

"Det var värst, det ska du säga!" Hon sträcker ut armarna för att krama mig, och jag kramar henne hårt tillbaka.

"Tack för allt", viskar jag. "Vi hade absolut inte klarat det utan dig."

"Äsch, jag tror att ni hade hittat ett sätt. Men som sagt. Ni vet var ni kan hitta mig. Lova mig bara en sak."

"Bara om det är rimligt", svarar jag vasst och höjer ett ögonbryn.

"Lova mig att du är försiktig", säger hon, och rösten spricker en aning.

"Försiktig är mitt mellannamn", försäkrar jag henne, även om vi alla vet att det är långt ifrån sanningen. Ändå uppskattar jag omtanken.

"Det duger för mig", säger Nadia, och vi utbyter en menande blick. I den här världen, där faror lurar runt varje hörn och misstron sjuder strax under ytan, kan försiktighet bara ta oss en bit på vägen. Men vi tar det vi kan få.

"Okej, teamet", tillkännager Declan och klappar ihop händerna. "Då sätter vi igång. Vi har en lång väg framför oss, och gott om åsikter att ändra på."

"Skål för att sprida empati", säger jag och höjer en egen osynlig skål. "En övernaturlig uppgörelse i taget."

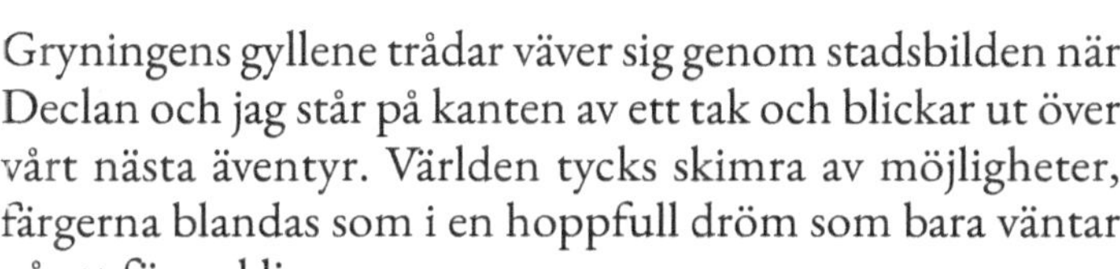

Gryningens gyllene trådar väver sig genom stadsbilden när Declan och jag står på kanten av ett tak och blickar ut över vårt nästa äventyr. Världen tycks skimra av möjligheter, färgerna blandas som i en hoppfull dröm som bara väntar på att förverkligas.

"Artemis", ropar Declan bakom mig, med en röst färgad av värme och spänning när han kommer fram till mig vid takkanten. "Redo för nästa kapitel?"

"Ja", andas jag och känner sanningen i hans ord ända in i märgen. "Ett nytt kapitel, eller snarare en helt ny bok."

"Exakt." Declan ger mig det där irriterande charmiga, sneda leendet. "Och vem skulle vara bättre på att skriva den än vi?"

"Snälla du", fnyser jag och himlar med ögonen. "Blås inte upp ditt ego mer nu, det kan spricka."

"Hallå", skrattar han och knuffar mig lekfullt. "Jag ger dig cred också, du vet."

"Cred för vad? För att jag har räddat ditt stackars skinn gång på gång?" svarar jag vasst, oförmögen att undertrycka ett flin.

"Bland annat", svarar han, och hans blick blir allvarlig igen. "Är du redo för det här, Artemis?"

"Mer än någonsin", säger jag, och känner beslutsamheten flöda genom mina ådror. "Vi ska förändra världen, en paranormal i taget."

"Det är planen", instämmer han och lutar sig mot räcket bredvid mig. "Tänk bara – nu när Dianas skräckvälde är över finns det äntligen en chans till fred."

"Fred", ekar jag och låter ordet rulla runt i mitt sinne som en glaskula i en labyrint. Det känns inte helt verkligt än, men jag kan inte låta bli att känna ett visst lugn vid tanken. "På tiden, eller hur?"

"Verkligen på tiden", skrattar Declan ironiskt. "Men det kommer inte att bli lätt, du vet."

"Enkelt har aldrig varit min stil", svarar jag vasst och snärtar bort en slinga silverfärgat hår från ansiktet. "Dessutom, om det är en sak jag har lärt mig så är det att vi är en kraft att räkna med när vi samarbetar."

"Verkligen", säger han, med ett allvarligt uttryck nu. "Vi har mycket att göra, Artemis. Läka gamla sår, bygga broar, bevisa att paranormala inte är de monster folk tror att vi är."

"Låt dem försöka stoppa oss", säger jag med låg, våldsam röst. Elden inom mig brinner klarare än någonsin, som för att utmana vem som helst att stoppa oss på vårt uppdrag.

"Exakt", nickar Declan, med blicken fylld av beslutsamhet. "Tillsammans ska vi förändra världen."

Jag nickar och känner tyngden av vårt uppdrag lägga sig över mina axlar. Men det är inte en förkrossande börda; istället känns det som en mantel jag var menad att bära. "Du vet, jag trodde aldrig att jag skulle hamna i den här sitsen. Att slåss för fred mellan paranormala och människor, försöka visa världen att vi inte alla är monster."

"Inte jag heller", instämmer Declan, och hans blick mjuknar för ett ögonblick innan den skärps igen. "Men jag skulle inte vilja göra det här med någon annan."

"Samma här", säger jag och känner en värme sprida sig inom mig som inte har något att göra med att solen äntligen kikar fram bakom molnen. "Vi kommer att möta varje hinder tillsammans, precis som vi alltid har gjort."

"På tal om hinder", tillägger Declan och höjer ett ögonbryn. "Vi borde nog börja planera vår lilla turné genom landet. Det finns gott om paranormala där ute som behöver vår hjälp, och vi gör inte mycket nytta av att bara stå här."

"Just det", säger jag och känner hur beslutsamhetens eld flammar upp inom mig igen. "Då sätter vi igång."

När vi kliver av taket tillsammans sväller mitt hjärta av hopp och övertygelse. Vinden viner förbi mina öron och bär med sig viskningar om en framtid där paranormala inte längre fruktas utan omfamnas. En värld där människor och paranormala vandrar sida vid sida, förenade av förståelse och empati.

Det är en dröm som verkar så avlägsen, som en flimrande stjärna på natthimlen. Men för varje steg vi tar blir den starkare, klarare, mer påtaglig.

"Akta dig, världen", viskar jag och knyter nävarna. "Här kommer vi, vare sig ni är redo eller inte."

Och när solen går upp över denna nya era ser Declan och jag inte tillbaka. Vi har ett uppdrag att slutföra, ett öde att forma. Framtiden är vår att skriva, och vi kommer inte att sluta förrän harmoni och förståelse har blivit normen.

Tillsammans kastar vi oss ut i det okända, med hjärtan som brinner av hopp om en bättre morgondag.

SLUT

(på riktigt, den här gången)
(fast, kanske inte för Nadia. Jag tycker nog att den tuffa telekinetiska fotbollsmamman i capribyxor förtjänar sin egen berättelse, men det är en historia för en annan dag)

Jag hoppas att du tyckte om att läsa Chimera-projektet-trilogin lika mycket som jag tyckte om att skriva den! Om du gillade den, varför inte prova min duologi Den fallna ängeln?

FLER BÖCKER AV CARYSSA COLE

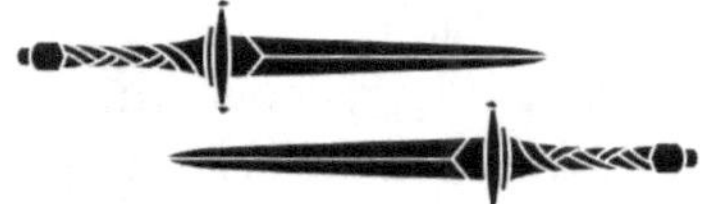

Chimera-projektet

Mörkt ursprung
　Onaturligt urval
　Laglös evolution

Den fallna ängeln

En fallen ängel
　Den trotsiga ängeln

Atlantis uppgång

En tron av korall och ben
　Ett hov av tidvatten och stormar

En krona av malströmmar och minnen

Fristående titlar

Svarta vingar i snön: En insnöad paranormal julromance

Alkemistens lärling: En romantasy om hovintriger, dödligt gift och förbjuden magi

En Önskan som Blev För Mycket (endast för nyhetsbrevsprenumeranter)

Upptäck alla Shenanigans Press-utgivningar på vår we bbplats(https://www.shenaniganspress.com/se) !

Eller följ oss på sociala medier – vi finns på Facebook och Instagram (@ShenanigansPressSvenska).

Och glöm inte att prenumerera på vårt nyhetsbrev för att få veta mer om nya släpp, erbjudanden, utlottningar och mycket mer!